Aphrodite et le duc

J.J.

McAVOY

Aphrodite et le duc

Traduit de l'anglais (États-Unis)
par Émilie Terrao

J'AI LU

Si vous souhaitez être informée en avant-première
de nos parutions et tout savoir sur vos autrices préférées,
retrouvez-nous ici :

www.jailu.com

Abonnez-vous à notre newsletter
et rejoignez-nous sur Facebook !

Titre original
APHRODITE AND THE DUKE

Éditeur original
Dell Trade Paperback Original,
an imprint of Random House,
a division of Penguin Random House LLC, New York

Dédicacé aux femmes telles que moi
qui voulaient plus d'histoires telles que celle-ci.

Chères lectrices,

Ce livre est une romance historique mettant en scène une noblesse et une haute société dans lesquelles évoluent des personnages noirs. Il s'agit d'une fiction et donc tout est possible. J'espère sincèrement que vous apprécierez votre lecture.

Bien à vous,
votre autrice

PREMIÈRE PARTIE

1

Aphrodite

Je m'appelle Aphrodite Du Bell.

Vraiment. Aphrodite, comme la déesse de l'amour et de la beauté. Un prénom tout à fait magnifique, mais terriblement cruel à donner à un enfant, car qui pourrait être à la hauteur d'un personnage aussi grandiose ? N'est-il pas hardi d'inviter le monde à mesurer la beauté d'une jeune femme, non pas à l'aune de ses pairs, mais à celle d'une déesse ? Si elle n'a pas la chance d'avoir des traits gracieux, elle sera livrée au ridicule et à la moquerie. Si elle est dotée d'une beauté extraordinaire, elle aura à souffrir d'attentes disproportionnées. Et si elle échoue à satisfaire ces attentes, elle sera *également* condamnée à l'humiliation et aux railleries. C'est un nom qui ne pardonne pas, et je pensais qu'il était destiné à provoquer une grande tragédie, digne de la mythologie grecque.

J'avais beau sonder le ciel et ses milliers d'étoiles, je ne parvenais pas à comprendre pourquoi Père et Mère m'avaient imposé ce poids. Lorsque je les interrogeais, ils n'exprimaient aucun remords et considéraient au contraire avoir fait un choix très subtil. À tel point qu'ils avaient décidé d'affubler mes trois jeunes sœurs de prénoms de déesses – mais elles avaient été plus chanceuses que moi avec les leurs : Hathor, Devana et Abéona. Si vous n'étiez pas aussi érudit que mon père – qui avait beaucoup appris à ma mère en matière de mythes égyptiens, slaves et ouest-africains –, vous pouviez parfaitement ignorer qu'il s'agissait de divinités. Le fardeau de mes sœurs n'égalait donc pas le mien. Et mes deux frères, nommés d'après des héros, Damon et Hector, s'en étaient sortis assez facilement aussi, mais n'en était-il pas toujours ainsi pour les hommes ?

Nous étions les six enfants de lord Charles Du Bell, marquis de Monthermer, et de lady Deanna. Pour le monde qui compte, nous faisions partie des familles les plus en vue, ayant la chance de jouir d'un titre, d'une fortune, d'un esprit aiguisé, de la beauté et, bien sûr, d'une somptueuse demeure, le château de Belclere. À l'exception de mon frère aîné, aucune médisance n'aurait pu être murmurée à notre propos... jusqu'à ce que certains événements se produisent dans ma vie.

Après des années d'isolement, j'étais à bord d'une voiture en direction de Londres, m'apprêtant à faire mon retour dans la société.

— Cet homme est un démon, un loup parmi les hommes, comme l'était son père, s'emporta mon bien-aimé frère Damon.

— Attention, mon cher, vous allez la réveiller, l'exhorta sa nouvelle épouse, Silva, pensant naïvement que j'avais réussi à m'endormir.

Je sentais la pression de leurs regards sur moi.

— Nous n'avons jamais pu la convaincre de revenir avant ce jour, chuchota mon frère.

Damon avait de nombreux talents, mais tenir sa langue n'avait jamais été l'un d'entre eux.

— La lettre de ma sœur dit que ce malotru reviendra aussi à Londres cette saison.

Ils parlaient de *lui*. Pour éviter de trahir le fond de ma pensée ou les élans de mon cœur, je gardais les yeux fermés.

— Rien de plus naturel. N'a-t-il pas une sœur qui est censée faire son entrée dans le monde cette saison ? s'enquit Silva.

C'était dans l'ordre des choses, en effet. Sa sœur Verity venait d'avoir dix-huit ans, tout comme Hathor.

— Cela m'était peut-être sorti de l'esprit, mais notre mère n'a pas pu oublier. Elle aurait dû ordonner à Hathor d'attendre une année de plus pour nous éviter de rouvrir cette blessure.

Cela aurait été terriblement injuste pour Hathor.

— Croyez-vous qu'elle l'ignorait ? Le duc est veuf désormais, dit Silva.

— Après le déshonneur et l'humiliation qu'il a infligés à ma famille ? Il ne mérite pas la plus démunie des femmes, et encore moins ma sœur. Je ne le permettrai jamais.

— Ce n'est pas vous qui seriez appelé à le permettre, mais votre père. Et si votre mère le souhaite, votre père l'autorisera.

Un grondement de frustration monta de la poitrine de Damon. Une fois de plus, son épouse avait raison.

— Si ma mère a arrangé cela volontairement, soupira-t-il, je ne comprends rien à ce qui lui passe par la tête. Comment pourrait-elle lui pardonner ?

— N'est-elle pas sa marraine ?

— Ma sœur n'est-elle pas sa fille ? rétorqua Damon avec colère.

— Calmez-vous, mon chéri.

Une fois de plus, ils se turent, m'étudiant probablement pour voir si je m'étais réveillée, mais j'excellais dans l'art de feindre le sommeil. Tout était dans la respiration.

— Il est peut-être son filleul, et sa mère a certes été sa meilleure amie, mais rien de tout cela ne peut l'emporter sur l'amour maternel.

Il parlait avec détermination, il était donc naturel que sa femme soit d'accord avec lui.

— Selon votre raisonnement, votre mère ne peut avoir orchestré cela sciemment, vous pouvez donc épargner toute tension superflue à votre mâchoire, observa Silva.

Le rire complice qui s'éleva entre eux faillit ruiner ma mise en scène tant j'avais envie de sourire moi aussi.

Mon frère Damon, bien qu'affectueux et doux avec sa famille, avait la réputation d'être un coureur de jupons avant d'épouser la jeune Silva Farbridge, fille unique d'un baron. Cette union avait surpris tout le monde, y compris ma mère, qui avait pourtant l'œil pour ces choses-là. Les nombreuses femmes avec lesquelles il avait eu des liaisons étaient réputées pour leur grande beauté. Mlle Silva Farbridge, en revanche, était considérée comme très ordinaire. Elle, une dame à qui il n'avait jamais porté le moindre intérêt, et lui, un lord dont tout le monde était convaincu qu'elle le détestait, étaient subitement tombés follement amoureux l'un de l'autre, quelques semaines plus tôt. J'ignorais ce qui avait conduit à cet amour, et tous deux préservaient jalousement ce secret. Quiconque les interrogeait se voyait offrir la même explication : leurs précédentes rencontres avaient été faites de malentendus. Personne n'avait cherché à en savoir plus et ils s'étaient rapidement mariés, mais ma curiosité restait intacte.

— Votre sœur est d'une grande beauté. Je suis certaine que les prétendants se bousculeront à la porte pour demander sa main et celle d'Hathor, affirma Silva.

— Oui, il est bon pour elle de revenir à Londres. Ma seule crainte est qu'elle s'égare en le voyant et qu'elle souffre à nouveau.

— Cela fait quatre ans. Croyez-vous qu'elle pense encore à lui ?

— Je n'en sais rien. Odite ne dévoile jamais le fond de ses pensées. La seule chose dont nous sommes certains, c'est qu'elle l'aimait. Je ne peux que prier pour qu'elle l'ait définitivement chassé de son cœur.

Il ne faisait aucun doute dans mon esprit que Damon était prêt à tout pour moi. Pas seulement lui, mais aussi mon père, ma mère, et mes autres frères et sœurs. Ils m'aimaient tellement et se faisaient tellement de souci à mon sujet ! J'aurais aimé ne pas leur causer tant d'inquiétude, mais mes pensées, si je les leur révélais, ne manqueraient pas de les choquer ou de les mettre mal à l'aise.

Souvent, j'avais le sentiment d'être un oiseau rare et précieux, prisonnier d'une cage dorée, exposé au monde. Il était de mon devoir de contenter mon public et vraiment, je faisais de mon mieux, mais à certains moments, toute cette comédie me semblait insurmontable. Je rêvais d'être libre. Et le seul souvenir que j'avais d'une telle liberté remontait à ma jeunesse... avec lui. Evander.

Comme ma mère était sa marraine, nous avions eu de multiples occasions de nous parler au cours de notre enfance. Il se promenait à sa guise dans notre maison, même si nos rencontres se déroulaient toujours sous le regard vigilant de ma gouvernante ou des femmes de chambre. Evander avait le don de voir clair dans mes agissements. Lorsque mes sœurs me rendaient folle et que je ne disais rien, préférant laisser faire, il savait que je les maudissais dans mon for intérieur et il s'approchait pour prononcer le juron que je n'osais dire à voix haute. Lorsque je souhaitais manger plus qu'il ne seyait à une jeune fille, il faisait discrètement mettre un dessert de côté qu'il déposait ensuite dans ma chambre. Les livres interdits aux dames ou modifiés pour préserver la décence, il me les prêtait dans leur version intégrale.

Et quand j'avais eu seize ans, il m'avait fait cette seule promesse : « Quand nous serons mariés, tu seras libre d'être celle que tu voudras. Je le jure. »

Je l'avais contemplé avec admiration, souhaitant pouvoir l'épouser sur-le-champ, mais ma famille ne l'avait pas permis. Ma mère disait que j'étais encore trop jeune, même si je connaissais d'autres demoiselles de mon âge qui étaient déjà mariées. Nous appartenions à deux grandes et nobles maisons, et tout devait être fait dans l'ordre et avec le plus grand soin. Elle affirmait qu'il fallait attendre le moment opportun. Je ne pensais pas nécessaire de patienter deux ans, mais lorsque ma mère avait une idée en tête, il était impossible de la faire fléchir. J'avais été furieuse contre elle.

Le jour de mon entrée dans le monde avait néanmoins fini par arriver et alors que toutes s'agitaient, nerveuses à l'idée d'être présentées à la reine, je demeurais très calme. On disait de moi que j'avais une allure royale, comme si je m'étais préparée à ce moment toute ma vie. En réalité, mes pensées et mes émotions se concentraient ailleurs – sur un avenir que j'imaginais avec lui. Plusieurs gentlemen m'avaient rendu visite le lendemain du bal, mais je n'avais prêté attention à aucun d'entre eux puisque c'était lui que j'attendais.

Je l'avais attendu dans ma plus belle robe.

Je l'avais attendu jusqu'à ce que le soleil se couche et que ma mère me force à aller me coucher. Le lendemain, j'avais attendu encore. Pendant cinq jours, j'étais restée à l'attendre, certaine qu'il finirait par se libérer de ce qui le retenait et par apparaître devant moi. Jusqu'à ce que, le sixième jour, nous entendions la rumeur d'un mariage.

Son mariage.

Choquée et confuse, je n'avais ni parlé ni mangé de toute la journée. Ce n'est qu'après la nuit tombée qu'une peine atroce s'était immiscée en moi. J'aurais dû sortir dans le jardin. J'aurais dû couvrir ma bouche de mes mains, mais tout mon être souffrait si profondément que lorsque le premier sanglot était sorti, j'avais eu l'impression de mourir. Mon cri avait réveillé toute la maison. Ma mère était restée à mes côtés, ce qui était sage, car j'avais vite perdu connaissance.

Nous étions aussitôt retournés dans notre maison de campagne pour éviter les rumeurs de la haute société. J'avais fait le vœu de ne jamais remettre les pieds à Londres, la ville où mes rêves s'étaient effondrés. Aussi, lorsque ma famille repartait en ville pour la saison, je restais au château de Belclere. Jusqu'à ce jour.

J'avais commencé par rejeter leurs supplications pour que je revienne, puis mon frère m'avait rappelé que mon absence gâcherait l'entrée dans le monde de ma sœur Hathor en provoquant des rumeurs intolérables.

J'étais convaincue que ce moment serait insupportable quoi que je fasse. Mon retour ne manquerait pas de faire sensation. Mon absence aussi, mais au moins, j'aurais pu faire semblant de n'en rien savoir. Cela aurait été égoïste, cependant. Et je m'étais suffisamment montrée égoïste pendant quatre ans, laissant ma mère et mes sœurs affronter le monde sans moi.

Tous étaient d'accord, moi la première, pour dire qu'il était temps de passer à autre chose. Mais à quoi ?

J'ouvris les yeux sur le décor verdoyant qui s'étendait derrière les vitres de la voiture.

— Et moi qui pensais que tu allais dormir tout le trajet ! dit mon frère.

— Excuse-moi, mon frère. Ai-je manqué quelque chose d'intéressant ?

Lorsque mon regard se posa sur lui, il arborait un sourire doux mais triste, comme si j'étais un animal blessé qui nécessitait les soins les plus délicats.

— Bien sûr que non. Je plaisantais. Mais je me demande comment tu as réussi à dormir avec tous ces cahots, répondit-il alors que la voiture tanguait violemment. Doucement ! lança-t-il à l'intention du cocher.

— Je vous prie de m'excuser, monsieur. La route n'est pas bonne cette saison, indiqua l'homme.

— Alors pourquoi diable a-t-il emprunté celle-ci ? se renfrogna Damon en observant son épouse qui, d'un regard, l'avait incité à tenir sa langue.

— La mode de Londres a changé depuis votre dernière venue, Aphrodite. Il faudra que nous allions ensemble chez la modiste pour vous trouver de nouvelles robes, déclara Silva.

J'ignorais si c'était le fruit de mon imagination, mais elle semblait toujours plus rigide quand elle s'adressait à moi. Peut-être n'était-elle pas encore habituée à faire partie de notre famille.

— Nous sommes sœurs à présent. Vous pouvez m'appeler Odite ou Dite si vous préférez, répondis-je. Et je vous accompagnerai avec plaisir chez la modiste, bien que je doute d'avoir besoin de nouvelles toilettes. Je suis sûre que ma mère est plus que préparée à m'accueillir.

Damon gloussa.

— Connaissant notre mère, la modiste est déjà chez nous, attendant notre arrivée.

— Je crains que Mère ne soit pas ravie de voir à quel point je suis devenue énorme, commentai-je.

— Énorme ? s'étonna Silva en m'étudiant de ses yeux bruns.

— C'est surtout son imagination qui a grossi, plaisanta Damon avec elle. Sœurette, tu ne devrais pas avoir pour objectif de répondre aux critères de beauté de Mère. Ils n'existent pas dans ce monde. Tu incarnes le rêve de presque toutes les jeunes filles.

— Il a raison, confirma Silva avec un soupir. Si même vous commencez à vous déprécier, quel espoir nous reste-t-il à nous autres, simples mortelles ?

— Vous me flattez tous les deux, dis-je.

Je ne cherchais pas à me rabaisser et je ne pensais pas que quelque chose clochait chez moi. Mais mon frère avait raison : les critères de ma mère étaient inatteignables. Elle angoissait de me voir avancer en âge bien plus que je ne m'en inquiétais moi-même. Le moindre embonpoint ou le moindre changement dans mon apparence n'échapperait pas à son regard.

— Odite, tu es une Du Bell. Tu es née pour être au-dessus du lot.

Damon hochait la tête comme si ses mots étaient parole d'Évangile. Ce dont il ne doutait pas, j'en étais certaine.

— Ne t'inquiète pas, sœurette. Je crois sincèrement que cette saison sera inoubliable pour toi. À condition que tu t'autorises à en profiter.

— Bien sûr.

C'était tout ce que j'avais la force de répondre tandis que je détournais le regard vers les arbres et le ciel bleu. Soudain, l'attelage nous secoua avec une force telle que nous fûmes propulsés de nos sièges.

— Ciel ! Cocher ! s'écria Damon en rattrapant son épouse.

— Veuillez m'excuser, monsieur. Il y a eu un accident devant nous ! répondit celui-ci.

— Oh, Seigneur ! s'alarma Silva alors que mon frère regardait par la fenêtre. Y a-t-il des blessés ? Devrions-nous nous arrêter ?

— Continuez ! tonna mon frère en serrant le poing de rage, nous laissant toutes deux perplexes devant son changement d'humeur.

— Tu vas bien ? lui demandai-je.

— Ça va, grommela-t-il en gardant le menton levé. Simplement ne regarde pas par la fenêtre. Une femme ne devrait pas avoir à assister à un événement aussi disgracieux.

— Disgracieux ? répéta Silva en riant et en se déplaçant pour mieux voir. Que pourrait-il y…

— Silva, la réprimanda-t-il.

Cette dernière se figea. Un lourd silence s'abattit dans l'habitacle, nous permettant d'entendre la discussion à l'extérieur.

— Votre Grâce, vous allez bien ? demanda un homme.

— Oui.

Je restai bouche bée au son de cette voix. Impossible.

— Verity, tu es blessée ?

Cela valait toutes les confirmations du monde. Les yeux de mon frère se posèrent sur moi et je compris pourquoi il avait hurlé après le cocher.

« Reste calme », m'ordonnai-je, déterminée à suivre les instructions de Damon de ne pas regarder par la fenêtre.

Cependant, je ne pouvais nier mon trouble. Nos chemins se croisaient alors même que nous n'étions pas encore entrés dans Londres. Plus inquiétant encore, j'éprouvais le désir incompréhensible d'entendre de nouveau sa voix tandis que nous nous éloignions de lui.

Platon disait que l'amour était une maladie mentale grave, et je craignais qu'en retournant à Londres je ne prenne conscience que je n'étais pas guérie.

2

Aphrodite

— Odite ! s'écria mon frère cadet en se ruant sur moi.

Aussitôt, j'ouvris les bras, me préparant à l'impact de son petit corps, bien qu'il ne soit plus aussi petit que dans mon souvenir.

— Oh, Hector !

Je ris et le serrai fort contre moi.

— Regarde-toi. Comment se fait-il que tu sois aussi grand ?

— Il ressemble à son père, évidemment, répondit la voix profonde et joyeuse de mon père.

Il nous rejoignit dans l'entrée, un livre à la main, comme toujours.

— Papa.

Je souris et relâchai mon frère pour enlacer mon père, me blottissant contre lui comme si c'était moi l'enfant de douze ans et non Hector.

— Tu nous as manqué, ma chérie, dit-il en déposant un baiser sur ma tempe avant de faire un pas en arrière pour me contempler.

Un sourire illumina son visage à la peau blanche.

— Sublime ! Tu ressembles de plus en plus à ta mère. On pourrait penser que je n'ai pas apporté la moindre contribution dans ta conception.

— Ce serait mal me connaître, Papa. Ne sommes-nous pas similaires en esprit ?

— C'est vrai. À ce propos, j'ai cela pour toi, indiqua-t-il en brandissant son livre. Il a été très bien accueilli l'hiver passé et je ne vois personne d'autre qui pourrait mieux l'apprécier que toi.

Il était écrit en allemand, mais la traduction du titre donnait *Contes de l'enfance et du foyer*, par les frères Grimm. Quel titre étrange ! Il était vrai que j'adorais lire, dans toutes les langues, mais les ouvrages qui m'attiraient le plus n'étaient pas de ceux qu'un père offrirait à sa fille, et le mot « enfance » ne figurait pas en général sur leur couverture. Toutefois, la joie qu'il éprouvait à me faire ce présent augmentait mon bonheur de le recevoir.

— Merci, Papa. Je le commencerai dès ce soir…

— Pas question !

La voix stridente nous poussa, mon père et moi, à nous redresser, prêts à l'affronter.

Je me tournai pour faire face à la femme la plus féroce qui soit, vêtue d'une somptueuse tenue violette et parée des plus beaux bijoux, ses cheveux sombres et bouclés tirés en arrière. Damon et moi avions hérité de sa peau d'un brun chaud et profond.

— Mon amour…

— Encore avec ces livres ? l'interrompit ma mère.

— Ce ne sont que de simples contes pour enfants, se justifia-t-il pour évacuer le sujet.

— Des contes qui la captiveront toute la nuit, la laissant au petit matin avec le regard idiot et l'esprit confus.

— Maman ! Je viens à peine d'arriver et je n'ai pas encore lu une seule page. Devez-vous toujours être si sévère ?

— Oui. En tant que mère, il y va de mon devoir. La journée de demain est bien trop importante.

Elle s'approcha, prenant mon visage en coupe.

— Bienvenue, ma chérie. Il y a tant à faire !

— Je pensais que les préparatifs concernaient Hathor ? intervint mon père.

Il ne cherchait qu'à me sauver, mais fut récompensé par un regard foudroyant de ma mère qui le poussa à placer Hector devant lui comme si le garçon était un bouclier.

En grandissant, j'avais compris que la relation entre mon père et ma mère était tout sauf conventionnelle. La plupart des époux que j'avais observés s'efforçaient d'éviter toute dispute avec leur femme. Père semblait au contraire savourer ses batailles avec Mère, bien qu'il n'en ait remporté aucune au cours de leurs presque trente ans de mariage. Je ne parvenais pas à comprendre pourquoi l'agacer et la provoquer lui procurait tant de joie. Mais c'était le cas.

— Les préparatifs pour Hathor sont depuis longtemps terminés. À présent, je dois me concentrer sur celle-ci.

Elle plaça le bout de son doigt sous mon menton pour le lever vers elle, scrutant mon visage.

— Tu t'es autorisé trop de gâteaux.

— Pas du tout ! mentis-je.

— Elle va tout gâcher ! s'exclama une voix anéantie.

Ma sœur Hathor se tenait au milieu des escaliers, les épaules avachies, ses boucles brunes habituellement indisciplinées parfaitement coiffées et ornées de rubans bleus.

— Maman ! Papa ! Renvoyez-la. Cette saison était supposée être la mienne ! Qui viendra me rendre visite alors qu'on ne verra qu'elle ? Si c'est à cela qu'elle ressemble après un long voyage, imaginez le tumulte qu'elle provoquera une fois bien reposée.

— Elle sera la plus belle des débutantes et toi, on t'oubliera complètement !

Abéona, ma sœur cadette, gloussa en dévalant les escaliers à ma rencontre, main dans la main avec notre autre sœur, Devana, dont les boucles claires bondissaient librement.

De nous tous, Devana était la seule à avoir la peau blanche, les yeux bleus et les cheveux dorés. Elle avait hérité ses attributs de mon père aussi sûrement que Damon et moi avions tiré les nôtres de notre mère. Hector, Hathor et Abéona se situaient à différentes nuances entre les deux, les yeux d'Hathor étant plus de la couleur du miel.

— Que t'ai-je dit ? rétorqua notre mère en se tournant vers ma cadette. La beauté est mise en valeur par la beauté. À présent, viens ici et accueille ta sœur comme il se doit.

Le regard noir, Hathor descendit les marches comme si elle s'apprêtait à rencontrer son plus grand ennemi.

— Odite, me dit-elle.

— Hathor, répliquai-je.

Nous nous étudiâmes mutuellement de la tête aux pieds.

— Tu aurais pu faire un effort et manger un peu plus de gâteaux, lâcha-t-elle en faisant la moue.

— Même si je devais devenir ronde comme un petit cochon, je doute que cela gâche mon charme, me moquai-je.

— Renvoyez-la pour de bon ! s'écria-t-elle, excédée.

Je ris et la serrai contre moi en lui embrassant la joue.

— Tu m'as manqué, ma sœur, et d'après tes nombreuses lettres, je sais que je t'ai manqué aussi. Même si tu refuseras de l'admettre.

— Je ne vois pas de quoi tu parles. Je cherchais simplement à te tenir informée des derniers potins, au cas où tu te serais ennuyée.

— Si quiconque se pose la question, sachez que Devana est ma sœur préférée ! lança Damon depuis le seuil. Car elle semble être la seule à avoir remarqué ma présence.

Accrochée au bras de Damon, Devana avait deux ans de plus qu'Hector.

— Aphrodite, qui est cet homme étrange qui jappe à ma porte ? demanda mon père, les yeux plissés, déclenchant un éclat de rire général.

Damon soupira bruyamment en tendant son manteau au majordome.

— Bonjour à vous aussi, monsieur. Ce n'est que moi, Damon Du Bell, comte de Montagu, votre premier fils et héritier.

Notre père baissa les yeux sur Hector, qui se tenait toujours devant lui comme un bouclier.

— Tu étais au courant ?

Hector rit et hocha la tête.

— Oui, Père.

— Étrange. Très étrange, murmura mon père avec humour.

Damon n'adressa pas un mot de plus à notre père, car cela n'aurait fait que nourrir sa plaisanterie. Au lieu de quoi il s'approcha de notre mère et l'enlaça. Lorsqu'il recula, Silva s'avança et fit la révérence.

— Madame la comtesse.

— Allons ! Ce genre de formalités n'est pas nécessaire en famille.

Notre mère posa gentiment la main sur la joue de Silva.

— Soyez les bienvenus, tous les deux.

— Oui, tout le monde est le bienvenu. Vous êtes les bienvenus. Elle est la bienvenue, s'impatienta Hathor. Bon, *Maman,* mes robes ne sont pas encore arrivées. Que suis-je censée faire ? Ne peut-on aller chercher la modiste ?

— Calme-toi. Non seulement les robes sont arrivées, mais la modiste sera là d'ici peu afin de procéder aux ajustements de dernière minute dont toi ou ta sœur pourriez avoir besoin pour demain.

— Ne l'avais-je pas prédit ? chuchota Damon à l'intention de Silva.

— Maman, le trajet a été long. Je suis épuisée, me plaignis-je.

— Dans ce cas, tu ferais bien de te retirer dans ta chambre où de l'eau te sera apportée pour que tu puisses te rafraîchir avant l'arrivée de la modiste. Allez !

J'éprouvai le désir soudain de recourir aux excès théâtraux d'Hathor pour protester, mais je me dirigeai docilement vers l'escalier, sachant qu'en mon absence, la conversation tournerait probablement autour de moi... et d'Evander.

« Non, me réprimandai-je, il faut que je prenne l'habitude de l'appeler "le duc". »

Damon leur raconterait sûrement notre brève rencontre, et ils veilleraient encore davantage à ne pas prononcer son nom en ma présence. En pénétrant dans ma chambre, je fis ce que je faisais toujours dans l'intimité : je retirai mon chapeau et mes chaussures avant de me jeter sur le lit et de fermer les yeux.

J'aurais préféré que ce ne soit pas le cas, mais j'avais entendu sa voix. Il avait prononcé à peine cinq mots, mais ils tournaient en boucle dans mon esprit, ravivant les braises de sentiments que je pensais depuis longtemps éteints.

Je me redressai contre les oreillers et ouvris le livre que mon père m'avait confié, cherchant un moyen d'occuper mes pensées. Mais l'histoire sur laquelle je tombai sembla se moquer de moi. Le titre du conte était *L'Oiseau d'or*.

— Je le savais ! s'écria une voix orageuse sur le seuil de ma chambre.

Je sursautai en refermant le livre et le pressai contre ma poitrine, pétrifiée par les yeux sombres de ma mère.

— Maman !

— Donne-moi ce livre, ordonna-t-elle, la main tendue.

— Maman… Je n'ai lu qu'une phrase, plaidai-je.

— Tu seras libre d'en lire plus à la fin de la saison. Et même autant qu'il te plaira lorsque tu seras mariée.

Elle réclamait l'ouvrage, intraitable.

— N'est-ce pas vous qui disiez que les épouses n'ont pas de temps pour lire, trop occupées qu'elles sont à tenir leur foyer ? demandai-je en cédant.

— Tu es donc capable de m'entendre. Très bien. À présent, écoute, car j'ai beaucoup à te dire.

Elle confia le livre à la domestique qui était venue m'apporter de l'eau.

Quand n'avait-elle pas *beaucoup* à dire ?

— Tu te marieras cette saison, déclara-t-elle.

— Maman, concentrez-vous sur Hathor, je vous en conjure ! répliquai-je.

— Ta requête est rejetée, trancha-t-elle sans aucune compassion. Je te donne deux options. Soit tu te découvres un intérêt pour un nouveau gentleman, soit tu te fiances à Evander.

J'écarquillai les yeux.

— Maman ? C'est… Il est… Je… Il ne veut pas de moi. Et je ne veux pas de lui ! ajoutai-je en hâte pour ne pas avoir l'air trop désespérée et idiote.

Elle s'assit sur le lit, son visage tout proche du mien.

— Tu dois me dire la vérité. Parce que si tu en as envie, je déplacerai ciel et terre pour que cela arrive. Il est veuf. Es-tu certaine de ne plus vouloir l'épouser ?

J'étais certaine de ne pas vouloir épouser un homme qui n'avait pas envie de m'épouser. Et Evander… Le *duc* ne voulait pas faire de moi son épouse, comme il l'avait clairement montré au monde entier.

— Je ne suis plus une petite fille naïve. Je ne nourris plus de tels désirs. Vraiment. Je ne veux pas de lui.

Son regard demeura imperturbable.

— Très bien.

Elle se leva.

— Dans ce cas, nous te marierons au gentleman le plus convoité de la haute société.

— Maman, que ce soit lui ou…

— Tu n'as pas le choix ! me coupa-t-elle sèchement. Si tu n'es plus une petite fille naïve, tu dois te rendre compte que ta position affecte tes sœurs. Il y a déjà des rumeurs qui circulent et sais-tu ce qu'elles disent ? Elles disent que les femmes Du Bell ont reçu le don de la beauté, mais qu'elles sont maudites en amour, puisque personne ne veut d'elles. Si tu ne te maries pas cette saison, ce sera encore plus dur pour Hathor.

— Hathor est magnifique et vive d'esprit. Elle trouvera sûrement…

— Et si Hathor se marie avant toi, ma chère, cela restera suspendu au-dessus de ta tête tel un nuage sombre. Les rumeurs ne porteront plus sur les filles Du Bell, mais sur toi seule, Aphrodite, et ce sera toi qui seras humiliée. Tu as déjà vingt-deux ans. Je ne le supporterai pas.

— Le mariage est-il vraiment la seule aspiration que nous puissions avoir ?

— Oui. Et un bon mariage est source de joie. Je ne te laisserai pas gâcher ta vie, tu es bien trop précieuse à mes yeux.

Et si je ne faisais pas un bon mariage comme elle et Père ? Qu'adviendrait-il de moi, alors ? Ne gâcherais-je pas mon existence dans une autre grande demeure ? Mais je me contentai d'acquiescer.

— Oui, Maman.

— Bien. À présent, hâte-toi de te préparer. La modiste est déjà arrivée et s'occupe de ta sœur.

Elle fit signe à la femme de chambre de m'aider avant de quitter la pièce aussi vite qu'elle y était apparue.

— Madame, je vais vous débarrasser de votre manteau, dit la domestique, Eleanor.

Je me levai pour la laisser faire.

Les bras écartés, je me demandai si, en les agitant suffisamment fort, je deviendrais un oiseau. Et, si tel était le cas, jusqu'où pourrais-je voler avant de heurter le toit de ma cage ?

Damon

— J'ai clarifié la situation, annonça fièrement ma mère en pénétrant dans le bureau de mon père.

— Bravo, mon amour. Mais de quelle situation parlez-vous exactement ?

Mon père leva les yeux des livres ouverts sur son bureau.

Ma mère pencha la tête sur le côté, un geste qu'elle avait l'habitude de faire lorsqu'elle se sentait contrariée ou méprisée.

— Celle qui concerne notre fille aînée, répondit-elle.

Mon père et moi restâmes silencieux, attendant l'explication qui ne manquerait pas de suivre.

— J'ai indiqué à Aphrodite qu'elle devait se marier cette saison.

— Je ne suis pas contre, mais qu'en pense-t-elle ? Lui avez-vous parlé du fils de lord Wyndham ? demanda mon père.

— Lord Wyndham ? répétai-je en pliant mon journal. Son fils n'est-il pas déjà marié ?

— Son fils aîné, oui, mais le second est encore célibataire et aurait entraperçu ta sœur l'été dernier, alors qu'elle rendait visite à ton oncle et ta tante à Drust. On dit qu'il est follement amoureux !

— Père, son second fils n'a ni titre ni patrimoine.

— Ah...

Mon père leva le doigt et sourit, une manie qu'il avait lorsqu'il pensait détenir une information dont nous n'avions pas connaissance.

— J'ai appris que le fils aîné de lord Wyndham était très malade et pourrait bien ne pas voir la fin de la saison. Or il n'a pas d'héritier.

— Quoi qu'il en soit, Odite peut convoiter beaucoup mieux qu'un comte.

— Tu prends le titre de comte de haut alors que tu en es un toi-même, mon garçon.

— Certes, mais seulement pour un temps. Un jour, j'hériterai de votre titre de marquis.

— Et pourquoi pas un duc ? intervint ma mère, visiblement peu satisfaite d'être écartée de la conversation. Evander est…

— Mère, non, la coupai-je.

— Ne l'interromps pas, me fit taire mon père aussitôt. Vous disiez, mon amour ? Qu'en est-il du duc ?

— Comme vous le savez, il est veuf désormais. Mon vœu le plus cher est qu'ils soient de nouveau réunis.

— Vous savez que je m'efforce toujours de répondre à vos vœux les plus chers, mais une fois de plus, je dois vous demander ce qu'en pense Aphrodite.

Ma mère se redressa, jouant avec son châle, un geste que je connaissais aussi.

— Elle est… confuse. Mais je suis sûre que lorsqu'ils se verront, le brouillard qui obscurcit ses pensées disparaîtra et elle comprendra ce que j'ai toujours su – à savoir qu'ils sont faits l'un pour l'autre.

— Je vois, commenta mon père. Et le duc vous a-t-il parlé, à vous ou à elle ? À moi, il n'a donné aucun signe en tout cas.

Encore une fois, elle joua avec le tissu.

— Non, mais il le fera sûrement.

— Hum, se contenta de répondre mon père. Très bien. J'attendrai qu'il le fasse.

— Bien.

— Bien ? répétai-je. Je ne suis pas d'accord. Dois-je vous rappeler à tous les deux que cette canaille l'a abandonnée et exposée à la risée de toute la société ?

Je préférais applaudir à ses fiançailles avec le second fils sans titre de lord Wyndham que la voir avec cet homme détestable.

— Je vous en prie, Mère, ne laissez pas votre amitié passée avec sa mère adoucir votre jugement à son égard.

— Penses-tu être plus soucieux du bien-être de ta sœur que moi, sa propre mère ? rétorqua-t-elle.

En cet instant, ma réponse aurait été affirmative, mais je me gardai bien de l'admettre. Mon père aurait été capable de m'assommer avec l'un de ses livres.

— Tout ce que je veux dire, Mère, c'est que des bruits peu plaisants courent à son sujet. On raconte qu'il a enfermé son épouse après lui avoir fait perdre la tête, et on dit aussi que leur enfant est élevé sans aucun soin ni affection. D'après ce que j'ai compris, il ressemble plus à son père qu'à sa mère. Cruel. Un tel homme n'est pas digne de ma sœur.

— Je n'en crois pas un mot.

Elle était vraiment implacable.

— J'ai pratiquement élevé ce garçon à tes côtés, Damon. Je le connais aussi bien que je te connais.

— Mère...

— Quand tout le monde parlait de tes aventures et proclamait que tu ne serais jamais sérieux, je riais, car je savais que ton heure viendrait, et elle est venue. À présent, lorsqu'ils te regardent, ils voient ce que j'ai toujours vu, un comte honnête - bien qu'un peu sévère - marié à une femme respectable. J'avais raison à ton sujet et j'ai raison à son sujet. Je ne me laisserai pas décourager. C'est ainsi. Alors, si vous voulez bien m'excuser, je dois m'occuper de mes préparatifs, déclara-t-elle avant de quitter la pièce comme elle y était entrée, la tête haute.

— N'est-il pas déraisonnable qu'elle mêle mon passé à tout cela ? demandai-je en regardant mon père qui s'était déjà replongé dans ses livres.

Il prit un ouvrage pour l'examiner de plus près.

— Ta première erreur a été de la contredire. Je pensais qu'en tant qu'homme marié, tu avais déjà appris cette leçon.

Je fronçai les sourcils.

— Père, je ne voulais pas la contredire. Je suis simplement inquiet et je ne comprends pas que vous ne le soyez pas. Aphrodite n'est-elle pas votre préférée ?

— Un père n'a pas de favori parmi ses enfants.

— Balivernes !

Il gloussa et me dévisagea.

— Mais s'il devait exister un tel classement, sache que tu te situerais en bas de l'échelle.

— Comment survivre à cela ? plaisantai-je en prenant appui contre le dossier de mon siège. Père, honnêtement, je crains que Mère n'aille trop loin. Aphrodite est encore fragile.

— Tu as dit que vous aviez croisé le duc sur la route ?

— Pouvez-vous y croire ? Quelle chance y avait-il que sa roue se prenne dans une ornière au moment où nous passions ?

— Les routes sont en mauvais état à cause des fortes pluies de cette année, les accidents sont donc inévitables. Il est dommage que ta sœur soit tombée sur lui si tôt, cependant. Comment a-t-elle réagi ?

— Elle ne l'a pas vu, mais elle s'est raidie comme une biche apeurée au seul son de sa voix. Il aurait fallu être aveugle pour ne pas remarquer qu'elle s'efforçait de garder son sang-froid.

— Ta mère a donc raison. Est-il possible qu'elle éprouve toujours quelque chose pour lui ?

— Père, ce ne sont pas les sentiments d'Aphrodite qui posent question. Le doute a toujours pesé sur ses sentiments à lui. Et l'histoire nous a montré ce qu'il en était. Si votre volonté est de faire d'elle une duchesse, Evander Eagleman n'est pas le seul duc du pays. Vous n'avez pas besoin de le soutenir.

— Je ne soutiens que cette famille, dit-il sévèrement. Le statut ou le titre est moins important que le bonheur et la sécurité de chacun de mes enfants, Damon, comme tu le sais. Je ne permettrai pas que ta sœur sombre à nouveau dans le désespoir, et surtout pas à cause du duc, mais il est vain de se battre pour le moment, car il est dans la nature des femmes de rêver et de s'agiter, en particulier au sujet du mariage. Inutile de prendre position avant que cela soit nécessaire. Et cela ne le sera que lorsque l'une de tes sœurs recevra une demande. Il se peut très bien que les efforts de ta mère soient dérisoires, ou qu'Aphrodite s'éprenne d'un autre gentleman. Il est de notre devoir, en tant qu'hommes, de veiller sur elles comme des bergers sur des moutons.

— Et si un loup déguisé en agneau parvenait à se frayer un chemin parmi le troupeau ?

— Si tu avais lu les *progymnasmata* de Nikephoros Basilakes, rhétoricien grec du XIIe siècle, comme je t'ai invité à le faire, tu connaîtrais la réponse à cette question, répondit-il en se levant.

Il fouilla dans une pile de livres derrière lui, en choisit un et le brandit.

— Abreuve ton esprit de ceci et non des bavardages frivoles des femmes.

Quand il y avait un problème, mon père avait toujours un livre pour le résoudre.

Je ne m'étais jamais considéré comme un homme futile ou stupide, sauf quand je discutais avec lui. L'étendue de ses connaissances semblait toujours s'agrandir.

— Comment se fait-il que vous soyez si doué pour me tailler en pièces et si impuissant face à Mère ?

— Encore quelques semaines de mariage et tu comprendras, Damon. Je te le promets.

Je redoutais ce moment, car si mon père, un homme si sage, n'arrivait pas à faire front, quelle chance avais-je de m'en sortir ?

— Je ferais mieux d'aller retrouver mon épouse, dis-je avant de me lever pour partir.

— Prends soin de lire les mots de Basilakes cette fois. Et ne corne pas mon livre !

— Oui, monsieur, répondis-je, renonçant à faire entendre raison à l'un ou l'autre de mes parents.

Comme ils pouvaient être bizarres parfois !

3

Aphrodite

— Tu es très belle. Tu n'as pas à t'inquiéter, affirmai-je à Hathor alors que nous étions installées dans la voiture qui nous conduisait au palais.

Je voyais bien qu'elle était préoccupée. Elle ne cessait d'ajuster nerveusement les plumes dans ses cheveux. Je voulais lui donner confiance en elle et, comme on me l'avait si souvent répété, il n'y a pas de plus grand éloge pour une femme que l'assurance de sa beauté.

— À côté de toi, je ne tiens pas la comparaison, murmura-t-elle en contemplant ses mains.

— Dois-tu forcément te mesurer à moi ?

— Tout le monde le fait.

Elle déglutit et leva ses yeux remplis de larmes vers moi.

— Lors de ton introduction dans la société, tu as été parfaite. On ne parlait que de ça. Même moi, je me souviens de t'avoir vue et d'en être restée bouche bée. Je me suis exercée à marcher et à faire la révérence des milliers de fois, et pourtant je ne t'arrive pas à la cheville. Comment as-tu fait ?

J'aurais pu lui dire que je n'avais fourni aucun effort et que je n'accordais aucun intérêt à cette mascarade, pas plus que je n'avais le moindre souvenir de cette journée, mais cela n'aurait fait que lui saper davantage le moral.

— Je crois qu'il suffit de se faire confiance et de rester calme. Ce n'est l'affaire que de quelques secondes, après tout, répondis-je.

— Heureusement que tu es là. Pourquoi n'y ai-je pas pensé avant ? railla-t-elle.

Elle poussa un soupir et regarda par la fenêtre alors que nous franchissions le portail.

Ne plus parler était ma meilleure option pour ne pas l'exaspérer encore plus. J'étudiai donc mes autres sœurs, Devana et Abéona, qui avaient le nez collé contre la vitre latérale, émerveillées par la foule et l'agitation régnant à l'extérieur.

— Hathor, je ne pense pas que tu aies à t'inquiéter. Jusqu'à présent, toutes les autres filles sont de véritables laiderons, commenta Abéona.

— Abéona ! s'exclama Hathor en sursautant, horrifiée par son langage.

— Où diable as-tu appris cette expression ? demandai-je en essayant de ne pas m'esclaffer.

Abéona haussa les épaules et se tourna vers nous.

— J'ai entendu l'une des domestiques le dire.

— Eh bien, es-tu une domestique ? Ne le répète jamais, surtout pas en compagnie d'autres personnes. C'est indigne de nous en tant que dames et il est malséant de l'entendre, déclama Hathor, ce qui lui valut un regard noir d'Abéona.

— Dans ce cas, comment appelles-tu une personne laide ? rétorqua cette dernière.

Hathor marqua une pause.

— Je dirais qu'elle est fade.

— Les gens disent de Silva qu'elle est fade, mais je ne pense pas qu'elle soit laide, observa Abéona.

— Oh ! Vas-tu arrêter de réfléchir autant ? Ne dis plus rien. Pourquoi ne peux-tu pas ressembler davantage à Devana ? Vois comme elle est silencieuse.

Abéona croisa les bras.

— Tu n'aimes pas être comparée à Odite, alors pourquoi me comparer à Devana ?

— Veux-tu...

— Ça suffit, dis-je doucement. Hathor, tu risques de rougir et de crisper ton visage si tu continues.

Celle-ci eut un mouvement de recul et plaça ses mains sur ses joues, les pressant fort comme pour empêcher toute émotion de se manifester. Les traits d'une débutante devaient être sereins et élégants, mais aussi innocents *et* séduisants. C'était une exigence que je pensais impossible à satisfaire, et pourtant on m'avait dit que j'y étais parvenue. Je ne pouvais qu'en conclure que le secret résidait dans l'indifférence la plus totale.

— La voiture s'est arrêtée ! lança Devana de sa voix grave et douce.

Elle s'écarta de la fenêtre pour permettre aux valets de pied de nous ouvrir la porte. Quand Abéona commença à s'avancer, je secouai la tête pour la retenir.

— Hathor passe la première, l'informai-je avant de m'adresser à celle-ci : C'est ton grand jour. Mère m'avait conseillé de rester un moment seule devant la voiture.

Elle acquiesça, inspira profondément et sortit avec l'aide d'une servante prête à ajuster sa robe blanche tandis que mes deux autres sœurs et moi restions en retrait. Ce ne fut que lorsque notre mère la rejoignit que nous sortîmes à notre tour.

Je ne pus m'empêcher de sonder la nuée de personnes et d'attelages devant moi. Mon inspection devait être moins discrète que je ne le pensais, car mon frère apparut à mes côtés.

— Qui cherches-tu ?

— Personne, mentis-je en lui faisant face. J'admirais les robes des autres jeunes femmes.

Il haussa les sourcils.

— Elles se ressemblent toutes.

— Aux yeux d'un homme, peut-être, gloussa Silva en lui prenant le bras. C'est à se demander pourquoi nous faisons tant d'efforts, nous, les femmes.

Personnellement, j'étais convaincue que nous le faisions pour les autres dames qui nous jugeaient. Pour la haute société, plus vite nous étions mariées, mieux c'était. Je n'appréciais guère que l'on résume les atouts d'une femme à sa beauté et à son statut social, mais cela ne m'empêchait pas de constater qu'Abéona avait raison. Hathor était bien plus belle que la plupart des autres débutantes. Une puissante aura semblait entourer notre famille lorsque nous pénétrâmes dans la cour. Nous jetant des regards curieux ou impressionnés, voire jaloux, tous s'écartèrent sur notre chemin. La particularité d'être des Du Bell.

Alors que je remontais l'allée, je sentais que j'attirais l'attention bien plus que le jour de ma propre introduction dans le monde.

En cet instant, j'aurais aimé posséder l'anneau de Gygès décrit par Platon dans *La République*, afin de me rendre invisible à volonté. Quels propos aurais-je alors entendus ? Quels secrets aurais-je découverts ? Platon m'opposerait toutefois que l'usage de l'anneau n'avait rien d'honorable et que par conséquent, j'étais aussi mauvaise que tous les médisants que je pourrais percer à jour.

Arrête de penser aux livres, Aphrodite.

— Regardez, le duc d'Everely, chuchota une dame.

Ils nous avaient étudiés tout leur soûl et passaient déjà à une nouvelle cible.

Je fis de mon mieux pour ne pas me retourner, mais je ne pus m'en empêcher. Une veste d'un bleu profond qui faisait ressortir sa peau foncée éternellement dorée par le soleil, une barbe parfaitement taillée qui mettait en valeur sa mâchoire carrée, des épaules larges, offrant à chaque spectateur un aperçu de son corps imposant, des yeux bruns concentrés sur sa sœur cadette... Oh...

Seigneur ! J'en avais le souffle coupé. Il était encore plus beau que dans mon souvenir.

Il avait changé, mais en mieux. Plus je le regardais, plus mon cœur battait vite. Puis, sans que je m'y attende, comme s'il entendait le tambour dans ma poitrine, il leva la tête et nos regards se croisèrent. Le monde entier sembla s'arrêter, y compris mon propre cœur. J'éprouvais… j'éprouvais une vague d'émotions chaque fois que je le regardais et j'étais incapable de le supporter. Je tournai les talons pour m'éloigner aussi vite que possible sans trébucher, mais je me heurtai pratiquement à mon père.

— Odite ?

— Oui ?

Il m'étudia longuement, puis m'offrit son bras, ma mère et Hathor s'étant déjà éloignées vers l'antichambre.

— Nous devons rejoindre nos places.

— Bien sûr, répondis-je en m'accrochant à lui.

Quoi qu'il reste du duc dans mon cœur, je m'en débarrasserais comme il s'était débarrassé de moi. Je lui montrerais que je n'avais aucun désir de recevoir ses attentions et que je n'étais pas une créature pitoyable. Tout comme j'entendrais sûrement parler de son mariage cette saison, il entendrait parler du mien. Il me verrait heureuse *sans lui*.

— Père, dis-je doucement alors que nous nous trouvions dans le hall de réception.

— Oui, ma chérie ? murmura-t-il.

— Seriez-vous heureux que je me marie cette saison ?

Il me dévisagea, marquant une brève pause avant de me serrer la main.

— Ce n'est pas ce qui me ferait plaisir qui compte, ma chérie, mais ce qui te ferait plaisir à toi. N'aie aucune crainte. Même si tu souhaites ne jamais te marier, je te soutiendrai.

— Maman pourrait vous décapiter pour m'avoir dit ça.

— Que cela reste entre nous, mais si tu ne te maries pas, tu devras affronter ta mère jusqu'à la fin de tes jours.

— Est-ce du soutien ou une menace ?

Il gloussa et un large sourire se dessina sur ses lèvres, ce qui me fit sourire à mon tour.

On annonça la reine. Immédiatement, je lâchai le bras de mon père, inclinai la tête et fis une révérence avant de me relever lentement. Lorsque je redressai la tête, la reine m'observait, la posture autoritaire sous les lourdes soieries et les bijoux, sa perruque dominant le reste de l'assistance. Tout le monde suivait son regard et donc, tout le monde me scrutait. Pas un mot ne fut prononcé et elle finit par détourner les yeux comme elle les avait posés sur moi... à sa guise.

— Commencez, déclara-t-elle.

Et c'est ainsi que le passage en revue débuta.

— Lady Clementina Rowley, présentée par sa mère, Sa Grâce, la duchesse d'Imbert.

Les portes s'ouvrirent sur une jeune femme plutôt grande, peut-être plus grande que tous les hommes de la pièce, dotée d'un cou particulièrement long. Sa mère, de très petite taille, marchait derrière elle. Elle n'était pas inconvenante, même si sa démarche était... hésitante. Je lançai un coup d'œil à la reine, qui arborait un air dégoûté. J'eus aussitôt pitié de la fille. La reine n'hésitait pas à se montrer cruelle.

Lorsque lady Clementina Rowley arriva devant elle et fit la révérence, la reine se redressa et demanda :

— Ma pauvre fille, vous a-t-on étirée quand vous étiez enfant ?

Quelques ricanements se propagèrent dans la salle, et je détournai la tête pour ne pas assister à la brutalité de ce moment. Hélas, mon regard se fixa sur la seule personne que je ne voulais pas voir : Evander. Ses yeux bruns me dévisageaient et je lui rendis la pareille.

Je ne parvenais pas à déchiffrer son expression. De temps à autre, il portait son attention ailleurs et je faisais de même. Les débutantes défilaient et je me surpris à attendre qu'il me regarde de nouveau. Finalement, fatiguée de ce manège ridicule, je me concentrai sur la porte.

— Lady Verity Eagleman, présentée par Sa Grâce, la duchesse douairière d'Everely.

La sœur d'Evander s'était épanouie. Je me souvenais d'elle quand elle n'était qu'une petite fille, assez turbulente et malicieuse, cherchant toujours à sortir jouer dans le jardin. Ses traits étaient délicats, son visage en forme de cœur, et sa peau avait la même teinte que celle de son frère. Sa démarche, bien que gracieuse et douce, contrairement à celle de la douairière, semblait... inadaptée. Pire encore, elle portait la même couleur que la reine elle-même.

Je jetai un coup d'œil à Evander, incapable de m'en empêcher, et je lus l'horreur sur son visage. Je tournai rapidement la tête vers la reine. S'il y avait bien une chose qu'elle détestait, c'était qu'on lui fasse de l'ombre, en particulier entre les murs de son propre palais.

Lentement, Verity fit une profonde révérence. Le visage de la reine ne révélait pas grand-chose.

Je voulais venir en aide à la jeune femme d'une manière ou d'une autre. Devais-je m'évanouir ? Causer de l'agitation ?

— De vrais laiderons, commenta Abéona à voix haute.

Tous les regards se tournèrent vers nous. Mon père me dévisagea, paniqué, et s'apprêtait à saisir Abéona quand, tout à coup, un rire s'éleva dans la salle. C'était la reine. Elle rejeta la tête en arrière, une main sur son ventre, puis retrouva son calme et salua Verity et la douairière.

— Suivante ! lança-t-elle.

Je serrai le bras de ma sœur et chuchotai :

— Maman aura ta tête !

Elle haussa les épaules. Abéona n'avait peur de rien, et j'en étais fière.

Enfin, ce fut le tour d'Hathor.

— Lady Hathor Du Bell, présentée par sa mère, la très honorable marquise de Monthermer.

Cette fois, lorsque les portes s'ouvrirent, tout était parfait.

La façon dont elles étaient habillées, la vitesse à laquelle elles marchaient et la grâce avec laquelle elles firent la révérence. J'espérais que la reine prononcerait quelques mots d'éloge à l'égard d'Hathor qui en avait bien besoin.

La reine les détailla, puis approuva d'un hochement de tête. Pour la plupart des jeunes débutantes, cela aurait été plus que suffisant, mais probablement pas pour Hathor.

La cérémonie, bien qu'elle parût interminable, finit par s'achever. Nous fûmes autorisés à rentrer chez nous avant le bal. Le retour vers les voitures se fit au milieu de bavardages auxquels je m'efforçais, en vain, de ne pas prêter l'oreille.

— Comment une fille peut-elle être aussi prude, alors que sa mère a l'air d'une chanteuse d'opéra tragique ?

Les dames devant moi riaient, sans se douter que je me tenais juste derrière elles.

— Vous voulez parler de « Sa Grâce », la duchesse douairière d'Everely ? s'esclaffa sa compagne. Il est clair comme le jour que c'est une imposture.

— Une imposture ?

— Vous ne le saviez pas ? Elle n'est pas la mère biologique du duc. La première duchesse d'Everely est morte en couches en mettant au monde lady Verity et, à peine deux mois plus tard, leur père a épousé cette femme. Elle est devenue leur belle-mère et a même eu un enfant peu après.

J'étais suffisamment proche pour pouvoir les entendre, même lorsqu'elles se mirent à chuchoter.

— On dit qu'elle a été sa maîtresse pendant de nombreuses années et que son premier fils, qui est plus âgé que le duc actuel, est en fait le fils illégitime du duc.

— Non !

— Si ! On raconte aussi que dès qu'elle l'a épousé, elle a remodelé tout le domaine familial, mais elle venait d'un milieu si modeste qu'elle ne savait pas s'y prendre et a semé le chaos dans leurs finances. Lorsque le duc est décédé, son héritier l'a chassée pour l'installer dans un petit appartement en ville. Ensuite, il a éloigné son frère cadet, fils légitime du duc, en l'envoyant étudier en province.

— À juste titre. Il est détestable de voir une telle femme se frayer un chemin dans l'aristocratie. Regardez le ridicule qu'elle a jeté sur leur nom aujourd'hui. La reine s'en souviendra sûrement.

— En toute honnêteté, cette famille entière est indigne. Sang noble ou pas. Saviez-vous que le duc a renoncé à son mariage avec la magnifique Aphrodite Du Bell, dont la beauté est reconnue dans tout le royaume ?

— J'ai entendu son nom, mais je ne la connais pas.

— C'est celle que la reine a regardée si longtemps avant d'ouvrir la cérémonie, celle à la célèbre révérence.

— C'était elle ? J'ai remarqué cette dame dès qu'elle est entrée. Elle est tout à fait exquise.

— La plus convoitée de la haute société... malgré son âge. Enfin, convoitée par tous, sauf par le duc d'Everely. Il a préféré un simple bol de soupe au luxueux festin qu'elle offrait. À tel point qu'il aurait, à ce qu'on dit, consommé sa soupe avant ses noces, indifférent à cette pauvre déesse grecque.

Elles rirent tandis que je ravalais la boule qui s'était formée dans ma gorge.

— Si c'est la simplicité qu'il recherche, je devrais peut-être lui envoyer ma fille.

Elles ricanèrent encore.

— Il la choisirait certainement plutôt que la déesse. Parfois, une trop grande beauté est une malédiction. Les hommes recherchent l'amusement, pas un tableau vivant. On rapporte d'ailleurs que depuis le décès de sa femme, il mène une vie de débauche, s'autorisant toutes sortes de plaisirs.

L'une d'entre elles avait laissé tomber son mouchoir, que je ramassai.

— Je vous demande pardon, madame, dis-je.

Leurs yeux s'écarquillèrent lorsqu'elles se tournèrent vers moi. Je leur tendis le bout de tissu.

— L'une d'entre vous aurait-elle fait tomber ceci, par hasard ?

— Oh oui, ma chère, merci, répondit la plus âgée.

— Je vous en prie.

Je leur souris et continuai à avancer vers notre voiture. Par chance, c'était la première à être arrivée. Je n'avais pas fait attention à la vitesse à laquelle j'avais marché, mais cela m'avait permis d'évacuer la colère que ces femmes avaient fait naître en moi.

« Allez au diable, vilaines commères ! hurlai-je dans mon esprit en piétinant encore un peu plus le sol. Vieilles pies futiles et… »

— Aphrodite !

Je sursautai au son de la voix de ma mère.

— Mère !

— As-tu oublié que tu avais une famille, ou cherchais-tu à prendre ton envol ? Pourquoi nous avoir semés ainsi ? Je t'ai appelée, mais tu as continué à avancer.

— Je suis désolée, Maman… J'étais perdue dans mes pensées.

— Ah, toi et tes pensées !

Elle souffla en secouant la tête et se retourna pour rassembler mes sœurs.

— Hathor, dépêche-toi. Nous devons rentrer pour que vous vous prépariez pour le bal.

— Quel intérêt ? La reine ne m'a pas dit un mot ! s'écria Hathor en entrant dans la voiture et en arrachant les plumes de ses cheveux.

— Considère-toi chanceuse, car les mots qu'elle a adressés à d'autres les ont fait pleurer, rétorqua ma mère.

— Vous ne montez pas avec Père ? m'enquis-je.

— Cherches-tu à m'éloigner d'elle pour la consoler ?

Ce n'était pas mon intention.

— Abéona, ici, ordonna-t-elle à notre plus jeune sœur, qui essayait de s'éclipser dans l'autre voiture.

— Maman, vous ne pourriez pas...

— Ici, répéta notre mère.

Devana se moqua de notre sœur, car elle, elle fut autorisée à partir avec notre père.

Abéona marcha jusqu'à la voiture à contrecœur. On l'aida à y monter et la porte se referma. Ma mère voulut lui attraper l'oreille, mais Abéona se blottit contre moi.

— Maman, les gens peuvent encore nous voir, dit ma jeune sœur.

— Tu as donc conscience du regard des autres, et pourtant cela ne t'a pas empêchée de parler de façon déplacée devant la reine. Non seulement tu as pris la parole sans y être invitée, mais ton langage n'était pas digne d'une dame !

— Mais la reine a ri, tenta d'argumenter Abéona.

— Tu seras de corvée de vaisselle !

— Maman ! s'écria ma sœur en sursautant d'horreur.

— Si tu tiens à parler comme les domestiques, tu devras travailler comme elles. Que cette leçon te rappelle ton rang.

Abéona me regarda et haussa les épaules, essayant de ne pas rire. Je m'étais trompée. Ce n'était pas la tête d'Abéona que Mère voulait, mais ses pauvres mains.

— Ne voyez-vous pas que je suis désemparée ? pleurnicha Hathor, en grande tragédienne.

— Hathor, combien de fois dois-je te répéter que tu es très bien ? dit Mère.

— Je ne voulais pas être très bien, je voulais être le diamant de la saison.

— Alors tu aurais dû voler le visage d'Aphrodite, la taquina Abéona. Tous les yeux étaient rivés sur elle, même ceux de la reine.

Hathor faillit se jeter sur elle.

— Oh, toi !

— Ça suffit ! décréta notre mère, qui commençait à se frotter les tempes. Je vous en supplie, assez ! Hathor, reprends tes esprits. La journée n'est pas encore terminée. Cesse un peu ta comédie, rassemble tes pensées et prépare-toi pour la véritable bataille, car elle commence ce soir. Quant à toi…

Ses yeux se posèrent sur moi.

— Souviens-toi de mes paroles.

J'acquiesçai.

— Ne vous inquiétez pas, Mère. J'ai compris.

Je trouverais un époux et plus jamais on ne parlerait de moi de cette façon.

4

Aphrodite

Je ne me souvenais pas de la dernière fois que j'avais assisté à un bal, et je me rendis compte, alors que je me tenais au milieu de celui-ci, que le monde avait beaucoup changé en mon absence. Je ne connaissais aucune de ces nouvelles danses. J'observais mes sœurs accepter invitation après invitation tandis que je me trouvais contrainte de repousser les hommes qui se présentaient à moi. Ma mère était furieuse, car elle n'avait pas conscience de mes lacunes, et j'étais en colère également, car cette situation me rappelait la discussion que j'avais surprise un peu plus tôt dans la journée lorsque ces femmes m'avaient qualifiée de « tableau vivant ». Vêtue élégamment, je me contentais de me lever ou de m'asseoir sous le regard attentif des autres convives. Et celui qui me troublait le plus était celui du duc. Car il était là, et je l'avais vu danser plusieurs fois, avec sa sœur uniquement, ce qui ne décourageait pas les nombreuses jeunes femmes qui recherchaient sa compagnie. Une fois que je l'eus repéré, je veillai à ne plus regarder dans cette direction et fus reconnaissante qu'il ait réussi à saluer ma mère à un moment où je ne me tenais pas près d'elle.

— Si tu ne peux pas danser, chante. Si tu ne sais pas chanter, alors joue, marmonna ma mère en désignant le pianoforte dans la pièce adjacente, laissé à la disposition de ces dames pour qu'elles démontrent leur talent.

Nombre d'entre elles s'étaient rassemblées pour former une ligne devant l'instrument. Cela pouvait paraître idiot, mais après tout, cette soirée avait pour but d'exposer les jeunes débutantes et tout ce qu'elles avaient à offrir aux hommes célibataires de la ville.

— Je ne pense pas, lui répondis-je. Ce serait...

— Échouons-nous à vous impressionner, lady Aphrodite ?

En entendant mon nom et la musique s'arrêter, je pivotai et me retrouvai face à face avec la reine. Je m'inclinai aussitôt pour faire une révérence, tête baissée.

— Veuillez me pardonner, Votre Majesté. Je ne vous avais pas vue.

— Redressez-vous. Je souhaite obtenir une réponse.

Je fis ce qu'elle m'ordonnait avant de relever lentement la tête.

Elle se tenait devant moi, vêtue d'une somptueuse robe écarlate et coiffée d'une perruque blanche, une canne à la main.

— Je ne pourrais jamais rester insensible à pareille splendeur, assurai-je alors que le monde entier – enfin, ce petit univers – se concentrait désormais sur moi.

— Et pourtant, je ne vous ai pas vue danser une seule fois, je ne vous ai pas entendue chanter et je n'ai pas décelé la moindre trace d'amusement ou de joie sur votre visage. Comment cela se fait-il ?

J'aurais voulu lui répondre que mon visage était simplement fait ainsi, mais cela n'aurait pas suffi. Chacun savait que la reine était devenue très dure, contrairement à la femme qu'elle était auparavant. Mon oncle avait émis l'hypothèse qu'elle évacuait sur ses sujets la frustration que lui causait la maladie du roi.

— Alors ? insista-t-elle.

Je fis une nouvelle révérence, mais moins profonde.

— Pardonnez-moi, Votre Majesté, vous m'avez prise sur le fait et je ne peux le nier.

— Vous admettez donc être lasse de nous ?

— Non, jamais. J'avoue être terriblement ignorante, expliquai-je. J'aimerais vraiment danser, mais comme vous le savez peut-être, j'ai été éloignée de la société un certain temps et je ne connais pas les nouveaux pas... Je ne voudrais surtout pas me ridiculiser.

— Lady Monthermer, je croyais que vos filles étaient les plus érudites de la société.

— Il semble que je doive faire plus d'efforts, Votre Majesté.

Ma mère rit doucement, mais j'étais certaine que la situation ne l'amusait pas et je craignais déjà les reproches qu'elle ne manquerait pas de me faire plus tard.

— C'est ce qu'il semble, confirma la reine.

Je crus que c'était la fin de mon tourment quand, au lieu de trouver une nouvelle victime, elle déclama à la ronde :

— Lady Aphrodite souhaite danser. Nous allons donc la satisfaire. Jouez une musique des saisons précédentes.

C'était la dernière chose que je voulais. Ma mère me pinça pour m'empêcher de dire ce que je pensais, mais il ne me serait jamais venu à l'idée de contredire la reine.

— Merci, Votre Altesse, mais je n'ai pas de partenaire...

À peine avais-je prononcé ces mots que plusieurs hommes s'approchèrent. L'un d'entre eux, au visage blanc, aux cheveux bruns et aux yeux verts, que je savais être le fils de lord Wyndham, fut plus rapide que les autres, mais j'étais incapable de me rappeler son prénom.

— Lady Aphrodite, me ferez-vous l'honneur de m'accorder votre première danse ? demanda-t-il en me tendant la main.

Sous les regards de la reine et de ma mère, je ne pouvais refuser.

— Bien sûr.

Je le laissai m'entraîner vers la piste. Ce ne fut que lorsque nous fûmes en place qu'un morceau que je connaissais commença à jouer.

Pendant que nous dansions, l'image d'un oiseau captif me revint à l'esprit. Ils avaient secoué ma cage, je me devais donc de leur offrir le spectacle qu'ils attendaient, et de le faire avec élégance.

— Vous ne vous souvenez pas de moi ? demanda mon partenaire alors que nous tournions sur la piste.

— Je vous demande pardon ?

Il sourit gentiment, la main tendue vers moi.

— Nous nous sommes rencontrés l'été dernier à Drust, alors que votre oncle vous chaperonnait.

Je repensai à mon séjour à Drust, que j'avais apprécié, mais je n'avais pas souvenir d'y avoir parlé à ce gentleman.

— Je vous présente mes excuses. Il semble que je ne me le rappelle pas.

— À Paravel Square. Vous aviez laissé tomber votre mouchoir, et je vous l'ai rendu.

Comme je ne me souvenais toujours pas, je dis simplement :

— Merci.

Il rit et nous pivotâmes vers la gauche.

— Je ne suis pas surpris. Vous sembliez absorbée par votre livre. Je crois que c'était un ouvrage de Shakespeare.

Cela me ressemblait bien.

— C'est possible, acquiesçai-je.

— Vous avez un talent particulier.

— Un talent ?

Il hocha la tête.

— Je n'avais jamais vu quelqu'un traverser une place de marché, le nez plongé dans un livre, sans même faire un faux pas. C'était comme si vous étiez clairvoyante, comme si vous deviniez les obstacles et les contourniez instinctivement, ou alors vous saviez que les autres s'arrêteraient pour vous laisser passer. C'était vraiment un spectacle merveilleux.

Je ris.

— Monsieur, je vous assure que je suis tombée bien plus souvent que je ne veux l'admettre. J'ai simplement eu de la chance ce jour-là.

— S'il vous plaît, appelez-moi Tristian, demanda-t-il lorsque la musique prit fin.

Du coin de l'œil, je vis que ma mère et la reine m'observaient toujours.

— Une autre ? proposa Tristian.

Je souris et hochai la tête comme on m'avait appris à le faire. Cette danse-là impliquait de changer plusieurs fois de partenaire. La première fois, j'y prêtai à peine attention, mais la deuxième, je me retrouvai au bras de l'homme que j'avais cherché à éviter depuis le début de la soirée. Une décharge électrique sembla me traverser lorsque nos mains se touchèrent. Mon cœur fit un bond. Il ne regardait que moi.

J'avais le souffle coupé.

Il s'apprêtait à parler quand la danse nous imposa de changer de partenaire une fois de plus. Je retrouvai Tristian, mais ne pus m'empêcher de me retourner en direction de l'endroit où le duc dansait maintenant avec sa sœur. Était-il sur le point de dire quelque chose ? Que signifiait cette sensation que j'avais éprouvée en le touchant ? Était-ce encore le fruit de mon imagination ? Et bon sang ! Qu'avait mon maudit cœur à bondir ainsi dans ma poitrine ?

« Calme-toi ! » l'exhortai-je.

Alors que celui-ci semblait retrouver un rythme normal, nous changeâmes encore une fois de partenaire et je fus devant lui.

— Aphrodite, souffla-t-il.

J'en restai sans voix. Il y avait si longtemps que je n'avais pas entendu mon nom sur ses lèvres. Sa voix me fit frémir.

Nous passâmes à un autre cavalier et Tristian me prit le bras. Ce ne fut qu'à ce moment que je pus de nouveau respirer normalement. Je priai pour que la danse se termine au plus vite.

Mon esprit était vide.

Je voulais rassembler mes pensées.

Elles avaient été anéanties.

Mon corps continuait à bouger alors que la musique s'achevait, mais j'étais ailleurs.

J'entendis les applaudissements qui marquaient la fin de mon calvaire. Je fis une révérence à l'intention de Tristian et je m'empressai de rejoindre ma mère, heureuse que la reine soit passée à autre chose.

— Tu as été magnifique, me félicita Silva en souriant.

J'étais hors d'haleine. Je devais avoir dansé plus que je ne le pensais.

— Maman, je crois que je vais aller dans le jardin.

— Mais le bal…

J'avais déjà commencé à m'éloigner. C'était impoli de ma part, mais je n'aurais pas accepté un refus. Tout à coup, je sentis un bras passer sous le mien. C'était Silva, qui me souriait gentiment.

— Il n'est pas convenable que tu sois sans chaperon.

— Nous avons le même âge, rétorquai-je.

— Je suis mariée, me rappela-t-elle.

Ah, bien sûr. J'avais brièvement oublié ce qui nous distinguait. J'acquiesçai, lui permettant de m'escorter alors que nous sortions dans l'air frais du soir. Les yeux clos, je pris une inspiration, espérant que la brise m'emporte.

— C'est magnifique, commenta-t-elle, attirant mon attention.

J'ouvris les yeux et découvris le jardin éclairé par d'étranges lumières. L'endroit était désert, l'herbe verte s'étendant jusqu'au lac où des cygnes se reposaient.

— Je préfère de loin être ici, confessa-t-elle.

— Tu n'aimes pas les bals ? demandai-je.

Elle soupira pendant que nous marchions.

— J'aime les bals, mais pas tellement les discussions qui s'y déroulent.

— Je comprends. Les bals sont l'épicentre des rumeurs. Est-ce qu'il s'est dit quelque chose d'intéressant ?

— Cela ne risque pas lorsqu'on cherche seulement à s'humilier les uns les autres ! s'emporta-t-elle en soulevant sa robe lorsque nous atteignîmes la pelouse.

Mon silence dut lui faire prendre conscience de son ton acerbe, car elle se départit de son air renfrogné en se tournant vers moi.

— Je te demande pardon. Je voulais dire que…

— Tu as raison. Nombreux sont ceux qui prennent plaisir à se moquer des autres. Je voudrais pouvoir affirmer que je suis meilleure qu'eux, mais je n'en pense pas moins.

— Vraiment ? Tu sembles pourtant si imperméable à tout cela.

— C'est ce qu'on m'a dit. Je ne sais pas si je dois me réjouir ou me lamenter que mon visage soit aussi inexpressif. Je t'assure, si tu pouvais lire mes pensées, tu essaierais de me fuir, moi aussi.

Silva rit.

— Jamais. J'ai appris à apprécier ta compagnie. Même si je dois admettre qu'il est intimidant de rester longtemps à tes côtés.

— C'est ce qu'on m'a dit à plusieurs reprises, repris-je en soulevant moi aussi ma jupe pour éviter de la couvrir de boue. Quelle était la discussion qui t'a poussée à t'enfuir ?

— Rien qui n'ait déjà été dit… de moi.

Elle fronça les sourcils.

— Ils me trouvent tous… mal assortie à ton frère.

Je levai les yeux au ciel.

— Aucune femme à l'exception de leurs propres filles ne leur semble assortie à un lord riche et puissant. Cela n'a rien à voir avec toi ou mon frère. Pour ma part, je te trouve admirable.

— Vraiment ?

Elle me dévisagea, l'air surprise.

— Pourquoi es-tu si étonnée ? Mon visage t'a-t-il donné une autre impression ?

Décidément, j'étais incapable de le contrôler.

— Non, dit-elle en secouant la tête. Je ne sais pas trop. Je supposais simplement que tout le monde s'attendait à ce qu'il fasse un plus grand mariage.

En toute honnêteté, ma mère avait été heureuse qu'une femme douée de bon sens et issue d'une famille à peu près décente ait poussé mon frère à se ranger avant qu'il s'attire le même genre d'ennuis qu'Ev… que *le duc* !

— Mes parents sont des gens très honnêtes, et c'est d'eux qu'Abéona tient son franc-parler. S'ils ne t'appréciaient pas ou n'approuvaient pas cette union, tu le saurais. Tu es à la hauteur de mon frère, peut-être même plus, car tu es plus pondérée.

Elle m'offrit un grand sourire.

— Merci… Ah ! cria-t-elle en marchant sur son ourlet avec sa chaussure crottée. Oh non !

— Reste calme. Ce n'est pas si grave. Ma mère a toujours de quoi résoudre ce genre de problème. Il doit y avoir ce qu'il faut dans la voiture. Viens, dis-je en lui prenant déjà la main pour la guider.

— Je vois la voiture, déclara-t-elle en me lâchant la main. Retourne à l'intérieur. J'arrive tout de suite.

— Tu es sûre ?

— Oui, c'est bon. Je ne veux pas que ta mère me reproche de t'avoir aidée à t'échapper.

Il y avait très peu de moments où je pouvais être seule, et je voulais en profiter. C'était un petit plaisir qui me rappelait mes escapades secrètes dans les bois de notre propriété familiale. Si mon père ou ma mère l'apprenaient, ils me pendraient par les oreilles. Je trouvais ridicule qu'une femme n'ait même pas le droit de se promener seule. Nous n'étions pas des enfants, malgré la façon dont ils nous traitaient tous. Si seulement j'avais un bon livre, je trouverais un bel arbre sous lequel m'asseoir, peut-être avec quelques friandises.

Oh, comme mes désirs étaient simples et accessibles !

— Ahh... Ahh...

On criait dans les buissons.

Quelqu'un était-il blessé ?

Au moment où je m'apprêtais à poser la question, je les vis.

Enfin, je ne les voyais pas vraiment, et je ne pensais pas qu'ils me voyaient.

Dans les buissons, une femme et un homme se livraient à une activité qui dépassait tout ce que j'avais pu lire en secret dans mes livres. La robe de la femme était baissée sur sa taille, révélant ses seins, et l'homme se tenait au-dessus d'elle comme une bête. L'idée qu'il était peut-être en train de lui faire du mal me traversa l'esprit, mais l'expression de la femme n'était pas celle de la souffrance. Elle était... extatique. C'était obscène, c'était un péché, c'était contraire à toute moralité et à toute convenance, mais je ne pouvais pas détourner le regard. J'observai l'homme embrasser le cou de la femme, puis sucer ses tétons comme le ferait un bébé. Quelle perversité ! Tels des animaux, ils grognaient et gémissaient à l'unisson.

« Ne regarde pas ! » me sermonnai-je.

Pourtant, je ne bougeais pas. Plus je les observais, plus je sentais une chaleur monter en moi. Ma respiration se faisait lourde. Mon corps était envahi par une sensation… étrange. Que m'arrivait-il ? Ce qui les possédait tous les deux était-il en train de m'infecter ? Et le visage de cette femme… Jamais je n'avais vu une telle expression auparavant.

Je portai une main à mon cou et j'eus la sensation qu'il était brûlant. Qu'est-ce qui me prenait ?

J'étais fascinée et j'allais me pencher pour examiner la scène de plus près quand je sentis deux grands bras autour de ma taille qui me tiraient en arrière. Cela fut si rapide que je n'eus pas le temps de crier. Avant même de m'en rendre compte, j'étais à plusieurs mètres des buissons, et lorsque je me retournai pour affronter mon agresseur, je me retrouvai nez à nez avec un Evander furieux.

— Qu'est-ce que tu fais ? haletai-je en essayant de me redresser.

— C'est moi qui devrais te poser la question ! rétorqua-t-il avec colère. Aphrodite, es-tu devenue folle ?

— Je te demande pardon ! m'écriai-je. Je suis parfaitement saine d'esprit !

— Les sains d'esprit n'espionnent pas les autres… de cette façon, me répondit-il. Regarde-toi.

J'étudiai mon propre corps, mais je ne décelai rien d'anormal.

— Ne vois-tu pas que tu es enfiévrée ?

— Tu prétends que je ne tiens pas en place ?

— Seigneur, aidez-moi !

Il posa une main sur son front et prit une profonde respiration en reculant. Puis, il refit un pas vers moi, toujours en colère.

— Je sais que tu es curieuse, Aphrodite, mais ce n'est pas une façon d'apprendre !

— J'ignore à quoi tu fais allusion, et arrête de me parler sur ce ton !

Il me dévisagea longuement, inspirant par le nez.

— Pardonne-moi.

J'acquiesçai.

— Maintenant, explique-moi, demandai-je.

— Pas question ! Dis-moi plutôt ce que tu faisais.

— Je n'ai pas à me justifier auprès de toi. Je suis simplement sortie pour me rafraîchir.

— Eh bien, c'est réussi !

— Alors, que faisaient-ils ?

— Un jour, tu l'apprendras de ton mari, et non de fripouilles dans des buissons !

— Pourquoi dois-je attendre qu'un mari me l'apprenne ?

— Parce que tu es une dame de noble naissance, Aphrodite.

— Et tu es un gentilhomme de noble naissance. Pourquoi t'a-t-il été permis de comprendre ces choses avant d'avoir une épouse ?

— Qui t'a dit que je les avais comprises avant d'avoir une épouse ?

— Ne me prends pas pour une imbécile, Evander ! Je ne sais peut-être pas grand-chose, mais je sais que si tu n'avais pas eu ce type de rencontre avec une femme, tu ne te serais pas retrouvé à en épouser une autre que moi ! Et tu sais forcément que malgré les nombreuses promesses que tu m'as faites, il n'y a jamais eu… d'interactions entre nous.

Il se figea pendant que ma poitrine montait et descendait au rythme de ma respiration saccadée. Nous nous dévisageâmes.

— Ou peut-être que tu as raison et que je ne comprends pas, repris-je. Peut-être que tu ne souhaitais tout simplement pas m'avoir. Et ce serait très bien ainsi, car je ne souhaite plus rien de vous non plus, Votre Grâce.

Je lui fis une révérence avant de partir.

— Aphrodite, attends…

— Aphrodite ?

Je me figeai en voyant Silva.

— Tout va bien ?

— Tout à fait, dis-je en lui prenant le bras et en la pressant vers le bal.

— Aphrodite, que s'est-il passé ? murmura-t-elle. A-t-il…

— Rien, je le jure. S'il te plaît, n'en parle à personne ! suppliai-je.

Elle fronça les sourcils en m'examinant de la tête aux pieds.

— S'il te plaît.

— Très bien. Heureusement, je n'y suis pas retournée sans toi. Le valet de pied m'a dit que tu n'avais pas quitté le jardin. Est-ce que quelqu'un d'autre vous a vus ?

— Non, promis-je, même si je n'en étais pas sûre.

— Calme-toi. Nous risquons d'attirer les regards, m'avertit-elle.

— Je n'ai pas l'air calme ?

— Tu n'as pas l'air d'être toi-même.

Je ne savais pas ce que cela signifiait, mais je m'efforçai de chasser tout ce qui s'était passé dans ce jardin de mon esprit.

Absolument tout.

5

APHRODITE

Je parvins à rassembler mes esprits jusqu'à ce que nous rentrions à la maison.

Je survécus à la leçon de morale de ma mère, qui ajouta la danse à la liste des choses que je devais apprendre « de toute urgence ». Je n'eus d'autre choix que d'agir comme à l'accoutumée et d'acquiescer, en souhaitant que le calme de la nuit m'accorde un peu de temps pour réfléchir. Je voulais faire appel à ma raison pour étudier les événements de la soirée, mais lorsque je m'étendis sur le lit, je ne pus échapper à la vision de ce couple dans les buissons. Il l'embrassait comme s'il voulait dévorer sa chair – et ne semblait-elle pas avide de se faire dévorer ? N'était-ce pas douloureux ? La façon dont il se saisissait d'elle comme le ferait une bête – en grognant et en haletant. À mesure que les images me revenaient, une douleur qui n'en était pas vraiment une naissait en moi. Je me rappelai la manière dont il avait pris son mamelon dans sa bouche et cette pensée fit durcir les miens.

C'était exaspérant.

« Ne vois-tu pas que tu es enfiévrée ? » Sa voix s'immisça dans mon esprit et me fit frémir. Je n'avais pas pris conscience, sur le moment, que c'était la première fois que nous nous parlions depuis des années, et il m'avait adressé la parole uniquement pour se moquer de moi et insulter mon intelligence. Je bondis du lit et attrapai ma robe de chambre ainsi que la bougie posée à côté.

Comment osait-il se rire de moi ?

Je me glissai dans la bibliothèque et n'arrêtai mon petit monologue qu'après avoir trouvé un dictionnaire de latin et m'être installée au bureau de mon père. Au moment où je m'apprêtais à consulter l'ouvrage, la porte s'ouvrit à la volée.

— Aphrodite ?

— Papa !

Il fronçait les sourcils.

— Que fais-tu ? Il est tard. N'es-tu pas épuisée par les événements de la journée ?

— À vrai dire, non. Je suis encore très agitée par toutes les festivités et je pensais me calmer en lisant un peu.

— J'aimerais que ton frère soit comme toi.

Il s'approcha pour s'enquérir du livre que j'avais sélectionné. Même si son bureau était couvert de documents, il décelait toujours le moindre changement.

— Tu lis le dictionnaire ? Eh bien, c'est une bonne manière de s'endormir !

— Euh... je suis tombée sur un mot que je ne comprenais pas et j'ai voulu en chercher le sens.

— Vraiment ? demanda-t-il avec enthousiasme.

S'il y avait bien quelque chose que mon père aimait, à part ma mère, c'était enseigner.

— Quel est ce mot ? Est-il d'étymologie grecque ou latine ? Je vois que tu as choisi le latin, mais on n'est jamais complètement sûr.

Oh, bon sang !

— C'était...

— Pourquoi es-tu encore debout ? demanda ma mère en faisant claquer la porte. Encore des livres ! Aphrodite, on nous attend au parc demain matin.

— Oui, Mère. Bien sûr. Bonne nuit !

J'attrapai ma bougie et passai devant eux en hâte.

— Et ta définition ? m'interpella mon père.

Je ne répondis pas, mais je me précipitai dans l'escalier et dans ma chambre, fermant la porte derrière moi. Je poussai un soupir, soulagée d'avoir réussi à fuir, puis posai ma bougie et me jetai sur mon lit. Tout cela était stupide. J'étais idiote. Et Evander… Le duc… Argh !

Je plaçai l'oreiller sur ma tête, faisant de mon mieux pour ne pas penser. Je voulais que le sommeil m'emporte, mais chaque fois que mes yeux se fermaient, je voyais ce couple sur l'herbe. Et bientôt, l'image se métamorphosa dans mon esprit pour laisser place à… Evander et moi.

« Aphrodite. » Sa voix contre mon oreille.

« Aphrodite. » Son souffle sur ma peau.

Je me recroquevillai, en boule, attendant que cela passe. Mais ce ne fut pas le cas. Je restai allongée, torturée par ce que j'avais vu, jusqu'à ce que le soleil commence à se lever, emplissant ma chambre de lumière. Jamais je n'avais été aussi épuisée.

— Bonjour, madame, dit Eleanor, ma femme de chambre, en ouvrant les rideaux. Quelle robe voulez-vous porter pour votre promenade dans le parc ? Votre famille y prendra le petit déjeuner.

Je tournai la tête de l'autre côté, ne me sentant pas prête à affronter la lumière du jour.

— Dites à ma mère que je ne me sens pas en état d'aller au parc aujourd'hui.

— Bonjour, Odite ! s'exclama Abéona en pénétrant dans ma chambre et en sautant sur mon lit en riant.

— Peux-tu me donner un peu de ton énergie, ma sœur ? lui demandai-je.

— Comment ?

— Abéona ! cria Hathor, ce qui la fit sursauter et la poussa à se cacher sous mon lit.

Peu de temps après, Hathor fit irruption dans la pièce et la balaya du regard, un ruban déchiré dans une main, son bonnet de nuit encore sur la tête. Ne voyant notre sœur nulle part, elle planta ses yeux dorés dans les miens.

— Où est-elle ?

— Bonjour à toi aussi, Hathor, répondis-je.

— Bonjour. Où est la sauvageonne ?

— Je l'ignore.

Elle plissa les paupières et hurla :

— Abéona ! Où es-tu ? Tu as déchiré mon ruban ! Je l'avais fait faire spécialement pour aujourd'hui !

Abéona restant invisible, Hathor se précipita dans le couloir en continuant à pousser des hurlements. Ce fut au tour de Devana d'apparaître sur le seuil.

— Bonjour.

Sa voix douce était la bienvenue.

— Bonjour, répondis-je en ouvrant les bras pour qu'elle se glisse dans le lit avec moi.

Elle s'allongea et je balayai ses boucles dorées de son visage.

— Tu as bien dormi ?

Elle hocha la tête.

— Pas moi.

Abéona sortit de sous le lit. Dès qu'elle montra son nez, Hathor surgit dans la chambre et se jeta sur elle.

— Je savais que tu étais là !

Abéona l'esquiva et Hathor manqua s'étaler de tout son long.

— Tu es plus âgée que moi. Tu es censée me pardonner !

— Et toi, tu devrais avoir des remords ! Et ne pas toucher à mes affaires ! s'emporta Hathor en la poursuivant.

— Madame, votre robe ? demanda Eleanor, qui était habituée à notre chaos matinal.

— Puis-je choisir pour toi ? proposa Devana.

— Je t'en prie.

Devana gloussa et se leva du lit pour regarder mes robes, ainsi que mes manteaux.

— Vert ! annonça-t-elle avant de se tourner vers moi.

Elle choisissait presque toujours le vert, car c'était sa couleur préférée.

— Alors, ce sera vert, cédai-je en me redressant avant que ma mère arrive et me réprimande pour ma fainéantise.

Eleanor m'apporta une bassine et, après m'être nettoyé le visage, je me regardai dans le miroir, étudiant mes yeux bruns.

— Odite, tu as des fleurs ! s'écria Abéona, revenue en courant pour faire son rapport. Je crois qu'elles viennent d'un prétendant.

— Je le savais, grommela Hathor en poussant Abéona pour pouvoir entrer dans mon dressing et se laisser tomber sur mon fauteuil. Tu es contente de toi, j'espère ? Tous les cadeaux de ce matin sont pour toi. Tu as même les faveurs de la reine.

— De la reine ? répétai-je en m'essuyant le visage. Quelles faveurs ?

Hathor laissa échapper un ricanement moqueur.

— Ne fais pas l'ignorante. C'est encore pire. Hier soir, c'est à toi qu'elle s'est adressée, parmi toutes les ladies présentes. Elle a même réorganisé le reste de la soirée pour te satisfaire. Toi !

Elle souffla et croisa les bras.

— On croirait que tu es sa fille !

— Tu exagères, mais si tu veux rester ici à te plaindre au lieu de te préparer comme je le fais, cela me convient parfaitement.

Elle écarquilla les yeux avant de reprendre sa course en appelant sa femme de chambre.

— Il faut commencer par ma coiffure !

Une partie de moi regrettait les matinées tranquilles que j'avais essentiellement pour moi à Monthermer, mais en regardant Abéona et Devana passer en revue mes robes, je me dis qu'il était agréable d'être de nouveau près d'elles.

— Abéona, Devana, dépêchez-vous de vous préparer, sinon Mère vous fera nettoyer les casseroles !

Elles firent la grimace et sortirent en courant de la pièce.

— C'est pour vous, madame. Votre mère a demandé que nous vous les apportions.

Deux servantes tenaient chacune une composition, l'une de tulipes blanches ornées de mouchetures rouges, l'autre de magnifiques roses.

Je m'approchai des tulipes et pris le bouquet des mains de la domestique en souriant.

— Elles sont magnifiques. Qui les a envoyées ?

— Sa Grâce, lord Evander Eagleman, quatrième duc d'Everely.

Ma mère entra à ces mots, l'air radieuse.

— Et les roses viennent de l'honorable Tristian Yves, le fils de lord Wyndham. Mais il semble que tu as fait ton choix.

— Maman, ne puis-je simplement admirer des fleurs ? rétorquai-je en m'empressant de les rendre à la servante.

— Tu peux. Je note simplement le bouquet que tu as choisi.

Elle ne faisait rien *simplement*.

— Il semble qu'Evander sache toujours comment attirer ton attention… ce qui n'est pas aisé.

— Vous me faites passer pour quelqu'un d'étrange.

— Tu *es* étrange, mon enfant. Je blâme ton père et ses livres pour cela, soupira-t-elle.

— Vous blâmez toujours notre père quand nous ne nous comportons pas selon votre goût.

— Alors, comporte-toi selon mon goût. Aujourd'hui, au parc, tu te promèneras avec Evander.

— Pas question !

— Et pourquoi donc ? Il a clairement manifesté son intérêt.

— Je ne me fie pas à son intérêt. Il a déjà montré son intérêt auparavant et regardez les problèmes que cela a causés.

Je m'approchai de l'autre bouquet pour y choisir une fleur.

— Je porterai plutôt l'une de ces roses aujourd'hui, dis-je en allant m'asseoir devant ma coiffeuse.

Ma mère poussa un nouveau soupir et tourna les talons avant d'ajouter :

— Tu t'obstines à résister à ton propre bonheur.

« Mon bonheur ne dépend-il que d'Evander ? J'espère bien que non », pensai-je en faisant tourner la rose entre mes doigts. J'étais bien décidée à ne pas me laisser entraîner dans un nouveau chaos provoqué par cet homme.

Ce n'était pas parce qu'il était veuf que j'allais l'accepter. Et ce n'était pas parce qu'il m'envoyait des fleurs qu'il était sérieux. Je ne savais rien de son état d'esprit, mais j'avais besoin de le voir, ne serait-ce que pour m'assurer qu'il ne parlerait pas de la nuit précédente. Si quelqu'un apprenait que j'avais été seule avec lui ou que j'avais assisté à une scène aussi « inconvenante pour une lady », ce serait ma ruine.

— Madame, voulez-vous que j'accroche la rose à vos cheveux ? demanda la femme de chambre.

— S'il vous plaît, répondis-je en lui donnant la fleur.

Je pensais que ma mère chercherait au moins à maintenir l'illusion d'une rencontre impromptue dans le parc, et que ce serait lors d'une sortie en famille que nous croiserions le duc inopinément. Hélas, en arrivant sur place, je découvris qu'il attendait à l'endroit où nos domestiques avaient déjà installé nos tentes pour le petit déjeuner et que le seul objectif de ce pique-nique était qu'Evander et moi discutions.

Ma mère, avec moins de subtilité qu'elle ne le pensait, prenait soin de se laisser distancer de plus en plus, nous laissant autant d'espace que la bienséance le permettait. Ses machinations semblaient néanmoins inutiles puisque le duc et moi marchions sans parler. Je pensais n'avoir jamais souffert du silence, mais celui-ci me contrariait.

— Puis-je compter sur toi pour garder secrète notre précédente rencontre ?

— Quelle rencontre ? demanda-t-il.

— Exactement.

— Ah, tu veux parler de la nuit dernière, quand je t'ai surprise en train d'épier des gens dans les buissons ?

Je m'arrêtai net pour le dévisager avec colère.

— Pourquoi me taquiner ?

— Pardonne-moi, se contenta-t-il de répondre en posant un regard doux sur moi.

Nous nous remîmes à marcher.

— Je ne sais pas comment te parler, dit-il tout bas.

— La manière appropriée de s'adresser à une lady est la courtoisie et le respect de l'étiquette.

— Et pourtant, tu ne m'appelles pas « Votre Grâce » et tu ne fais pas de révérence pour me saluer.

Je plongeai aussitôt en une révérence théâtrale.

— Pardonnez-moi, Votre Grâce.

Il fronça les sourcils.

— Me trouves-tu si repoussant désormais que tu n'arrives plus à me traiter comme tu le faisais avant ?

— Et comment te traitais-je ?

— Comme un ami.

J'esquissai un rire moqueur et secouai la tête.

— Nous n'étions pas amis. Nous étions des enfants, puis tu es devenu l'homme que je pensais épouser. Rien de tout cela ne s'applique plus désormais. Tu es un duc et je suis une lady. Voilà tout.

— Je refuse.

— Qu'est-ce que cela signifie ?

Je pris soudain conscience qu'il était très proche de moi, et mon cœur, ce traître, se mit à battre la chamade.

— Je refuse qu'il n'y ait plus que des platitudes entre nous.

— Et puisque tu refuses, je dois me plier à ta volonté ? dis-je sèchement. Pourquoi dois-je toujours suivre tes décisions ?

— Je ne voulais pas...

— Je n'ai pas choisi de marcher avec toi, et pourtant je suis là. Je souhaite qu'il n'y ait que des platitudes entre nous et tu le refuses. Et parce que tu es un homme, il en sera toujours ainsi.

— Je ne veux pas te mettre en colère, Aphrodite.

— Et pourtant, c'est le cas.

Mon cœur se serra de nouveau.

— Qu'attendez-vous de moi, Votre Grâce ? repris-je, les lèvres pincées.

— Une seconde chance.

Il s'approcha.

— Aphrodite, je souhaite nous donner une autre chance.

— Sais-tu que tu ne m'as jamais expliqué ce qui n'avait pas fonctionné la première fois ? observai-je en sondant ses yeux bruns, espérant qu'ils m'apporteraient des réponses.

— Pardonne-moi, murmura-t-il. Je t'en supplie.

— Explique-toi, alors, et ne me supplie pas.

Il ferma les yeux, la tête basse.

— Je ne peux pas.

J'avais envie de le frapper. De lui crier au visage et de le pousser.

— Votre Grâce, sachez ceci : un jour, je pourrai peut-être vous pardonner, mais d'ici là, je serai sûrement mariée à quelqu'un d'autre, et cela n'aura plus d'importance. En attendant, laissez-moi tranquille.

Sur ces mots, je lui tournai le dos et m'éloignai en direction de ma mère.

Elle m'attrapa par le bras.

— Que s'est-il passé ? Qu'est-ce que tu as dit ?

— Maman, si vous m'aimez, vous ne m'imposerez plus ce genre de situation, répondis-je en dégageant mon bras de son emprise.

6

Aphrodite

— Et un, deux, trois. Un, deux, trois. C'est bien, madame, et maintenant tournez, dit ma professeure, installée au piano, tandis que j'évoluais à travers le salon sous le regard de ma mère.

S'il y avait une chose que celle-ci ne permettrait pas, c'était que je fasse un faux pas. Elle avait toujours pensé que les instructeurs et les gouvernantes étaient trop cléments envers moi en son absence.

— Très bien…

— Non, ce n'est pas bon du tout, intervint ma mère. Cela passerait peut-être pour une autre, mais pas pour toi. Encore ! Depuis le début ! Je ne tiens pas à ce que notre famille soit déshonorée devant la reine une fois de plus.

— Maman, cela fait des heures, la suppliai-je.

— Me trouves-tu trop dure, ma chère fille ? Que cela te serve de leçon pour tout le temps que tu as perdu à Belclere à bouder. Il n'y a aucun moyen d'échapper à ses responsabilités, seulement de les retarder.

Je soupirai, me retenant pour ne pas taper du pied et me mettre à gémir comme Abéona lorsqu'elle avait dû laver les casseroles.

— À quoi penses-tu, ma chérie ? demanda ma mère lorsque je recommençai à bouger au son de la musique.

Et pourquoi ton visage est-il toujours aussi sévère ? Tu n'apprécies pas ton partenaire ?

— Je n'ai pas de partenaire, Maman. Je danse seule depuis tout à l'heure.

— On m'a dit que les livres stimulaient l'imagination. Puisque tu es si passionnée par la lecture, utilise ton imagination et invente-toi un partenaire.

Je savais qui mon esprit allait invoquer, et je n'osais pas me torturer davantage. Cet homme hantait déjà mes nuits. Inutile de le laisser conquérir mes jours également.

— Madame, appela une servante en entrant dans le salon.

— Oui ?

— Un gentleman est venu pour lady Aphrodite.

— Qui cela ?

— Un certain Tristian Yves.

Les épaules de ma mère s'affaissèrent.

C'était l'occasion de mettre fin à ce calvaire musical.

— Dites-lui que je vais le recevoir.

— Et ta leçon ? s'enquit ma mère.

— Pouvons-nous la poursuivre une autre fois ? Après tout, l'objectif de tout cela n'est-il pas de charmer un prétendant ? Et il y en a justement un à notre porte.

Elle ne fronça pas les sourcils, mais ne sembla pas satisfaite non plus. Alors elle se tourna vers mon instructrice et la congédia.

— J'espère que tu sais ce que tu fais, ajouta-t-elle à mon intention en allant s'asseoir à l'autre bout de la pièce, où son tricot l'attendait.

— Je fais exactement ce que vous avez demandé. Je cherche un mari.

Notre joute dut en rester là, car le gentleman entra dans le salon, un autre bouquet de roses dans une main et un présent emballé dans l'autre.

Il salua ma mère d'un signe de tête.

— Madame.

— Monsieur Yves, vous avez parfaitement choisi votre moment, déclara-t-elle à la plus grande confusion du nouvel arrivant.

— Elle veut dire que vous êtes plus que le bienvenu, intervins-je avec un sourire, puisque vous m'épargnez un énième cours de danse.

— J'ai toujours voulu être un héros.

— C'est réussi, le flattai-je avant de poser les yeux sur ses bras chargés. Qu'avez-vous là ?

— Des cadeaux ! dit-il comme s'il venait de s'en souvenir. Pour vous. J'espère que vous les accepterez.

— Merci.

Je pris le bouquet et humai les fleurs avant de les confier à la femme de chambre. Il me tendit le paquet. Au moment où l'objet toucha mes mains, je sus qu'il s'agissait d'un livre.

— Puis-je l'ouvrir maintenant ?

— Oui, s'il vous plaît.

Je défis soigneusement la ficelle blanche et écartai le papier brun pour révéler une édition qui semblait assez coûteuse des sonnets de Shakespeare, ce qui me fit sourire.

— Je sais que vous aimez lire, s'empressa-t-il de préciser.

— C'est vrai ! confirmai-je, ravie, jusqu'à ce que je l'ouvre et que je constate que les pages étaient maculées d'encre noire.

— Je ne voulais pas vous choquer avec des termes trop audacieux, alors ma mère a fait réviser le contenu du livre afin qu'il convienne à une lady, expliqua-t-il fièrement.

J'avais envie de lui jeter le livre à la figure - un si bel ouvrage !

— Comme c'est prévenant de votre part, dit ma mère.

Je pensais qu'elle se moquait, ce que j'avais moi-même envie de faire face à une telle bêtise, mais elle semblait sincère.

— Il vous plaît ?

— Oui, mentis-je en souriant. Voulez-vous rester pour le thé ?

— Avec plaisir.

J'acquiesçai et me tournai vers la servante, qui s'empressa d'aller chercher le nécessaire. Je fis signe à mon prétendant de s'installer sur une chaise.

— Je vous en prie.

— Merci.

En vérité, j'avais hâte qu'il parte, mais sous le regard de ma mère, je ne pouvais plus refuser sa compagnie.

— Je n'ai pas eu l'occasion de vous en demander davantage hier, mais vous avez dit que vous étiez à Drust l'été dernier ? Vous y plaisez-vous ?

— C'est bien trop peu civilisé à mon goût, trop envahi par la nature. Je n'y vais que lorsque j'y suis contraint, répondit-il avec arrogance.

J'adorais Drust et la nature environnante.

— Dites-moi, qu'est-ce qui vous a contraint à un séjour aussi peu civilisé ?

— Ma famille possède une banque dans la région et il m'arrive d'y être appelé pour assurer la bonne marche des affaires.

La servante revenait avec notre thé et nos biscuits.

— Oh, vous êtes donc banquier ?

Je lui proposai une tasse de thé.

— Oui. Ma famille possède des propriétés dans plusieurs comtés, ce qui me permet de voyager dans tout le pays.

Enfin quelque chose que nous avions en commun.

— Je peux dire que j'ai beaucoup voyagé, du moins plus que beaucoup de personnes de mon âge, avec mon oncle et ma tante, lui appris-je.

— N'est-ce pas horrible ? commenta-t-il en riant. Les longs trajets, les routes impraticables. Sans parler des auberges ! Je n'en ai pas encore trouvé une seule à la hauteur.

Mes épaules s'affaissèrent légèrement.

— En effet, approuvai-je malgré l'ennui que suscitait en moi cette discussion.

Et un, deux, trois. Un, deux, trois. La musique continuait à jouer dans mon esprit, et je m'imaginais en train de danser au milieu des arbres de Drust ou dans les champs de fleurs de Belclere. Le ciel clair et l'air pur. Je me voyais courant et riant bien trop fort. Je songeais au cheval que je voulais faire galoper aussi vite qu'il en était capable. Aux gâteaux que je pourrais manger en regardant le ciel. Je me perdais dans mes pensées. Et parmi ces pensées le duc, Evander, occupait toujours une bonne place. Ce n'était pas juste, car dans tous les souvenirs des choses que j'aimais maintenant et que j'avais aimées enfant, il était là, à mes côtés.

— Pardonnez-moi. Je me montre bavard, mais je dois admettre que je n'ai jamais été aussi à l'aise pour parler à une dame, dit Tristian.

Je ressentis un pincement de culpabilité.

— Merci, et merci d'être venu me voir. Il se fait tard.

— Oui, bien sûr. Si cela ne vous dérange pas, pourrai-je repasser vous voir ?

— Bien sûr.

— Bonne journée à vous, lady Aphrodite.

— Et à vous, monsieur Yves.

Il recula d'un pas et faillit trébucher sur le pied de la table. Il laissa échapper un rire gêné avant de se tourner vers ma mère.

— Madame.

— Dites à votre mère que je la salue.

— Certainement. Elle aimerait beaucoup parler avec vous… Je veux dire, vous rencontrer quand vous le souhaiterez, balbutia-t-il.

Ma mère se contenta de hocher la tête, et il fallut un certain temps pour qu'il se ressaisisse et parte enfin. Lorsqu'il fut sorti, je poussai un profond soupir.

— Tu ne l'aimes pas, constata ma mère.

— Que voulez-vous dire ? C'est un bon...

— Tu ne l'aimes pas. Et il est clairement épris de toi. Continuer de le fréquenter lui donnera de faux espoirs. Souhaites-tu être responsable de cela ? me demanda-t-elle en me regardant dans les yeux. Si tu t'engageais dans cette voie sans être prête à lui apporter la réponse qu'il attend à la fin, ce serait très cruel de ta part, ma chérie.

— Maman, c'est seulement la deuxième fois que je lui parle.

Il n'avait sûrement pas l'intention de me demander en mariage si rapidement.

— Dans son esprit, c'est la millième fois, car c'est le propre de l'amour. Il conquiert toutes vos pensées. Aussi a-t-il l'impression de te connaître depuis toujours, même si vous ne vous êtes rencontrés qu'une ou deux fois.

Je ne savais que dire, car cela semblait fou, et pourtant je connaissais ce sentiment.

— Attention, ma chère. L'orgueil d'un homme est bien trop dangereux pour s'en moquer.

— Je ne cherche pas à jouer avec qui que ce soit ni à être cruelle. Je me contente de faire ce que vous m'avez demandé. Je ne comprends pas comment une dame est censée se montrer aimable sans l'être trop pour ne pas risquer d'avoir l'air désespérée ou d'offenser l'orgueil des hommes. Si je refusais sa compagnie, on me traiterait de snob.

— Ma fille, nous devons toutes en passer par là. Tu t'en sortiras, je te le promets, répondit ma mère en prenant mon visage en coupe.

Sa réponse ne m'éclairait guère, comme toujours.

Toute notre vie, on nous disait de faire confiance. De ne pas poser trop de questions. De ne pas chercher d'explications.

— Tu ne m'as toujours pas dit de quoi il avait été question entre toi et Evander.

— Maman, pourquoi êtes-vous si attachée à Evander ?

Elle pressa mes joues entre ses mains.

— Parce que tu l'es !

— Je ne suis pas...

— Tu ne trompes personne, Aphrodite. Toute la journée, tu restes assise tel un ange parmi les hommes, imperturbable, comme si tu ne faisais pas partie de ce monde. Et soudain, il apparaît devant toi et tu redeviens une simple mortelle. Tu révèles ta colère, ta douleur, ta joie, ta peur et surtout... ton cœur.

— Maman, il m'a trahie...

— En effet, admit-elle. Je me suis creusé la tête pendant près de quatre ans pour comprendre. Je n'ai pas la réponse, et cela m'a mise en colère, tout comme toi. J'étais prête à tirer un trait sur lui et sur toute l'affaire, mais le destin vous a donné une seconde chance, et je ne souhaite pas que vous la gâchiez par orgueil.

— Et moi, je ne souhaite pas souffrir de nouveau, Maman. Excusez-moi.

Je quittai le salon et me précipitai dans l'escalier pour rejoindre ma chambre. J'avais décidé de me marier comme elle me l'avait demandé, et si ce devait être avec quelqu'un comme Tristian, qu'il en soit ainsi. Quelle importance s'il n'aimait pas la nature comme moi ? Quelle importance s'il me jugeait incapable de lire les œuvres de Shakespeare ? En quoi ma vie serait-elle différente ? Je faisais déjà des choses que je n'aimais pas faire.

— Odite !

Abéona déboula dans ma chambre.

— Je suis souffrante, Abéona. Je veux me reposer.

— Papa m'a dit de te donner ceci.

Elle tenait un dictionnaire. Je me redressai et feuilletai l'ouvrage. Bien sûr, il avait été révisé.

C'était et ce serait ma condition à jamais.

Sous le contrôle de mon père, puis d'un époux.

— Tu pleures ?

Abéona vint nicher sa tête sous la mienne. Je souris.

— Oui, de joie. Papa sait vraiment comment égayer une journée, n'est-ce pas ?

— Je lui dirai.

Elle me décocha un grand sourire et repartit en courant.

De toutes mes sœurs, c'était elle que je jalousais le plus, car elle jouissait de la plus grande liberté et n'en avait même pas conscience. Oh, quel gâchis d'offrir une telle liberté à une enfant !

7

Aphrodite

La saison était épuisante. Tous les deux jours, il y avait un petit déjeuner, un bal, un rassemblement ou une soirée organisée par l'une des prestigieuses familles qui espéraient assurer un bon parti à leurs filles. Mais malgré notre agenda surchargé, ma mère avait noté que nous avions reçu moins d'invitations cette année, apparemment parce que Damon était désormais marié. Elle était convaincue que les autres familles craignaient en réalité qu'Hathor et moi n'accaparions l'attention. Quelle était sa solution à ce problème ? Donner elle-même un bal. Ainsi, un joyeux chaos régnait dans notre maison ce matin-là.

— Quelle couleur porteras-tu ce soir, Odite ? demanda Hathor en débarquant dans ma chambre alors que j'essayais de lire.

— Je n'ai pas encore décidé...

— Veux-tu bien te décider pour que je puisse arrêter mon choix ?

Je levai les yeux au ciel.

— Très bien, je crois que je porterai du blanc.

— Je porterai du rose ! dit-elle en s'enfuyant.

Je secouai la tête et me concentrai de nouveau sur ma page, mais on frappa à la porte. Je soupirai et levai les yeux pour découvrir Devana sur le seuil de la pièce.

— Je peux avoir l'un de tes rubans ? demanda-t-elle poliment.

— Laisse-moi deviner, le vert ?

Elle sourit et acquiesça.

— Sers-toi.

— Merci ! s'écria-t-elle en fouillant dans mon tiroir pour trouver son trésor avant de repartir.

Une fois de plus, la porte se referma, mais on toqua encore. Je soufflai bruyamment avant de me ressaisir.

— Oui ?

— Madame, vous avez du courrier, dit Eleanor en entrant.

Je tendis la main pour prendre les lettres. La première était de ma tante, la seconde de Tristian et la troisième... d'Evander.

Je fus tentée de la lire en premier, mais je me ravisai et pris celle de Tristian. Comme toujours, elles avaient été lues pour inspection. Les enveloppes étaient déjà ouvertes.

Tristian avait écrit :

Je suis incapable d'attendre, car je crains de laisser passer ma chance, alors je sollicite l'honneur de votre première danse ce soir.

Tristian Yves

Je posai la lettre et ouvris celle de ma tante qui parlait surtout de sa vie à Drust et me disait combien je lui manquais maintenant que j'étais partie. Je n'arrivais pas à me concentrer. Tout me semblait être une distraction avant de lire la *sienne*. Je n'y tenais plus.

Je mérite ta colère et tes remontrances, car je sais que je t'ai déçue et blessée. Ce n'était vraiment pas mon intention. Et il n'y a rien que je désire plus que de réparer ce que j'ai brisé entre nous. Aphrodite, je ne te décevrai plus, je le jure. Pardonne-moi juste une fois, accorde-moi juste une chance... Je ne te ferai plus jamais de mal. Ce sera comme avant, les rires chasseront l'amertume. On dit qu'on ne peut pas revenir en arrière, mais on dit aussi que l'amour est plus puissant que tout et je veux croire en notre amour.

Prends ma main ce soir et offre-moi ta première danse. Permets qu'elle soit la première d'une longue série.

Bien à toi,
Evander

— Veux-tu porter les perles ou les diamants de famille ce soir ? demanda ma mère.

Je n'avais pas vu qu'elle était entrée. Bien sûr, elle connaissait très probablement le contenu de la lettre que je tenais maintenant contre ma poitrine. Son don pour apparaître au moment où je le souhaitais le moins était stupéfiant... ou digne des plus grands stratèges.

— Les perles feront très bien l'affaire, Maman, murmurai-je en me levant.

— Puis-je porter les diamants, Maman ? demanda aussitôt Hathor, que je n'avais pas vue entrer non plus.

— Non, tu ne peux pas !

— Maman, pourrais-tu ne pas la favoriser de manière aussi évidente ? Je suis aussi ta fille ! se plaignit Hathor.

Si Hathor occupait Maman, je pourrais peut-être m'échapper.

— Aphrodite, où vas-tu ? m'appela ma mère.

— Je vais me promener en ville ! lançai-je en me précipitant dans l'escalier.

— Mais tu dois te préparer !

Elle me suivait.

— Le bal n'a pas lieu avant plusieurs heures, Maman. Je pourrais traverser la ville et revenir qu'il me resterait encore du temps.

— Alors, aide tes sœurs !

Je regardai par-dessus son épaule.

— Hathor, as-tu besoin de mon aide ?

Celle-ci croisa les bras.

— Je suis tout à fait capable de me débrouiller sans toi. Ce n'est pas comme si tu savais faire grand-chose de toute façon.

— Je peux remercier Dieu pour ma beauté naturelle, rétorquai-je, sachant qu'elle ne pourrait s'empêcher de riposter.

Elle gonfla les joues comme un poisson-lune et tendit les bras le long de son corps tandis que ma mère et moi nous préparions à l'impact.

— Laisse-la partir, Maman ! Avec un peu de chance, elle tombera dans une porcherie et n'en reviendra jamais !

— Hathor ! la réprimanda ma mère.

— Et son fantôme te hantera à jamais, conclut Abéona, dont la tête pointait en haut des marches. Tout le monde se lamenterait sur son sort. « Pauvre Odite ! » Ils parleraient d'elle en permanence et je leur dirais que tu l'as maudite.

— Petite teigne ! s'exclama Hathor en la pourchassant.

— Les filles ! Cessez cela tout de suite !

Sur le seuil de la bibliothèque, mon père m'observait en secouant la tête. Je lui fis un clin d'œil et me dirigeai vers la porte.

— Chaperon, se contenta-t-il de dire.

À ce moment-là, Dieu soit loué, Silva sortit du salon. Je me précipitai vers elle et lui attrapai le bras.

— Puis-je t'enlever ?

Avant qu'elle ait le temps de répondre, je l'entraînai avec moi à l'extérieur et une domestique nous rejoignit en hâte avec nos sacs.

— Où diable veux-tu aller ? dit Silva alors que nous commencions à marcher.

— Sur la lune ? Est-ce possible ?

— Pas du tout, répondit-elle en riant.

— Pardonne-moi de t'avoir embarquée ainsi. J'avais besoin de paix et, ce faisant, j'ai peut-être dérangé la tienne.

Je fis un signe de tête à d'autres dames qui passaient devant nous.

— Ce n'est pas grave. Une promenade fait toujours du bien au corps et à l'esprit.

— Je le pense aussi, même si j'apprécie davantage une promenade en pleine nature qu'en ville.

Il y avait tellement de monde dans les rues qu'il était impossible de se détendre.

— Je trouve ça amusant.

— Qu'est-ce qui est amusant ? m'enquis-je.

— Tu veux fuir ta famille, mais moi, je l'apprécie.

— Je les aime aussi, mais pas tout le temps et surtout pas quand je veux être seule. Je n'ai jamais vraiment eu l'occasion d'être seule. J'ai toujours eu mon frère, puis, bien sûr, ma gouvernante. Ensuite, mes sœurs sont arrivées et je ne me suis jamais retrouvée sans surveillance.

— C'est la condition de toutes les jeunes femmes, y compris moi.

— Ta maison devait être moins chaotique, vu que tu es fille unique.

— C'est vrai, mais c'était aussi terriblement ennuyeux, soupira-t-elle. Je suis déjà fade, alors appartenir à une maisonnée banale, c'en est trop. Tu ne trouves pas ?

Je ricanai.

— Non.

— Tu n'as pas conscience du bonheur de vivre dans un tel foyer, ajouta-t-elle alors que nous traversions la rue. Une maison où tout le monde s'aime, se soucie des autres et se taquine. Même ta mère et ton père.

— Mari et femme ne sont-ils pas censés prendre soin l'un de l'autre ?

— Il y a souvent une différence entre ce qui est censé se produire et ce qui se produit réellement. Il est rare que mari et femme s'aiment d'un amour véritable et que cet amour survive au temps. Mes parents, bien que je les aime profondément, sont ravis quand ils sont séparés l'un de l'autre.

— Je suis désolée.

— Non, ne le sois pas. C'est un système qui fonctionne pour eux. Ils ont leurs propres chambres et leurs propres vies sociales, ils mangent chacun de son côté et cela ne change que lorsque nous avons de la compagnie.

Cela me semblait terriblement déprimant. Je ne voulais pas être indiscrète, mais je pensais qu'un tel arrangement ne pouvait pas concerner Silva et mon frère.

— Mesdames.

Un mot.

Il avait suffi d'un mot pour que je sache à qui appartenait cette voix. Je levai la tête pour découvrir Evander aux côtés de sa sœur et mon cœur se serra.

— Votre Grâce, lui dit d'abord Silva.

— Lady Montagu.

Il la salua d'un signe de tête, puis se concentra à nouveau sur moi.

— Lady Aphrodite. Comment allez-vous ce matin, mesdames ?

Comme je ne répondais pas, Silva s'en chargea pour moi.

— Nous allons à merveille, Votre Grâce. Si vous voulez bien nous excuser…

— Dieu merci, je suis tombée sur vous deux ! s'exclama soudain Verity. Je suis complètement perdue.

— Vous allez bien ? lui demandai-je.

— Non, je ne vais pas bien. Je n'ai pas de robe pour le bal de ce soir et mon frère est bien incapable de m'aider. Si vous avez le temps, accepteriez-vous de m'accompagner chez la modiste ?

— Ma chère, je ne crois pas qu'une modiste puisse vous confectionner une robe en quelques heures. N'avez-vous pas une tenue qui convienne parmi vos vêtements ? l'interrogea Silva.

— Je crains d'avoir déjà porté toutes mes plus belles robes. Et je ne souhaite pas me présenter devant madame votre mère dans une robe moins somptueuse. Elle ne manquerait pas de le remarquer.

Elle sourit gentiment.

Je jetai un coup d'œil à son frère pour découvrir qu'il était entièrement concentré sur moi. Il ne fallut qu'une seconde pour que mon cœur se mette à battre la chamade.

— Je ferai de mon mieux pour ne pas abuser de votre temps, poursuivit Verity, dont le visage se décomposa et le regard s'embua. C'est dans des moments comme celui-ci que j'aimerais avoir une maman ou une sœur aînée.

— Est-ce que la douairière...

Je serrai le bras de Silva pour l'empêcher de parler.

Malgré nos liens étroits avec le duc, je ne savais pas grand-chose de la duchesse douairière d'Everely, si ce n'est qu'elle n'était pas très appréciée, en particulier de trois personnes : Evander, sa sœur et ma mère.

— La meilleure solution serait d'ajouter des parures, de la dentelle ou de la soie à une robe déjà existante, dis-je. C'est quelque chose que même une couturière peut accomplir en si peu de temps. La boutique de Mme Marjorie a ce qu'il y a de mieux.

— Oh, ce n'est pas loin d'ici. Voulez-vous vous joindre à moi ? insista-t-elle.

— Bien sûr.

Elle me décocha un grand sourire et je levai les yeux vers son frère.

— Votre Grâce, nous la ramènerons en un seul morceau. Inutile de nous accompagner, je sais que les hommes n'ont aucun goût pour ce genre de choses.

— C'est vrai. Cependant, je vous accompagnerai quand même, car je crains que vous ne sous-estimiez les dommages financiers que ma sœur peut causer dans un seul magasin.

— Je ne vois pas de quoi tu parles !

Verity leva le menton avec défi et saisit le bras de Silva, l'éloignant de moi, ce qui nous obligea, Evander et moi, à marcher côte à côte.

Hathor m'avait informée qu'elle avait pu parler avec Verity au parc et qu'elle l'avait trouvée un peu sournoise... Je n'avais pas compris sur le moment, mais maintenant, je saisissais mieux.

— N'as-tu pas honte d'utiliser ta sœur pour me parler ?

— C'est toi qui as parlé la première.

Il avait raison. Je me tus donc et il reprit la parole :

— Je dois admettre, cependant, que j'apprécie quand elle complote en ma faveur.

— Tu as donc conscience de ce qu'elle fait ?

— L'as-tu trouvée discrète ?

— Absolument pas.

Il rit.

— Que veux-tu que j'y fasse ? Je souhaitais qu'elle réussisse et elle a réussi. Par conséquent, je peux te parler à nouveau.

— Je vois. Aussi sournois l'un que l'autre.

— Moi ? Je n'ai rien fait.

— En ne faisant rien, tu lui as permis de t'obtenir ce que tu voulais. C'est sournois, répétai-je.

Une lueur d'amusement dansait dans ses yeux.

— Très bien, je plaide coupable.

— Enfin. Et maintenant, ne parlons plus.

— Si tu avais vu clair dans le jeu de ma sœur, tu aurais pu rejeter son offre.

Je fronçai les sourcils.

— Elle pourrait quand même avoir besoin d'aide pour sa robe et, comme elle l'a dit, elle ne peut pas compter sur la compagnie d'une autre femme.

— Tu es donc venue par pitié ?

— Ne présente pas la situation comme ça, répondis-je vivement. Je suis simplement...

— Tu avais envie de me parler, toi aussi ?

— Vous avez une haute opinion de vous-même, Votre Grâce.

— Au contraire, marmonna-t-il.

À ces mots énigmatiques, je le regardai, mais il ne dit plus rien pendant un moment.

Puis, il murmura :

— As-tu lu ma lettre ?

— Quelle lettre ?

Je feignis l'ignorance en gardant la tête haute.

— Celle qui est dans ta main.

Je baissai les yeux et constatai que je tenais toujours sa lettre.

Il gloussa. Je le foudroyai du regard.

— Tu te moques de moi ?

— Oui, car ton talent pour le mensonge ne s'est pas amélioré, loin de là.

— Nous ne sommes pas tous aussi compétents que toi dans ce domaine, gredin.

Les mots étaient sortis de ma bouche avant que je puisse les retenir. J'écarquillai les yeux sans oser les lever vers lui.

— Tu es toujours une piètre menteuse, mais tu t'es améliorée en jurons, à ce que je vois.

— Pardonne-moi, dis-je en passant une mèche de cheveux derrière mon oreille. C'était…

— Je me souviens, quand tu avais presque douze ans. Ta sœur a déchiré ton livre préféré et ta mère t'a dit de lui pardonner. Tu as donc fait ce qu'on t'a demandé, puis tu t'es enfoncée dans les jardins de Belclere jusqu'à un immense arbre où tu as pu traiter ta sœur de nigaude, de face de pet et de démon.

Je me mordis les lèvres pour ne pas rire.

— Tu as même failli te casser l'orteil en donnant un coup de pied dans l'arbre, ajouta-t-il tandis que son rire se mettait à résonner.

— Arrête, le suppliai-je.

— Il y avait d'autres traces sur ce tronc et j'ai compris que c'était ton arbre à jurons et que tu l'utilisais souvent.

— Je ne vois pas de quoi tu parles. Une dame n'a jamais recours à un langage grossier.

— Sauf si la dame s'appelle Aphrodite. Dans ce cas, elle l'utilise tout le temps, à l'insu de ses victimes.

— Je ne te parle plus, déclarai-je comme un enfant.

En arrivant chez la couturière, j'entrai dans la boutique, sachant qu'il ne m'y suivrait pas, mais lorsque je reconnus l'une des clientes à l'intérieur, je fis demi-tour et me réfugiai à côté de lui.

— Qu'y a-t-il ?

Il essaya de regarder à l'intérieur.

— Arrête !

— Qu'y a-t-il, Aphrodite ?

— C'est elle, murmurai-je.

— Qui ?

— Elle !

M'apercevant que nos visages étaient trop proches, je reculai d'un bond. Il ne semblait pas être affecté par ma proximité comme je l'étais par la sienne.

— Elle... dans les buissons. Le soir du bal.

Il en resta bouche bée.

— Vraiment ? Laquelle ?

— Que fais-tu ?

— Je cherche à la voir.

— Pourquoi ? J'ai vu... j'ai vu... Tu sais ce que j'ai vu.

— Exactement. Elle devrait avoir plus peur de te voir que l'inverse. Bien que je doute qu'elle sache que tu existes.

Je fronçai les sourcils.

— Tu ne penses pas qu'elle m'ait vue ?

— Malgré le zèle avec lequel tu les observais ? me taquina-t-il.

Je plissai les yeux.

— Non, je ne crois pas qu'elle t'ait vue. Je crois qu'elle était trop perdue dans l'instant pour remarquer le monde autour d'elle.

— Vraiment ?

J'osai un nouveau coup d'œil. La jeune femme parcourait la boutique avec sa mère. Elle semblait encore plus jeune que moi à la lumière du jour.

— Tu es sûre que c'est elle ?

— J'ai vu son visage trop souvent dans mes rêves pour me tromper.

— C'est vrai ?

La lueur au fond de ses yeux bruns changea. J'avais l'impression qu'il m'attirait à lui et que je ne pouvais plus détourner le regard.

— Oui, réussis-je finalement à répondre.

Il inspira par le nez et regarda délibérément ailleurs, comme s'il se restreignait.

— Aphrodite, si tu savais...

— Si je savais quoi ?

Il déglutit difficilement, mais ne dit rien.

— Ne fais pas le timide maintenant, insistai-je. Dis ce que tu penses.

— Je ne peux pas.

— Pourquoi ?

— Parce que mes pensées sont bestiales, répondit-il en me regardant enfin. Et je crains que tu n'aies pas peur des bêtes.

— N'est-ce pas une bonne chose ? murmurai-je. De ne pas avoir peur ?

— Non, car cela rend les bêtes encore plus féroces, me répondit-il à voix basse. Cela excite leur appétit au point qu'elles ne sont plus capables de se comporter en gentlemen et se retrouvent dans les buissons.

Une vague de chaleur déferla en moi... comme la nuit précédente, alors que je me remémorais ce que j'avais vu dans le jardin. Mon souffle se fit court.

— Est-ce douloureux... d'aller dans les buissons ?

Il baissa les yeux, ferma les poings.

— Aphrodite, je t'en conjure, parlons d'autre chose…

— Est-ce douloureux ? répétai-je.

Il ne dit rien, inspirant à nouveau par le nez avant de poser les yeux sur moi.

— La première fois, pour une dame, cela peut faire mal, selon le partenaire. À vrai dire, le côté agréable ou douloureux de l'expérience dépend toujours du partenaire.

Mon cœur battit plus vite et ma gorge se noua.

— Penses-tu qu'elle ait vécu une expérience agréable ?

— Je n'ai pas bien vu, mais je le suppose.

Enfin. Des réponses. Je me rapprochai de lui.

— Excité ?

— Oui.

— Oui, quoi ?

— Tu viens de me demander si j'étais excité, n'est-ce pas ?

La tête penchée sur le côté, il planta son regard dans le mien.

— Crois-tu toujours que cela signifie qu'on est agité ?

— Comment pourrais-je connaître l'autre sens de ce mot si personne ne me l'apprend ? Alors, dis-moi.

— C'est difficile à expliquer… car c'est une sensation.

— Quelle est cette sensation ?

— Une sorte de chaleur qui te prend, dit-il, plus près de moi. Comme un feu qui se répand dans le corps, un désir qui palpite sous la peau, un besoin qui naît au creux de l'estomac.

— Et quelle est la finalité ?

— Les buissons.

Il prit une inspiration avec l'air de vouloir me dévorer comme une bête sauvage. Je laissai échapper un souffle tremblant.

— À moins que tu ne sois suffisamment douée pour te soulager seule.

— Seule ?

— Lady Aphrodite ?

Je me retournai pour découvrir Mme Frinton-Smith, une femme âgée dont l'arrière-arrière-grand-père avait été un éminent membre de la cour – d'après mes souvenirs – et dont le père était le troisième fils d'un vicomte. Son époux était un riche commerçant qui possédait plusieurs magasins en ville.

— Madame Frinton-Smith. Bonjour. Comment allez-vous ? demandai-je tandis qu'elle posait ses yeux bleus sur Evander.

Oh non, une nouvelle rumeur ne manquerait pas de se répandre bientôt.

— Je vais très bien, ma chère. Qu'est-ce qui vous amène aujourd'hui ? s'enquit-elle, comme si elle tenait la boutique.

— La sœur de lord Everely cherche à modifier une robe pour le bal que ma famille donne ce soir. Ma belle-sœur, qui est juste là et qui regarde par la fenêtre, et moi-même l'avons accompagnée pour l'aider, mais j'ai eu un coup de chaud et j'ai dû ressortir. Ma femme de chambre est là aussi, ajoutai-je pour assurer mes arrières.

— C'est très aimable à vous d'attendre avec Mlle Du Bell, Votre Grâce, commenta Mme Frinton-Smith.

Il la salua d'un signe de tête.

— Je cherche surtout à faire plaisir à ma sœur. Je préférerais être au club avec les autres gentlemen.

Mme Frinton-Smith écarquilla les yeux et j'eus envie de frapper Evander à la tête. Elle allait croire que je lui imposais ma compagnie.

— Eh bien, je suis sûre qu'elles ne vous retiendront pas longtemps. Lady Aphrodite, je voudrais vous présenter ma nièce, Mlle Edwina Charmant, qui est venue pour la saison. Elle est très enthousiaste à l'idée du bal de ce soir. Edwina ! lança-t-elle par la porte du magasin.

L'intéressée sortit. La femme du jardin !

— Bonjour.

Ce fut tout ce que je parvins à articuler tant mon esprit était perturbé.

— Bonjour, madame. Vous êtes vraiment resplendissante. Je suis très excitée de participer à votre bal.

— Ma chère nièce est fascinée par la haute société, indiqua Mme Frinton-Smith. Elle est encore un peu jeune, alors j'espère que vous vous occuperez d'elle ce soir… si vous n'êtes pas trop occupée vous-même.

Elle ponctua sa phrase d'un regard pour Evander. Pourtant, elle aurait mieux fait de garder ses yeux de commère sur sa nièce. Je m'inquiétais déjà de ce qui pourrait survenir dans notre jardin.

— Bien sûr, acquiesçai-je.

— Aphrodite, nous avons terminé, dit Silva en sortant avec Verity.

— Eh bien, nous ne vous retenons pas. Nous devons toutes nous préparer pour ce soir.

Mme Frinton-Smith et sa nièce prirent congé.

Quand je vis les regards que s'échangeaient Edwina et leur cocher, je compris avec certitude qu'il était son partenaire dans les buissons.

Je n'avais jamais eu l'exclusivité d'une telle affaire jusqu'alors. Je ne savais pas trop quoi faire de cette information, mais je m'inquiétais pour Edwina. Elle était jeune et ces ébats étaient tout à fait scandaleux. Pour elle plus que pour lui. Il serait considéré comme un débauché… mais elle serait anéantie.

— Faut-il dire ou faire quelque chose ? chuchotai-je en les regardant partir.

— À quel propos ?

— À propos d'elle, dis-je avec force. Qu'importe le plaisir procuré par l'expérience, elle n'est encore qu'une jeune fille. Et s'il profitait d'elle et qu'elle n'avait pas conscience des risques qu'elle prend ?

— Toutes les jeunes femmes connaissent les risques…

— Nous les perdons de vue, car l'amour nous aveugle et rend idiotes même les plus sages d'entre nous, lui lançai-je avec colère.

Il fronça les sourcils.

— Que comptez-vous faire ? Éliminer l'amour de la surface de cette Terre ?

— Aphrodite, nous devrions rentrer, décréta Silva en me prenant le bras avant que je puisse répondre.

Je pressai sa main sous le coup de l'émotion.

— En effet, nous devons partir. Au revoir, Votre Grâce...

— Lady Aphrodite, m'arrêta Evander, j'espère de tout cœur que vous accéderez à la demande que j'ai formulée dans ma lettre.

Je sondai son visage un long moment avant de tourner les talons.

J'avais besoin de réfléchir.

8

Aphrodite

« Comme un feu qui se répand dans le corps, un désir qui palpite sous la peau, un besoin qui naît au creux de l'estomac. » Comme toujours, ses paroles hantaient mon esprit, mais cette fois, avec une intensité inéluctable. Je les comprenais mieux à présent, même si cela ne me suffisait pas. Le sens de certains termes continuait de m'échapper. Je devinais que si nous nous retrouvions seuls, ou aussi seuls que possible, il me répondrait franchement. Il résisterait un peu, mais il se montrerait honnête et c'était bien plus que je ne pouvais en attendre de n'importe qui d'autre. La perspective de ne pas être traitée comme une enfant que l'on maintient dans l'ignorance était incroyablement libératrice. J'avais hâte de le revoir.

— As-tu choisi le cavalier à qui tu accorderas ta première danse ? demanda Hathor en entrant dans ma chambre sans y être invitée, non pas vêtue de rose, mais de rouge.

— Tu as changé d'avis, observai-je.

— Oui, le rouge attire davantage l'attention. Je dois user de tous les artifices que je peux trouver.

Je souris en jouant avec une plume tandis que ma femme de chambre finissait de me coiffer.

— Que cherches-tu à obtenir si désespérément, ma sœur ?

— Un mari, bien sûr.

— Et pourtant, tu as repoussé tous les gentlemen qui sont venus te voir.

— Il faut au moins être un duc pour me courtiser.

Elle s'empara d'une fiole de parfum sur ma coiffeuse et la porta à ses narines.

— Ce qui te laisse le choix entre un duc ou un prince, me moquai-je. Tes critères risquent d'être difficiles à satisfaire, car je n'ai pas vu beaucoup de princes au cours des derniers jours.

— Alors, je prendrai un duc.

Elle haussa les épaules en appliquant quelques gouttes de parfum sur son cou.

— Sous-entends-tu qu'il me serait impossible de devenir duchesse ? reprit-elle.

— Bien sûr que non. Tu serais la plus grande duchesse de notre temps.

Elle sourit à mes paroles.

— Je le crois aussi.

— Et dis-moi, combien de ducs célibataires y a-t-il en ville cette saison ?

— Trois, si tu veux savoir, enfin deux, puisque tu es entichée de l'un d'entre eux.

Je détournai le regard et me concentrai sur le miroir pour étudier ma coiffure.

— Je ne vois pas de quoi tu parles.

— Oh, je t'en prie ! Toute la haute société ne parle que de vous. On dit que Mme Frinton-Smith t'a vue en pleine conversation avec le duc d'Everely devant la boutique de Mme Marjorie.

Comment la rumeur avait-elle pu circuler aussi vite ?

— Ah oui ? Et alors ?

— On raconte que tu avais l'air très éprise et que lui ne semblait pas vraiment intéressé... pour changer.

Odite, les gens sont certains que tu vas lui courir après et que tu échoueras à l'obtenir une fois encore.

Je posai la plume et remerciai ma femme de chambre en me levant.

— Ils ne savent pas de quoi ils parlent.

— Bien sûr que non, mais tu leur fournis des armes en te montrant en sa compagnie. C'est lui qui te courtise, mais vu ce qu'il a fait par le passé, les commères sont convaincues que tu fais tout pour attirer son intérêt.

— Tu t'inquiètes pour moi ? Ne préfères-tu pas que l'on se moque de moi au lieu de m'encenser ? fis-je en mettant mon collier de perles.

— Je ne suis pas cruelle, soupira-t-elle. Je refuse simplement de rester dans ton ombre en permanence. Cela ne veut pas dire que je souhaite que l'on se moque de toi. Tu es l'aînée, alors si tu es l'objet de moqueries, je le suis aussi.

— Cette leçon de morale est donc en partie motivée par le souci de ton propre sort ? demandai-je alors que la servante me tendait des boucles d'oreilles.

— En partie, admit-elle avant de venir se placer devant moi, mais le reste est vrai aussi. Je ne veux pas qu'il te blesse de nouveau. Maman dit que le gentleman idéal est un homme fiable comme Papa, qui sera toujours là quand son épouse aura besoin de lui.

— Maman aime bien Evander.

Ses épaules s'affaissèrent.

— Oh là là ! Tu as recommencé à l'appeler par son prénom.

Je levai les yeux au ciel.

— Hathor, s'il te plaît. Il n'y a rien d'extraordinaire à appeler un ami d'enfance par son nom de baptême.

— Maman a peut-être un préjugé favorable à son égard, dit-elle sévèrement, mais tous les autres membres de la famille le détestent.

— Je ne pense pas que tu puisses parler au nom de toute la famille. D'ailleurs, Papa ne semble pas intéressé par ces histoires.

— Papa est toujours intéressé, me rappela-t-elle. Il aime simplement laisser la pièce se dérouler dans son intégralité avant d'ajouter son commentaire. Tu le sais bien.

— C'est vrai. Tu te souviens quand nous sommes allés voir...

— Non, tu ne détourneras pas la conversation !

Elle avait levé les mains comme l'aurait fait ma mère et je la forçai à les baisser.

— Si tu veux devenir duchesse, tu devrais surveiller tes manières.

— Désolée, dit-elle en se ressaisissant, mais promets-moi que tu ne te laisseras pas tourner la tête.

— Hathor, je vais bien. Personne ne va me faire tourner la tête. Bon, es-tu prête ?

— Prête pour quoi ?

— Le bal. J'ai fini. Nous pouvons y aller.

— Odite, nous ne pouvons pas descendre maintenant.

— Pourquoi ?

— Il n'y a pas assez de monde. Cela gâcherait mon entrée.

Elle me dévisagea soudain.

— Tout bien réfléchi, tu peux y aller si tu le souhaites. Ainsi, ils t'auront déjà admirée tout leur soûl le temps que je descende.

— La façon dont fonctionne ton cerveau est unique.

Je soulevai ma robe pour partir, mais elle ne me suivit pas.

— Tu comptes attendre dans ma chambre ? lui demandai-je.

— Elle offre la meilleure vue sur l'entrée, je pourrai voir qui arrive.

— Hathor, non ! Dehors !

— Oh, je t'en prie ! Je jure d'être sage. Les seules autres pièces donnant sur l'entrée sont les chambres de Père et Mère et de Damon. Je ne peux pas attendre dans la chambre d'une personne mariée.

— D'accord, cédai-je, mais si tu touches...

— Je resterai assise ici et je ne me lèverai que pour descendre.

Comme toujours, elle était ridicule.

***

En entrant dans le hall, je perçus des notes de musique et le murmure des conversations qui venaient de la salle de réception.

— Tu es jolie, dirent des voix au-dessus de moi.

Je levai la tête et vis les visages d'Hector, de Devana et d'Abéona qui m'observaient à travers les barreaux de la balustrade, leurs femmes de chambre faisant le guet derrière eux, veillant à ce qu'ils n'aillent pas plus loin.

— Vous êtes sûrs ? chuchotai-je en tournoyant pour qu'ils puissent mieux admirer ma robe. Elle vous plaît ?

Chacun d'eux hocha la tête, et Hector me décocha même un clin d'œil. Je souris.

— Si la soirée devient trop ennuyeuse, je m'éclipserai pour venir passer un moment avec vous.

— Tu ne peux pas plutôt nous faire descendre ? demanda Abéona. Nous ferions en sorte que cela ne soit pas ennuyeux.

— Maman a dit que si elle te voyait, tu dormirais avec les chiens, l'avertit Hector.

— Mais nous n'avons pas de chiens, riposta-t-elle.

— Nous avions un chien et il est mort. Il est enterré dans la cour, lui mentit-il.

Elle écarquilla les yeux.

— Nous avions un chien ?

Ne voulant pas gâcher le plaisir d'Hector, j'acquiesçai.

— Et visiblement, Maman a l'intention de t'enterrer avec si tu descends.

— Ce n'est pas raisonnable, commenta-t-elle.

— Papa dit tout le temps que Maman n'est pas raisonnable, observa Devana avec douceur.

Leurs petites têtes étaient vraiment amusantes, mais je fus rappelée à l'ordre.

— Aphrodite, ne t'attarde pas !

Au son de la voix de notre mère, ils remontèrent l'escalier en courant. Dès que j'eus rejoint Maman, elle recula pour m'examiner. Elle ajusta les pans du décolleté de ma robe, repoussa mes épaules en arrière, puis hocha la tête pour elle-même.

— Où est ta sœur ? demanda-t-elle.

— Elle attend pour mieux faire une entrée remarquée.

Ma mère sourit.

— C'est malin de sa part. Pourquoi n'attends-tu pas avec elle ?

— Ma présence est tellement grandiose que j'attire toujours l'attention, que j'arrive la première ou la dernière, plaisantai-je.

— Très juste.

— Maman, dis-je en riant, je plaisantais.

— Eh bien, tu ne devrais pas. Cette soirée est très importante.

— Comment cela ? demandai-je, accrochée à son bras tandis que nous nous dirigions vers la salle de bal.

— Tu choisiras publiquement ton cavalier.

Je poussai un gros soupir.

— Tu n'es pas fatiguée ?

— De ?

— De tout cela, et surtout d'imaginer un mariage à la moindre interaction.

— Un jour, quand tu seras mère à ton tour, tu pourras me parler de toutes les choses que tu as envie de faire et tu les feras. Pour le moment, c'est à moi de planifier. Alors, qui vas-tu choisir ?

Je ne répondis rien mais, alors que nous atteignions la porte d'entrée et que les maîtres d'hôtel nous ouvraient, je relâchai son bras. Combien de personnes Hathor attendrait-elle encore avant de descendre ? La salle était déjà presque pleine.

— Je ne m'attendais pas à une telle foule.

Je me mis à rire en admirant notre salle de réception transformée pour l'occasion. Elle était décorée de sarments de vigne et des feuilles pendaient même du plafond. Les tables croulaient sous les mets les plus rares, jusqu'à un gâteau en forme d'oiseau. Plus loin se trouvait une scène sur laquelle des musiciens se préparaient à jouer.

— Ne reste pas ébahie ainsi, ma chère. C'est notre maison, dit ma mère.

À mesure que nous nous frayions un chemin parmi l'assemblée, les convives nous saluaient et ma mère leur répondait par un signe de tête poli.

— Difficile de ne pas être éblouie, Mère, quand vous déployez une telle magnificence.

Je souriais lorsque nous rejoignîmes mon père, qui observait le véritable verger au-dessus de nos têtes.

— N'aurait-il pas été plus facile d'organiser cet événement dans le jardin que de faire entrer le jardin à l'intérieur, mon amour ?

— Et prendre le risque que la pluie ne vienne gâcher mon bal ? Je ne crois pas.

— Je vois.

Il acquiesça, puis se figea.

— Où est Hathor ? Elle n'est toujours pas prête ?

— À ce stade, elle pourrait tout aussi bien rester dans sa chambre, déclara Damon en se joignant à nous.

Silva se tenait derrière lui, vêtue de la plus belle des soieries rouges. La couleur d'Hathor. Mais comme

Silva était mariée, on pouvait espérer que ma sœur n'en serait pas contrariée.

— Elle était pourtant prête quand je l'ai vue, indiqua-t-elle quand Damon lui tendit un verre qu'il avait pris sur le plateau d'un serveur.

— Hathor est le cadet de mes soucis, annonça ma mère en balayant du regard la salle de bal.

— Cela fait-il de moi le plus grand de vos soucis ? m'enquis-je.

Elle ne répondit pas, ce qui fit glousser mon père et Damon.

J'étudiais les invités quand les portes s'ouvrirent sur une nouvelle arrivante. Pour la première fois de ma vie, j'entendis ma mère pousser un juron devant moi.

— Cette traînée !

J'en fus si surprise que je la dévisageai avec stupéfaction.

Ce ne fut que lorsqu'elle fit un pas en avant et que mon père lui attrapa le bras pour la retenir que je me remis de ce choc.

— Ne faites pas d'esclandre, mon amour, chuchota mon père.

— Comment ose-t-elle se présenter ici ? siffla ma mère.

Je me retournai finalement pour découvrir Verity, mais ce n'était pas elle qui posait problème à ma mère, c'était la femme qui l'accompagnait. Ornée de bijoux extravagants, vêtue d'une robe de soie somptueuse et coiffée d'une imposante perruque, la duchesse douairière d'Everely s'avançait fièrement. Je cherchai à voir si Evander était avec elles, mais il était absent.

— Restez calme, ordonna mon père à ma mère, tandis que la douairière et Verity s'approchaient de nous.

Ma mère releva la tête, respirant par le nez. À sa gauche, Damon prit la main de Silva et s'éloigna. Aurais-je dû l'imiter ?

— Lady Monthermer, votre maison est splendide, dit la douairière.

Ma mère la considéra un long, trop long, moment.

— Merci, Votre Grâce, répondit mon père à sa place. Il n'a pas été aisé d'organiser tout cela, mais ma femme a réussi un exploit une fois de plus.

— En effet, je…

— Verity, la coupa ma mère, tu es magnifique. Chaque fois que je te vois, c'est comme si j'avais une vision de ta mère.

— Merci, madame, répondit Verity. Bien que je ne sois pas certaine d'égaler la grâce de ma mère.

— Il est vrai que la duchesse avait été très bien accueillie par tous. D'ailleurs, la reine elle-même l'avait désignée comme le diamant de la saison. Elle n'aurait jamais été un sujet de moquerie à la cour, elle.

Ma mère sourit et jeta un regard appuyé à la douairière, qui la dévisageait à présent avec froideur.

— Tu es dotée de sa grâce, reprit ma mère. Ne t'en fais pas. Ce genre de chose nous est offert à la naissance.

— Si seulement ceux qui sont si bien nés vivaient plus longtemps, commenta la douairière.

Ce fut à ce moment que j'eus la certitude que j'aurais dû m'éloigner, moi aussi. Je lançai un coup d'œil à Verity pour voir si elle éprouvait la même urgence que moi de s'enfuir. Au contraire, elle paraissait plutôt amusée, attendant avec impatience la prochaine repartie de ma mère que mon père n'avait pas le pouvoir d'arrêter.

— Oui, si seulement, comme vous dites, mais il vaut mieux avoir une vie courte et noble, être à jamais tenue en haute estime et aimée, que de s'humilier en prétendant être ce que l'on ne pourra jamais devenir et en entachant de si belles soieries et de si beaux bijoux d'une puanteur inaltérable. Comme je l'ai dit une fois à votre mère, Luella, une truie dans une robe somptueuse reste une truie.

Les yeux paniqués de mon père se tournèrent vers moi, m'implorant de dire quelque chose.

— Maman, fis-je en posant une main sur son bras, je crains, en voyant la robe de Verity, que la mienne ne soit pas à la hauteur. Devrais-je me changer ?

— Non, ma chérie, toi et Verity êtes splendides. Comme je l'ai dit, c'est une question de naissance, répondit-elle.

Mon père me jeta un nouveau regard désespéré. Heureusement, ma mère décida de reporter son attention sur Verity.

— Venez, ma chère, je voudrais vous présenter à des amis. Je crains parfois que votre entourage ne soit pas des plus sains.

— J'en serais ravie, car je partage vos craintes, approuva Verity en jetant un regard éloquent à sa belle-mère avant de s'éloigner.

La douairière resta plantée là plusieurs secondes, tremblante de rage, avant d'adresser un rapide signe de tête à mon père et de partir dans la direction opposée.

— Seigneur ! s'exclama Damon en se précipitant vers nous, riant à gorge déployée devant le spectacle que nous offrions. Il n'y a pas de lame plus tranchante que la langue d'une femme.

Notre père poussa un long soupir en m'observant.

— C'est tout ce que tu as trouvé ?

— Vous êtes marié avec elle depuis plus de trente ans. C'est le mieux que vous pouviez faire ? rétorquai-je. La raison voudrait que la partie la plus expérimentée prenne les choses en main.

— Et les bonnes manières veulent qu'un homme ne s'immisce pas dans les querelles de femmes, répliqua-t-il. La prochaine fois, éloigne-la de force.

— Impossible.

Damon et moi, qui avions répondu d'une même voix, nous regardâmes en riant.

— Puis-je poser une question ? intervint Silva après s'être introduite dans notre petit cercle. Est-il sage de se faire une ennemie de la douairière ?

— Non, répondit mon père, mais ce conflit date de bien avant votre naissance à tous. Seul le retour du Christ sur Terre pourrait y mettre fin à présent.

— Lord Monthermer ! l'interpella l'un de ses amis.

— Enfin une compagnie saine d'esprit. Excusez-moi, dit mon père en nous quittant.

— Alors, aide-moi à comprendre, chuchota Silva. Ta mère déteste la douairière à ce point en raison de son amitié pour l'ancienne duchesse d'Everely ?

— Nous, les Du Bell, sommes une race têtue et loyale, lui expliqua mon frère. Nous ne pardonnons pas facilement à ceux qui blessent les nôtres. Et dans le cas de lady Luella Farraday, l'ancienne duchesse d'Everely, ma mère n'a jamais pardonné. Elle la considérait comme une sœur.

— Est-ce mal que je ressente un peu de compassion pour la douairière ? demanda Silva.

Celle-ci évoluait parmi les convives, parlant à quelques-uns, mais évitée par beaucoup d'autres. Ils ne se montraient pas aussi durs que ma mère, bien sûr, et la saluaient poliment, mais passaient rapidement leur chemin.

— Crois-moi quand je te dis que d'après les souvenirs que j'ai du passé, elle mérite son sort et bien plus encore, affirma mon frère. La cruauté dont elle semble être la victime n'est que le reflet de la cruauté dont elle a fait preuve envers les autres, en particulier les enfants de l'ancien duc.

— Que veux-tu dire ? demandai-je. Quel genre de cruauté ?

Il m'observa, hésita, puis se ravisa.

— Ce n'est rien, ma sœur.

Ce n'était pas rien.

— Mais...

— Regardez qui est arrivé, dit-il, faisant battre mon cœur à toute vitesse.

Je pivotai, pensant que c'était *lui*, mais il ne s'agissait que de Tristian. Dès qu'il me vit, il se dirigea vers moi. Je posai mon verre en hâte pour m'éloigner.

— Où vas-tu ? m'interpella Damon.

— Je reviens dans un instant.

Mais il était presque impossible de se cacher à un bal où chacun ralentissait pour me parler ou pour me présenter une connaissance. Et pendant tout ce temps, je devinais Tristian qui avançait vers moi.

La seule solution était de quitter la pièce, alors je me précipitai vers la porte des domestiques et descendis en courant pour m'enfuir vers l'unique endroit où je pensais pouvoir respirer librement.

— Madame ?

Tout le personnel de cuisine avait interrompu son travail et me dévisageait.

— Y a-t-il quelque chose que nous puissions faire pour vous aider ? demanda la domestique qui se tenait le plus près de moi.

— Euh… non. Je veux dire…

Je ne voulais pas retourner à l'étage, mais il n'était pas correct que je reste parmi le personnel. En même temps, j'étais la maîtresse de cette maison et donc libre de me rendre où bon me semblait.

— Je sais que cela peut paraître étrange.

Je ris, mais ils continuèrent de me regarder fixement.

— Puis-je rester ici un moment ?

Ils échangèrent des regards complices.

— Bien sûr, madame, dit le majordome en tirant un tabouret pour que je m'y assoie et en l'époussetant du mieux qu'il pouvait.

— Merci.

Ils se remirent au travail, mais le silence régnait désormais dans la pièce. Je les gênais manifestement et je commençais à me demander ce que je fichais là.

Pourquoi m'étais-je réfugiée dans la cuisine ? Pourquoi y restais-je ?

« Evander », répondit mon cœur.

Tout en soupirant, j'attrapai l'une des pâtisseries posées sur la table.

— Aphrodite !

Je sautai du tabouret, laissant tomber ma friandise pour faire face à mon frère.

— Que fais-tu ici ?

— Je voulais m'asseoir un peu.

Il fronça les sourcils et me prit la main.

— Remontons. Tu ne peux pas rester avec les domestiques. Tu les déranges.

— Ce n'est pas le cas, mentis-je en tournant la tête pour voir si l'un d'eux se porterait garant de mon mensonge.

Ils détournèrent tous le regard. Ma présence était plus gênante que je ne le pensais.

— C'est très immature de ta part.

— J'étais simplement assise...

Il me foudroya du regard.

— Tu te cachais. Tu ne veux pas accorder ta première danse à Tristian ?

— Est-ce que tout le monde dans cette maison a lu mon courrier ? m'agaçai-je.

— Aphrodite, tu es la plus raisonnable de mes sœurs.

— Menteur, murmurai-je. C'est Devana.

Lorsqu'il acquiesça en souriant, je lui donnai une tape sur le bras.

— Malgré tout, tu as plus de bon sens que la plupart des autres jeunes femmes. Ne laisse pas Evander t'en priver à nouveau.

— Je ne suis pas...

— Si, tu l'es.

Il prit une expression sévère.

— Tu t'es enfuie parce que tu l'attends. Et c'est bien le problème. Aucun gentleman, qu'il soit duc ou non, ne devrait faire attendre une dame telle que toi. Quand un vrai gentleman demande l'honneur d'une première danse, il fait en sorte d'arriver à l'heure pour l'obtenir. Et qui est arrivé à l'heure ?

Je ne répondis rien.

— Tu n'es pas obligée d'accepter la demande de Tristian, mais il ne mérite pas que tu te caches de lui.

— Tu as raison, mon frère, approuvai-je.

— Bien. Maintenant, partons, dit Damon en m'offrant son bras.

Je l'acceptai, prenant ses mots à cœur tandis que nous remontions vers le bal. Evander avait tellement insisté pour que je lui pardonne, pour que je lui accorde ma première danse, et pourtant il n'était toujours pas arrivé.

À notre retour, je vis sa sœur avec ma mère. Comment avait-elle pu arriver avant lui ? Ne venaient-ils pas du même endroit ? Les gentlemen étaient censés être fiables.

— Lady Aphrodite, m'interpella Tristian en apparaissant devant moi. Comme toujours, vous illuminez la pièce.

Je souris tandis que Damon relâchait mon bras et s'écartait légèrement.

— Merci, monsieur.

— Ce serait un honneur pour moi que vous m'accordiez votre première danse.

Sa proposition me faisait mal, tout comme ma désillusion. Une fois de plus, Evander avait nourri mes espoirs pour mieux les décevoir.

— Bien sûr, dis-je en offrant ma main à Tristian.

À cet instant, comme si le destin voulait se moquer de moi, Evander fit son entrée. Je détournai aussitôt le regard et laissai Tristian me conduire au centre de la piste de danse.

9

Damon

Il la regardait comme un homme affamé regarderait un festin, échevelé et hagard. Quand il fit un pas vers elle, je me précipitai pour lui barrer la route.

— Tu arrives trop tard.

— Dégage de mon chemin.

— Je ne bougerai pas. Et fais attention à tes manières, je te rappelle que tu es chez moi. Tu n'as aucun droit de débarquer ici et de causer une scène alors que c'est toi qui ne t'es pas présenté.

— J'étais...

Il s'arrêta et baissa les yeux, inspirant par le nez.

— Je dois lui parler. Je dois lui expliquer.

— J'ai dit non, répondis-je en lui attrapant le bras.

Il siffla de douleur à ce contact. Son manteau me parut humide. J'écartai sa main et découvris qu'elle était couverte de sang.

— Juste ciel !

Je m'approchai pour voir que le sang coulait à présent sur son poignet.

— Tu es blessé. Nous allons appeler un...

— Ne dis rien !

Puis il lança un dernier regard à ma sœur et prit congé.

— Tout va bien ? s'enquit Silva en me rejoignant. Pourquoi saignes-tu ?

— Ce n'est pas mon sang, murmurai-je en cachant ma main en hâte. Reste ici.

— Damon…

— Plus tard, dis-je avant de me précipiter vers la sortie.

Cet imbécile ne pouvait tout de même pas songer à rentrer seul chez lui dans le noir alors qu'il était blessé. Sur le parvis, je le vis se hisser sur son cheval et s'enfoncer dans la nuit.

Merde. Merde ! Ne t'en mêle pas… Ce ne sont pas tes affaires.

Maudit soit-il !

— Monsieur, je dois vous emprunter votre monture ! Pardonnez-moi, dis-je au premier gentleman que je vis mettre pied à terre, n'attendant même pas sa réponse.

J'enfonçai mes talons dans la croupe du cheval et partis à la poursuite d'Evander aussi vite que je le pouvais, sentant le vent me pousser. Il faisait sombre, mais pas au point de ne rien y voir. Il ne me fallut que dix minutes pour rattraper ce fou furieux, ce qui prouvait bien que quelque chose clochait. De nous deux, il avait toujours été le meilleur cavalier. Sa silhouette était voûtée sur son cheval et la bête ralentit peu à peu jusqu'à ce qu'il s'affaisse complètement.

— Evander ! criai-je sur sa gauche, l'agrippant avant qu'il tombe. Tu as perdu la tête ?

— Laisse-moi ! hurla-t-il en essayant de retrouver son équilibre.

— Pas question ! Si tu meurs, ma mère me le reprochera éternellement.

Sans parler d'Aphrodite.

Il gloussa alors qu'il luttait pour trouver de l'air.

— Elle m'a toujours préféré à toi.

— Oh, la ferme ! rétorquai-je en levant les yeux au ciel. Tu es encore capable de chevaucher jusque chez toi ? Il faut que tu voies un médecin rapidement. Sinon, je peux retourner...

— Alors, tu te soucies toujours de moi, mon frère...

— Je fais simplement preuve de charité envers un homme qui a perdu la raison.

— Tu penses que je suis devenu fou ?

— Manifestement. Nous ne sommes que deux ici et ce n'est pas moi qui ai failli tomber de mon cheval parce que je suis blessé, explosai-je. Penses-tu pouvoir tenir sur ta monture si je te guide ?

Il acquiesça.

— Doucement, ordonnai-je.

Il avait un an de plus que moi. Nous avions grandi ensemble et pendant toute notre enfance, il avait toujours été le plus responsable, le plus noble, le plus doué. À l'instar des sentiments qu'Hathor nourrissait envers Aphrodite, j'avais été partagé entre une affection fraternelle et la rivalité qui existait entre nous. Mais il n'était plus celui auquel je me mesurais dans tous les domaines, celui qui parlait couramment six langues, était fin tireur, cavalier émérite et suffisamment érudit pour pouvoir discuter avec mon père. À une certaine époque, je croyais sincèrement qu'il était fait d'un bois différent de nous autres, simples mortels.

Mais en cet instant... il était pitoyable.

Il nous fallut vingt minutes pour atteindre sa maison et lorsque nous arrivâmes, il était presque inconscient.

— Appelez un médecin ! lançai-je aux valets qui s'approchaient pour récupérer nos chevaux.

Je sautai à terre.

— Non, c'est inutile..., balbutia-t-il en tombant pratiquement de sa selle.

Je le rattrapai et le tirai vers moi.

— Ne t'ai-je pas déjà dit de te taire ?

Je passai son bras autour de mon cou et regardai les hommes qui nous entouraient.

— Allez chercher un médecin ! Vite !

— Oui, monseigneur.

— Peux-tu marcher jusqu'à l'escalier ?

Il ne répondit pas.

— Evander !

Il restait silencieux.

Merde !

— Où est le salon ? demandai-je à une servante d'un ton brusque, ce qui la fit sursauter.

— Ici, monseigneur.

Elle me guida et je déposai Evander sur le divan.

— Allez chercher de l'eau, un chiffon et... de l'eau-de-vie !

Je lui retirai sa cravate et son manteau, essayant de trouver l'origine de sa blessure.

Il saignait de plus en plus.

— Mon Dieu.

Il gémit de douleur pendant que je lui enlevais sa veste.

J'atteignis finalement sa chemise et je vis le bandage de fortune sur son épaule, qui était imbibé de sang.

— Voici ce que vous avez demandé, monseigneur ! dit la servante.

En vérité, je ne savais pas quoi faire de plus.

— Le médecin est arrivé, monseigneur, m'apprit un autre domestique.

— Dieu merci ! Faites-le entrer !

Un jeune homme qui n'avait même pas mon âge pénétra aussitôt dans la pièce.

— C'est le seul médecin que vous avez trouvé ? Un jeune garçon ?

— Je vous assure que je suis plus vieux que j'en ai l'air, monseigneur. Et vous ne trouverez pas mieux que moi à cette heure. Le patient ? demanda-t-il sans attendre mes consignes pour s'agenouiller aux côtés d'Evander. Que lui est-il arrivé ?

— Je ne sais pas vraiment. J'ai vu qu'il saignait et je l'ai ramené chez lui.

Il inspecta le pansement et l'épaule d'Evander avant de défaire le bandage. Le sang coulait abondamment.

— Alors ? m'enquis-je en me penchant sur le blessé.

— Il a été poignardé.

— Quoi ?

Poignardé ?

— Et d'après ce que je vois, il a essayé de se soigner lui-même. C'est un miracle qu'il ne se soit pas vidé de son sang.

Dans quoi diable s'était-il fourré ?

— Mais vous pouvez le sauver ?

— Il devra reposer son épaule et surmonter cette fièvre pour se rétablir, répondit le médecin en fouillant son sac. Je suis plus préoccupé par la fièvre. Qu'est-ce qui l'a empêché de chercher de l'aide ?

Comme si Evander l'avait entendu, il souffla sa réponse d'une voix rauque :

— Aphrodite.

— Quoi ? demanda le docteur.

— Ne faites pas attention. Il délire.

Je secouai la tête, pris la bouteille d'eau-de-vie que la servante avait apportée et en avalai une grande gorgée. Puis je reculai pour laisser le médecin travailler. Je devais admettre qu'il avait l'air compétent et qu'il avait réussi à arrêter l'hémorragie.

J'eus l'impression qu'une éternité s'était écoulée avant qu'il en finisse et s'essuie le front.

— Il aura besoin de médicaments et devra être veillé jusqu'à ce que sa fièvre tombe. Je vais rester si cela ne vous dérange pas.

Cela ne me dérangeait nullement. En fait, je préférais cette solution. Je savais cependant qu'Evander laissait rarement des étrangers pénétrer dans son intimité. S'il découvrait un inconnu chez lui à son réveil, qui savait quelle serait sa réaction ?

— Bien sûr. Je vais rester également.

— Ne devez-vous pas retourner à votre bal ?

— Vous savez qui je suis ?

— Je l'ignorais jusqu'à ce qu'il prononce le nom d'Aphrodite. Il n'y a qu'une seule femme dans tout Londres qui porte un tel prénom. Et d'après vos vêtements et votre proximité avec le duc, j'en ai déduit que vous étiez un Du Bell. Sa Grâce, cependant, porte un manteau de valet de pied.

Je ne l'avais même pas remarqué jusque-là. Evander avait pourtant l'habitude de porter les vêtements les plus raffinés.

— Il était déterminé à se rendre où il allait.

Le médecin fronça les sourcils et se leva.

— C'était idiot de sa part. Il aurait pu mourir. C'est une bonne chose que vous l'ayez suivi.

Je jetai un coup d'œil à Evander, qui était en piteux état. J'ignorais comment il avait été poignardé, mais malgré sa blessure, il avait tenu à se rendre auprès de ma sœur, même s'il avait failli en mourir.

Bon sang ! Dans cette histoire, c'était moi le méchant pour avoir dit à Aphrodite qu'une fois encore, il lui avait fait défaut en arrivant en retard au bal. Si je n'étais pas allé la chercher dans la cuisine, elle serait peut-être remontée au moment où il arrivait et son sacrifice n'aurait pas été vain. Je secouai la tête. Il valait mieux qu'il n'entraîne pas Aphrodite dans ses déboires.

— Monseigneur… monseigneur ?

— Oui ? Pardonnez-moi. Je ne vous ai même pas demandé votre nom.

— Je suis le Dr Theodore Darrington. Je vous serrerais bien la main, mais…

Il me montra sa paume maculée de sang.

— Je comprends. Il y a une bassine d'eau pour vous nettoyer. Et de l'eau-de-vie. Je ne sais pas quoi vous offrir d'autre…

— Cela ira très bien. Je vais attendre que le patient aille mieux. Il aura besoin de quelque chose pour dormir, dit-il en se dirigeant vers la bassine pour se laver les mains.

— Je vais bien, coassa l'imbécile entêté étendu sur le sofa.

Comme il essayait de se relever, le médecin et moi nous précipitâmes à son chevet.

— Vous n'allez pas bien, Votre Grâce...

— Wallace ! appela Evander.

Le majordome apparut aussitôt.

— Raccompagnez le docteur et veillez à ce qu'il soit généreusement dédommagé.

— Evander..., protestai-je.

— Votre Grâce, vous n'êtes pas...

— J'espère pouvoir compter sur votre discrétion, ajouta-t-il, épuisé, à l'intention du médecin.

Ce dernier le dévisagea et soupira avant de me jeter un coup d'œil résigné.

— Il faudra contrôler sa fièvre cette nuit. Si elle ne baisse pas, faites-lui prendre ceci.

Il me tendit une fiole et je le remerciai.

— Votre Grâce, s'il vous plaît, suivez mes recommandations et reposez-vous pendant les prochains jours. Et rappelez-moi pour que je vienne examiner votre blessure.

Evander acquiesça, et le médecin rassembla ses affaires pour partir.

— Pourquoi faut-il que vous soyez si têtu ? demandai-je.

— Je n'ai confiance qu'en mon personnel, marmonna Evander en se rallongeant sur le divan et en déglutissant péniblement. Ne laisse plus entrer d'étranger dans ma maison.

— La prochaine fois, je te laisserai simplement mourir, me moquai-je en prenant une gorgée d'eau-de-vie. Que t'est-il arrivé ?

Il ne répondit pas, parce qu'il était Evander et qu'il semblait ne s'intéresser qu'à une chose.

— Comment vais-je pouvoir me rattraper auprès d'elle ? Je venais d'obtenir qu'elle m'adresse à nouveau la parole, sans que ce soit sous le coup de la colère.

— Quand ?

Je me souvins alors des derniers ragots.

— Ah, chez la couturière, devinai-je. Qu'est-ce qui te fait croire qu'elle t'aurait accordé sa première danse si tu n'avais pas été retardé ?

Il ne répondit pas, ce qui était troublant. Puis il finit par déclarer :

— Je le sais parce qu'elle m'aime encore.

Je ris et pris une chaise pour m'installer près de lui.

— Si seulement nous pouvions mettre ton ego en bouteille ! Il est plus fort que toutes les eaux-de-vie au monde.

— Tu te moques de nous injustement, protesta-t-il.

— Je ne me moque que de toi, et tu ne me laisses pas d'autre choix.

Je bus une fois de plus.

— Ne pourrais-tu me soutenir comme tu le faisais autrefois ? gémit-il en roulant sur le côté.

— Avec une loyauté aveugle, tu veux dire ? Jamais. Evander, laisse ma sœur tranquille, s'il te plaît. Je ne veux pas qu'elle soit impliquée dans tes affaires. Les femmes ont besoin de stabilité.

Il gloussa et ouvrit un œil.

— Jamais je n'aurais pensé que tu dirais une chose pareille un jour.

— Oui, certains d'entre nous ont mûri, raillai-je en regardant la bouteille dans ma main. Tu as une sœur et un jeune frère qui pourraient s'emparer de tes biens s'il t'arrivait quelque chose. Tu n'aimerais certainement pas laisser une telle victoire à ta belle-mère.

— Cette femme et ses enfants causeront ma perte, ricana-t-il. Je me trompe ou elle était chez toi ?

— Tu ne te trompes pas.

— Ta mère ne l'a pas tuée ?

— Hormis physiquement, elle l'a achevée de toutes les façons possibles. Elle l'a notamment traitée de truie avant de la planter là, devant tout le monde, totalement abasourdie.

Evander rit franchement.

— Je regrette d'autant plus de ne pas avoir assisté à cette soirée. Ta mère a toujours été mon héroïne.

— Au prix fort pour le reste d'entre nous, je dois dire, répondis-je avec amertume. Je me demande souvent quel genre d'amitié a inspiré une loyauté si profonde qu'elle a survécu à la disparition de ta mère pour se transmettre à ses enfants.

— Quelle ironie de poser cette question alors que tu es là, mon fidèle ami.

— Je ne suis certainement plus ton ami ! déclarai-je en pointant mon index sur lui. Comme je l'ai dit, j'ai agi par simple…

— … charité ? Oui, j'ai entendu. D'ailleurs, ta voix résonne encore dans ma tête. Tu devais certainement hurler.

— Je constate que tu commences déjà à te remettre, puisque tu es redevenu insupportable.

— Nous serons bientôt à nouveau frères, il est donc préférable que tu te familiarises avec ce sentiment.

Il sourit et ferma les yeux.

— J'espère que ma sœur te brisera le cœur.

— Elle le fait chaque jour, quand je me réveille et que je me rappelle qu'elle n'est pas ma femme.

Ce fut la dernière chose qu'il dit avant de céder à l'épuisement.

Littéralement fou amoureux.

APHRODITE

— Où est Damon ? Il n'est pas encore réveillé ? demanda Père en se dirigeant vers la chaise en bout de table à l'heure du petit déjeuner.

— Pas si fort, mon amour, gémit ma mère en lui faisant signe de s'asseoir.

Il la regarda et sourit.

— Maman, t'es-tu enivrée ? demanda Abéona en attrapant le pain.

— Combien de fois vais-je devoir t'apprendre à faire attention à ce que tu dis ? rétorqua ma mère d'un ton sec. Non, je ne me suis pas enivrée. Les dames ne se soûlent pas. Parce qu'il est inconvenant de boire à l'excès.

Mon père ricana, mais lorsque le regard de ma mère se posa sur lui, il se concentra sagement sur son journal.

— Madame, dit la servante en lui apportant un breuvage qui n'était utile que lorsqu'on avait bu avec excès.

— Merci, répondit ma mère avant de vider le verre d'une traite.

Mon père l'observa, visiblement amusé.

— Je suis heureux que tu aies apprécié ton bal, mon amour, lui dit-il lorsqu'elle eut terminé. Tu ne t'es même pas aperçue que tu buvais plus que de raison.

— Tu étais donc soûle ! s'exclama Abéona.

— Va laver les casseroles ! grogna notre mère.

— Maman, c'est le petit déjeuner.

Abéona fit la moue puis regarda notre père, qui se cachait derrière son périodique.

— Tu pourras prendre tous les petits déjeuners que tu voudras quand tu auras appris à parler correctement à table, conclut ma mère.

Abéona s'apprêtait à se plaindre à notre père lorsque Damon apparut enfin dans le hall d'entrée.

— Damon ?

Silva allait se lever, mais se figea en observant ma mère. Sortir brusquement de table aurait été impoli.

— Mère, Père, excusez-moi, dit Damon en entrant dans la pièce. Je vais me changer et je descends tout de suite.

— Tu veux dire que tu n'as pas dormi ici ? s'enquit ma mère avant de dévisager Silva, qui avait prétendu qu'il s'était retiré tôt dans la soirée.

— On avait besoin de moi ailleurs. Excusez-moi, répéta-t-il avant de partir.

— Je vais aller m'occuper de lui, déclara Silva en se levant.

Je regardai Abéona remplir son assiette d'autant de nourriture qu'elle pouvait en contenir.

— Et moi, je vais faire la vaisselle ! lâcha-t-elle en s'échappant en hâte.

Habituellement, ma mère l'aurait rappelée à l'ordre, mais elle avait l'esprit ailleurs. Quel petit écureuil sournois !

— Il a passé la nuit dehors, dit ma mère à mon père qui continuait de lire son journal.

— Apparemment, on avait besoin de lui ailleurs, observa mon père.

— La seule personne qui aurait pu avoir besoin de lui à une heure pareille, c'est sa femme, et elle était là, marmonna ma mère en se massant les tempes. Mon bal a été un succès, mais vous, les enfants, vous cherchez à me rendre folle.

— Qu'est-ce que j'ai fait ? se plaignit Hathor. C'est Odite qui a fait la tête toute la soirée alors que ses prétendants ne cessaient de l'inviter à danser, invitations qu'elle a pu accepter grâce aux leçons que tu lui as payées. Et c'est Damon qui a disparu. Moi, j'ai été splendide.

— Ne me pousse pas à me pencher sur ton cas, jeune fille, sinon je vais devoir te rappeler toutes les fois où tu t'es pâmée devant les ducs de Brunhild et d'Alfonce, comme si tu étais née avec des poumons trop fragiles pour contenir de l'air.

Hathor détourna le regard pour boire son jus, tandis qu'Hector et Devana ricanaient.

— Quant à toi, dit ma mère en s'adressant finalement à moi, nous parlerons plus tard.

— Maman, n'êtes-vous pas fatiguée ? lui demandai-je pour la deuxième fois en deux jours. Pourquoi ne pas prendre la journée pour vous reposer ?

— Je t'assure que tu n'as pas envie de l'affronter quand elle est bien reposée, fit remarquer mon père.

— Plus tard, répéta ma mère.

Père céleste, gardez-moi de ma mère mortelle.

10

Aphrodite

Le moment fatidique était arrivé. J'attendais, installée au piano, m'efforçant de rendre mon cerveau imperméable à sa voix. Même si je savais que cela ne fonctionnerait pas complètement, il me fallait un moyen d'atténuer l'impact de ses paroles.

Dès que les portes s'ouvrirent, je posai les mains sur les touches de l'instrument.

— Ah, c'est maintenant qu'on s'entraîne, railla-t-elle.

— Bien sûr, Maman, sinon comment pourrais-je être considérée comme une femme accomplie ?

— En effet, acquiesça-t-elle. Et tu deviendras une épouse accomplie quand tu seras comtesse de Wyndham.

— Je vous demande pardon ?

— Eh bien, son frère est toujours en vie au moment où nous nous parlons, mais il est à présent certain qu'il ne survivra pas. Ainsi, M. Yves deviendra comte de Wyndham après son père.

— Maman, cela ne me concerne pas…

— Oh, mais cela te concerne, ma chère, car Tristian a demandé ta main à ton père hier soir.

Je me levai si vite que je faillis renverser le tabouret du piano.

— Non !

— Si. Il l'a fait et ton père la lui a accordée.

— Pourquoi ?

— Pourquoi aurait-il refusé ? demanda-t-elle, me laissant complètement perplexe. Un gentleman de haut rang, doté d'un titre et à la tête d'une grande fortune, et qui a la réputation d'être doux et aimable, a demandé votre main. Pourquoi un père repousserait-il une telle offre pour sa fille ? Si tu acceptes, vous serez mariés avant la fin de la saison. Je te félicite.

— Inutile de me féliciter car je refuse. Je ne veux pas l'épouser !

— Alors, tu dois le lui dire. Il a l'intention de demander officiellement ta main dans trois jours, à la *garden party* de la reine, à laquelle sa mère et son père assisteront. En fait, toute la haute société sera présente. Alors ce sera soit une grande fête, soit un moment éminemment gênant.

J'en restai sans voix, horrifiée. Il fallait que j'arrête ça.

— Je dois lui écrire immédiatement et lui dire avant que…

— Il a quitté Londres pour rendre visite à son frère, me coupa-t-elle. Le temps que tu envoies une lettre à sa famille, il sera déjà sur le chemin du retour pour la *garden party*. Tu pourrais lui écrire à son domicile, mais il n'est pas certain qu'il verra ton courrier avant la fête.

Je me laissai retomber sur le tabouret.

— Maman, il est gentil. Je ne veux pas l'embarrasser.

— Alors, tu n'aurais pas dû danser avec lui hier soir. Ne t'ai-je pas dit que chaque fois que tu acceptais une demande de sa part, tu lui donnais de l'espoir ?

— J'ai dansé avec d'autres aussi.

— Mais tu lui as accordé ta première danse comme il l'avait demandé et puis tu as beaucoup parlé avec lui, me rappela-t-elle.

J'allais m'expliquer quand elle me fit taire d'un geste.

— Que sa conversation t'ait intéressée ou non n'a aucune importance. Pour tous ceux qui vous ont vus, il semblait que vous formiez un couple. Nous en sommes donc là. Tu seras soit sa fiancée, soit celle qui le déçoit.

— C'est injuste ! protestai-je. Tout cela est injuste ! J'en ai assez. Tu soutiens Evander et tout le reste de cette maison soutient Tristian. Je suis tiraillée dans toutes les directions. Je ne voulais pas lui accorder ma première danse hier soir, mais Damon est venu me chercher...

— Ton frère t'a-t-il ordonné de danser avec lui ? s'enquit-elle. Aphrodite, tes choix sont peut-être limités, mais n'agis pas comme si tu n'en avais pas. Tu as fui parce que tu avais peur, tout simplement. Tu n'avais rien à faire parmi les domestiques. Et quand un gentleman t'invite à danser, tu es libre de refuser.

— Vraiment ? Suis-je libre ? Je ne le pense pas. La liberté aurait été de ne pas assister à ce bal. La liberté aurait été de pouvoir rester à Belclere.

— Ta famille n'est pas à Belclere ! Et la liberté que tu recherches n'est accordée à personne. Ni aux hommes, ni aux femmes, ni aux domestiques, ni même au roi ! Chacun a des responsabilités. Tu ne peux pas passer ton existence dans un château à manger des gâteaux et à lire toute la journée. À ton avis, qui te permet de mener une telle vie ? N'est-ce pas ton père ? N'y a-t-il pas eu des générations de femmes qui se sont mariées et d'hommes qui ont peiné pour bâtir ce monde ? Tu geins et tu te plains de ta vie grandiose, alors que le plus grand de tes soucis est d'épouser un futur comte. Les domestiques de cette maison prennent des décisions bien plus difficiles chaque jour.

Je baissai la tête, serrant les poings fermement, m'efforçant de me calmer. Elle s'approcha de moi et posa les mains sur les miennes.

— Tu as beaucoup de chance, ma chérie, mais tu dois grandir. Et tu dois faire un choix. Soit tu acceptes sa demande, soit tu restes ferme et tu le repousses, sachant que cela va le blesser, mais c'est de ton avenir qu'il s'agit.

Elle déposa un baiser sur ma tête.

— Réfléchis bien à ce que tu veux... à celui que tu veux.

Sur quoi elle m'abandonna à mes pensées. Je me rassis sur le tabouret et posai le front sur le piano.

— Est-elle partie ?

Je me retournai et vis les cheveux bouclés d'Abéona qui dépassaient du dossier de la chaise.

— Depuis combien de temps es-tu là ?

Elle écarta la main de sa bouche, qui était couverte de miettes.

— Depuis le début !

Elle se redressa d'un bond et sauta vers moi.

— Abéona ! Je croyais que tu étais allée laver les casseroles !

Elle grimaça.

— Je déteste laver les casseroles.

— N'est-ce pas le but de la punition ?

— Pourquoi est-ce toujours moi qui suis punie ?

Elle soupira et je me poussai un peu sur le banc pour lui permettre de s'asseoir à côté de moi.

— Après tout, je ne fais que parler, se défendit-elle.

— Les dames ne doivent pas parler beaucoup, ni souvent, ni franchement. Du moins, c'est ce qu'on m'a appris, répondis-je.

— Alors pourquoi avons-nous des bouches ?

— Eh bien, dans ton cas, il semble que ce soit pour les sucreries.

Je ris et sortis mon mouchoir pour lui nettoyer le visage.

— Si ma bouche ne servait que pour les sucreries, je serais... muette ? C'est comme ça qu'on appelle les gens qui ne peuvent pas parler, n'est-ce pas ?

— En effet.

— Donc si ma bouche ne servait qu'à manger des sucreries, je serais muette.

— Très bon argument. Mais comme nous ne sommes que des dames, personne n'écoutera nos arguments, même s'ils sont logiques, car on nous considère comme des êtres illogiques.

Tout cela parce que nous voulions ce que les hommes avaient. C'était absurde !

— Je ne comprends pas, dit ma sœur.

— Moi non plus, approuvai-je en posant les doigts sur les touches du piano.

— Alors, que comptes-tu faire ?

— À propos de quoi ? demandai-je en commençant à jouer.

— De M. Yves. Tu le détestes.

— Je ne le déteste pas. C'est juste que je ne veux pas l'épouser.

— Ce n'est pas parce que tu ne l'apprécies pas ? insista-t-elle.

— Eh bien, Abéona, c'est compliqué.

— Pourquoi ?

— Parce que ça l'est.

— Je ne comprends toujours pas.

Elle fronça de nouveau les sourcils.

— Si tu n'aimes pas quelqu'un, ne l'épouse pas. Si tu l'aimes bien, épouse-le.

Elle leva les mains et haussa les épaules.

— Tu n'aimes pas Tristian, ne l'épouse pas. Tu aimes Evander, épouse-le.

Je tournai la tête vers elle.

— Qui a dit que j'aimais Evander ?

— Toi ?

— Quand ai-je dit ça ?

— Quand tu dormais, tu n'arrêtais pas de répéter : « Evander, Evander, Evander… »

Je plaquai une main sur ses lèvres.

— Je crois que la nourriture convient beaucoup mieux à ta bouche !

Elle éclata de rire et me donna un coup dans les côtes pour pouvoir s'éloigner en sautillant. Puis elle se mit à tournoyer dans la pièce.

— Tu l'aimes ! Tu l'aimes !

— Je crois que je vais raconter à Maman comment son collier de perles Preston s'est cassé.

Elle se figea, les yeux écarquillés.

— Grande sœur...

— Oui, petite sœur ? dis-je avec un sourire.

— Je suis désolée.

Je fis de mon mieux pour ne pas rire.

— Bien. Fais attention, car j'en sais beaucoup, et pourtant je garde tes secrets.

— C'est pour cela que tu es ma préférée.

Elle sourit d'une oreille à l'autre.

— Si c'était à moi de décider, je voudrais que tu ne te maries jamais.

— Tu veux que je devienne vieille fille ?

— Ne pouvons-nous pas toutes rester comme nous sommes ? Quand tu seras mariée, tu partiras. Puis Hathor partira. Devana aussi. Je suis la dernière. Il n'y aura plus que moi... et Maman.

Je gloussai lorsqu'elle frémit.

— Damon et Hector seront toujours là.

— Ce sont des garçons. Vous êtes mes sœurs. Qui jouera avec moi ?

— Tu veux dire, avec qui te battras-tu ?

— Ça aussi.

Je lui tendis les bras et elle vint se blottir contre moi.

— C'est triste de penser que nous allons partir d'ici, mais nous devons grandir et fonder notre propre famille. Comme Maman et Papa. En tout cas, si je me marie, tu devras venir me voir souvent, car tu es aussi ma préférée.

— Alors, je choisis Evander, dit-elle.

— Quoi ?

— Everely House est plus proche de Belclere que la maison de M. Yves, n'est-ce pas ? J'ai regardé sur les cartes de Papa.

— Et si je ne choisis ni Evander ni Tristian ?

— Mais tu l'aimes, répéta-t-elle.

— Ce n'est pas parce qu'il me plaît que je vais l'épouser.

— Cela n'a aucun sens.

— Eh bien, quand quelqu'un te fait du mal, même si tu l'aimes bien, tu dois prendre tes distances.

— Ne peux-tu pas simplement lui pardonner ?

Sa logique était si pure et si simple que je me sentis stupide tout à coup.

— C'est compliqué, petite sœur.

— Je ne veux jamais grandir, décida-t-elle. Tout est toujours *compliqué*.

— Je suis d'accord. Reste à cet âge pour toujours.

— Je vais aller jouer. Tu veux venir ?

Je secouai la tête.

— Je suis une adulte maintenant, et je dois résoudre mes problèmes.

— Bonne chance !

Elle partit en courant, insouciante. C'était ce qui la rendait si drôle – elle n'avait à s'inquiéter de rien. C'était une simple question de pardon.

Pardonner.

Je ne voulais pas épouser Tristian.

Mais je savais aussi que je ne serais pas heureuse en épousant Evander, alors qu'il y avait tant de choses que je ne savais pas et que je ne comprenais pas. Il voulait que je lui pardonne – il l'avait dit dans une lettre – mais il lui faudrait le mériter.

Les mots d'Épictète résonnèrent dans mon esprit : « Plus la difficulté est grande, plus il est glorieux de la surmonter. C'est dans la tempête que l'on reconnaît un bon pilote. »

Si c'était le cas, alors cette situation était une tempête et je m'efforçais de piloter ma vie. Je marchai jusqu'au bureau où j'attrapai une feuille et une plume.

Cher…

Je m'arrêtai dès le premier mot, ne sachant comment m'adresser à lui. Je décidai de suivre les convenances et tirai une nouvelle feuille de papier.

À Sa Grâce, le duc d'Everely,
Je vous écris pour vous informer que j'ai reçu votre lettre, mais que je n'ai pu exaucer votre souhait, car vous étiez occupé ailleurs et que vous êtes arrivé bien trop tard. J'ai appris qu'une demande en mariage me serait faite dans trois jours, à laquelle je répondrai très clairement, à moins qu'une autre demande ne me parvienne entre-temps, ainsi que des explications sur les événements passés. Si une telle demande ne m'arrivait pas d'ici là, qu'elle ne soit jamais formulée à l'avenir.

Sincères salutations,
A.

Je relus la lettre. Si Evander était sérieux, il devait me le prouver. S'il souhaitait obtenir mon pardon, il devait me le montrer. J'attrapai la cordelette qui permettait de sonner les domestiques et tirai dessus.

La porte s'ouvrit peu après.

— Oui, madame ?

— Veillez à ce que ceci arrive directement chez le duc d'Everely, dis-je en lui remettant le courrier. Vous pourrez prendre votre journée, mais cette lettre doit être livrée immédiatement. J'en informerai ma mère.

— Oui, madame.

Ma femme de chambre tendit la main et je m'approchai d'elle.

— Eleanor, ne vous arrêtez pas et ne parlez à personne d'autre jusqu'à ce que vous atteigniez sa maison.

— Je comprends, madame.

— Bien.

Je lui confiai l'enveloppe dans un soupir. Les dés étaient jetés.

Verity

— Vous n'êtes pas la bienvenue ici, dis-je à l'horrible femme qui se tenait devant moi.

Les yeux de ma belle-mère étaient d'une noirceur, d'une haine et d'une cruauté sans pareilles.

— Verity, en temps de crise, les dames doivent se soutenir, répondit-elle en se rapprochant encore de moi. J'ai appris que ton frère était malade.

— C'est étrange, car je vis ici avec lui et je ne sais rien de cette prétendue maladie, mentis-je en souriant. Je vous remercie de votre sollicitude, Datura, mais vous feriez mieux de partir.

— Je ne partirai pas !

Elle souffla avec indignation, levant la tête comme si elle était née reine et non fille de boucher.

— S'il y a un problème avec ton frère, il est vital que je le sache, car cela affecte la famille et bien sûr...

— Et, bien sûr, le duché ?

Je croisai les bras sur ma poitrine.

— Continuez-vous à prier pour que mon frère meure afin que Gabrien puisse hériter de son titre ?

— Tu dis des idioties, jeune fille.

Elle gloussa, mais son regard s'égarait sans cesse par-dessus mon épaule.

— Que tu le veuilles ou non, je suis toujours ta belle-mère et, en tant que telle, je fais partie de cette famille. Je mérite la vérité.

La vérité était qu'elle méritait une place en enfer.

— Et je vous apporte cette vérité : mon frère va bien, il se repose simplement et vous perturbez sa tranquillité.

— Evander se reposant à midi au beau milieu de la semaine ? Tu es plus mauvaise menteuse que je ne l'aurais cru, Verity, persifla-t-elle.

— Surveillez votre ton lorsque vous vous adressez à ma sœur, Datura !

À sa voix, je me retournai pour découvrir Evander qui descendait les marches de l'escalier, vêtu comme à son habitude.

« Que fais-tu ? » articulai-je en silence.

Il ne m'accorda pas un regard tandis qu'il nous rejoignait. Lentement, je pivotai de nouveau et adressai un sourire aimable à ma belle-mère.

— Ne vous avais-je pas avertie de ne jamais venir à ma porte à l'improviste ? déclara-t-il en la regardant de haut. Ne souffrons-nous pas assez de votre compagnie en société ? Devons-nous maintenant recommencer à en souffrir en privé ?

Datura fronça les sourcils, ses yeux maléfiques balayant l'ensemble de la silhouette d'Evander.

— Je voulais simplement savoir si tu allais bien.

— Tout à fait bien, mentit-il, ou aussi bien qu'on le peut en votre compagnie. Est-ce tout ou avez-vous déjà épuisé votre argent de poche ?

— Si tel était le cas, l'augmenterais-tu ?

— Pas même si cela pouvait empêcher le soleil de tomber du ciel, ricana Evander. Vous avez ce que mon père vous a donné et rien de plus. À présent, éloignez-vous de chez moi ou je vous fais chasser.

— Très bien. Je vous verrai tous les deux à la *garden party* de la reine...

— Vous ne viendrez pas.

Elle se figea.

— Je te demande pardon ?

— Les invitations à la *garden party* de la reine ont été envoyées aux personnes de sang noble, et uniquement à elles.

— Je suis la douairière…

— Vous êtes… Pardonnez-moi, car je ne peux utiliser le langage que je souhaiterais devant ma sœur. Permettez-moi de reformuler. Vous avez peut-être épousé mon père, vous pouvez vous couvrir de tous les bijoux que vous désirez, mais cela ne suffira pas à faire oublier les conditions de votre naissance, comme la reine le sait. Son invitation est claire. Elle s'adressait au quatrième duc d'Everely et à lady Verity. Épargnez-nous de déshonorer notre nom davantage, s'il vous plaît, et restez à l'écart. Je ne fais que vous répéter les paroles de ma marraine.

Une rage impuissante se lisait sur le visage de Datura. Elle serra le poing, puis, tel un dragon, elle ravala le feu qui la consumait, tourna les talons et s'en alla.

— Mon frère, tu dois retourner te coucher.

— Attends un moment, dit-il, observant l'allée jusqu'à ce que la voiture ait disparu.

Alors seulement il se retourna vers moi. En l'espace d'une seconde, il s'effondra au sol.

— Evander ! criai-je en m'agrippant à lui.

Il était brûlant.

— À l'aide !

— Je le tiens, madame, dit notre majordome, flanqué d'un valet de pied.

— Emmenez-le dans sa chambre. Avez-vous trouvé ce médecin ?

Je les suivis dans l'escalier.

— Non, grommela mon frère, porté par les deux domestiques. Je ne recevrai aucun traitement en dehors de celui du Dr Cunningham !

— Le Dr Cunningham est à Everely. Il lui faudra des jours pour venir et d'ici là, tu seras terrassé par la fièvre !

— Je… je ne fais confiance à personne d'autre…
Il haletait tandis qu'on le mettait sur le lit.
— C'est peut-être le médecin de l'autre nuit qui lui a dit…
— Si elle connaissait ce médecin, elle se serait servie de lui pour te tuer et non pour obtenir des informations.
Il gémit et roula sur le côté.
— Vite, enlevez-lui ses vêtements ! Pourquoi as-tu mis toutes ces couches sur toi ?
— Elle se serait doutée de quelque chose…
— Ta fièvre a augmenté. Je leur ai déjà demandé de rappeler le médecin, car tu as été malade toute la matinée. Même si c'est un espion, qu'il te soigne d'abord, dis-je en m'éclipsant alors que les domestiques commençaient à le déshabiller.
Au moment où je sortais, un homme à l'allure très jeune, aux cheveux courts et bouclés, parvenait en haut des marches, un sac à la main, accompagné d'une domestique.
— Madame, voici le Dr Darrington. Il a soigné Sa Grâce l'autre soir.
Il inclina la tête devant moi.
— Madame.
— Vous êtes médecin ?
— Oui, confirma-t-il, déjà à la porte.
Je voulus le suivre, mais il m'en empêcha.
— Si vous le souhaitez, vous pouvez demander à votre personnel masculin de rester dans la chambre, mais je ne vois pas l'intérêt de votre présence ici.
— C'est ma maison et mon frère.
— Vous me retardez, madame.
Sur ces mots, il me ferma la porte au nez.

11

APHRODITE

Le déjà-vu, c'est la sensation d'avoir déjà vécu une situation. Or, j'avais déjà vécu ces événements auparavant. Il y avait près de quatre ans, pour être exacte. Pour une raison que j'ignorais, j'étais convaincue qu'il viendrait me trouver ou qu'il me répondrait dès qu'il recevrait ma lettre. Mais trois jours après, je n'avais toujours eu aucun signe de sa part.

J'étais idiote.

Et à présent, je redoutais ce qu'il adviendrait de moi lorsque j'aurais refusé la demande de Tristian. Alors que nous arrivions à la *garden party,* j'étais incapable de sourire ou même d'apprécier le merveilleux décor mis en place par la reine pour l'occasion.

— Es-tu affligée à ce point par cette perspective ?

Mon père s'était éloigné de ma mère, occupée avec Hathor, pour se rapprocher de moi.

— Tristian est un homme bon. Il t'offrira une belle existence. Je doute que tu doives t'inquiéter de lui. Faut-il vraiment que tu le rejettes ?

— Oui, Papa, murmurai-je en prenant son bras pour le serrer fort. Je ne ressens rien pour lui.

Il soupira et me tapota la main.

— Parfois, j'ai peur que ta mère et moi n'ayons pas fixé les bons critères en nous concentrant trop sur les sentiments plutôt que sur l'aspect pratique du mariage.

— Et quel est cet aspect pratique ?

— Il faut savoir saisir son moment de gloire et prendre conscience que la vie est courte. Pendant un certain temps, tu peux être la plus belle et la plus convoitée, mais la concurrence augmente avec l'âge. Ne vois-tu pas toutes ces belles jeunes femmes ? dit-il en désignant les débutantes qui dansaient déjà avec des gentlemen. Elles sont plus jeunes et, si j'ose dire, un peu plus... aimables.

À ce moment précis, une jeune femme fit mine de trébucher pour être rattrapée par son partenaire. Ce n'était pas discret, mais le monsieur avait l'air très satisfait de lui-même. Je ne pus m'empêcher de rire.

— Oui, très aimables à ce que je vois, répondis-je.

— C'est pourquoi, si tu repousses Tristian, je crains que tu n'atteignes une hauteur dont tu ne pourras plus redescendre.

— C'est-à-dire ?

— Inaccessible.

Il montra le ciel.

— Ta beauté est comme le soleil. Tu illumines le monde, mais tu es un astre lointain, difficile à regarder en face, donc remarquée, mais délaissée. Est-ce ce que tu souhaites ?

— Souhaitez-vous que je fasse un mariage sans amour par peur d'être considérée comme inaccessible et délaissée ?

Il fronça les sourcils et secoua la tête.

— En aucun cas. Mais je ne veux pas non plus que tu rates ta chance et que tu négliges un terrain fertile où l'amour pourrait naître pour un pays désolé qui n'a jamais porté de fleurs. J'appréciais simplement la compagnie de ta mère lors de notre première rencontre.

— N'étiez-vous pas follement épris lors de votre rencontre ?

Je le dévisageai, un peu confuse, car c'était l'histoire qu'on nous avait toujours racontée.

— Non.

Il sourit et baissa les yeux.

— Ne le dis pas à ta mère, car elle est convaincue que j'étais sous son charme dès notre premier rendez-vous.

J'étais certaine qu'il l'était toujours.

— Alors, qu'éprouviez-vous ?

— De la sérénité et de l'aisance. De la sérénité parce que je savais qu'elle ferait une bonne épouse, vu la famille dont elle est issue. De l'aisance à discuter avec elle, alors que, comme tu le sais, j'ai tendance à radoter.

— Juste un peu.

Il sourit.

— Oui, et toujours sur les choses les plus ennuyeuses comme les livres et l'Histoire. Et pourtant, ta mère m'écoutait, même si elle n'avait pas les mêmes passions. Elle ne faisait pas semblant, elle écoutait vraiment et ne m'a jamais reproché de l'ennuyer. En retour, j'ai appris à moins digresser et à chercher des sujets qui pourraient lui plaire. Car le mariage, c'est s'accommoder l'un à l'autre.

— Je vous entends, Papa. Vraiment. Mais je ne peux pas l'épouser.

— Eh bien, l'heure est venue de le lui dire, déclara-t-il alors que nous apercevions Tristian et sa famille.

Un sourire se dessina sur le visage du jeune homme et je me sentis mal à l'aise.

— J'aurais voulu que Maman m'autorise à rester à la maison.

— Et décevoir tes autres admirateurs ? Elle préférerait laisser le monde s'écrouler.

— Quels autres admirateurs ?

D'un geste du menton, il désigna ma droite. Je vis la reine assise sur son trône, entourée de sa cour et de ses chiens, qui m'observait intensément.

Je détournai rapidement le regard.

— Je me demande toujours pourquoi elle me scrute ainsi.

— N'est-ce pas de l'admiration ?

— Pour quelle raison une reine m'admirerait-elle ? Je n'ai rien fait de remarquable et je n'ai dit que quelques mots devant elle.

— Qui peut comprendre la logique de la monarchie ? dit-il en lâchant ma main. Notre devoir est d'être respectueux et loyaux. Ainsi, nous la saluerons et vous irez vers votre destin.

Je ne voulais pas le lâcher, mais il devait retourner auprès de ma mère pour rejoindre la file qui s'était formée devant la reine.

— Elle fera sûrement des commentaires sur moi aujourd'hui, chuchota Hathor en ajustant ses gants. Je porte sa couleur préférée et j'ai amélioré ma révérence. Maman a dit que c'était la plus splendide qu'elle ait jamais vue.

— Je te le souhaite, chuchotai-je, car je n'avais aucune envie d'attirer l'attention.

— Lady Monthermer, déclara la reine lorsque nous nous redressâmes après avoir fait la révérence. J'ai posé la même question à toutes les jeunes femmes ici présentes. J'aimerais aussi la poser à vos filles.

— Ce serait un honneur pour elles.

Ma mère sourit, puis nous lança un regard de pure mise en garde.

— Ma question est simple. Comment trouvez-vous mon jardin ?

La simplicité de la question me décontenança.

— C'est le plus merveilleux, Votre Majesté, dit d'abord Hathor. Une beauté que vous seule pouvez entretenir, qui abrite non seulement les fleurs les plus glorieuses, mais aussi des oiseaux, des cygnes et d'autres créatures de la Terre en parfaite harmonie.

Quel lyrisme !

Sa réponse n'était pas inadéquate, mais la reine se contenta d'acquiescer avant de porter son attention sur moi.

— Eh bien, lady Aphrodite, dit-elle en laissant traîner les syllabes de mon nom comme elle le faisait toujours. N'aimez-vous pas mon jardin ?

— Je ne me sens pas apte à juger le jardin de Sa Majesté, affirmai-je.

La reine plissa les yeux. J'allais réviser ma réponse quand elle reprit la parole :

— Lady Monthermer.

— Oui, Votre Majesté ?

— Prenez bien soin de celle-ci. Je n'ai pas vu une telle perle depuis des années, ajouta-t-elle, provoquant une rumeur derrière nous tandis que ma mère souriait comme si elle venait d'être couronnée elle-même.

Les épaules d'Hathor s'affaissèrent.

— Oui, Votre Majesté.

Ma mère fit la révérence, comme nous tous.

La reine nous salua et se tourna vers les invités suivants. Ma mère rayonnait.

— Ma fille chérie, quelle chance tu as d'avoir reçu une telle faveur !

— Je commence à me demander si elle n'a pas volé toutes les bénédictions à sa naissance, grommela Hathor avant de s'éloigner.

— Ne fais pas attention à elle. Un jour, elle se rendra compte de la chance qu'elle a d'être issue d'une famille comme la nôtre, commenta ma mère.

— Encore une fois, c'est beaucoup de bruit pour une réponse très simple.

En réalité, je ne savais pas quoi dire, car je n'avais pas vraiment regardé les jardins.

— Lady Monthermer.

Nous nous arrêtâmes devant Tristian. Mon cœur se mit à battre de façon très désagréable.

— Puis-je être autorisé à parler à lady Aphrodite en privé ?

Je me tournai vers ma mère, les yeux écarquillés, la suppliant de ne pas m'abandonner, espérant qu'elle m'accorderait plus de temps pour me préparer.

— Oui, bien sûr. Je me tiendrai non loin, répondit-elle en me libérant.

Puis, lui tournant le dos, elle me murmura :

— Tâche d'être délicate.

— Lady Aphrodite... marchons, vous voulez bien ?

Il tendit la main vers le chemin. Je me contentai de hocher la tête et de me laisser guider.

— La reine a une haute opinion de vous. En fait, tout le monde a une si haute opinion de vous que cela me rend encore plus nerveux...

— N'en dites pas plus, s'il vous plaît !

Je m'arrêtai, incapable de supporter cela plus longtemps. Il se tourna vers moi et je fis de mon mieux pour lui sourire, mais à quoi bon en cet instant ?

— Monsieur Yves, vous êtes un homme de grande réputation et de grande gentillesse. Et je sais ce que vous vous apprêtez à me demander, mais je dois vous supplier de ne pas le faire, car je ne peux vous apporter la réponse que vous espérez.

— Vous ai-je offensée ?

— Pas le moins du monde.

— Me trouvez-vous repoussant ?

— Bien sûr que non.

— Pardonnez-moi. Je suis confus.

Il fronça les sourcils, fit un pas en arrière.

— Est-ce parce que je suis dépourvu de titre ? Si tel est le cas...

— Je n'ai que faire des titres ! m'exclamai-je. Vous êtes un homme bon, un homme gentil, mais je ne ressens rien de particulier à votre égard. Pardonnez-moi si je vous ai conduit à penser le contraire. J'ai essayé, mais je n'ai pas pu… je n'ai pas pu…

— … oublier le duc ? demanda-t-il.

Je baissai la tête.

— Pardonnez-moi.

— J'ai conscience que vous et lui avez… un passif, mais j'étais certain que vous le considériez désormais comme un homme inconstant.

— C'est le cas.

— Et pourtant, vous l'attendez ?

— Je n'attends personne, déclarai-je, en colère. Je ne veux simplement pas vous contraindre à un mariage avec une femme qui ne peut partager vos sentiments.

— Cela pourrait-il changer avec le temps ? Je peux attendre, assura-t-il.

— Je ne le crois pas. Pour avoir moi-même attendu par le passé, je peux vous dire que c'est une expérience douloureuse.

Il baissa les yeux, hochant la tête pour lui-même.

— Je vous prie de m'excuser. Je dois partir.

— Oui, je comprends, murmurai-je, le laissant m'abandonner au milieu des haies.

— Eh bien, tu as réussi à éconduire un très bon parti.

Damon se tenait devant moi.

— Quand es-tu arrivé ?

— Juste à temps pour entendre le cœur de cet homme se briser sur le sol. Mère n'avait pas le courage de regarder et m'a demandé de monter la garde.

— Même elle a de la peine pour lui alors qu'il n'était pas son favori.

— Il est difficile de ne pas avoir de peine pour les innocents.

Je lui lançai un regard noir.

— Ne suis-je pas innocente dans cette histoire ?

— Tu l'es, mais pas plus que lui.

— Il est de moins en moins agréable de parler avec toi, Damon, lâchai-je en le contournant. Vous tous, vous m'attribuez des rôles que je ne souhaite pas tenir, m'imposant de jouer la comédie quand je n'en ai aucune envie, m'exhibant ici et là. Me faisant passer pour un cœur de pierre.

— Ce n'est pas ce que...

— Est-il si mal de vouloir autre chose ? S'il était facile de simplement vouloir ce qui convient, ce que les autres attendent de moi, ne crois-tu pas que je le ferais ? Je ne peux décider de ce qui m'émeut. Je ne peux choisir qui j'aime. Quand bien même cette personne ne serait pas fiable...

— De qui parlons-nous exactement ? demanda-t-il.

Je fis une pause, prenant une profonde inspiration.

— De personne.

— En es-tu certaine ?

— Ne me fais pas la leçon, s'il te plaît. Tu as déjà été très clair. Tu avais raison, le soir du bal. Il est...

— Je n'avais pas entièrement raison.

— Quoi ?

— Je ne pense toujours pas qu'il soit digne de toi, mais cette nuit-là, il a traversé l'enfer pour arriver jusqu'à toi. Simplement, il est arrivé trop tard.

— Je ne comprends pas.

Mais je ne voulais pas trouver une autre raison de l'excuser.

— Cela n'a pas d'importance, car même s'il a essayé ce soir-là, il n'est pas venu aujourd'hui, soufflai-je.

— Qu'est-ce que tu veux dire ?

— Je lui ai écrit une lettre lui disant... lui demandant de venir me voir. Il n'a pas répondu...

— Pour l'amour de Dieu ! soupira-t-il. Je ne sais pas si vous êtes destinés l'un à l'autre ou maudits ! Ni pourquoi je me retrouve au milieu de tout ça.

— Au milieu de quoi ?

Il me dévisagea, la mâchoire serrée.

— Damon ?

— Bon sang… Il n'est pas arrivé à temps au bal parce qu'il était blessé.

— Quoi ? Comment ?

— Je ne sais pas, mais c'était assez grave. C'est pour cette raison que je l'ai suivi jusque chez lui et que je ne suis revenu qu'au matin. Et comme c'est une incroyable tête de mule, il n'a pas pris les médicaments prescrits par le médecin et son état s'est aggravé.

— Il est…

— Il va mieux maintenant. Cependant, je ne crois pas qu'il ait reçu ta lettre, Odite.

Il rit et secoua la tête.

— À croire que le destin se joue de vous !

— Je dois le voir.

— Quoi ?

Je lui pris le bras et commençai à courir. Comme si le ciel condamnait mon comportement, les nuages s'amoncelèrent et il se mit à pleuvoir au même moment.

— Odite, il faut que nous…

— J'en ai assez de cette confusion et de ces malentendus ! Je dois le voir immédiatement ! hurlai-je, entraînant Damon dans ma course.

Les invités de la *garden party* se dispersèrent pour chercher un abri où se protéger de la pluie. Mon père nous appela, mais je refusai de m'arrêter, continuant à courir vers l'endroit où devait se trouver la voiture de Damon.

— Odite…

— Garde le rythme ! lui criai-je.

J'aurais des réponses aujourd'hui. Le monde pouvait bien être noyé sous la pluie, rien ne me détournerait de mon objectif.

— Tu aurais dû aller à la *garden party* de la reine, dit-il alors que je l'aidais à descendre les escaliers.

— Vu le temps, j'ai eu raison de ne pas y aller, répondis-je tandis que la pluie tombait à verse à l'extérieur. Même si voir toutes ces dames courir en hurlant pour se mettre au sec et protéger leurs jolies robes m'aurait beaucoup plu.

Il ricana alors que nous atteignions la dernière marche.

— Tu es devenue bien trop cynique pour ton âge, dit-il.

— Quel est l'âge approprié pour devenir cynique ?

— Pour une dame ? Un âge avancé. Trente ans au moins.

— Cela ne me semble pas si vieux. En vérité, je pense qu'un tel âge est le plus propice au mariage.

Il tourna la tête vers moi, l'air effaré.

— Je t'en prie, ne me fais pas peur. Te voir faire un bon mariage devrait être le moindre de mes soucis.

J'eus envie de lever les yeux au ciel, mais je m'arrêtai dès que Wallace apparut.

— Votre Grâce, votre courrier s'est accumulé...

— Ne peut-il pas faire une petite pause ? Il vient à peine de se rétablir.

— Ne vous occupez pas d'elle. Où est-il ?

— Dans votre bureau, monsieur.

— Très bien, dit-il tandis que nous avancions. Tu devrais aller te reposer. Je ne suis pas faible au point que ma sœur doive me surveiller pendant que je lis mon courrier.

— Entendu. Je vais aller voir ce qu'il y a pour le déjeuner et je t'apporte tes médicaments, répondis-je en me dirigeant vers la porte.

Je venais à peine d'atteindre le hall que sa voix retentit comme un coup de tonnerre, me faisant sursauter.

— Wallace, mon cheval !

Je me retournai pour voir ce qui lui était arrivé. Il n'était plus à son bureau, mais courait vers moi comme s'il avait le diable aux trousses. Il me dépassa si vite qu'il manqua me renverser.

— Evander ! l'interpellai-je. Qu'y a-t-il ?

Il ne sembla pas me remarquer, alors je relevai l'ourlet de ma robe et m'élançai après lui.

— Evander ! appelai-je à nouveau, mais il se précipitait déjà dans les escaliers.

Le temps que j'arrive à la porte, il était sur un cheval, la pluie s'abattant sur lui et sur le monde entier. Il n'avait même pas son manteau.

— Tu es devenu fou ? hurlai-je depuis la porte. Tu ne vois pas qu'il pleut ? Evander ! Tu commences à peine à aller mieux.

Il se contenta de partir au galop, aussi vite que son cheval en était capable, et j'observai sa silhouette s'éloigner à travers le brouillard et la pluie.

C'était ce genre de comportement qui me donnait la certitude que je ne pourrais trouver un époux avant qu'il soit lui-même marié ou mort.

Aphrodite

— Je ferai savoir que tu m'as forcé à abandonner ma femme pour devenir ton serviteur ! me cria Damon depuis l'extérieur, par-dessus le bruit de la pluie battante.

— On ne peut pas arranger ça ?

Je passai la tête par la fenêtre pour voir que mon frère et le cocher essayaient de réparer la voiture dont la roue s'était prise dans une ornière.

— Bien sûr, c'est réparable, Aphrodite. Mais pas dans ces conditions !

Damon leva les bras pour me rappeler que nous étions sur le bord de la route.

— Je ne comprends pas pourquoi tu ne pouvais attendre. Cela me dépasse complètement !

— Tu veux bien arrêter de me crier dessus…

— Pas question ! Je suis trempé, j'ai froid et je suis couvert de boue !

Il agita les mains pour montrer les traces de terre qui maculaient ses jambes.

— Aphrodite, que fais-tu ?

Je sortis de la voiture et faillis tomber à la renverse lorsque mes pieds s'enfoncèrent dans la gadoue.

— Je vais prendre l'un des chevaux.

— Hors de question !

— C'est ça ou marcher !

— Ma chère sœur, pouvons-nous rentrer à la maison ? Il sera là demain…

— Si je rentre, Maman me parlera, puis Papa, puis toi, ou Hathor, et même Abéona ! Et vous finirez par embrouiller mes pensées. Il faut que j'y aille, dis-je, bien que je n'aie pas la moindre idée de la façon de détacher le cheval. Tu veux bien m'aider ?

— Non, je ne t'aiderai pas.

— Faut-il vraiment que tu choisisses ce moment pour être difficile, Damon ?

— Moi, difficile ? Tu es la reine en la matière, Aphrodite !

Je le dévisageai un moment, l'eau qui trempait mes cheveux dégoulinant dans mes yeux. Fatiguée de l'entendre se plaindre, je soulevai ma robe et entrepris de partir à pied.

— Aphrodite !

— Si tu n'es pas capable de comprendre l'urgence de ma situation, ce n'est pas grave. Tu peux attendre ici. J'aurais mieux fait de partir sans toi !

— Aphrodite ?

Je fis volte-face. Ce n'était pas la voix de mon frère. Comme un personnage de mythologie, il apparut sur un cheval noir, tout aussi trempé que moi, sans manteau. Il se tenait de l'autre côté de la route, essoufflé.

— Génial ! La deuxième tête de mule est là, grommela Damon.

— Où vas-tu ainsi ? criai-je à Evander.

Je savais pourquoi je m'étais lancée dans cette folie, mais qu'est-ce qui avait pu le pousser à partir sous la pluie sans même enfiler un manteau ?

— Je venais te retrouver, répondit-il, ses yeux rivés aux miens.

— Pourquoi ?

— Je viens seulement d'ouvrir ta lettre. Dis-moi que tu n'as pas dit oui.

Une pointe de désespoir perçait dans sa voix.

— Aphrodite, je t'en supplie, dis-moi que tu n'as pas accepté sa demande, murmura-t-il, plus pressant.

— Je ne l'ai pas acceptée. Serais-je ici si je l'avais fait ?

Il poussa un soupir de soulagement.

— Dieu merci.

— Pourquoi remercier Dieu ? demandai-je, les mains glacées. Je n'accepterai pas la tienne non plus.

— Je ne comprends pas. Alors pourquoi es-tu ici ?

— Pour exiger la vérité.

Maintenant que je l'avais dit, je n'allais plus reculer.

— Tu m'as demandé de te pardonner et de t'offrir une seconde chance. Je ne ferai ni l'un ni l'autre tant que tu ne m'auras pas dit la vérité. Toute la vérité. Je ne prendrai aucune décision avant que tu le fasses.

— Aphrodite, je...

— Si tu refuses de t'expliquer, c'est fini. Tu n'auras ni pardon ni seconde chance. Je le jure devant Dieu.

Je me mordis la lèvre pour retenir mes larmes.

— Ce sera la dernière fois que nous nous parlons.

— Aphrodite, je voudrais te le dire, mais j'ai peur...

— Cette peur est-elle plus grande que celle de me perdre à jamais ?

— Non, souffla-t-il. Rien n'est pire que l'idée de te perdre à jamais. Je te dirai tout. Mais d'abord, je te prie de prendre conscience que je t'ai aimée toute ma vie. Quand j'ai appris ce qu'était l'amour, j'ai compris que c'était toi.

Quatre ans.

Cela faisait quatre ans que j'attendais ce moment, et j'avais l'impression de pouvoir enfin respirer. Ma poitrine était libérée d'un poids immense et je pouvais me relever. Je pouvais de nouveau sourire sincèrement.

— Je...

— Serait-il possible d'avoir cette discussion à l'intérieur ? De préférence près d'un feu, intervint mon frère, à présent à mes côtés, tenant les rênes d'un cheval qu'il avait détaché de l'attelage. Ou cherchez-vous à ce que nous attrapions tous froid ?

Comme j'aurais aimé ne pas l'avoir emmené avec moi !

12

Aphrodite

Je me souvenais à peine de cette maison, car je n'y étais venue qu'une seule fois avec mon frère et ma mère lorsque j'étais enfant. Je me rappelais cependant que c'était un endroit charmant, encore plus raffiné que chez nous, et que je n'avais touché à rien de peur de me faire punir, restant assise bien sagement près du feu, comme on me l'avait demandé. Mon frère était parti jouer avec un garçon. Ma mère était à l'étage avec la maîtresse de maison, et je m'ennuyais. Puis, j'avais eu faim. Alors, pensant que ma mère m'avait oubliée, j'avais passé la tête par la porte pour essayer de trouver de l'aide. J'étais tellement affamée que j'en pleurais presque quand un garçon plus âgé était apparu et m'avait dit :

— Tout va bien ?

Ce garçon devenu un homme se tenait désormais devant moi, habillé de vêtements secs. Sa sœur m'avait également donné de quoi me changer. Evander m'observait avec la même expression timide et inquiète que celle qu'il arborait des années plus tôt.

— Tout va bien ? demanda-t-il.

— J'étais une enfant quand tu m'as posé cette question pour la première fois, dans cette même maison, répondis-je en serrant mon châle autour de moi.

Les coins de sa bouche se relevèrent.

— Tu t'en souviens ? C'est la première fois que nous nous sommes rencontrés. Je connaissais déjà ton frère, mais pas toi.

— J'avais peur que ma mère ne m'ait oubliée. Et Damon jouait...

— Et tu avais faim. Alors, je t'ai conduite jusqu'à la cuisine. Je n'étais pas sûr de ce qu'il fallait offrir, mais tu as trouvé toute seule la tourte au porc de la cuisinière.

Il rit à ce souvenir, ce qui me fit sourire.

— Quand je me suis retourné, tu la dévorais à pleines dents !

— Et bien sûr, c'est à ce moment-là que ma mère est réapparue.

Je ris à mon tour, car je me rappelai qu'elle avait crié mon nom avec effroi.

— Une fois à la maison, elle a redoublé mes leçons pour que j'apprenne à mieux me tenir à table.

— Tu ne te souviens de rien d'autre ? demanda-t-il.

Je réfléchis un instant.

— Non.

— Tu es tombée malade. La cuisinière avait l'intention de jeter la tourte, car elle avait tourné. Tu as été souffrante et ma mère...

Il marqua une pause et déglutit. Je me souvins que sa mère était morte plus tard cette même année. Il n'avait que dix ans.

— Nos mères étaient terrifiées et elles ont fait appeler le médecin, reprit-il. La cuisinière, Damon et moi-même avons été vertement réprimandés pour ne pas avoir veillé sur toi. Ma mère était encore plus furieuse que la tienne et cela a duré des jours, même après ton rétablissement.

— Eh bien, cela explique pourquoi je ne supporte plus la tourte au porc. Encore aujourd'hui.

— Je sais...

Nous nous observâmes en silence. C'est alors que mon frère entra, habillé de vêtements qui devaient appartenir au frère d'Evander. Il nous regarda tour à tour, puis, sans un mot, il se dirigea vers le feu.

— J'ai prévenu Père et Mère. Nous passerons la nuit ici, dit-il en jetant une autre bûche dans l'âtre.

— Vraiment ?

Papa ne devait guère apprécier la situation tandis que Maman, j'en étais sûre, devait sourire de bonheur, bien au chaud devant sa propre cheminée.

— La pluie ne s'est pas calmée et votre voiture a besoin d'être réparée, dit Evander. Il vaut mieux repartir demain matin.

— Il vaut également mieux qu'elle se retire tôt, intervint Damon en attisant le feu, établissant clairement qu'il était mon chaperon.

Lentement, il traversa la pièce pour regarder par la fenêtre, nous laissant un semblant d'intimité.

— Ne faites pas attention à moi. Dites-vous ce que vous avez à vous dire.

— Je pense que tu devrais t'asseoir près du feu, me conseilla Evander, remarquant que je tremblais toujours.

À nouveau gagnée par le froid, j'obéis. Il ne me regardait plus, mais contemplait les flammes qui dansaient dans le foyer. Il s'écoula trois bonnes minutes avant qu'il reprenne la parole.

— Tu sais pour ma mère ? demanda-t-il enfin.

J'acquiesçai. Toute la haute société parlait d'elle, la grande lady Luella Farraday, aimée de tous, sauf de son mari, le duc.

— Ton père avait…

Je m'arrêtai, ne voulant pas le blesser.

— Mon père avait une maîtresse qu'il entretenait, compléta-t-il. Une certaine Mlle Datura Topwells. Il n'a pas voulu l'épouser, car il cherchait une femme de noble naissance, mais il a continué de la fréquenter après son mariage. Il a eu un fils avec elle, Fitzwilliam. Tout cela était caché à ceux qui le connaissaient, y compris à ma mère. Ce n'est que lorsqu'elle m'a donné naissance qu'elle a découvert la vérité. C'est alors que mon père a autorisé Mlle Topwells à venir à Everely. C'était plus que ma mère ne pouvait supporter, mais elle devait rester, pour mon bien. Mon père avait désormais son héritier et voulait que je sois élevé en tant que tel sous son autorité… aux côtés de son autre fils.

Je fronçai les sourcils, ne me souvenant pas d'avoir jamais rencontré ce frère.

— Il a grandi à tes côtés ? Je connaissais son existence, mais je ne l'ai jamais vu.

— Mon père a au moins eu le bon sens de ne pas exhiber Fitzwilliam ou sa mère dans la bonne société, mais ils étaient très présents dans notre vie.

Je ne voyais pas comment cela aurait pu être pire.

— Je ne t'ennuierai pas davantage avec cela. Je vais plutôt t'expliquer comment cela m'a forcé à rompre mes promesses il y a quatre ans.

Je craignais cette vérité, mais je la désirais plus que toute autre chose.

— Alors que Fitzwilliam grandissait entouré des richesses dont jouit tout fils de duc, sa frustration augmentait aussi : il n'avait ni le statut ni la reconnaissance. La situation s'est aggravée lorsque mon père est décédé et que j'ai hérité de tout. Il était furieux. Il pensait être l'héritier légitime. Nous n'avions jamais entretenu de bonnes relations, mais tout faux-semblant est mort avec mon père. Il a exigé une partie de la succession, ce que j'ai refusé, et j'ai décidé de les éloigner, lui et sa mère, d'Everely. J'ai également envoyé notre jeune frère à Eton. J'attendais ce moment depuis des années. Je n'ai donc pas hésité. Pour ne pas condamner Datura à la pauvreté – elle était quand même la mère de mon frère cadet et la veuve d'un duc –, je lui versais des fonds. Je lui ai même acheté des appartements à

Londres, mais j'ai établi clairement que je ne voulais plus jamais les revoir, elle et son fils. Et qu'ils n'étaient plus les bienvenus ici. Fitzwilliam a juré de se venger. Je me moquais pas mal de lui, car que pouvait-il faire ? Puis il t'a enlevée à moi.

Je fronçai de nouveau les sourcils.

— Il m'a enlevée ? Je te demande pardon. Personne ne m'a enlevée.

— Je te prie de m'excuser. Mes mots étaient maladroits, se reprit Evander. Je voulais dire qu'il m'a fait perdre ma chance de t'épouser.

— Comment a-t-il pu faire une telle chose ? N'était-ce pas à cause de la fille d'un baron...

— Ce n'est pas ça ! s'écria-t-il, me faisant sursauter.

Du coin de l'œil, je vis Damon s'agiter.

Evander recula et plongea son regard dans le feu.

— Pardonne-moi, mais ces paroles... ce mensonge me hante. Ce n'est pas moi qui ai pris cette fille. Je ne sais pas si Fitzwilliam l'a fait exprès pour me ruiner ou si ce n'était qu'une série d'événements qui ont joué en sa faveur et en ma défaveur.

— Je ne comprends pas comment ses actions ont pu t'affecter à ce point.

— Fitzwilliam s'est fait passer pour moi.

Evander se retourna, une lueur furieuse dans les yeux.

— Nous avons grandi ensemble, donc il connaissait tout du domaine, jusqu'à ma propre signature. Père lui avait même fait faire une bague avec le sceau de notre famille. Et tout le monde ne savait pas à quoi je ressemblais. Il a pris Emma en lui disant qu'elle serait sa duchesse, et quand elle est tombée enceinte, elle a dit à sa famille que c'était le duc d'Everely le responsable. Son père est venu me voir la semaine qui précédait ton introduction dans le monde, exigeant que je l'épouse. J'ai refusé et lui ai dit que c'était la pire des calomnies. Mais la fille avait des lettres, et il a juré qu'il me poursuivrait en justice et qu'il jetterait le déshonneur sur mon nom.

— Alors tu l'as épousée, espèce d'imbécile ? lâcha Damon, qui s'était rapproché de nous.

— Bien sûr que non ! J'ai supplié la fille de dire la vérité ! s'exclama-t-il. Mais elle était terrifiée et a refusé, car cela risquait de la compromettre encore plus. Je leur ai dit que j'irais au tribunal et que je prouverais qu'il s'agissait d'un coup monté. Son père était furieux et m'a provoqué en duel.

— Je t'en prie, dis-nous que tu as refusé, soupira Damon.

— Je n'ai pas tiré, dit-il. J'ai essayé de le raisonner, je lui ai juré que je n'avais pas profité de sa fille, mais cet imbécile m'a quand même tiré dessus.

— As-tu été blessé ? m'enquis-je en me levant de ma chaise.

Il sourit à moitié.

— Non, l'arme s'est retournée contre lui et il s'est blessé. Le témoin peut en attester. J'ai aussi une trace écrite. J'ai refusé le duel et il s'est blessé tout seul. Le lendemain matin, il a succombé. J'ai alors compris le sort qui serait réservé à la fille et à sa mère. Ni l'une ni l'autre ne voulaient admettre la vérité, d'autant plus qu'elles avaient perdu toute protection.

— Alors tu l'as épousée, murmurai-je.

— L'affaire était devenue trop grave, Aphrodite, dit-il en secouant la tête. Si elle avait été révélée, mon nom aurait été sali et, par conséquent, celui de ma sœur, peut-être même le tien.

— Tu aurais pu te battre pour faire éclater la vérité ! rétorqua Damon.

— Combien de temps cela aurait-il pris ? demanda Evander en retour. Et quelle image cela aurait-il donnée ? Son ventre grossissait à vue d'œil et elle se serait retrouvée à la rue. Son père avait plus de dettes qu'aucun homme ne devrait en avoir. C'était une honte.

— Pourquoi ne pas nous avoir dit la vérité ? N'aurions-nous pas pu t'aider ? demandai-je. Nous crois-tu soucieux de notre réputation au point de te fuir ?

— C'est parce que votre famille se souciait tant de moi que je m'inquiétais. Ce n'était pas ma seule crainte. Mon frère était... est... toujours en liberté et il continue d'utiliser mon nom. Je suis mieux préparé, cependant. J'ai tout changé, jusqu'à ma signature. J'ai même cherché à modifier légèrement notre sceau. J'ai lancé des hommes à sa recherche pour qu'il réponde de ses crimes, mais il continue d'échapper à la justice.

— C'est lui qui t'a poignardé ? demanda Damon.

Je les dévisageai tour à tour.

— Poignardé ? Tu as été poignardé ?

Il acquiesça.

— Ton frère est fou, dis-je.

— À l'époque, c'était trop pour moi. J'ai cédé à la facilité en épousant la fille dans l'espoir de parvenir à lui faire écrire une lettre d'aveu.

— Elle l'a fait ?

Il hocha la tête.

— Quand elle est tombée malade, elle a voulu trouver la paix, mais je ne l'utiliserai pas.

— Pourquoi diable ?

— Parce que la fille qu'elle a mise au monde est innocente, dit-il sans hésiter, et que je suis la seule famille qu'elle connaisse. J'ai juré à sa mère de protéger Emeline.

— Alors quel était l'intérêt de demander cette lettre ? demandai-je.

— Je cherchais à me protéger de la mère d'Emma, qui connaissait la vérité, mais a gardé le silence et a poussé sa fille à faire de même.

Il planta son regard dans le mien.

— Je ne souhaitais rien de plus au monde que de t'épouser, mais je ne pouvais pas te mêler à ce chaos.

— En quoi est-ce moins chaotique maintenant ? grommela Damon en venant s'asseoir avec nous et en se frottant les tempes comme le faisait souvent Maman. Ta femme est morte, mais ton frère est toujours dans la nature et violent...

— J'ai assez de preuves contre lui maintenant, et il n'a pas les moyens de se protéger. Il suffit de l'attraper. Je n'aurais pas dû sortir seul ce jour-là pour l'arrêter. Je... J'avais tellement hâte que tout cela s'arrête pour de bon que j'ai baissé ma garde. Je ne fais jamais deux fois la même erreur. C'est pourquoi je ne peux pas vous laisser repartir ce soir.

Sa dernière phrase s'adressait directement à moi et je sentis mon cœur se serrer.

— Je voudrais me reposer, murmurai-je en me levant.

— Bien sûr. Tu peux utiliser la pièce dans laquelle tu t'es changée tout à l'heure.

— Merci, dis-je.

La femme de chambre m'attendait déjà.

— Aphrodite ?

— Oui ? fis-je en m'arrêtant au bas de l'escalier.

— Je t'en prie, n'en parle pas à ma sœur. Elle ne connaît pas toute la vérité.

J'acquiesçai et ne dis rien de plus.

— Avez-vous besoin d'aide pour quoi que ce soit, madame ? demanda la domestique une fois que nous eûmes atteint ma chambre.

— Non. Merci.

— Bonne nuit, madame.

Lorsque la porte se fut refermée, je m'effondrai sur le lit, les mains sur mon visage en retenant mes larmes.

Ce sentiment qui bouleversait mon cœur... c'était du soulagement.

Le soulagement de savoir enfin que… ce n'était pas moi.

Ce n'était pas qu'il ne voulait pas de moi ou qu'il ne m'aimait pas.

Je n'avais pas été dupée.

13

Evander

Je n'arrivais pas à dormir. La savoir si proche et pourtant si loin me hantait. Chaque fois que je fermais les yeux, je voyais son visage et mon désir pour elle se rappelait à moi. Pour éloigner ces pensées de mon esprit, je fis ce que je faisais toujours : je me levai pour me rafraîchir les idées dans la douceur de la nuit. Comme si… nous étions bénis, destinés à être réunis, elle était là, dans le hall. Ses cheveux bruns et bouclés tombaient en cascade dans son dos. Elle portait une longue chemise de nuit sombre et avançait les bras croisés sur sa poitrine, comme si elle avait froid. Elle descendit les premières marches sur la pointe des pieds, aux aguets.

— Aphrodite ?

À son nom, elle se retourna si vite qu'elle faillit perdre l'équilibre. Instantanément, je bondis pour attraper son poignet et parvins à l'empêcher de tomber. Son corps était pressé contre le mien à présent. Mon cœur battait à une cadence telle que je craignais qu'il n'explose. La lueur dans ses yeux semblait abriter la chaleur et la curiosité de la Terre entière. Son visage était si proche que je sentais son souffle sur mes lèvres.

— Tu vas bien ? demandai-je.

Elle hocha la tête, m'étudiant avec attention. Puis elle inspira et je sentis ses seins contre mon torse, ce qui me donna envie de la serrer un peu plus fort contre moi. Je dus me rappeler que je n'étais pas un animal mais un homme, et elle une lady. Sans compter que je craignais qu'elle ne sente la preuve de mon désir pour elle. Je descendis donc une marche pour prendre un peu de distance.

— Merci, dit-elle.

— Je t'en prie.

Mes mains fourmillaient encore de l'avoir touchée.

— Tu as besoin de quelque chose ?

— Non, je…

C'est alors que son estomac la trahit en grondant bruyamment. Elle écarquilla les yeux et couvrit son ventre de ses mains.

— Tu as faim, constatai-je en souriant.

— Je n'ai rien avalé depuis le petit déjeuner.

— On ne peut pas te laisser comme ça.

J'allais lui tendre la main, mais nous étions déjà en train d'enfreindre toutes les règles de la bienséance.

— Viens, allons voir ce qu'il reste dans la cuisine.

— Espérons que ce ne sera pas de la tourte au porc.

Je ris.

— J'ai l'impression d'avoir déjà vécu cette scène, moi aussi.

— Je pensais me souvenir de l'endroit où se trouve la cuisine, mais ce n'est pas le cas, m'expliqua-t-elle en me suivant.

— Cela fait des années. Ne t'en veux pas pour ça, répondis-je en vérifiant que le hall était désert avant de m'y engager.

— Je ne m'en veux pas. Seulement, je me demande pourquoi nos familles ne passaient pas plus de temps ensemble ici.

— Après le décès de ma mère, mon père a refusé de recevoir quiconque dans cette maison.

— Pourquoi ? demanda-t-elle alors que nous entrions dans la cuisine.

Je ne tenais pas à ce qu'elle se dise que tous mes souvenirs d'enfance étaient terribles, mais je craignais qu'elle ne devine le mensonge ou toute tentative de dérobade.

— Ma mère est morte ici, dis-je en regardant ce qu'il restait à manger. Il n'y a que du pain, du lait et des pommes. Cela ira ? Si ce n'est pas le cas, je peux appeler le cuisinier.

— Il est bien trop tard pour appeler le cuisinier. C'est très bien.

— Le lait est froid. Je sais que tu bois le tien chaud.

— Tu t'en souviens ?

Je me souvenais de tout ce qui la concernait. Du moins, de tout jusqu'à quatre ans auparavant.

— Je préfère le lait chaud, mais celui qui demande la charité ne doit pas faire le difficile, comme dirait mon père.

Elle fouilla les placards et trouva un autre verre ainsi que des assiettes qu'elle déposa sur la table.

— Tu veux manger avec moi ?

— Si tu m'y autorises, dis-je en m'asseyant en face d'elle.

Elle me versa du lait avant de se servir, puis coupa le pain et les pommes pour les partager avec moi. Je ne pus m'empêcher de me demander si notre vie à deux aurait ressemblé à cela. Si nous nous étions mariés quatre ans plus tôt, est-ce ce que nous ferions ? Pourrions-nous devenir ce couple un jour ? Je l'espérais.

— Ton regard me rend nerveuse, murmura-t-elle en grignotant un petit bout de pain.

— Pardonne-moi.

Je baissai les yeux tout en mangeant tranquillement.

— Et maintenant, l'absence de ton regard me rend triste.

— Alors, dis-moi ce que je dois faire.

— Je l'ignore. Evander, je ne sais pas quoi dire, soupira-t-elle. Tu m'embrouilles.

— Tant mieux.

— Tant mieux ? répéta-t-elle. En quoi est-ce une bonne nouvelle ?

— Cela signifie que je suis non seulement dans ton esprit, mais aussi dans ton cœur.

— Même si c'est pour y semer la confusion ? insista-t-elle.

— Es-tu confuse uniquement parce que tu as peur de céder ? m'enquis-je, sondant sa réaction.

— Céder à quoi ?

— À tes sentiments, bien sûr.

— Cela fait quatre ans. Mes sentiments ont pu changer.

— Alors, pourquoi as-tu rejeté Tristian Yves ?

— Parce que je... Parce que c'est un homme bon qui mérite une femme qui l'aime. Or je ne l'aime pas.

Bien qu'elle ait affirmé qu'elle ne l'aimait pas, l'entendre parler de lui en termes élogieux me dérangeait.

— Ce n'est pas la seule raison, sinon tu ne serais pas venue me voir sous la pluie comme tu l'as fait.

Elle enfourna une plus grosse bouchée de son pain, et je luttai pour ne pas rire. Lorsque nous étions plus jeunes, les gens disaient souvent qu'Aphrodite était la plus difficile à comprendre, qu'elle ne communiquait pas assez bien, simplement parce qu'elle choisissait souvent de se taire plutôt que de révéler ses pensées les plus intimes. Pourtant, pour moi, son silence était toujours aussi clair que de l'eau de roche.

— Cela fait quatre ans. Il est possible que je ne sois plus la fille que tu as connue.

— Ta couleur préférée est le bleu, déclarai-je. Pas n'importe quel bleu, le bleu du ciel par les jours les plus ensoleillés. Tu détestes le champagne, mais tu aimes le porto. Tu considères qu'un gâteau peut très bien faire office de dîner. Tu maudis les gens dans ta tête lorsque tu es en colère. Ton livre préféré est un roman de Samuel Richardson, mais personne ne le sait, parce qu'on t'a interdit de le lire et que je te l'ai apporté en cachette. Ta famille pense que tu es la plus grande amatrice de Shakespeare.

— Je *suis* une grande amatrice de Shakespeare, se défendit-elle.

— Tu n'aimes que *Le Marchand de Venise* et ses sonnets. Ce n'est pas que tu n'apprécies pas ses autres pièces, mais tu estimes qu'aucun théâtre ne leur rend justice.

— Parce que c'est le cas, à l'exception de *Macbeth*, se plaignit-elle en mordant dans sa pomme avec fureur. Le théâtre est en crise, en particulier depuis que Sarah Siddons a pris sa retraite.

Je réprimai un sourire tandis qu'elle retrouvait les manières que je lui connaissais dans notre adolescence.

— Tu es donc en train de me confirmer que tu es toujours la fille dont je me souviens.

Elle se figea, prenant conscience qu'elle s'était trahie.

— Très bien, je l'admets. Je n'ai pas tellement changé. Mais qu'en est-il de toi ?

— Je crains d'avoir beaucoup changé.

J'étais devenu austère sans elle, sans sa famille que j'avais toujours considérée comme la mienne.

— Comment cela ?

— Après tout ce qui s'est passé, j'ai beaucoup plus de mal à faire confiance.

En dehors de sa famille et de Verity, j'étais convaincu que le monde était l'endroit le plus cruel qui soit, peuplé uniquement d'opportunistes.

— Eh bien, tu n'étais pas beaucoup plus ouvert avant.

— Je l'étais vis-à-vis de toi, n'est-ce pas ?

— Non.

Elle souffla, arrachant un autre morceau de pain avec colère.

— Toi et moi, nous parlions souvent, mais tu n'as jamais évoqué ta famille ou ce que tu ressentais, poursuivit-elle, la bouche pleine. Je te connais sans te connaître vraiment. À l'époque, je me disais qu'il valait mieux ne pas insister, que je... t'épouserais et finirais par découvrir tes secrets.

— Je...

Du bruit se fit entendre derrière la porte et aussitôt, Aphrodite se cacha sous la table. Si quelqu'un la surprenait en ma compagnie à cette heure avancée, habillés comme nous l'étions, sa réputation serait ruinée.

Je me levai pour bloquer la porte.

— Qui est là ?

Il fallut une seconde avant que la figure stoïque de Wallace apparaisse dans l'embrasure. Il avait une bougie à la main et me dévisageait, confus.

— Votre Grâce ? Que faites-vous ici ? J'étais sûr d'avoir entendu...

— J'avais faim.

— Je peux faire venir le cuisinier...

— Inutile. J'ai fini et je suis sur le point de retourner au lit. Vous pouvez disposer.

Soudain, un petit éternuement retentit dans mon dos. J'avais envie de fermer les yeux et de secouer la tête, mais je soutins le regard du domestique.

— Je vois, Votre Grâce, pardonnez-moi. Bonne nuit.

Sur quoi il prit congé.

Aphrodite se précipita vers moi.

— Il m'a entendue ? S'il...

— Il ne dira rien, lui assurai-je.

S'il s'était agi de quelqu'un d'autre, j'aurais craint que les ragots ne se répandent parmi le personnel dès le lever du soleil.

— Mais nous devons remonter dans nos chambres, car j'ignore quand les autres domestiques se réveilleront.

Elle acquiesça.

— Ou mon frère.

Voilà qui était encore plus inquiétant.

— Reste derrière moi.

Elle se colla contre mon dos et je fis de mon mieux pour ne pas sourire tandis qu'un souvenir d'elle jouant avec ses frères et sœurs me revenait en mémoire. Elle avait toujours été la meilleure pour se cacher.

Je me sentais puéril de me faufiler en douce dans les couloirs de ma propre maison, mais en même temps, c'était très amusant. Je n'avais pas éprouvé une telle légèreté depuis si longtemps qu'une profonde tristesse m'envahit lorsque nous parvînmes devant sa porte.

— Merci ! murmura-t-elle en se glissant à l'intérieur.

Avant que le battant se referme complètement, j'aperçus son visage dans l'entrebâillement.

— Bonne nuit.

— Bonne nuit, même si cette séparation est un doux chagrin, chuchotai-je en retour.

Je restai là un moment, essayant de contenir ma joie. Si je n'avais craint d'être surpris, j'aurais pu dormir devant sa porte.

Quel idiot ! C'était elle qui me rendait ainsi et j'étais incapable de dire quand cela avait commencé. Au départ, elle n'était que la sœur de mon ami, la fille de ma marraine. Ce n'était que lorsque sa mère m'avait écrit pour m'informer qu'elle avait évoqué avec mon père d'éventuelles fiançailles entre Aphrodite et moi que j'avais compris que je l'aimais. Elle n'avait que seize ans à l'époque, et j'étais encore étudiant à Cambridge. C'était comme si quelqu'un avait illuminé la pièce sombre dans laquelle je me trouvais. Cela m'avait rempli de joie. Je comprenais enfin pourquoi toutes mes précédentes… rencontres m'avaient laissé si insatisfait. Pourquoi chacune de ces aventures me désespérait plus que la précédente. Quelqu'un d'autre avait pris possession de mon cœur. Alors, j'avais répondu à ma marraine que je serais heureux de demander Aphrodite en mariage, mais seulement si Aphrodite était aussi enthousiaste que moi à cette idée. J'ignorais si elle me considérait autrement que comme un frère. Elle était trop timide pour admettre ses sentiments.

J'étais alors persuadé d'avoir enfin la chance de mon côté. Mon père accepterait. Il ne se souciait que de lui-même, de notre nom de famille et de notre lignée. Puisqu'elle faisait partie de la noblesse, elle ferait l'affaire. Lorsqu'il était mort, un an plus tard, je m'étais réjoui de ne pas avoir à imposer à Aphrodite la laideur de ma famille. Je me débarrasserais de ces liens, et nous prendrions un nouveau départ. Je devais l'épouser, mais sa mère avait insisté pour que nous attendions qu'elle ait au moins dix-huit ans. J'avais accepté, car il ne restait plus qu'un an à attendre. J'aurais tout accepté pour l'avoir.

— Non… pitié…

J'entendis la voix au moment où je passai devant la porte de ma sœur. Elle gémissait et sanglotait.

Bon sang, ça recommence.

— Si sombre…

Je frappai doucement, mais elle ne sembla pas entendre.

— Verity ? chuchotai-je en entrant.

Elle se figea sur son lit. Des gouttes de sueur perlaient sur son front et elle était agrippée au drap.

— Verity ! appelai-je plus fort pour la réveiller.

Elle se redressa, haletante.

— Ce n'est rien, la rassurai-je alors qu'elle tournait la tête de gauche à droite, paniquée. Tout va bien.

La terreur se lisait dans ses yeux lorsqu'elle se jeta contre moi. Voilà pourquoi je ne leur pardonnerais jamais. Ni à mon père, ni à Datura, ni à Fitzwilliam. Jamais.

— Êtes-vous certaine de ne pas vouloir rester un peu plus ? me demanda Verity alors que je me tenais à la porte. Vous n'avez même pas pris votre petit déjeuner.

Mon père avait envoyé une nouvelle voiture avant l'aube et avait exigé que nous revenions à la maison.

— Mon père nous attend.

Je souris poliment et elle me serra dans ses bras.

— Je me suis déjà comportée de façon très déplacée. Je ne peux pas rester plus longtemps. Ce n'est pas convenable.

Verity soupira lourdement.

— Très bien, nous devrons attendre que vous soyez mariée à mon frère pour prendre le petit déjeuner ensemble.

J'écarquillai les yeux et essayai de trouver les mots pour répondre.

— Je n'ai pas encore accepté… Je veux dire que votre frère n'a pas demandé…

— Je n'ai pas été autorisée à assister à votre discussion hier soir, mais à voir votre réaction ainsi que nos frères respectifs visiblement réconciliés, dit-elle en désignant Damon et Evander qui se tenaient devant la voiture, je suis certaine que vous deviendrez bientôt ma sœur. Enfin !

— Je…

Son expression amusée me rappela son frère.

— Une dame ne doit pas se montrer présomptueuse, parvins-je finalement à dire.

En réponse, elle fit une révérence.

— Oui, Votre Grâce.

— Verity !

Celle-ci gloussa avant de s'éloigner en sautillant, sans se douter de la nervosité qu'elle avait fait naître en moi. Cela pouvait-il être aussi facile ? Je l'avais cru un jour et tout s'était arrêté de la façon la plus douloureuse qui soit. Et si cela se reproduisait ? Et si, comme l'avait dit mon frère, nous étions maudits ?

— Odite, es-tu prête ? appela Damon.

J'acquiesçai, serrant mes bras autour de moi comme pour empêcher mes émotions de se manifester. J'avais été si heureuse et à mon aise avec Evander dans la cuisine. Chaque fois qu'il posait les yeux sur moi, j'avais l'impression qu'il touchait mon âme.

Quand j'arrivai à la voiture, il me tendit la main, tout comme mon frère, pour m'aider à monter. Je pris celle d'Evander et nos regards se croisèrent un instant.

— Je vais te demander de parler à tes parents, déclara-t-il avant que mon frère puisse s'asseoir. Acceptes-tu de me revoir ?

— Oui, soufflai-je.

Le coin de sa bouche se releva. Il hocha la tête et fit un pas en arrière. Le cocher, qui n'avait aucune idée de mes désirs, partit aussitôt, me forçant à détourner les yeux.

— Modère tes attentes, ma sœur.

Le regard de mon frère me troubla.

— Je n'ai aucune attente…

— Tu en as. N'oublie pas que rien n'est fait tant que ce n'est pas fait. Cela ne change pas, même si nous connaissons à présent la vérité.

Je me mis à réfléchir en silence. Réfléchir à la réaction de mes parents quand je leur raconterais ce que j'avais découvert, et à ce que cette vérité signifiait pour moi… pour nous. Surtout, je me demandais pourquoi ce malheur avait dû le frapper. Je pensais au temps qu'il avait passé à souffrir et à se battre seul. Aux années durant lesquelles il avait été incompris.

J'étais tellement absorbée que le trajet du retour me parut étonnamment court. Je m'attendais à ce que tout le monde soit levé pour le petit déjeuner, mais la maison était déserte, à l'exception de ma mère, qui se tenait dans l'entrée et nous attendait.

En me voyant, elle sourit.

— Alors ? demanda-t-elle avec empressement. Evander t'a-t-il demandée en mariage ?

— C'est encore trop tôt, Maman...

— Au contraire ! C'est beaucoup trop tard, rétorqua-t-elle en me prenant les mains. Ma chère fille, raconte-moi tout. Que s'est-il passé ? Qu'a-t-il dit...

— Cela n'a pas d'importance, la coupa mon père en descendant l'escalier.

Il se mettait rarement en colère contre moi. Même quand j'avais tort, il laissait ma mère s'occuper de la discipline. Je n'étais donc pas habituée à la sévérité de son visage en cet instant.

— Aphrodite, ton comportement a été inacceptable. Monte dans ta chambre.

— Papa, écoute-moi d'abord. Tout cela n'était qu'un grand malentendu...

— Dans ta chambre, répéta-t-il sèchement.

— Oui, monsieur, marmonnai-je.

— Et pendant que tu y es, prends d'autres dispositions pour ton avenir, ajouta mon père alors que je montais les premières marches. Peu importe la raison de ce malentendu, je n'accepterai pas la demande du duc.

— Papa !

— Charles ! se récria ma mère.

— Papa, tu ne sais pas ce que...

— Je n'ai pas besoin de le savoir. Maintenant, monte, ordonna-t-il tel un roi.

Remontant mes jupes, je montai les escaliers jusqu'à ma chambre. La première chose que je vis fut mes sœurs, ainsi qu'Hector, qui regardaient par-dessus la rampe.

— Où donc étais...

— Laissez-moi tranquille ! lâchai-je en passant devant eux en hâte.

— Tu ne peux pas exiger qu'on te laisse, rétorqua Hathor en me suivant. Où as-tu passé la nuit ? Papa et Maman n'ont rien voulu me dire, mais Papa était très contrarié après avoir reçu la lettre de Damon. Au début, j'ai cru que M. Yves t'avait poussée à t'enfuir. Puis j'ai pris conscience que cela n'avait aucun sens. Maman vient de prononcer le nom d'Evander. Est-ce là-bas que tu étais ? Tu pourrais...

Une fois devant ma porte, je me tournai vers elle.

— Hathor, va chercher quelqu'un d'autre à interroger.

— C'est assez difficile quand tu es la seule à avoir les réponses...

Je lui fermai la porte au nez. Je n'avais pas le temps de m'inquiéter d'elle. Je devais trouver une solution, surtout si Evander se présentait chez moi alors que mon père avait décidé d'imposer son autorité. Je fis les cent pas dans ma chambre, m'assis, puis me relevai pour recommencer avant de me poster finalement à la fenêtre pour guetter son arrivée.

On frappa à ma porte.

— Hathor, laisse-moi tranquille, s'il te plaît ! criai-je alors que la porte s'ouvrait à mon grand dam.

— Ce n'est pas Hathor, dit Silva en entrant. Je suis venue voir comment tu allais.

Mes épaules se détendirent.

— Tu es très aimable. Beaucoup trop gentille alors que je t'ai volé mon frère encore une fois.

— Quand j'ai épousé Damon, il m'a prévenue qu'il y aurait des jours où il serait plus occupé par ses frères et sœurs que par moi.

— Vraiment ?

— Il m'a dit qu'il ignorait pourquoi il se retrouvait toujours au milieu des situations les plus délicates à cause de vous cinq. Et ce bien malgré lui.

— Il avait raison, admis-je avec une grimace. Pardonne-nous.

— Je trouve que son dévouement à sa famille est louable. Cela montre qu'il a le cœur tendre, même s'il refuse de le reconnaître.

— C'est tout lui.

Damon était très têtu et pensait toujours avoir raison, mais il écoutait et permettait aux autres de dire ce qu'ils avaient à dire.

— Ils ont fini de discuter.

— Papa connaît donc la vérité maintenant ?

Silva fronça les sourcils.

— Oui, mais il n'a pas changé d'avis. Ta mère a été très peinée d'apprendre les problèmes d'Evander, puis elle est entrée en rage quand ton père a déclaré qu'il n'accepterait pas sa demande pour autant.

— Mais pourquoi ?

Mon cœur se serra.

— Je l'ignore. Ne nous décourageons pas. Ta mère mènera cette bataille pour toi aussi longtemps que tu voudras l'épouser. Le veux-tu ?

— Que je le veuille ou non, elle se battra quand même.

— Mais le veux-tu ? répéta-t-elle.

Mes pensées étaient en vrac. Je connaissais la vérité. Je ne voulais pas que nous ayons à nous cacher. Je voulais rester avec lui dans cette cuisine, à discuter des sujets qui nous plaisaient sans nous soucier des domestiques. Je voulais... en savoir tellement plus sur lui.

— Oui. Même après tout ce temps, je le veux vraiment.

— Alors...

— Aphrodite !

Je faillis tomber de mon siège en entendant la voix de ma mère à la porte. Elle entra, le visage dur, les narines dilatées, et posa sur moi un regard implacable. Silva sembla choquée par son apparence.

— Oui, Maman ?

— Prends un bain. Les domestiques t'apporteront ta plus belle robe et te coifferont. Puis nous irons nous promener dans le parc. Ensuite, nous irons au bal des Milbourne. Demain, nous prendrons un autre petit déjeuner dans le parc. Tous ces événements se dérouleront en compagnie du duc d'Everely. Prépare-toi, car tu seras très occupée au cours des prochains jours.

Sur ce, elle se mit à crier des ordres dans le couloir.

— Eleanor ! Bernice ! Ingrid ! Appelez-les toutes ! tonna-t-elle avec la force et la fureur d'une reine.

En l'espace d'une seconde, ma chambre fut remplie de son armée.

— Si ton père veut se montrer têtu, je le serai encore plus. Vingt-deux ans que j'attends ce moment et il refuse ? Ha ! Voyons comment il s'en sortira quand tout le monde te verra en permanence en compagnie d'Evander et lui demandera chaque jour quand aura lieu le mariage !

Je lançai un coup d'œil à Silva qui essayait de ne pas rire. Ma mère était galvanisée.

— Eh bien, commençons. Maintenant !

Elle tapa des mains à l'intention des femmes de chambre et je me laissai emporter dans ce tourbillon… avec joie.

14

Evander

— Je croyais vous avoir prescrit du repos, marmonna le médecin tout en soignant ma blessure. Votre épaule va guérir, vous avez de la chance, mais si vous voulez qu'elle se remette complètement, cela dépend de vous, Votre Grâce.

Je baissai les yeux sur ma main. Je pouvais encore sentir le contact d'Aphrodite.

— Je prendrai le repos que vous m'avez prescrit plus tard.

— Ce sera inutile alors.

Il appuya fort sur mon épaule, ce qui me fit serrer les dents.

— Vous me faites mal, docteur Darrington.

— Vous vous faites du mal vous-même. Vous ne devez plus faire d'efforts, exigea-t-il en me tendant une fiole. Prenez ceci pendant encore deux nuits. Je reviendrai vous voir dans trois jours. Vous devriez être suffisamment rétabli d'ici là.

— Prenez-vous toujours autant de précautions avec vos patients ?

— Oui, dit-il avec gravité.

J'avais remarqué que le Dr Darrington, malgré son jeune âge, était rigoureux et compétent. Il s'était même montré aussi discret qu'il l'avait promis. Il n'avait jamais été question de ma santé au cours des derniers événements mondains, selon Verity.

— Merci, soufflai-je avec sincérité.

— C'est mon travail.

Il alla se laver les mains avant de ranger tous ses instruments dans son sac de cuir noir.

J'étudiai la fiole, puis reportai mon regard sur lui pendant un moment. Je ne voulais en parler à personne, mais je m'inquiétais pour Verity et je ne pus m'empêcher de demander :

— Existe-t-il un médicament pour quelqu'un qui...

— Oui ? m'incita-t-il à poursuivre quand je m'interrompis.

— Qui fait d'horribles cauchemars ?

— À quel point ?

— Parfois, la personne ne peut plus bouger et d'autres fois, elle hurle et est couverte de sueur. C'est variable.

Il fronça les sourcils.

— Si c'est le cas, je devrais d'abord vous prescrire un autre médicament...

— Ce n'est pas pour moi, précisai-je.

Il me regarda longuement avant d'acquiescer.

— Il faudrait que je parle au patient...

— Je peux vous dire ce qui se passe, mais la personne n'aime pas en parler. Un autre médecin a prescrit un remède pour favoriser le sommeil, mais il ne fonctionne pas toujours.

Il ferma son sac et le souleva avant de se tourner vers moi.

— Votre Grâce, je ne peux prescrire aveuglément des médicaments en me basant sur votre seule vision du problème. J'ai besoin de m'entretenir avec le patient et de l'observer par moi-même.

— Pourriez-vous l'aider si le patient y consentait ?

— Je ne sais pas, mais j'en doute.

— Vous n'êtes pas très rassurant, docteur.

— Les cauchemars trouvent leurs racines dans d'autres problèmes. Cela dit, la médecine peut soulager la peur et l'anxiété d'une personne jusqu'à ce que celle-ci en trouve la cause et la traite.

C'était là le souci. Verity n'avait jamais voulu parler de tout ce qu'elle avait vécu pendant mon absence. Comment avais-je pu croire que notre père veillerait sur elle ? Il ne s'était pas soucié de notre mère. Il se souciait de moi uniquement parce que j'étais son héritier. Qu'était Verity pour lui ? J'aurais dû m'en douter.

— Votre Grâce...

On frappa à la porte.

— Entrez.

Ma sœur était arrivée avec une domestique qui portait un plateau chargé d'une assiette de soupe et d'un morceau de pain. Elle nous dévisagea tour à tour, confuse.

— Vous avez fini ? Est-ce qu'il va mieux ?

— Beaucoup mieux, confirmai-je.

— Un peu mieux, corrigea sévèrement le Dr Darrington. S'il n'y a rien de plus, j'ai d'autres patients à voir.

— Vous ne voulez pas manger ? J'ai demandé à la femme de chambre...

— Non, merci, madame. Bonne journée.

Il me fit un signe de tête, puis salua Verity avant de sortir de la pièce. Ma sœur le regarda partir d'un air circonspect.

— Je ne sais pas si je l'apprécie. Il n'est pas très aimable. Il entre, demande à te voir, puis s'en va d'un pas pressé.

— Il travaille, Verity, fis-je remarquer en enfilant mon manteau et en me dirigeant vers le miroir. S'il passait son temps à bavarder avec tout le monde, il ne verrait jamais ses patients.

— Nous ne sommes pas n'importe qui. Tu es un duc. On pourrait penser qu'il serait plus...

— ... aimable ? dis-je en reprenant son mot tandis que je nouais ma cravate.

— Oh, oublie le docteur. Que s'est-il passé avec Aphrodite ? demanda-t-elle en sautillant jusqu'à moi.

— Qu'est-ce que tu veux dire ?

Elle se pencha vers moi, un large sourire sur le visage, et agita les sourcils. Quelle petite fouine !

— Il ne s'est rien passé.

— Oh, mais si ! Elle est venue ici. Vous avez parlé, n'est-ce pas ? Elle est restée toute la nuit. Et maintenant, tu t'habilles pour aller la voir.

— Comment sais-tu que je vais la voir ?

— Parce que tu es heureux.

Je lui lançai un regard sombre et elle leva le menton, me défiant de la démentir. Je soupirai.

— La situation n'est pas encore très... claire.

— Alors, clarifie-la.

— C'est ce que j'ai l'intention de faire, mais quelqu'un me retarde, grommelai-je en lui donnant une pichenette sur le front pour la repousser.

— Très bien, je vais tricoter, lire ou faire quelque chose d'ennuyeux comme il sied à une dame pendant que les hommes sortent s'amuser dans le monde. Tout cela après avoir passé les quatre derniers jours à te veiller. C'est presque comme si je n'étais pas sortie du tout cette saison.

Seigneur ! Pouvait-elle se montrer plus culpabilisante ?

— Je ne t'emmènerai pas chez eux. C'est sérieux, Verity. Mais il y a un bal ce soir et je t'y accompagnerai.

— Je suis fatiguée des bals.

— Tu n'as pas encore atteint ton apogée, et tu t'ennuies déjà ? N'est-ce pas là l'intérêt de faire son entrée dans le monde ? Qu'y a-t-il d'autre à attendre ?

— Oui, bien sûr. Qu'est-ce qu'une dame pourrait attendre d'autre qu'un bal ?

Elle soupira et commença à s'éloigner.

— Pourquoi ai-je l'impression que tu te moques de moi ? l'interpellai-je sans obtenir de réponse.

Je ne voulais pas me laisser distraire. Du moins, pas pour le moment. J'avais encore trop de choses à traiter aujourd'hui. La première sur ma liste était le père d'Aphrodite.

APHRODITE

Je faisais les cent pas dans le salon, m'efforçant de ne pas me ronger les ongles. Il était midi et il n'était toujours pas venu.

— Tu pourrais au moins faire semblant de ne pas être aussi impatiente. Si tu ne le fais pas pour moi, fais-le pour mon dessin.

Hathor fronça les sourcils en brandissant un horrible croquis qu'elle avait fait de moi.

— Est-ce censé être moi ? m'indignai-je. N'es-tu pas supposée être douée en art ?

— Ce serait le cas si tu cessais de gesticuler comme un fantôme dérangé, répondit-elle en déchirant le papier pour recommencer. S'il vient, il vient. S'il ne vient pas, tu ne pourras t'en prendre qu'à toi-même pour lui avoir fait confiance.

— Hathor ! explosai-je.

— Quoi ? souffla-t-elle. Je suis de tout cœur avec Père dans cette guerre.

— Tu ne sais pas de quoi tu parles.

— Alors, dis-le-moi.

Je l'envisageai un instant, puis lui tournai le dos.

— Où veux-tu que je me positionne pour ce chef-d'œuvre ?

— Ne sommes-nous pas sœurs ? Pourquoi ne te confies-tu pas à moi ?

— Pourquoi le ferais-je ?

— Pour que je puisse choisir un camp la conscience tranquille ! Maman est de son côté, Papa ne l'est pas. Et Damon semble être neutre. Je dois savoir pour pouvoir…

— Les départager ? Inutile, ma sœur, je l'ai déjà fait, dis-je avec un sourire.

— Alors, tu as accepté sa demande ?

— Dépêche-toi ou je ne m'assois…

— Il est là, intervint Devana depuis la fenêtre.

Elle était si silencieuse que j'avais presque oublié qu'elle était dans la pièce.

— Le duc d'Everely est ici.

Hathor et moi nous précipitâmes vers la fenêtre. Bien sûr, c'était lui, vêtu d'une veste vert foncé et d'un gilet crème coupés à la perfection, une pile de vieux livres sous le bras.

— Comme il est rusé ! Il se sert des livres pour amadouer Papa, observa Hathor, le visage si près de la vitre qu'elle s'y appuyait presque.

— Le mot exact que tu cherches est « astucieux », répliquai-je.

Comme s'il m'avait entendue, il jeta un coup d'œil dans notre direction. Je détournai rapidement le regard. Hathor ricana.

— Tu as raison, ma sœur. Il croira sûrement que ce n'est pas lui que tu attendais avec impatience.

— Je vais te frapper, lançai-je en la foudroyant du regard.

— Ce n'est pas digne d'une duchesse.

Elle me tira la langue et s'éloigna vers la porte.

— Où vas-tu ?

— Je veux assister à son entrée et voir l'expression de Père, répondit-elle.

J'avais envie de la suivre, mais je restai, ne voulant pas m'exposer davantage. Devana rejoignit Hathor et passa la tête dans le couloir.

— Il est entré, chuchota-t-elle en se tournant vers moi, souriante. Maman le serre dans ses bras !

— Oui, mais le visage de Papa est tendu, ajouta Hathor. Je crois bien qu'il n'est pas content.

Je me levai en me tordant les mains, puis je me rassis.

— Papa l'emmène dans son bureau, murmura Devana de sa voix douce.

Soudain, elles fermèrent la porte en hâte et regagnèrent leur place.

Cela ne pouvait signifier qu'une chose.

— Qu'est-ce que je vous ai dit à propos de votre manie d'écouter aux portes ? dit Mère en pénétrant dans la pièce.

— Qu'il ne faut pas, répondit Devana.

— Et que faisiez-vous ?

— Maman, nous n'avons rien entendu, c'était plutôt de l'espionnage, précisa Hathor en reprenant son dessin.

— Ce n'est pas plus digne d'une dame, souffla Mère en plissant ses yeux bruns avant de pivoter dans ma direction.

Je demeurai immobile et elle vint s'asseoir à côté de moi en me prenant la main.

— Ma chère fille, tu as souffert longtemps.

— Elle n'en a pas encore fini et n'en finira peut-être jamais si Papa a le dernier mot, intervint Hathor.

Notre mère lui jeta un regard réprobateur.

— À ton âge, ne penses-tu pas qu'il serait bon que tu mûrisses un peu ?

— À quoi bon ? Cette maturité serait gâchée, puisqu'Odite est au centre de toutes les discussions, grommela Hathor. Il est fort probable qu'elle reçoive deux demandes en mariage cette saison, et moi ? Est-ce que quelqu'un a remarqué que c'était censé être ma saison ?

— Comment pourrions-nous l'oublier alors que tu nous le rappelles tous les jours ? Ma chérie, je te promets qu'une fois que j'en aurai fini avec ta sœur, tu auras toute mon attention, alors prépare-toi. Ton heure approche.

Hathor se leva, abandonnant son tableau.

— Je le croirai quand je le verrai. Pour l'instant, je vais me préparer pour le bal.

— Va directement dans ta chambre, Hathor. Si je te surprends à écouter aux portes ou à espionner, tu rejoindras Abéona, l'avertit ma mère.

— Oui, oui. Je sais, les casseroles…

— Fini les casseroles. Elle s'y est trop habituée. Elle est en ce moment même dans la cuisine en train d'éplucher des oignons !

— Maman, c'est cruel ! s'écria Hathor. Ses mains vont sentir pendant des jours !

— Heureusement, elle n'est attendue nulle part. Alors que toi… Qui dansera avec une femme qui sent l'oignon ?

Notre mère haussa les sourcils. Hathor écarquilla les yeux, puis sourit.

— Directement dans ma chambre, bien sûr. Devana, viens. Tu seras mon témoin, car elle a confiance en toi plus qu'en nous autres.

Devana lui prit la main et toutes deux quittèrent la pièce.

— Tu es impressionnante, Maman, commentai-je en souriant.

— Avec vous, je ne manque pas d'entraînement. Ne t'inquiète pas pour ton père, assura-t-elle en me serrant les mains. Je vais l'avoir à l'usure.

— Pourquoi est-il si opposé à cette idée ?

Si Père n'approuvait pas mes fiançailles avec Evander, j'en aurais le cœur brisé. Comment choisir entre mon père et un autre homme ?

— Je pensais qu'il appréciait Evander.

— C'était le cas. Et il l'apprécie toujours. Il s'inquiète simplement.

— À quel propos ?

— De tout, mais surtout de toi.

Elle prit mon visage en coupe.

— Tout le monde sait que tu es sa préférée.

— Papa dit qu'il n'a pas de favori.

— Un père se doit de dire cela, car tout autre discours provoquerait une mutinerie parmi ses enfants.

— Si je suis la préférée et que je souhaite me fiancer à Evander, pourquoi ne pas me donner ce que je désire ?

— J'aime beaucoup ton père et je crois qu'il est au-dessus de tous les hommes, mais en fin de compte, il reste un homme. Par conséquent, il se croit capable de voir des choses que nous, les femmes, ne voyons pas, se moqua-t-elle.

— Qu'est-ce que Père croit voir ?

Elle hésita puis secoua la tête.

— Ne t'inquiète pas. Tout ira bien.

Je n'aimais pas quand elle faisait cela, quand elle se retenait de me dire la vérité. Je savais qu'elle agissait ainsi pour m'épargner, mais ne pas savoir ce qu'ils pensaient ou ce qui les préoccupait me donnait l'impression d'être une enfant. Comme si tout le monde était autorisé à avoir ce genre de discussion, sauf moi, y compris lorsque la discussion portait sur mon avenir.

— En raison des pluies torrentielles, nous ne pouvons pas aller au parc comme je l'avais prévu, mais il reste le bal de ce soir. Tu seras éblouissante et Evander restera sans voix.

— Cela signifie-t-il que je ne peux pas le voir avant ce soir ?

— Il vaut mieux ne pas provoquer davantage ton père, répondit-elle, arrangeant mes boucles sur mes épaules. Quel dommage après tout ce temps passé à te préparer pour l'après-midi !

Je restai silencieuse et elle me laissa aller m'asseoir près de la fenêtre. J'eus l'impression qu'une éternité s'écoulait avant qu'Evander ressorte enfin de chez moi.

Lorsqu'il le fit, il leva les yeux. Je ne détournai pas le regard cette fois et je perçus son petit sourire. Que signifiait celui-ci ? Était-ce bon signe ? Comment s'était passée la discussion avec mon père ? Je l'ignorais. Il se contenta de sourire une dernière fois et s'éloigna.

Je me précipitai dans le couloir alors que mon père émergeait de son bureau.

— Dis à ta mère que je vais au club pour voir sir Larson, déclara-t-il alors que le majordome lui apportait du courrier.

— Papa...

— Dis-lui de ne pas s'inquiéter. Je serai de retour avant le bal.

— Papa ! répétai-je plus vivement, ce qui le força à me regarder.

— Pas maintenant, ma chérie. Je dois y aller.

L'expression de son visage ne laissait aucune place aux protestations, alors j'acquiesçai et le regardai partir.

Je n'aimais pas du tout cela.

Mais c'était ma vie.

Et puisqu'ils ne me permettaient pas de participer à la conversation, je devais prendre le contrôle de la situation. Ou du moins essayer. Je ne voulais plus passer à côté de ma chance. Je refusais d'attendre encore une fois que les autres décident de ce qui était le mieux pour moi.

Ce soir, je ne me contenterais pas de me taire et d'attendre, j'agirais.

15

Evander

Il n'y avait rien que je détestais plus que les bals. Non, c'était faux. Je détestais encore plus la compagnie de mon défunt père, de Datura ou de sa progéniture, mais les bals suivaient de près, car ils étaient le fief de mères cherchant désespérément un mari pour leurs filles. Elles les faisaient parader devant moi et ces dames en rajoutaient des tonnes, pensant sans doute que j'étais assez stupide pour succomber à leurs charmes et me laisser duper par leurs efforts pour feindre de s'évanouir, de se heurter à moi ou de faire tomber leur éventail ou leur mouchoir à mes pieds. Même les pères participaient à ce manège, quoique de manière moins comique. Leur méthode consistait à considérer toute cette épreuve comme une négociation commerciale. « Prenez ma fille, et en échange, vous obtiendrez telle dot ou tel accès à telle banque, ou encore cette terre en héritage. » Il était révoltant de constater qu'ils étaient prêts à vendre leurs filles ou qu'ils me croyaient suffisamment cupide pour accepter de telles offres. Les bals n'étaient rien d'autre qu'une mascarade destinée à se marier, de préférence avec un bon parti.

Mais telle était la société, et ses règles étaient inaltérables. Ainsi, les bals devaient perdurer et je devais jouer mon rôle dans cette comédie. C'était d'autant plus compliqué que j'étais ici pour trouver un époux à ma sœur.

Je la regardai en coin. Elle fredonnait en observant les autres sur la piste.

— Tu ne souhaites pas danser ? demandai-je, car elle avait déjà éconduit deux cavaliers.

— Aucun homme ne me plaît ici, murmura-t-elle.

— Comment le sais-tu ? Tu n'as parlé à personne.

— De la même façon que tu sais qu'Aphrodite est la seule qui te convienne, me dit-elle avec un petit sourire. Tout comme toi, je saurai instantanément quand j'aurai rencontré mon âme sœur.

Ce n'était pas vrai, même si elle l'ignorait et ne pourrait jamais savoir que j'avais passé du temps à chercher… enfin à explorer d'éventuelles partenaires avant que ma marraine m'envoie cette lettre.

— À ce rythme, tu ne trouveras personne cette saison. Est-ce ton souhait ? chuchotai-je. Si tu as des vues sur l'un d'entre eux, je ferai mon possible pour que cela se concrétise, Verity. Si c'est approprié, bien sûr.

— Je ne suis pas venue ici pour ma saison, mais pour la tienne, rétorqua-t-elle en portant son verre de vin à ses lèvres.

— La mienne ?

— Tu as certainement remarqué mes efforts, me confia-t-elle. J'ai entendu dire qu'Aphrodite serait présente cette saison et je t'ai donc demandé de revenir immédiatement. Sinon, je suis certaine que tu aurais attendu plus longtemps.

Je la dévisageai, pas tout à fait surpris, car j'avais déjà été témoin de ses manigances.

— Comment diable as-tu pu avoir des nouvelles de Londres pendant que nous étions à Everely ?

Elle m'adressa un sourire malicieux pour toute réponse.

Sournoise.

— N'hésite pas à te servir de ce talent lorsque tu voudras piéger ton futur époux.

— Je n'y manquerai pas, souffla-t-elle, ne niant pas qu'elle envisageait bel et bien cette possibilité. Même si je dois avouer que je n'y ai pas réfléchi, car je m'inquiète surtout pour toi.

— Moi ? Pourquoi t'inquiètes-tu pour moi ?

— Je me demande si tu seras en mesure de me laisser partir. Il n'y a toujours eu que toi et moi. Et de la même façon que je me prépare à te partager avec une autre femme, tu devras en faire autant. Je ne t'en crois pas capable. Si je partais m'installer loin de ta protection, cela risquerait de te briser le cœur.

Ces seuls mots me brisaient le cœur. Elle avait raison. Je ne souhaitais pas qu'elle s'éloigne de moi. Cette pensée me rappela ma conversation avec le père d'Aphrodite. Il avait semblé déchiré, ce qui avait atténué ma frustration, voire mon chagrin. Tout comme les bals perduraient, les pères devaient se séparer de leurs filles tôt ou tard.

— À présent, je vais te laisser, car ta future épouse est arrivée, glissa-t-elle dans un gloussement.

Immédiatement, je me tournai vers la porte pour voir Aphrodite telle que je l'avais toujours vue : une véritable déesse. Comment était-il possible que toutes les couleurs lui aillent à merveille ? Ce qui paraissait ridicule sur une autre devenait magnifique sur elle. Elle était le joyau de la couronne, le plus parfait de tous les diamants. En public, son visage arborait une expression sereine en permanence. Sa démarche avait quelque chose de céleste. Chaque fois qu'elle entrait dans une pièce, tous les regards se tournaient vers elle, car elle semblait ne pas appartenir à notre monde.

Lorsque ses beaux yeux bruns rencontrèrent les miens, je souris, sachant à quel point son air impassible reflétait peu ses pensées intérieures et le comportement qu'elle aurait souhaité pouvoir adopter.

Aphrodite paraissait innocente, docile et douce, mais au fond de son cœur, elle était déterminée, curieuse à l'excès et parfois impitoyable, à moins qu'elle n'ait d'autre choix que de pardonner. Elle était merveilleuse, mais n'offrait au monde qu'une fraction des trésors qu'elle recelait.

Et une part cupide de moi-même voulait qu'il en soit ainsi, pour que je sois le seul à la voir telle qu'elle était. Je me doutais cependant que lorsqu'elle aurait acquis la sagesse à laquelle elle aspirait, une nouvelle Aphrodite verrait le jour. Je voulais assister à ce spectacle. Ainsi, avant même que sa famille soit complètement installée, je me surpris à marcher vers elle. Et je n'étais pas le seul. *Tristian*. Mais je fus le premier à l'atteindre et elle n'avait d'yeux que pour moi.

— Puis-je avoir votre première danse, madame ? demandai-je en lui tendant la main.

— Oui, répondit-elle en plaçant sa main dans la mienne.

Alors que je la conduisais vers la piste, les regards de l'assistance se rivèrent un à un sur nous.

— Les rumeurs vont aller bon train, déclarai-je.

— Comme Maman l'avait prévu.

Elle s'avança devant moi et nous attendîmes que la musique commence et que les autres couples prennent place.

— Comment cela ?

— Elle pense que les commérages pousseront Papa à…

Elle ne termina pas sa phrase. La musique avait commencé et nous nous mîmes à danser.

— Pousseront ton père à faire quoi ? demandai-je en la contournant.

— À accepter ce qui t'a amené à notre porte ce matin, souffla-t-elle en pivotant dans l'autre sens.

— Quand tu étais assise à la fenêtre ?

— Je m'assois toujours à la fenêtre, répondit-elle, face à moi, la main levée.

Je levai le bras à mon tour.

— Et tu t'habilles toujours aussi bien pour le faire ?

— Oui.

— Quelle chance pour ceux qui jouissent d'un tel spectacle.

— Oui, je le crois, c'est pourquoi je reste à la fenêtre.

Je ne pus contenir mon sourire, ce qui ne fit qu'alimenter les conversations autour de nous.

— Je m'en inquiéterai lorsque nous serons mariés et je ferai mettre des rideaux plus épais.

Elle faillit trébucher.

— On ne m'a pas encore demandée en mariage, mais si c'était le cas, je pense que je rejetterais l'offre d'un homme qui accrocherait d'horribles rideaux aux fenêtres pour me piéger dans l'obscurité.

— Ai-je parlé de rideaux ? dis-je en feignant l'horreur. Jamais. Au contraire, je ferai installer la plus grande des fenêtres pour être certain que l'on puisse t'admirer.

— Si j'étais mariée à toi, précisa-t-elle, ce que je ne suis pas.

— Quand tu le seras, tu pourras exiger tout ce que tu voudras de moi, assurai-je en continuant à danser.

— Cela nécessiterait une demande officielle.

— Je cherche à la formuler, murmurai-je lorsqu'elle fut de nouveau face à moi, mais on m'a posé une condition.

— Une condition ?

J'acquiesçai.

— Ton père n'est pas satisfait de ma situation et ne m'accordera pas ta main tant que Fitzwilliam n'aura pas été retrouvé.

— Quoi ? demanda-t-elle un peu trop fort, alors que la danse prenait fin.

Elle s'en aperçut rapidement et reprit son expression sereine. Je lui tendis la main pour la guider hors de la piste.

— J'ai la ferme intention de te demander en mariage, affirmai-je en l'éloignant des oreilles indiscrètes. Rien au monde ne me rendrait plus heureux que de faire de toi ma femme.

— Et mon père est le dernier obstacle qui nous sépare ?

Elle fronça les sourcils.

— Pas ton père.

Je ne voulais pas qu'elle le blâme.

— Fitzwilliam. Ton père craint qu'avec un être aussi vicieux à mes trousses, tu risques d'être blessée ou menacée d'une manière ou d'une autre.

— Ne cherches-tu pas à l'appréhender en vain depuis des années ?

— Si, mais...

— Alors, cela pourrait prendre encore plusieurs années ?

— J'espère que ce ne sera pas...

— Mais c'est une possibilité. Et si, après t'avoir attaqué, il avait fui le pays ? insista-t-elle.

— Je doute qu'il le fasse.

Il n'avait réussi à s'échapper que grâce à Datura, j'en étais sûr. Cette femme avait encore des espions à Everely. En fait, j'étais persuadé qu'il lui avait parlé du coup de poignard et que c'était pour cette raison qu'elle était venue me voir.

— « J'espère... », « Je doute... », répéta tristement Aphrodite. Comment peut-on miser son avenir sur de telles incertitudes ?

La peur s'empara de moi à ces mots.

— Aphrodite, je te le jure, je l'arrêterai et ensuite...

— Et ensuite, tu me demanderas en mariage ? Ne penses-tu pas que j'ai attendu assez longtemps ?

— Bien sûr, mais...

— Je suis fatiguée de devoir attendre la vie que je veux, Evander. Je vais parler à mon père.

Les yeux écarquillés, je me plaçai en travers de son chemin.

— Tu ne peux pas.

— Pourquoi ?

— Parce qu'il s'est déjà exprimé sur le sujet. Tout ce que tu diras ne fera que le mettre en colère. Il m'a confié une tâche et je la mènerai à bien pour obtenir ta main.

— Ma main est déjà tienne, Evander. Elle a toujours été tienne. Pourquoi mon père doit-il...

— Il est ton tuteur.

— Je suis majeure.

La détermination dans ses yeux me fit chaud au cœur, mais je ne pouvais pas gâcher ma chance en me montrant impatient.

— Tu es peut-être majeure, Aphrodite, mais tu es toujours sous la responsabilité de ton père. Veux-tu faire de moi un voleur, ou pire, un voyou qui ne respecte pas l'ordre des choses ? Il pourrait nous rejeter tous les deux. Et ta dot, comptes-tu y renoncer ? Je prendrai toujours soin de toi, mais ton père peut refuser de te revoir. Une bénédiction n'est pas une simple formalité, elle assure la paix dans une famille, et je ne pourrais pas supporter de savoir que j'ai brisé celle qui règne dans ta maison.

— Mon père ne me rejetterait pas. Tu sais qu'il est un homme bon.

— Néanmoins, il n'est pas convenable de profiter de sa gentillesse et de son amour pour toi.

Ses épaules s'affaissèrent et elle inspira profondément.

— Je comprends tes inquiétudes. Sincèrement. As-tu pensé aux miennes ?

— Oui.

— Vois-tu les regards sur nous ?

Je n'avais pas besoin de vérifier pour en avoir conscience.

— La première fois, ils ont ri de moi. Je ne pouvais plus mettre un pied dans la haute société. À présent, nous sommes revenus à la case départ. Un report ne ferait que m'insulter davantage et nourrir les malentendus à ton sujet. Quoi que tu aies à affronter, je serai à tes côtés, si tu le permets.

Je n'aurais pas pu l'aimer plus éperdument.

— Je reviendrai demain dans la matinée pour parler à ton père et demander ta main.

— Je t'attendrai… comme toujours.

J'aurais aimé pouvoir l'embrasser sur les lèvres en cet instant. Au lieu de quoi je déposai un baiser sur le dos de sa main.

Bientôt, très bientôt, elle serait mienne.

Aphrodite

Mon père ne m'adressa pas la parole durant le trajet du retour, pas plus qu'il ne décrocha un mot à aucun d'entre nous une fois à la maison. Il se rendit immédiatement dans son bureau.

Je montai me coucher, mais ne trouvai pas le sommeil. Mon cœur battait encore beaucoup trop vite. Au bal, la présence d'Evander avait renforcé ma détermination, mais à présent, je doutais. L'avais-je poussé trop loin ? Me montrais-je trop têtue ? Aurais-je dû accepter le marché que mon père et lui avaient conclu ?

Je passai la nuit à me retourner dans mon lit, l'esprit agité, et lorsque les premiers rayons du soleil pénétrèrent dans ma chambre, j'avais le sentiment d'avoir à peine fermé les yeux. Mon père se levait toujours aux premières lueurs de l'aube lorsqu'un sujet occupait son esprit, afin de profiter du calme de la maison pour lire. Je le savais, car je l'avais souvent rejoint quand j'étais plus jeune. Je sortis du lit et enfilai mon peignoir avant de me glisser hors de ma chambre. Ne voyant personne dans le couloir, je me dirigeai tranquillement vers l'escalier. Cela me rappela la maison d'Evander, quand nous nous étions faufilés ensemble jusqu'à la cuisine. Assise en face de lui, je m'étais autorisée à rêver que nous pourrions bientôt faire la même chose sans avoir à nous cacher.

Cette pensée me donna du courage alors que j'atteignais la porte du bureau de mon père. Je pris une profonde inspiration, redressai la tête et frappai.

— Oui ?

J'entrai. Il se tenait près de ses piles de livres, déjà habillé pour la journée. En me voyant, il fronça les sourcils.

— Comment as-tu su que je serais levé si tôt ?

— Je n'étais pas sûre, mais vous vous levez toujours tôt quand vous êtes anxieux, répondis-je en refermant la porte derrière moi.

— Pourquoi ai-je l'impression que tu es sur le point d'augmenter encore mon anxiété ? murmura-t-il en se replongeant dans son livre.

Je souris.

— Vous n'avez pas tort. Evander viendra aujourd'hui pour me demander en mariage.

— J'ai parlé à Evander hier.

— Mais vous ne m'avez pas parlé, à moi.

— Parce qu'il n'y a rien à discuter, ma chère, rétorqua-t-il en posant son livre sur son bureau.

— Au contraire, Papa. Il s'agit de ma vie.

— Et je fais tout pour qu'elle soit tranquille et agréable. Tu es sous l'emprise de tes émotions et ton jugement est brouillé, répliqua-t-il sévèrement.

— Je préfère être aveuglée par mes émotions que dépourvue de tout sentiment.

Il rit en secouant la tête.

— Aphrodite, nous en parlerons plus tard.

— Non, nous n'en parlerons pas. Vous allez encore me fuir.

— Tu es ridicule. Je ne te fuis pas. J'évite simplement ces conversations car elles ne mènent à rien. Je ne changerai pas d'avis.

— Alors, je me marierai sans votre permission, et mon mariage sera tout à la fois le jour le plus heureux et le plus triste de ma vie.

Il se figea, stupéfait.

— Est-ce une... menace ?

Je secouai la tête.

— Non, Papa. Je ne vous dis que la vérité. Je vous dis ce que je désire.

— Et tes désirs ne sont pas faciles à contenter.

— Mais ils peuvent l'être. Evander...

— La famille d'Evander connaît de nombreux troubles. Des troubles dont tu n'as pas connaissance ou que tu ne peux pas comprendre.

Je fis un pas en avant.

— Toute ma vie, toi, Maman et ma gouvernante n'avez cessé de me répéter qu'une bonne épouse devait soutenir son mari. Même si sa vie était compliquée. Vous ne le pensiez pas vraiment ?

— Je vois que toutes les années durant lesquelles j'ai cherché à t'éduquer n'ont servi à rien. Le conte de *L'Oiseau d'or* ne t'a-t-il pas appris les malheurs que l'on subit lorsque l'on refuse d'écouter la voix de la sagesse ?

— Si, commençai-je en prenant le volume en question sur son bureau. Grâce à ce livre et à tous les livres que vous m'avez donnés. Papa, chaque conte comporte son lot d'obstacles. Tout comme vous ne pouviez pas me protéger la première fois que mon cœur s'est brisé, vous ne pouvez pas me protéger cette fois-ci. J'ignore ce qui se passera, mais j'ai confiance en ma capacité à mener une vie encore plus heureuse. Je vous implore seulement de ne pas être un autre de ces obstacles à surmonter pour moi. Soyez à mes côtés. Même si cela semble imprudent, Papa, soyez de mon côté et faites-moi confiance.

Il me prit le livre des mains et le reposa.

— Je crains maintenant de t'avoir trop bien éduquée, car tes arguments sont bien trop convaincants.

Je souris, me laissant aller à espérer.

— Dois-je comprendre que vous lui accorderez votre bénédiction ?

Il fronça les sourcils.

— Ne devrais-tu pas le laisser se démener un peu plus ? Après la façon dont il t'a anéantie, ne penses-tu pas qu'il serait mérité de le faire ramper ? Au moins jusqu'à la fin de la saison ?

Je secouai la tête.

— Ne pensez-vous pas qu'il a assez souffert ? Ne peut-on lui faciliter au moins une chose dans la vie ?

— Il est à la tête d'un duché puissant et d'une immense fortune depuis sa naissance, rappela-t-il.

Cette fois, j'étais certaine d'avoir remporté la bataille.

— Et vous avez vous-même un titre, avec la richesse et le pouvoir qui l'accompagnent, ainsi qu'une femme et des enfants aimants, un foyer paisible... enfin, la plupart du temps.

Il rit et s'approcha pour me serrer dans ses bras.

— Ma chère fille, tu règnes sur mon cœur depuis ta naissance.

Je me blottis contre lui.

— Je continuerai de le faire, mais plus d'aussi près, une fois que vous aurez accepté sa demande.

— Très bien, lâcha-t-il dans un soupir avant de me libérer. Mais ne lui dis rien. Je veux le voir me supplier une dernière fois.

— Papa !

Quelle chance j'avais !

16

Aphrodite

Une tulipe blanc et rouge trônait près de la fenêtre de ma chambre lorsque je remontai. Il ne l'avait certainement pas placée là lui-même, je m'en doutais bien, mais la vision de cette fleur qui m'attendait augmenta mon excitation d'un cran.

Ma mère était assise tranquillement, comme si elle ne l'avait pas remarquée. Je m'en saisis et caressai les pétales. La première fois que j'avais reçu une tulipe de lui, j'avais été si intriguée que j'avais recherché la signification de cette fleur dans un livre de botanique. Le rouge exprimait l'amour profond et le blanc symbolisait le pardon.

— Pourquoi est-il revenu ? demanda Hathor, alors qu'elle entrait avec nos sœurs.

Je jetai un coup d'œil par la fenêtre pour voir Evander discuter avec l'un des valets, qui l'autorisa à entrer.

— De toute évidence, il est ici pour Odite, répondit Abéona tandis que mes autres sœurs se pressaient autour de moi près de la fenêtre.

Evander leva la tête et un petit sourire se dessina sur ses lèvres. Il m'adressa un clin d'œil, faisant glousser Devana et Abéona.

— Venir ici deux jours de suite, c'est un peu insistant, vous ne trouvez pas ? souffla Hathor en s'asseyant.

— Je crois que tu es juste jalouse, commenta Abéona en lui tirant la langue.

Hathor la foudroya du regard.

— Odite sera duchesse et toi, tu deviendras une vieille fille…

Hathor saisit un coussin posé sur le banc près de la fenêtre et le lança à la tête de notre petite sœur.

— Hathor ! la reprit ma mère sévèrement. As-tu perdu l'esprit ?

— Pas du tout, Maman. Je viens de trouver une cible.

— Arrête ! Je te rappelle que tu es une lady ! L'as-tu oublié ? asséna ma mère avant de passer à Abéona, qui serrait le coussin contre sa poitrine avec l'air d'avoir envie de le relancer. Et toi, qu'est-ce que je t'ai dit au sujet de ces disputes avec ta sœur ?

— Qu'il fallait qu'elles cessent.

— Alors, pourquoi continues-tu de la provoquer ?

Abéona haussa les épaules.

— J'ignorais que la vérité était une provocation.

— Je vais t'écraser, petite teigne ! s'emporta Hathor en se levant pour se jeter sur Abéona malgré les avertissements de notre mère.

Avant que la guerre soit officiellement déclarée, mon père entra dans la pièce.

— Alors ? demanda ma mère avant que je puisse le faire.

Mon père prit une grande inspiration, puis secoua la tête.

— J'y ai longuement réfléchi, mais je ne peux pas accepter sa demande.

C'était comme s'il m'avait giflée. Je ne pouvais même pas le regarder tant j'étais abasourdie. Toutes mes paroles n'avaient-elles servi à rien ? Ne m'avait-il pas fait une promesse ?

— Il est parti, dit Hathor.

Je me retournai pour voir Evander sortir sans un regard pour moi.

— Papa ! soufflai-je en pivotant de nouveau pour faire face à mon père.

— Qu'as-tu fait ? s'écria ma mère. Charles ! Qu'as-tu fait ? Rappelle-le ou je ne t'adresserai plus jamais la parole ! Comment as-tu pu… Je…

Je cessai d'écouter, envahie par la sensation que le monde s'écroulait autour de moi une fois de plus. Je n'arrivais pas à croire que mon père puisse me faire cela. Avant que je prononce un mot, je sentis un violent pincement sur mon bras.

— Il attend dans le jardin, m'indiqua Hathor en souriant.

Je ne compris qu'en voyant l'expression amusée de mon père tandis que ma mère faisait les cent pas en poussant des cris de colère. Lorsque Papa croisa mon regard, il me fit un clin d'œil.

Oh… ils étaient terribles !

— Alors, tu y vas ou pas ? insista Hathor.

— Je te ferai payer pour ça, chuchotai-je à son intention.

Alors que ma mère continuait de faire une scène à mon père, je quittai la pièce et m'engouffrai dans l'escalier. Je franchis en hâte la double porte qui donnait sur le jardin. Il était là, près des genévriers.

— Tu as tout manigancé avec mon père ?

Il se tourna vers moi en souriant.

— Pardonne-moi. C'est lui qui me l'a demandé et j'ai jugé bon de ne pas m'opposer à lui en quoi que ce soit de peur qu'il ne change d'avis. Étais-tu déçue ?

— Pas du tout, mentis-je, plaçant les mains dans mon dos tandis que je marchais vers lui. J'ai tout de suite compris votre petit jeu.

— Je vois.

Il m'observa attentivement.

— Alors, je ne ferai pas durer le suspense plus longtemps.

Je m'approchai. Il ouvrit la bouche, mais aucun son n'en sortit. Puis il rit doucement.

— Qu'y a-t-il ?

— Je me tiens devant toi, Aphrodite, fou d'inquiétude et d'espoir, empli de joie et surtout de l'amour le plus profond. Je t'aime depuis si longtemps, avec une force et une passion qui me font presque perdre la raison. Tu es mon soleil et ces quatre dernières années sans toi m'ont plongé dans les ténèbres les plus sombres. Je croyais que jamais je n'en sortirais. Et puis, tu es revenue dans ma vie. Maintenant, je sais que, comme les oiseaux ont besoin du ciel et les poissons des flots, j'ai besoin de toi. Je ne pourrais connaître de plus grand honneur que celui d'être ton époux, si tu m'acceptes... Si tu veux devenir ma femme...

Je pris une longue inspiration, comme si j'étais restée sous l'eau très longtemps et que je parvenais enfin à remplir mes poumons. Les larmes me brûlaient les yeux et un large sourire se dessina sur mon visage. Je voulus parler, mais ma gorge serrée m'en empêcha. Je ne pouvais que hocher la tête.

— Vraiment ? demanda cet idiot.

— Oui, dis-je finalement. Oui, j'accepte d'être ta femme.

Il souffla et rit. Prenant mes mains dans les siennes, il les porta à ses lèvres et les embrassa.

— Alors, allons enfin nous marier.

— Oui, répétai-je, incapable de dire autre chose.

Nous nous regardâmes longuement, nos visages si proches que nous nous serions probablement embrassés si nous n'avions pas entendu un petit gloussement.

Je pivotai pour voir Devana mettre sa main sur la bouche d'Abéona, mais celle-ci n'allait pas se laisser réduire au silence aussi facilement !

— C'est vraiment en train de se passer ?

— Abéona ! m'écriai-je.

Mais Evander se mit à rire et leva nos mains entrelacées.

— Oui, c'est vraiment en train de se passer. Ai-je votre bénédiction ? leur demanda-t-il.

— Oui ! s'exclama Devana joyeusement.

— Si vous vouliez notre bénédiction, n'auriez-vous pas dû la demander plus tôt ? fit remarquer Abéona en croisant les bras.

— Abéona ! la grondai-je.

— Vous avez tout à fait raison, milady, répondit Evander, qui se prêtait au jeu. Comment puis-je me racheter pour cette indélicatesse ?

Je le dévisageai.

— Evander, inutile de...

— Vous devrez la laisser nous rendre visite, déclara Abéona avec gravité, ou me laisser lui rendre visite... souvent.

— Bien sûr ! Vous êtes tous les bienvenus à Everely, et nous ne serons jamais loin. Nous viendrons aussi souvent que votre sœur le souhaitera.

Abéona l'observa et acquiesça enfin. Puis elle repartit en courant vers la maison. Devana se concentra alors sur moi.

— Désolée de vous interrompre, mais pouvons-nous sauver Papa maintenant ?

— Sauver Papa de quoi ?

— De Maman. Elle est toujours en colère.

J'écarquillai les yeux.

— Il ne lui a pas encore dit qu'il plaisantait ?

Elle secoua ses boucles blondes.

— Ton père est très spécial, commenta Evander en riant. Devons-nous lui venir en aide ?

— S'il te plaît, acquiesçai-je, pleinement consciente de la chaleur de sa main dans la mienne.

Ce n'était pas désagréable, mais troublant. Bien que nous soyons maintenant fiancés, se donner la main de cette façon était encore un peu déplacé. Certains des domestiques que nous croisions sur notre chemin avaient les yeux exorbités tandis que d'autres souriaient et que quelques-uns détournaient le regard, gênés. J'étais certaine que d'ici l'heure du thé, la rumeur se serait largement répandue.

Cependant, ce n'était pas le moment de s'en préoccuper : je devais me concentrer sur ma mère. Celle-ci aboyait des ordres à travers la maison avec fureur.

— Faites déplacer toutes mes affaires dans une autre chambre ! Je refuse de lui adresser la parole ! Je refuse même de le voir, puisqu'il ne se soucie pas le moins du monde de mon...

— Marraine, dit Evander.

— Pas maintenant, Evander. Je suis très en colère contre...

Sa phrase resta en suspens tandis qu'elle pivotait vers lui. Ses yeux bruns se posèrent sur nos mains, puis sur nos visages. Elle ne posa même pas la question et se tourna vers la porte où se tenaient mon père et Hathor.

— Que disais-tu, mon amour ? Je ne me soucie pas de quoi ? demanda mon père en essayant de ne pas rire.

— Oh, toi ! Tu ne paies rien pour attendre ! lança-t-elle avant de reporter son attention sur nous. Dites-moi que vous êtes fiancés.

— Oui, Maman ! confirmai-je en souriant. Nous sommes fiancés.

— Enfin ! s'écria-t-elle avec la spontanéité et la sincérité d'une enfant.

Elle se précipita vers nous et nous prit chacun par le bras.

— Ne vous inquiétez de rien. Je m'occuperai de tout. Vous serez mariés à la fin de la semaine !

— La fin de la semaine ? dis-je, reprise en chœur par mon père, Hathor et même Damon qui venait d'entrer avec Silva.

— Oui.

Ma mère nous observa, confuse.

— Je ne peux pas aller plus vite. Il te faudra une nouvelle robe et...

— N'est-ce pas trop rapide ? la coupai-je.

— Non, répliqua-t-elle instantanément.

— Mais si, voyons, Maman, dit Hathor. Les gens croiront à un scandale s'ils se marient si vite.

— Je m'en moque, décréta-t-elle avant de se tourner vers Evander. Et toi, tu t'en soucies ?

— Pas du tout. Je l'épouserais aujourd'hui même si je le pouvais.

— Aucun de vous ne s'en soucie, mais vous aurez besoin d'une licence spéciale, leur rappela mon père. En principe, ma chérie, les bans doivent être publiés trois dimanches avant le mariage.

— Alors nous obtiendrons cette licence spéciale, souffla ma mère.

— Maman, vraiment, nous pouvons attendre…

Elle me regarda d'un air sévère.

— Je ne laisserai rien se mettre en travers de ce mariage. Cela fait très longtemps que je l'attends. Il sera donc célébré dans une semaine. Compris, ma chérie ?

C'était gênant.

— Oui, Maman.

— Alors, c'est décidé ! Viens, mon enfant ! Nous devons lancer les préparatifs et appeler la modiste tout de suite !

Elle m'arracha presque à Evander et m'entraîna vers l'escalier. Je tournai la tête vers lui, car je ne lui avais pas dit au revoir et qu'à vrai dire, je n'avais pas envie de le quitter.

— Viens ! Il t'aura bien assez tôt. Tout doit être parfait ! Hathor ! Viens aider ta sœur.

— À quoi faire ? maugréa Hathor derrière moi. Je ne suis pas modiste !

— Hathor ! tonna ma mère.

Ma sœur grommela en nous emboîtant le pas. Quant à moi, je gardai les yeux fixés sur Evander aussi longtemps que possible.

Evander

— Tu as donc gagné, dit Damon en me tendant un verre de brandy.

Je souriais en contemplant le liquide ambré.

— Je n'ose toujours pas y croire. Je pense que je n'y croirai pas tant qu'elle ne m'aura pas dit « oui » devant le monde entier.

— Tu redoutes que quelque chose ne vienne vous séparer de nouveau ? s'enquit-il.

Pas vraiment, mais j'avais peur de crier victoire.

— Quand ta vie est bouleversée pour le pire, tu te mets à penser qu'elle ne sera plus jamais normale, que tous les bons moments seront forcément suivis de mauvais. Comme si c'était une punition pour avoir osé être heureux.

— Tu ne me rassures pas beaucoup ! Je souhaite vraiment le bonheur de ma sœur, tu sais.

— Moi aussi, lui assurai-je. Sois certain que je ferai tout ce qui est en mon pouvoir pour la rendre heureuse.

— Tant mieux. Et maintenant, dis-moi, comment diable as-tu fait pour convaincre mon père ? Il était prêt à en découdre. Il refusait même d'écouter ma mère.

Je haussai les épaules, car je n'en avais sincèrement aucune idée.

— Je doute que ce soit quelque chose que j'aie dit ou fait. Je crois que c'est ta sœur.

— Ah, c'est plus logique, s'esclaffa-t-il. Quand mon père décide de se montrer intransigeant, il n'en démord pas. Même ma mère n'ose pas le provoquer. Mais Aphrodite est comme une brise légère. Elle peut le faire changer d'avis sans qu'il s'en rende compte. C'est le don du favori.

— Alors, tu ignores comment elle s'y est prise, toi aussi ?

— Je n'en ai aucune idée, mais j'aurai plaisir à vous observer pour mieux comprendre, car je pense que tu lui résisteras encore moins que mon père.

— Tu as sans doute raison.

Il n'y avait rien que je puisse lui refuser.

— Permets-moi de te poser la question, reprit-il sérieusement. Que feras-tu de la fille que tu élèves ? Ma sœur devra-t-elle s'en occuper ? En avez-vous parlé ensemble ?

C'était l'un des sujets que son père avait évoqués pour expliquer ses réticences à l'égard de notre union. Et j'y avais pensé moi-même.

— Emeline est sous ma responsabilité. Elle a une nourrice et aura bientôt une gouvernante. Si Aphrodite ne souhaite pas s'en occuper, elle n'aura pas à le faire. L'enfant bénéficiera de toute façon des soins d'une femme.

— Ta sœur a été élevée par des nourrices et des gouvernantes. Crois-tu que cela soit sage ? Un enfant n'a-t-il pas besoin d'une mère ?

Je pris une gorgée avant de répondre.

— J'ai fait plus pour Emeline et sa mère que n'importe qui d'autre. C'est peut-être cruel de ma part – Dieu me le pardonne – mais je n'ai pas très envie d'y penser. Et je ne souhaite pas perturber ou fâcher ta sœur avec ces histoires.

Il acquiesça.

— Je comprends. Je te le rappelle juste parce que… Je me souviens de Verity.

Je le dévisageai, choqué par le lien qu'il avait fait.

— Aphrodite ne ferait jamais de mal à Emeline. Tu le sais.

— Je le sais. Je voulais simplement dire que ton père ne s'est pas inquiété pour elle. Je souhaite la paix pour votre foyer, Evander, mais le père biologique de la petite est en guerre ouverte contre toi et je ne voudrais pas que la fille nourrisse à son tour de l'amertume parce que tu concentres toute ton attention sur ton avenir avec Aphrodite.

Depuis quand était-il si perspicace ?

— Je fais de mon mieux pour lui témoigner de la gentillesse et de l'attention.

— Alors, pardonne-moi de m'immiscer dans tes affaires personnelles.

Avant que je puisse répondre, on frappa à la porte.

— Entrez.

Aphrodite pénétra dans la pièce et nous dévisagea tour à tour.

— Le dîner est prêt. Maman m'a dit de vous appeler tous les deux.

— À point nommé, dit Damon en se dirigeant vers la porte.

— Tout va bien ? demanda Aphrodite quand son frère fut parti.

Je voulais la rassurer, mais les mots de Damon m'avaient troublé.

— Oh non, tu hésites. Qu'a-t-il dit ?

Son expression me fit rire.

— Damon m'a simplement rappelé que je devais être plus honnête avec toi.

— Comment cela ?

Je posai mon verre et m'approchai d'elle.

— Je t'ai raconté toute l'histoire, mais je ne crois pas avoir été clair. Tu sais que j'élève la fille de mon ex-femme comme la mienne.

Elle acquiesça.

— Oui, tu me l'as dit.

— Aphrodite, je fais vraiment de mon mieux pour m'occuper d'elle comme si j'étais son père. En réalité, à ses yeux et aux yeux du monde entier, je le suis. J'ai dit à ton frère que j'attendais de toi que tu la traites cordialement, rien d'autre.

— Crois-tu que je pourrais la traiter autrement ?

Je voulus lui toucher l'épaule, mais j'aperçus une domestique et me retins.

— D'après mon expérience personnelle, il est difficile d'élever un enfant qui n'est pas le sien. Je souhaite simplement savoir comment tu veux aborder la question. Je ne serai pas déçu, quel que soit ton choix. Je sais que tu as une bonne âme. Je veux juste m'assurer que tu entres dans ce mariage en toute connaissance de cause.

— Merci, mais je ne sais pas exactement ce que l'on attend de moi, répondit Odite. Quoi qu'il en soit, je suis prête à y faire face avec toi.

— Et moi avec toi.

Une fois de plus, je pris sa main et l'embrassai.

— Maintenant, allons dîner avant que tes domestiques se cassent le cou en essayant de nous espionner.

Elle soupira en secouant la tête.

— Je comprends à présent pourquoi Maman souhaite que ce mariage ait lieu le plus vite possible.

— Cela te déplaît-il ?

— Bien sûr que non, même si une partie de moi craint que ma mère ne t'ait un peu forcé la main.

— Jamais ! Je lui serai éternellement redevable. Ma mère m'a laissé deux puissants bienfaiteurs dans ce monde.

— Deux ? fit Aphrodite, intriguée.

— J'ai été envoyé pour vous appeler tous les deux, dit Damon depuis la porte, bras croisés, sourcils froncés. Et je n'en suis pas ravi, car je ne tiens pas tellement à voir la *flamme* dans vos yeux.

Aphrodite jeta un coup d'œil dans la pièce.

— La flamme ? Quelle flamme ?

Je me mordis la lèvre pour cacher mon amusement. Elle ne comprenait pas qu'il faisait référence à la flamme du désir. Dieu merci, je n'aurais plus qu'une semaine à attendre : un appétit charnel couvait en moi, une bête féroce qui avait hâte de lui voler son innocence.

Mon désir était si évident que son frère l'avait perçu et en était mal à l'aise. Je fis de mon mieux, une fois de plus, pour le contrôler.

Seigneur, faites que cette semaine soit la plus courte de l'histoire de l'humanité !

17

Aphrodite

J'avais toujours su que ma mère était un pilier sur lequel on pouvait compter, mais j'ignorais qu'elle était capable d'accomplir des miracles. Tout le monde lui avait répété qu'il ne serait pas possible de faire tout ce qu'elle demandait en une semaine. La modiste l'avait prévenue qu'elle n'avait pas le tissu pour concevoir la robe, et le boulanger lui avait affirmé qu'il n'aurait pas le temps de préparer le gâteau. Le cuisinier se plaignait de ne pas avoir assez de mains pour élaborer le festin qu'elle voulait et le décorateur répétait qu'une semaine ne suffirait pas pour préparer la maison. Surtout, la haute société ne pouvait se rendre disponible à si brève échéance.

Et pourtant, à la veille du grand jour, tout était prêt. La dernière personne à avoir fait savoir qu'elle serait présente à la réception était... la reine !

Allongée sur mon lit, j'admirais la robe suspendue en prévision de mon mariage, qui aurait lieu le lendemain matin. Elle était d'un blanc magnifique, avec des touches d'or et d'argent. Plus je la regardais, plus j'étais hypnotisée par les détails.

On frappa à la porte.

— Entrez, dis-je, incapable de détourner le regard de la robe.

— Tu dors ? demanda Hathor.

— Non, murmurai-je.

Je tournai la tête vers elle. Elle était en chemise de nuit, les cheveux enfouis dans son bonnet.

— Qu'y a-t-il ?

Elle ferma la porte et s'approcha du lit pour s'allonger à côté de moi. Elle se tortilla plusieurs fois avant de trouver une position confortable et me contempla.

— C'est ta dernière nuit ici.

— Je promets que je reviendrai...

— Mais c'est ta dernière nuit ici en tant que lady Aphrodite Du Bell. La prochaine fois, tu seras Sa Grâce, la duchesse d'Everely. Tu seras une femme mariée, et je n'aurai pas le droit d'entrer dans ta chambre comme ça. Même si le duc n'est pas là.

— Es-tu en train de dire que cela te manquera ?

— Je dis que je pourrais regretter... de ne plus être du même côté de la ligne que toi. Tu vas devenir une épouse, tu seras une femme et tu sauras... tout ce que savent les femmes. Et moi, je resterai une enfant.

— Tu crois vraiment que Maman va te laisser t'en sortir ainsi ? Dès que je serai partie, tu auras ce dont tu as toujours rêvé : l'attention de tous.

Pour le meilleur et parfois pour le pire.

— Tu passeras de l'autre côté de la ligne et deviendras une épouse d'ici peu, toi aussi.

— Hum... Tu n'as pas tort, marmonna-t-elle en roulant sur le dos et en regardant le plafond. Mais alors, à quel sujet nous disputerons-nous ?

Je ris et pris la même position qu'elle.

— Je ne sais pas, mais nous sommes sœurs, je suis sûre que nous trouverons quelque chose.

— Promets-moi d'être prudente, Odite.

— Par rapport à quoi ?

— À tout. Tu seras la maîtresse de ta propre maison. Tu auras un mari dont tu devras t'occuper. Maman dit que ce n'est pas facile, même si elle en donne l'impression. Et puis, il y aura tout le domaine à gérer. Maman affirme qu'il est primordial de comprendre la structure de la maisonnée et de faire en sorte que les serviteurs te respectent et surtout t'apprécient. Ils ont déjà eu une maîtresse, ils peuvent donc avoir des préjugés à ton égard. C'est une bonne chose que Maman t'ait donné l'aide d'Eleanor. Elle est très diligente, mais une femme de chambre à tes côtés ne suffira pas. Une maison ne peut fonctionner sans de bons domestiques.

— Je sais, répondis-je en souriant à la touche d'inquiétude dans sa voix.

— Sans parler des métayers. Il y a beaucoup de fermiers sous l'autorité du duc et même quelques moulins. En tant que nouvelle duchesse, tu devras te faire aimer de chacun d'eux. Maman dit que c'est difficile parce qu'ils peuvent nous croire hautains. Les premières semaines… Non, la première année est primordiale, et tu le verras aux bonnes ou aux mauvaises récoltes.

— Je sais.

Tout ce que Maman lui avait dit, elle me l'avait déjà dit, car elle me préparait à devenir la duchesse d'Everely depuis… depuis toujours. Elle ne m'avait pas appris à diriger un domaine. Elle m'avait appris à diriger Everely. Elle ne m'avait pas appris à gérer des métayers. Elle m'avait enseigné à gérer ceux d'Everely. C'était peut-être pour cette raison qu'elle voulait que j'attende mes dix-huit ans pour me marier et devenir responsable d'un si grand domaine. En vérité, en repensant à ses conseils et à mon éducation, je me rendais compte du risque qu'elle avait pris. Que se serait-il passé si je n'avais pas épousé Evander ?

— Et le plus inquiétant dans tout cela, dit Hathor en se redressant pour me regarder dans l'obscurité, c'est sa famille.

— Que sais-tu de sa famille ?

Elle n'aurait rien dû savoir. Evander n'avait dit la vérité qu'à un cercle très fermé composé de Père, Mère, Damon – et donc Silva – et moi.

— Il a déjà une fille. As-tu réfléchi à la façon dont tu t'occuperas d'elle ?

Je secouai la tête.

— Non.

— Tu dois y penser dès à présent, Odite.

On aurait pu croire qu'elle était la plus âgée de nous deux.

— Bien sûr, il serait inconvenant de ta part de te montrer cruelle, reprit-elle. L'enfant n'a rien à se reprocher, mais… qu'importe ton nom ou ta beauté, tu restes un être humain avec des sentiments. Voir cet enfant te brisera le cœur, n'est-ce pas ?

Honnêtement, je n'y avais pas réfléchi.

— Je m'en remettrai, j'en suis sûre.

— Tu as conscience que ton assurance dénuée de tout fondement est ce qu'il y a de plus exaspérant chez toi ? Être sûre de soi ne suffit pas toujours.

— Oui, j'en suis consciente.

Je me mariais quatre ans plus tard que prévu, me liant ainsi à une famille bien plus compliquée que je ne l'avais imaginé.

— Je suis désolée si c'est exaspérant, ajoutai-je, mais je ne sais pas quoi dire d'autre.

Hathor soupira bruyamment.

— Ils te mangeront toute crue. En particulier sa belle-mère, la duchesse douairière. Maman était très mécontente d'avoir dû l'inviter à la réception. Elle dit que cette femme est profondément cruelle et qu'elle ne nourrit que de mauvaises intentions. Je suis d'accord avec elle. Quiconque a fait ce qu'elle a fait, en torturant l'ancienne duchesse, lady Luella, est un être méprisable. Ne lui fais confiance à aucun prix. Elle est comme le serpent dans le jardin d'Éden.

— Y a-t-il autre chose que tu voulais me dire ?

J'essayais de ne pas me moquer d'elle.

— Oui, tu...

On frappa de nouveau à la porte.

— Entrez, répondit Hathor, même s'il s'agissait de ma chambre.

Les visages de Devana et d'Abéona apparurent dans la pénombre.

— Que faites-vous toutes les deux ?

— On peut venir avec vous ? demanda Devana alors qu'Abéona était déjà presque montée sur le lit.

— Bien sûr.

Je ris, me décalant sur la gauche pour permettre à Abéona de se glisser entre Hathor et moi. Devana referma la porte et nous rejoignit.

— De quoi vous parliez toutes les deux ? demanda Abéona.

— De la meilleure façon de te perdre en forêt, marmonna Hathor.

— Je sais déjà comment faire. Il suffit de semer de la nourriture, plaisanta Devana.

Je m'esclaffai, ce qui entraîna Hathor à rire aussi.

— Ou bien je dirais à Maman qu'elle a abîmé ses chaussures préférées. Elle s'enfuirait dans la forêt, c'est sûr, poursuivit Devana.

Malgré l'obscurité, je devinai la moue boudeuse d'Abéona.

— Pourquoi est-ce que vous vous en prenez tous à moi ?

Je la serrai fort dans mes bras.

— Parce que tu es la plus petite et que je t'en veux d'avoir taquiné Evander aujourd'hui.

Hathor gloussa.

— Je n'arrive pas à croire que tu aies fait cela !

— Je ne l'ai pas taquiné ! protesta Abéona.

— Si, tu l'as fait, confirma Devana.

— Tout ce que j'ai dit, c'est que s'il continuait à regarder Odite avec autant d'insistance, il finirait par trébucher et tomber sur la tête. Et personne ne veut d'un visage plein de terre pour un mariage.

Notre verdict fut unanime : c'était de la taquinerie.

Elle croisa les bras alors que nous riions de bon cœur.

— Tout le monde dit toujours que je suis moqueuse alors que je me contente de parler, grommela-t-elle.

Je comprenais ce qu'elle ressentait.

— Parle moins alors, suggéra Hathor.

— Je n'en ai pas envie. J'aime parler.

— Ça, nous le savons !

Nous avions parlé d'une seule voix encore une fois et nous éclatâmes de rire. Ainsi serrée avec mes trois sœurs dans le lit, je tombais presque du matelas, mais cela ne me dérangeait pas. Hathor avait raison. C'était la dernière fois que nous pouvions être ensemble de cette manière... Les filles Du Bell... Nous aurions bientôt nos propres maisons, nos propres familles et nous serions des mamans. C'était tellement surréaliste de penser cela, mais nous en prenions le chemin.

Nous parlâmes encore et encore, si bien que lorsqu'une voix terrifiante me réveilla, j'eus l'impression que je venais à peine de fermer les yeux :

— Dites-moi que je rêve !

— Hum...

— Non, gémit Abéona en se détournant de la lumière et en me donnant un coup de pied dans les flancs.

Je roulai sous l'impact et manquai tomber.

— Hathor, Devana, Abéona, levez-vous tout de suite !

La voix de ma mère retentissait comme un coup de tonnerre.

— Je l'ai mise au lit de bonne heure pour qu'elle soit en forme ce matin et vous, vous êtes venues ici pour jouer !

— Maman, je vais bien...

— Toi, chut !

Elle pointa son index sur moi et asséna une tape sur le derrière d'Abéona.

— Et toi, lève-toi, mademoiselle.

— Maman, je suis fatiguée…

— Alors, va dans ta chambre.

Elle se pencha pour hurler.

— Maintenant !

Abéona se redressa, les mains plaquées sur les oreilles.

— Maman !

— Ta sœur a beaucoup de choses à faire. Je ne vous laisserai pas me distraire aujourd'hui.

En grommelant, Abéona descendit du lit. Les yeux de ma mère se posèrent sur moi. Je lui souris.

— Bonjour.

Elle secoua la tête.

— Tu aurais dû les mettre dehors. Regarde-toi, tu es épuisée.

Je me frottai les yeux.

— Maman, c'était notre dernière nuit ensemble. Je vais bien. Je suis…

Je ne trouvais pas les mots pour dire ce que j'éprouvais en cet instant, il était trop tôt. C'était le jour de mon mariage et mes yeux tombèrent sur la robe qui m'attendait.

— Et l'angoisse du grand jour est là, devina ma mère. Tu vois pourquoi je voulais que tu te reposes ? Les nerfs consomment toute l'énergie d'une personne et tu dois être en forme. Allez, viens ! Un bon bain frais t'aidera.

Je la laissai me prendre en main, parce que c'était le jour de mon mariage et que même si j'affirmais que tout allait bien, une infime part de moi commençait à paniquer. Je me tournai vers ma mère.

— Tout se passera comme je le souhaite aujourd'hui ? demandai-je.

— Oui, assura-t-elle sans hésiter.

— Comment peux-tu en être sûre ? La dernière fois…

Elle prit mon visage en coupe.

— Parce que j'ai fait en sorte qu'il en soit ainsi. Cette journée sera telle que tu l'as imaginée et ce soir…

Elle s'interrompit, libérant mon visage.

— Ce soir, tu seras une femme.

— Qu'est-ce que cela signifie exactement ?

Serait-ce comme les buissons ? Cela ferait-il mal ?

— Maman…

— Je t'expliquerai avant que tu partes avec lui. Maintenant, viens, faisons de toi une épouse à la hauteur de ton nom.

La panique me submergea alors et s'empara de tout mon être.

Tout ce que je souhaitais, tout ce qu'il me fallait, c'était que la journée se déroule comme prévu.

Je vous en prie, mon Dieu.

EVANDER

Quand je m'étais réveillé, j'avais décidé de rester au lit dix minutes de plus. Je n'avais pas dormi plus de trois ou quatre heures tant j'étais rongé par l'anxiété. J'avais même prié. Oui, prié.

J'étais arrivé tôt à l'église et j'étais resté là, à prier. Il n'y avait que ma sœur et moi, et elle n'avait pas dit un mot, tranquillement assise sur un banc. Damon était arrivé avec Silva une demi-heure plus tard, avec une heure d'avance sur la cérémonie.

Je lisais la colère sur son visage.

— Tout va bien ? lui demandai-je en me levant rapidement.

— Tu es le plus exaspérant des hommes ! me lança-t-il, furieux.

Sa femme le prit par le bras pour le retenir.

— Qu'est-ce que cela signi…

— Pardonnez-lui ! me dit Silva. On a entendu que vous aviez quitté Londres tôt ce matin. La nouvelle est arrivée jusqu'à la maison. Tout le monde s'est inquiété, alors il est allé chez vous et ils lui ont dit que vous étiez déjà parti, sans préciser où vous étiez allé. Il a paniqué.

— Je n'ai pas paniqué, mentit Damon. Pourquoi es-tu venu ici si tôt ?

— Je ne pouvais pas attendre, répondis-je en toute franchise.

— Je ne peux même pas être en colère contre lui quand il est si sérieux, grommela Damon à l'intention de son épouse.

— Je vais y retourner et leur dire de ne pas se tourmenter, dit-elle.

— Je vous accompagne, proposa Verity en lui prenant le bras.

Je les observai s'éloigner tandis que Damon s'asseyait sur le banc en époussetant son chapeau.

— Je suis épuisé, et ce n'est encore que le matin.

— Aphrodite a-t-elle cru que j'étais parti, elle aussi ?

— Pourrais-tu lui en vouloir si c'était le cas ?

Non.

— Mon personnel, ici du moins, sait se montrer discret. C'est sans doute pourquoi ils n'ont pas parlé, même s'il était clair que je me rendais à l'église. Pardonne-leur. Pardonne-moi. J'aurais dû les prévenir.

Même si j'ignorais comment j'aurais pu leur avouer la vérité : j'étais incapable d'attendre plus longtemps chez moi, de peur de m'imaginer que tout cela n'était qu'un rêve.

— Tout le monde est tendu. Inutile de t'excuser.

— Hum.

Je me rassis et pris appui contre le dossier du banc en inspirant profondément par le nez. Il n'y avait rien à dire. Il n'y avait plus rien à faire. Nous restâmes là en silence, attendant que les autres arrivent. Finalement, la porte s'ouvrit et les murmures des sœurs cadettes d'Aphrodite nous parvinrent. Elles étaient toutes vêtues de couleurs printanières. Hathor m'examina attentivement. Devana se contenta de sourire gentiment, mais Abéona me fit un signe, que je lui rendis. Hector, son jeune frère, me tendit la main, très solennel. Damon gloussa, mais je me prêtai au jeu et la lui serrai.

— Prends soin de ma sœur, m'avertit Hector.

— Toujours, assurai-je en hochant la tête.

— J'attendais que le mariage soit scellé pour prononcer cette réplique, marmonna Damon.

— N'attends jamais pour dire les choses que tu veux dire. J'ai appris cela il y a longtemps, répondis-je en prenant place alors que les hommes d'Église entraient.

Je les saluai d'un mouvement de la tête. Ils avaient l'air de s'ennuyer à mourir, mais me rendirent mon salut. Ce constat avait quelque chose de réconfortant. Pour eux, c'était un jour comme les autres.

Lorsque la mère d'Aphrodite pénétra dans l'église avec ma sœur et Silva, elle arborait un large sourire et j'eus la confirmation que nous avions enfin réussi.

À peine cinq minutes plus tard, la musique commença et la porte s'ouvrit pour la dernière fois. Aphrodite entra au bras de son père, tenant un bouquet de tulipes rouges, et cette vision ensorcela mon âme. Je ne pouvais plus détourner mon regard d'elle. Mon cœur se mit à battre à toute vitesse et mon esprit était si concentré que je n'entendis pas la voix de son père lorsqu'ils arrivèrent jusqu'à moi. Ce ne fut que lorsqu'elle posa les yeux sur lui que je le regardai à mon tour. Il se contenta de rire et de déposer un baiser sur la joue de sa fille avant de s'écarter.

Le prêtre n'en finissait plus de lire les textes sacrés, mais Aphrodite et moi n'étions intéressés que par quelques mots.

— Lord Evander Eagleman, voulez-vous prendre lady Aphrodite Du Bell comme épouse légitime, pour l'aimer fidèlement dans le bonheur et dans les épreuves, dans la maladie et dans la santé, jusqu'à ce que la mort vous sépare, selon la sainte ordonnance de Dieu ?

— Je le veux.

La même question fut posée à Aphrodite. Ses yeux brillaient lorsqu'elle murmura :

— Je le veux.

— Alors, par le pouvoir qui m'est conféré, je déclare vos vœux scellés et je vous prononce officiellement mari et femme. Vous pouvez maintenant embrasser votre épouse.

« Enfin », pensai-je. Une main sur sa nuque et l'autre sur sa taille, je l'attirai à moi. L'embrasser… c'était un rêve qui se réalisait.

DEUXIÈME PARTIE

18

Aphrodite

Mes lèvres picotaient encore. Cela faisait un moment que nous nous étions embrassés à l'église, et pourtant la sensation de sa bouche sur la mienne était la seule chose sur laquelle je parvenais à me concentrer. Après la cérémonie, nous n'avions pas pu nous parler, du moins pas librement, car nous devions nous occuper des invités venus voir de leurs propres yeux que nous étions bel et bien devenus mari et femme.

Mari et femme.

Je levai les yeux vers lui alors qu'il se tenait auprès de moi, jouant avec l'anneau doré autour de mon doigt. Il était mon époux à présent. Je pouvais être à ses côtés en public. Nous avions le droit de nous tenir la main, de parler et de rire sans que personne puisse porter de jugement sur notre proximité.

Je devais le contempler depuis trop longtemps, car il me lança un regard interrogateur. Avant qu'il dise quoi que ce soit, je me tournai vers la foule de convives qui se pressaient chez moi – dans la maison de mes parents – pour célébrer notre union. À l'exception de Datura, la belle-mère d'Evander. Quand elle s'approcha, Evander se raidit et commença à serrer les poings, alors je fis ce qui m'était désormais permis. Je posai la main sur son bras et, lorsqu'il sentit mon contact, il sembla se détendre. Il desserra les poings et entremêla ses doigts aux miens.

— Bienvenue dans la famille, ma chère, déclara Datura avec un sourire bienveillant. Ce mariage s'est fait attendre, mais tout finit par arriver…

— Oui, et soyez sûre que je n'oublierai jamais pourquoi nous avons dû tellement attendre, lui murmura Evander.

Datura ne releva pas.

— Ma chère fille, si vous avez des questions sur Everely, je suis là pour vous aider du mieux que je le pourrai.

— Merci, répondis-je.

Lorsque je remarquai qu'Evander s'apprêtait à reprendre la parole, j'ajoutai :

— Cependant, je ne doute pas que le temps que mes questions vous parviennent, les problèmes seront résolus.

— Vous ne croyez tout de même pas que je vais rester à Londres, n'est-ce pas ?

— Où serez-vous sinon à Londres, Datura ? demanda Evander.

— Chez moi, bien sûr, déclara-t-elle d'une voix si mielleuse que mon instinct me dicta de m'en méfier. Everely est ma maison.

— J'ai pourtant été clair…

— Oui, je sais. Vous refusez de m'accueillir au domaine. Peu importe, j'ai réussi à acquérir une propriété non loin de là. Je suis née à Everely, j'y resterai donc jusqu'à ma mort. De plus, j'aimerais voir votre frère Gabrien plus souvent et il n'apprécie pas Londres.

Les narines d'Evander se dilatèrent. J'avais espéré que la conversation resterait cordiale, au gré des sourires hypocrites de la douairière et des efforts d'Evander pour se contenir. Mais en me tenant à côté d'eux, je pouvais sentir la haine qu'ils éprouvaient l'un pour l'autre.

— Je souhaite féliciter lady Everely, mais il semble que ma présence ne soit pas remarquée.

Je me rendis alors compte que la reine – oui, la reine ! – s'approchait, vêtue de sa couleur rouge préférée et tenant sa canne dorée. Immédiatement, je fis la révérence et Datura s'éclipsa.

— Votre Majesté.

Elle pencha la tête sur le côté, et je restai immobile, sans rien dire, attendant qu'elle s'adresse à moi, mais elle porta son attention sur Evander.

— Votre mère n'était pas du genre à pleurer, déclara-t-elle soudain, ce qui me fit redouter la suite. Qu'importe ce qu'elle avait à affronter, aucune larme ne coulait jamais de ses jolis yeux. Et pourtant, je crois qu'aujourd'hui elle pleurerait de joie en voyant la chance que vous avez, duc.

— Je le crois aussi, Votre Majesté.

— J'espère que vous serez plus sage que l'ancien duc et que vous saurez garder les agitateurs à distance, souffla-t-elle avant de s'adresser à moi. Félicitations, lady Everely, bien que je craigne que votre véritable travail ne fasse que commencer. Les précédentes détentrices de ce titre prestigieux laissaient à désirer. Vous devrez leur rappeler notre différence.

Je m'inclinai à nouveau.

— Oui, Votre Majesté.

Et elle s'éloigna, accompagnée d'un petit groupe de dames d'honneur. J'attendis que le cliquetis de sa canne sur le sol s'estompe pour me redresser, un peu confuse. Que devais-je rappeler à qui, au juste ? J'avais répondu par l'affirmative, car je ne pouvais faire autre chose face à la reine.

— Je me demande si le moment est le mieux choisi pour un tel conseil, chuchota Evander en souriant. Je souhaite qu'Everely soit ton refuge, que tu puisses y faire tout ce qui te plaît sans être dérangée.

J'étais de nouveau en proie à un sentiment d'exaltation bouleversant mes pensées et mes émotions. Je souhaitais sourire jusqu'à la fin des temps, rire et danser. Je voulais chanter aussi et que le temps se fige pour que ce moment ne passe jamais.

Lorsque Evander se redressa et écarta une boucle de mon visage, j'eus envie d'embrasser sa main ou, mieux encore, qu'il recommence à baiser mes lèvres comme il l'avait fait à l'église.

Tout était si merveilleux.

— Puis-je te voler ma fille une dernière fois ?

Ma mère nous souriait, les yeux embués de... larmes. Elle qui ne pleurait jamais.

— Oui, bien sûr, répondit Evander en me lâchant la main.

Ma mère passa son bras sous le mien et m'entraîna à sa suite.

— Maman, vous pleurez ? demandai-je.

— Bien sûr que non. Les femmes mariées ne pleurent pas en public. C'est puéril.

Elle souffla longuement et leva la tête.

— Et tu n'es plus une enfant.

— Mariée ou non, je suis toujours votre enfant, Maman.

EVANDER

La raison pour laquelle sa mère l'avait emmenée était évidente. C'était la tradition. Pourtant, je ne pouvais m'empêcher de me demander ce qu'elle lui avait dit, car quand Aphrodite était revenue, son expression était... perplexe et légèrement alarmée. Elle avait l'air perdue.

À tel point qu'elle ne prononça presque pas un mot du reste de la soirée. Ce ne fut que lorsque le dernier invité fut parti et que nous nous trouvâmes uniquement en présence des Du Bell et de Verity, qui avait décidé de rester avec eux jusqu'à la fin de la saison, qu'elle prit la parole.

— Abéona ? dit-elle à sa plus jeune sœur en lui ouvrant les bras.

D'ordinaire, Abéona ne savait pas tenir sa langue, mais en cet instant, elle s'était réfugiée vers son père, les yeux rouges et une moue boudeuse sur le visage.

— Tu ne me souhaites pas bonne chance ?

La petite fille baissa les yeux.

— Au revoir.

— C'est poli, mais j'exige un câlin.

Abéona s'obstina à refuser. Hathor et Devana l'attrapèrent par les bras et ne lui laissèrent pas le choix. Les trois sœurs se jetèrent contre ma femme. Je m'avançai pour la soutenir au cas où elle perdrait l'équilibre sous l'impact. Elle tint bon et elles s'étreignirent avec force.

— Tu devras nous écrire ! déclara Hathor.

— Les femmes mariées n'ont pas beaucoup de temps pour écrire, Hathor, commenta sa mère.

— Je trouverai le temps, assura Aphrodite en riant.

— Nous pourrons aller les voir plus tard ? demanda Devana.

— Les femmes mariées n'ont pas le temps de distraire leurs petites sœurs, ajouta sa mère en secouant la tête.

— Je trouverai le temps, répéta Aphrodite.

Lorsque Hathor et Devana la relâchèrent, il ne resta plus qu'Abéona accrochée à elle. Aphrodite se pencha pour lui pincer les joues. Elle l'enlaça encore une fois avant que son frère Hector s'avance et l'embrasse à son tour.

— Père dit que la chose la plus importante est d'être heureux. Alors, sois heureuse.

— Je te le promets.

Il lança un coup d'œil dans ma direction et je dus admettre que pour un garçon aussi jeune, il avait un regard très impressionnant.

— Rendez-la heureuse.

— J'y consacrerai ma vie.

Je la regardai dire au revoir à ses parents. J'étais tellement concentré sur la petite Abéona que je n'avais pas remarqué le deuxième visage écarlate de l'assemblée, celui du seigneur de Monthermer.

Ce dernier déglutit et hocha la tête plusieurs fois pour lui-même, écarquillant les yeux pour tenter de contenir ses larmes avant de la serrer dans ses bras. Il lui murmura quelque chose à l'oreille et elle sourit. Ils partagèrent même un petit rire avant qu'elle fasse un pas en arrière.

Je me tournai vers ma sœur.

— Tu ne vas pas pleurer et me serrer dans tes bras ? demandai-je.

— Pourquoi ? Je te reverrai dans trois semaines, un mois tout au plus, dit-elle, insouciante.

— Ne leur cause pas d'ennuis, Verity, l'avertis-je en lui lançant un regard sévère.

En vérité, je m'inquiétais de son état et je craignais que cela ne se sache, mais elle m'avait assuré qu'elle prenait les médicaments prescrits par le Dr Cunningham.

— Merci de l'héberger, dis-je à ma marraine, qui répondit par un simple signe de tête, semblant suffoquer elle aussi sous l'émotion.

— Vous devriez vous mettre en route toutes les deux, déclara le marquis.

— Très bien.

J'attendis qu'Aphrodite me rejoigne et l'aidai à monter en voiture avant de la suivre. À l'intérieur, elle se pressa contre la vitre pour regarder sa famille et agiter la main. Ce ne fut que lorsque la maison fut trop loin pour qu'elle puisse la voir dans l'obscurité que ses yeux se remplirent de larmes à leur tour. Quand l'une d'elles se mit à couler, je tendis la main et l'essuyai du bout du pouce. Surprise par mon contact, elle tourna enfin la tête vers moi.

— Pardonne-moi, je ne suis pas triste… Je suis seulement…

— … triste, complétai-je alors qu'elle ne semblait pas trouver ses mots.

— Je suis heureuse. C'est juste… les deux.

— Je comprends, murmurai-je. Quand ils retourneront à Belclere, nous les inviterons à nous rendre visite, ou nous pourrons aller les voir si tu préfères.

— Merci, dit-elle en souriant.

Comment le sourire d'une femme pouvait-il avoir une telle emprise sur mes pensées, sur toute ma vie ?

— Allons-nous à Everely maintenant ? demanda-t-elle.

— Nous irons, mais pas directement. J'espérais pouvoir te faire découvrir les villes que nous croiserons en chemin, car je sais que tu aimes la liberté.

— Charmante idée… Et ce soir ? reprit-elle doucement.

— Ce soir, nous resterons chez m… chez nous, ici, indiquai-je.

Je me demandai une fois de plus ce qu'on lui avait dit d'attendre de sa nuit de noces.

Le trajet se fit en silence. Plus nous approchions de notre destination, plus j'étais nerveux. La bête affamée en moi semblait avoir pris le pouvoir, réclamant son dû : ce véritable festin, cet agneau qui m'était offert. J'avais faim d'elle au point que c'en était douloureux et maintenant que je l'avais, je craignais que mon désir ne soit si puissant que je m'oublie et surtout que j'oublie à quel point elle était innocente dans ce domaine.

— Bienvenue chez vous, Votre Grâce, la salua le valet de pied en ouvrant la porte de la voiture.

Elle admira la maison comme si elle ne l'avait jamais vue auparavant.

— Viens, murmurai-je en la conduisant à l'intérieur, où la femme de chambre l'attendait déjà. Ta femme de chambre est déjà partie pour Everely, alors j'ai demandé que quelqu'un d'autre s'occupe de toi.

— Merci.

— Par ici, Votre Grâce, dit la domestique en l'invitant à la suivre dans l'escalier.

Comme je restais en arrière, Aphrodite s'arrêta.

— Tu ne viens pas ?

— J'arrive. Je dois régler quelques détails pour notre voyage de demain matin, mentis-je. Je ne serai pas long.

Tout était déjà prêt, mais je voulais lui laisser un moment d'intimité.

Entrant dans mon bureau, je m'assis et fermai les yeux. J'avais envie d'un brandy, mais je n'y touchai pas. J'avais besoin de toute ma tête. L'attente était une véritable torture. Au bout d'un temps que j'espérais suffisant, je me levai et me dirigeai vers la porte. En l'ouvrant, je vis la femme de chambre que j'avais envoyée avec Aphrodite qui redescendait les marches.

— Vous avez laissé votre maîtresse ? demandai-je.

— Elle m'a congédiée pour la soirée, Votre Grâce.

Je levai les yeux vers le haut de l'escalier.

— Elle est donc prête à se coucher, dis-je comme pour moi-même.

— Oui, Votre Grâce.

Je montai les marches lentement, de nouveau nerveux. Lorsque j'atteignis la porte, je ne savais pas si je devais frapper ou non, mais j'optai pour la prudence.

— Tu peux entrer.

Je ne sais trop à quoi je m'attendais, mais certainement pas à la trouver étendue sur une méridienne, en train de lire, dans la même tenue que celle dans laquelle je l'avais quittée, à la seule différence de ses cheveux bouclés, qui étaient lâchés sur ses épaules, et de ses pieds nus. Elle se leva et posa son livre.

— Tu ne t'es pas changée ? lui demandai-je.

— Suis-je censée le faire ?

— Tu n'es pas gênée par ta robe ?

Elle secoua la tête.

— Non.

Que pouvais-je dire ?

— Très bien.

Je me contentai d'acquiescer avant de me diriger vers la table de chevet et de retirer ma cravate.

Nous restâmes silencieux un moment. L'atmosphère était... tendue et je ne savais pas comment rompre cette tension.

— Étais-je censée me dévêtir ?

— Censée ?

— Maman a dit que... tu... tu pouvais...

— Que je pouvais quoi ?

— Vouloir le faire toi-même ? dit-elle d'un trait, toute gênée.

J'essayai de ne pas sourire.

— Je n'y suis pas opposé, mais je ne crois pas que ce soit une pratique courante.

— Alors, que dois-je faire ?

Elle soupira bruyamment, les épaules affaissées. Cela me fit rire.

— Que veux-tu faire ?

— Je ne sais pas. C'est bien pour cela que je demande !

Je laissai tomber ma cravate et je pris appui sur la table de chevet, les bras croisés.

— Que t'a dit ta mère ?

— Rien qui fasse sens, grommela-t-elle.

— C'est-à-dire ?

— Dois-je vraiment revivre cette scène ?

— Fais-moi plaisir, je t'en prie. Je me demandais pourquoi tu avais l'air si terrifiée à ton retour.

— Maman... m'a dit... que ça faisait mal... et que j'allais saigner, avoua-t-elle en se tordant les mains. Et ça n'a pas de sens pour moi parce que j'ai vu la fille dans les buissons et qu'elle n'avait pas l'air d'avoir mal du tout.

Je me mordis la lèvre en regardant mes bottes.

— Tu te ris de moi.

— Non, je ne ris pas !

— Mais tu en meurs d'envie.

Je levai la tête et plongeai mes yeux dans les siens.

— Un peu.

— Ne ris pas. C'est injuste. Je n'y peux rien si je suis ignorante de ces choses ! s'emporta-t-elle. Chaque fois que j'ai cherché des réponses, on m'a dit que mon mari m'expliquerait, et que j'apprendrais quand je serais mariée. Eh bien, me voilà mariée, et te voilà, mon mari. Alors, explique-moi.

— Très bien.

Je pris place à côté d'elle.

— Ta mère a raison. Tu auras peut-être mal et tu saigneras un peu, mais seulement la première fois. La femme que nous avons vue dans les buissons avait sans doute largement dépassé cette étape.

— Alors, ce soir, ça va faire mal ?

— Seulement un moment, et ensuite, avec un peu de chance, ce sera une expérience agréable pour nous deux.

Je posai une main sur sa joue avant de me pencher en avant et d'embrasser son visage.

— Je prendrai toujours soin de toi. Fais-moi confiance.

— Je te fais confiance, dit-elle avec un sourire.

J'acquiesçai et me levai, l'entraînant avec moi devant le miroir. J'écartai alors ses cheveux sur le côté pour embrasser son cou. Lorsqu'elle ferma les yeux, je glissai les doigts sous l'encolure de sa robe et fis lentement descendre les manches sur ses bras. Juste avant que le vêtement tombe complètement, elle retint le tissu contre sa poitrine. Ses yeux rencontrèrent de nouveau les miens dans le miroir.

— Fais-moi confiance, répétai-je.

Elle acquiesça et m'aida à libérer ses bras du vêtement. Puis je défis le laçage de ses sous-vêtements, très lentement, jusqu'à ce qu'elle se tienne devant moi en habit de Vénus. Elle inspira nerveusement, n'osant plus croiser mon regard dans le miroir.

— Je remercie Dieu de m'offrir un tel spectacle, lui chuchotai-je à l'oreille. Je jure de te vénérer jusqu'à la fin de mes jours.

Je la contournai pour me placer devant elle, enveloppant son corps de mes bras, et je l'embrassai.

19

Aphrodite

Ce baiser était différent de celui de l'église. Très différent. Il avait glissé sa langue dans ma bouche et ses bras m'entouraient étroitement. Ses mains sur ma peau étaient brûlantes. Je parvenais à peine à respirer. Lorsque nos bouches se séparèrent, je trébuchai presque en avant, appuyant mon corps contre le sien, le souffle court. Il s'humecta les lèvres, inspirant profondément, puis se pencha en avant pour me soulever. L'instant d'après, j'étais dans ses bras. Il n'y avait qu'un pas à faire jusqu'au lit, où il me déposa délicatement. Je l'observai tandis qu'il retirait son gilet, sa chemise… tous ses habits jusqu'à ce qu'il se tienne devant moi seulement vêtu de ses culottes. Il s'étendit à mes côtés et je déglutis, pétrifiée. Il sourit et me caressa le visage.

— Fais-moi confiance, chuchota-t-il.

— Je te fais confiance, répétai-je.

Je pensais qu'il allait m'embrasser une fois de plus, au lieu de quoi sa bouche se posa dans mon cou. Je fermai les yeux, les lèvres entrouvertes, et l'attirai à moi d'une main sur son épaule.

Alors il entreprit de couvrir de baisers la vallée entre mes seins, puis chacun d'eux. Comme j'avais vu l'homme le faire dans les buissons, il prit mon téton dans sa bouche et je sursautai à cette sensation nouvelle, et plus encore à celle de sa main entre mes jambes.

— Evander..., haletai-je en sentant ses doigts me caresser.

Le feu se répandait dans mon corps, le désir palpitait sous ma peau, un besoin lancinant me nouait le ventre, exactement comme il me l'avait décrit.

— Que m'arrive-t-il ? dis-je enfin.

— Te souviens-tu que je t'ai dit que si tu étais assez douée, tu pouvais te soulager toi-même ?

J'acquiesçai, puis je me mordis la lèvre en prenant conscience que ses doigts étaient en moi.

— C'est ce que je voulais dire, souffla-t-il en observant mon corps onduler sous ses mains. Tu pourrais le faire seule, mais je préfère de loin te donner ce plaisir.

C'était cela, le plaisir. Il était sur moi, brouillant toutes mes pensées et tous mes sens, me faisant frissonner. Jamais je n'avais éprouvé de telles sensations et plus je cherchais à donner un sens à tout cela, plus il m'échappait. Il m'embrassa de nouveau, nos langues dansant ensemble pendant de longues secondes. Le rythme de ses caresses augmentait à mesure que des gémissements se déversaient de ma bouche.

— Pardonne-moi. Je ne peux pas me retenir plus longtemps, souffla-t-il.

Se retenir ? En quoi se retenait-il ? J'obtins vite la réponse à ma question alors qu'il s'agenouillait devant moi et défaisait ses culottes, libérant... sa virilité. On m'avait dit que cette partie de son anatomie viendrait en moi, mais je ne voyais pas comment ce serait possible.

— Aphrodite, murmura-t-il, penché sur moi. Si je pouvais faire un vœu en cet instant, je souhaiterais avoir les mots pour exprimer à quel point je t'aime.

Je souris.

— Je souhaiterais la même chose.

Il me prit par les cuisses et mon cœur s'emballa sous l'effet de l'excitation et de la peur. Il m'embrassa si passionnément que je fermai les yeux, l'acceptant avec avidité.

— Cela ne fera mal qu'un instant. Je ne bougerai pas tant que tu ne te sentiras pas à l'aise, expliqua-t-il.

J'enroulai les bras autour de son cou et le serrai contre moi. Tout à coup, je le sentis pénétrer mon intimité. Je grimaçai.

— Je t'aime, murmura-t-il à mon oreille.

Je me mordis la lèvre, inspirant lentement.

— Je remercie Dieu que tu sois enfin ma femme, ajouta-t-il en embrassant mon visage.

Il restait immobile et je l'étreignais. J'ignore combien de temps nous restâmes ainsi. Quand, enfin, je n'eus plus mal, je rouvris les yeux.

— Evander...

C'était comme s'il avait lu dans mes pensées. Il bougea lentement et je frémis, ne m'attendant pas à pareille sensation. C'était encore meilleur que ses baisers et ses doigts. Chaque fois qu'il s'enfouissait en moi, la douleur disparaissait pour se fondre en plaisir. Son regard sondait le mien.

— Encore ? demanda-t-il.

J'acquiesçai.

— Dis-le, exigea-t-il.

— Encore.

Les mains plaquées sur ses épaules, je me mordis les lèvres tandis qu'il me donnait ce que je demandais, cette fois-ci plus profondément.

— Plus ?

— Oui... je te veux tout entier.

— À tes ordres.

Il s'enfonça en moi davantage, plus fort, plus vite, sans jamais arrêter ses va-et-vient.

— Ahhh... Evander...

Je posai une main sur ma bouche pour ne pas crier.

— Non, je veux t'entendre, ordonna-t-il en me possédant comme jamais je ne l'aurais cru possible.

Comme je ne retirais pas ma main, il se pencha sur moi et me mordit un téton.

— Evander ! haletai-je.

— Oui, comme ça.

Il sourit, léchant mon sein, tandis que j'entendais le claquement de nos corps qui se rencontraient en faisant trembler le lit.

Je détournai la tête en quête d'une bouffée d'air et vis mon reflet dans le miroir, de l'autre côté de la chambre. Mon expression ressemblait à celle de la femme des buissons, Mlle Edwina Charmant. À présent, je comprenais ce qui l'avait mise dans cet état. Comment ne pas le comprendre alors que j'atteignais de nouveaux sommets ?

La pression au creux de mon estomac s'intensifia. C'était… c'était fantastique. J'en voulais plus. Ma poitrine était en feu, mais il m'en fallait plus.

Il se redressa, m'agrippant par les hanches pour m'attirer à lui, plus fort, plus vite, poussant des grognements de bête sauvage. Était-ce ce qu'il avait voulu dire tout à l'heure ? Je l'ignorais et je m'en moquais.

Je criai, mes poings se refermant sur les draps, mes orteils se recroquevillant au fur et à mesure que je perdais pied. Il ralentit le rythme quelques instants, me pénétrant jusqu'à la garde, puis il ferma les yeux et se figea. Lorsqu'il les rouvrit, son torse se gonflait et se dégonflait rapidement.

— Je n'en ai pas encore fini avec toi, ma femme.

Je ne savais pas ce qu'il restait à faire, mais je me sentais trop bien pour m'en soucier.

— Comme tu le souhaites, mon époux.

Il rit et roula sur le lit à côté de moi.

— Laisse-moi d'abord retrouver mes esprits.

— Pourquoi ? Que t'est-il arrivé ? le taquinai-je.

— Toi, dit-il, les yeux fermés, le sourire aux lèvres. C'est toi qui as fait ça.

J'en profitai pour l'admirer, mais j'avais les paupières lourdes, moi aussi.

— Nous sommes mariés, murmurai-je en posant ma main sur son torse.

Il la prit et embrassa ma paume.

— C'est vrai. Et c'est un miracle de premier ordre.

— Un miracle ? demandai-je en me blottissant contre lui pour me réchauffer. Tu ne pensais pas qu'on se marierait un jour ?

Il roula sur le côté et me contempla.

— Après tout ce qui s'est passé, je croyais que cette chance était perdue à jamais, répondit-il en faisant courir le bout de ses doigts sur ma peau. J'ai même envisagé de prier pour que tu te trouves un autre homme plus digne que moi, mais je redoutais d'apprendre une telle nouvelle. C'est d'ailleurs pour cette raison que j'ai évité la société ces dernières saisons.

— Je me suis tenue à l'écart, moi aussi, dis-je, de peur de vous croiser… toi et ta défunte épouse.

— Est-il méchant de ma part de dire que je ne la considérais pas comme ma femme ? Je ne l'ai pas non plus prise comme telle.

— Vous n'avez pas…

— Non.

— Alors, depuis quatre ans, tu…

— Je me soulageais moi-même et j'ai refusé toutes celles qui se présentaient à moi, avoua-t-il. Je considérais cela comme ma punition.

— Alors, aucune autre femme ne t'a jamais eu ?

— Je crains de ne pas être si innocent que cela, avoua-t-il dans un éclat de rire en enroulant une boucle de mes cheveux autour de son doigt.

— Tu étais un libertin ?

— J'étais… j'étais…

Il semblait avoir du mal à trouver le bon mot.

— Un homme.

Je fis la grimace et il rit avant de se pencher sur moi et de déposer un baiser sur mes lèvres.

— Ne t'inquiète pas, tu es la seule à vraiment me connaître.

— Tu le promets ?

— Je le jure sur la Bible.

Je souris et posai ma tête sur sa poitrine.

— J'ai une confession à te faire.

— Quoi ?

— C'est une confession peu glorieuse.

— Je serai la dernière personne qui te jugera.

— Tout ce temps, même quand tu étais marié, je te désirais. Je souhaitais… Je maudissais ton ancienne épouse, je voulais sa mort pour que tu puisses revenir vers moi. Je savais que c'était cruel et stupide de penser ainsi, mais je ne pouvais m'en empêcher. Je me trouvais des excuses en me disant qu'après tout, tu m'avais été promis en premier. Puis, quand j'ai appris qu'elle était décédée, je me suis sentie… coupable, mais aussi heureuse. Je me suis efforcée de tempérer mes attentes, croyant que tu étais blessé par cette perte et que tu ne voudrais toujours pas de moi.

Cela faisait du bien de dire la vérité à voix haute.

— Si tu te confies, je le ferai aussi. Ainsi, nous pourrons refermer définitivement ce chapitre de notre vie, déclara-t-il en dessinant des cercles dans mon dos. Au début, je détestais Emma. Je la blâmais, avec toute sa famille, pour mon malheur. Sa seule vue me mettait en colère. Je l'évitais en passant le plus clair de mon temps ailleurs. Pendant les quatre années où nous avons été mariés, je lui ai parlé le moins possible. Je pensais en avoir fait assez. Une part de moi le pense toujours. Cependant, ma froideur à son égard, les pressions liées à la gestion d'un domaine dont elle ignorait tout, le poids de sa culpabilité, le stress de la maternité, et le chagrin d'amour que Fitzwilliam lui avait causé ont fini par la rendre folle. Je suis revenu après qu'elle a fait une crise. Certains jours, elle était si calme qu'on aurait dit qu'elle était morte. D'autres jours, elle essayait de s'enfuir vers je ne sais où. Elle courait dans la forêt comme une possédée, se blessant au passage. Alors, nous partions à sa recherche et nous la ramenions. Finalement, j'en ai eu assez de la gêne qu'elle occasionnait et je l'ai fait enfermer dans une chambre, surveillée en permanence, mais cela n'a fait qu'aggraver son état.

— Les médecins ne pouvaient pas la soigner ?

Il secoua la tête.

— J'en ai cherché beaucoup, mais ils n'arrivaient qu'à la calmer. Lorsqu'elle était apaisée, elle pleurait et s'excusait auprès de moi. Elle me suppliait de la pardonner. Elle m'expliquait à quel point elle était effrayée et qu'elle n'avait pas trouvé d'autre moyen de se sauver et de sauver son enfant. C'était la première fois que nous nous parlions vraiment et j'ai pris conscience qu'elle était une victime, elle aussi. Je lui ai juré que je protégerais toujours sa fille. Elle a confessé ses péchés sur papier lorsque son état s'est aggravé. Nous savions tous les deux qu'elle ne tiendrait pas jusqu'au printemps. Elle a connu une mort paisible. Alors que j'allais la voir, la femme de chambre est venue me dire qu'elle s'était éteinte dans son sommeil. J'ai ressenti de la tristesse, mais aussi un certain soulagement.

Je repensai à toutes les rumeurs que j'avais entendues à son sujet au cours des années passées. On disait qu'il était cruel, qu'il maltraitait sa femme, mentait, manquait d'honneur et ressemblait à son père. J'étais stupéfaite d'apprendre à quel point l'histoire avait été déformée.

Il devait se sentir très seul.

Je le serrai plus fort dans mes bras, décidant que je ne lui parlerais plus jamais de cette femme et que, pour expier mes péchés, je traiterais son enfant aussi gentiment que possible.

— Nous serons heureux, Evander.

Evander

J'étais comblé de la tenir dans mes bras pendant qu'elle dormait. Je ne m'attendais pas à ce que cette discussion survienne si tôt, mais j'étais heureux d'en avoir fini… ou du moins d'avoir enterré ma colère et ma culpabilité envers Emma.

Par la grâce de Dieu, j'étais là où je voulais être avec la femme que j'aimais. Je pouvais laisser cette douleur s'estomper.

« Nous serons heureux, Evander. »

Comme je souhaitais qu'il en soit ainsi ! Et je me battrais pour qu'il en soit ainsi. Je m'inquiétais toujours de savoir Fitzwilliam en liberté. Les gens que j'avais engagés n'étaient pas parvenus à le localiser, et avec Datura de retour à Everely, je craignais que nous n'ayons pas la paix tant que ces deux-là ne seraient pas tenus responsables de leurs actes. Et par « responsables », je voulais dire dépouillés de tout et laissés à croupir dans la plus sombre des prisons.

Datura n'irait pas en prison, mais à tout le moins, elle pourrait être mise au ban de la société à jamais.

Le seul souci que j'avais, en les frappant avec une telle fureur, c'était Gabrien. Mon plus jeune frère était différent d'eux. Comment pourrais-je détruire sa mère et son frère aîné sans le ruiner et nourrir une nouvelle rancœur qui appellerait la vengeance ?

Alors que je me sentais gagné par l'inquiétude et la peur, Aphrodite enfouit son visage dans mon cou et murmura mon nom dans son sommeil. Je l'étreignis plus fort. J'ignorais ce qui allait se passer, mais je comptais profiter pleinement de ce moment. Et de mon épouse.

« Doucement », m'exhortai-je en sentant mon sexe durcir quand son sein effleura mon torse. Il y aurait beaucoup d'autres nuits comme celle-ci.

Aphrodite

Un doux fredonnement me fit passer du pays des rêves à la réalité. J'ouvris les paupières. Il était près de moi, sourire aux lèvres, et me caressait l'épaule. Je restai bouche bée, incapable de croire que je m'étais réveillée devant un tel spectacle.

— Bonjour, ma chère épouse.

— Bonjour, mon cher époux.

Il se pencha sur moi pour embrasser mon épaule.

— Pardonne-moi de t'avoir réveillée.

— Je suis heureuse de l'être.

Mes rêves étaient devenus réalité, alors pourquoi aurais-je besoin de dormir ?

— Tu es réveillé depuis longtemps ?

— Non, dit-il en plaquant son corps contre le mien.

J'avais la mauvaise habitude de dormir sur le ventre, alors je roulai sur le dos pour mieux le contempler, mais une douleur fulgurante se répandit dans tout mon corps.

— C'est ce que je craignais.

— Ce que tu craignais ?

— J'ai été plus brutal que je n'aurais dû l'être, répondit-il.

— Je vais bien.

J'étais endolorie, mais j'allais très bien.

Il porta mes mains à ses lèvres pour les embrasser.

— Tu as aimé ?

Les souvenirs de ce qu'il avait fait et de ce que j'avais ressenti affluèrent dans mon esprit.

— Oui, beaucoup.

— Moi aussi, affirma-t-il tandis que nous entrelacions nos doigts.

— Nous sommes vraiment mariés, gloussai-je.

— Oui. Lady Aphrodite Eagleman, duchesse d'Everely.

Ce n'était qu'un nom, mais il me procurait tant de joie ! Tenant le drap contre moi, je me redressai.

— Quand partons-nous pour le duché, Votre Grâce ?

— Ne m'appelle plus jamais Votre Grâce, ordonna-t-il en s'asseyant à son tour. La société doit m'appeler ainsi, les étrangers doivent m'appeler ainsi, mais en tant qu'épouse, tu dois m'appeler Evander… ou « mon amour ».

— Très bien, Evander…

J'avais à peine prononcé son nom que ses lèvres étaient sur les miennes. Il m'embrassa avec une telle passion que je retombai sur l'oreiller. Au passage, le drap m'échappa des doigts.

Evander s'arrêta soudain dans son élan.

— Qu'y a-t-il ? m'étonnai-je.

— Tu es encore sensible et nous devons nous laver tous les deux. Viens, je vais demander de l'eau chaude, dit-il en se levant.

Troublée par sa nudité, maintenant entièrement exposée, je détournai le regard, qui tomba sur la petite tache de sang sur le drap. Embarrassée, j'essayai de la cacher, ce qui déclencha un petit rire de sa part.

— Te moquerais-tu de moi ?

— Oui. Tu es magnifique quand tu es gênée.

Je plissai les yeux.

— Je ne suis pas gênée.

— Vraiment ? Alors, viens ici. Sans le drap.

— C'est impossible !

— Pourquoi ?

— Parce que…

Je ne trouvai pas de raison valable, à part mon embarras. Je décidai donc de me taire et il rit de plus belle en se dirigeant vers la porte.

— Tes vêtements ! m'écriai-je en serrant le drap contre moi.

Il passa la tête dans le couloir. Je ne savais pas à qui il parlait, mais il tendit la main et récupéra un pichet. Il se dirigea ensuite vers la table sur laquelle était posée une bassine. Quand il y versa l'eau chaude, un nuage de vapeur s'éleva autour de lui et il me jeta un coup d'œil par-dessus son épaule.

— Viens. Nous allons nous laver pendant qu'ils préparent le bain.

— Depuis combien de temps es-tu réveillé pour avoir organisé tout cela ?

— Je n'ai pas eu grand-chose à dire. Hier, j'avais demandé au personnel de préparer un bain pour ce matin.

— C'est donc une pratique courante ?

— Je ne dirais pas cela. Il s'agit plutôt d'un désir personnel.

— Quel désir ?

— Celui de te nettoyer pendant que tu te tiendras devant moi dans toute ta nudité. Si tu me le permets.

Je n'avais jamais entendu parler de cela, mais en même temps, il y avait beaucoup de choses dont j'étais ignorante. J'acquiesçai donc et m'approchai de lui.

— Lâche le drap, ordonna-t-il.

Je me figeai un instant, puis j'obéis, me tenant devant lui aussi nue qu'il l'était devant moi.

Il plongea son regard dans le mien, une lueur avide au fond des yeux. Il m'envoûtait tellement que je fus surprise par le contact du tissu humide sur ma peau. Aucun de nous deux ne prononça un mot tandis qu'il écartait mes cheveux sur mon épaule pour nettoyer mon cou avant d'atteindre mes seins et de les caresser. J'entrouvris les lèvres et il se pencha pour les embrasser délicatement avant de continuer, mouillant le linge de temps à autre.

— Écarte les jambes, commanda-t-il.

Je m'exécutai, me mordant les lèvres tandis qu'il me lavait. Pendant tout ce temps, il ne quitta pas mon visage des yeux.

— Tu as l'air excitée, chère épouse.

— Ne serait-ce pas parce que tu cherches à m'exciter ?

— Je cherchais simplement une excuse pour voir et toucher ton corps à la lumière du jour et pour graver à jamais ce spectacle dans ma mémoire. J'ai souvent rêvé de le faire.

Il fit glisser sa bouche sur ma peau entre mon cou et mon épaule, me tirant un frisson.

— C'est une torture bien plus insupportable dans la réalité.

— Une torture ?

— Tu ne vois pas ? demanda-t-il.

— Voir quoi ?

Il se retint de sourire et pencha la tête sur le côté.

— Veux-tu apprendre quelque chose sur le corps des hommes aujourd'hui ? Je ne te le dirai pas si tu ne souhaites pas le savoir.

— Libère-moi de l'ignorance, l'implorai-je.

Il prit une profonde inspiration.

— Regarde et vois comme je suis dur pour toi.

Je baissai les yeux sur son membre dressé.

— Et quelle est la leçon à en tirer ?

— Rien d'autre qu'un signe que je te désire de nouveau, expliqua-t-il en se rapprochant. Quand tout mon être se languit de désir, mon sexe durcit, te suppliant de me soulager. C'est délicieusement douloureux.

— Est-ce bien sage d'endurer un tel état ? m'enquis-je, sentant la chaleur se diffuser en moi.

— Je ne le souhaite pas, mais tu es...

J'embrassai sa bouche doucement.

— Je veux plus de ce que tu m'as donné la nuit dernière. Peux-tu répondre à mon besoin ?

Laissant tomber le tissu humide, il me prit dans ses bras et m'emmena jusqu'au lit. Il s'allongea au-dessus de moi et couvrit mon visage de baisers avant de prendre mes lèvres.

— Tu peux avoir tout ce que tu désires autant de fois que tu le désires, mon amour, murmura-t-il à mon oreille.

Je frémis.

Oh, c'était bien mieux qu'un rêve.

20

Aphrodite

Il était difficile d'apprécier le paysage tout en sentant ses yeux sur moi.

— Arrête de me fixer comme ça.

— Comme quoi ?

— Comme si tu étais... en train de penser à une chose à laquelle tu ne devrais pas penser, répondis-je en remuant sur mon siège.

— Je ne vois pas ce que tu veux dire. Je t'ai toujours regardée de cette manière, remarqua-t-il avec un sourire en coin en me dévorant des yeux. C'est toi qui as changé.

— Moi ?

— Oui, je crois que tu as été corrompue, mon amour, ricana-t-il. Tu as beaucoup appris ces deux dernières semaines, n'est-ce pas ?

Je ne pouvais le contredire. Il m'avait souvent observée ainsi auparavant, mais je ne comprenais pas alors ce que cela signifiait. À présent, je savais que lorsqu'il ne parlait plus et que ses yeux erraient sur toute ma personne, c'était qu'il avait envie de m'arracher mes vêtements.

Il avait dit qu'il ne voulait pas que j'aie l'impression d'avoir été déplacée d'un domaine à un autre. Nous avions donc fait de nombreux détours au cours de notre voyage jusqu'à Everely. Nous nous étions assis sous des arbres, nous avions visité plusieurs villes. Jamais je ne m'étais sentie aussi libre. Enfin, nous étions sur le point d'arriver à Everely, deux jours plus tard que prévu. Pourquoi ? Parce que nous avions prolongé notre séjour à plusieurs reprises pour nous donner l'un à l'autre. La douleur de la première fois avait disparu depuis longtemps. À présent, j'étais transportée par des vagues de plaisir, au point d'avoir l'impression d'être atteinte de quelque désordre physique, d'un genre très agréable.

Du coin de l'œil, je vis qu'il m'observait encore.

— Tu me demandes de ne pas te regarder ainsi, mais tu es tout aussi coupable, protesta-t-il avant de fermer les rideaux de la fenêtre de notre voiture, nous plongeant dans l'obscurité la plus totale.

— Evander ! me récriai-je alors qu'il m'attirait à lui. Nous ne pouvons pas. C'est trop risqué et nous sommes presque arrivés.

— Alors, seulement un baiser, répondit-il. Je t'en supplie, ne m'en prive pas.

Lorsqu'il se pencha, je fis de même, refusant de me priver moi aussi de ce plaisir. J'enroulai les bras autour de son cou tandis qu'il m'enveloppait des siens, me pressant contre lui. Il avait menti. Ce n'était pas un simple baiser. Il commençait déjà à me caresser.

— Evander, non. Nous ne pouvons pas, gémis-je alors que ses lèvres se posaient sur mon cou.

Je frissonnai lorsqu'il lécha ma peau.

— Quand nous arriverons, mais pas dans la... voiture.

— Très bien, se résigna-t-il en me mordant le lobe de l'oreille. Quand nous arriverons, je te ferai crier mon nom haut et fort, sans aucune retenue, pour que tout le monde l'entende.

— Evander !

Il me répondit en glissant une main entre mes jambes.

— Oui ? demanda-t-il.

J'avais beaucoup appris, mais j'étais certaine qu'il avait encore beaucoup à m'enseigner. Son oubli des convenances lorsqu'il était question de plaisir charnel m'excitait. Cela ne ressemblait à rien de ce que j'avais connu.

— J'ai hâte d'y être, soufflai-je en l'embrassant de nouveau.

— Tu seras ma perte, murmura-t-il pour lui-même.

Je pris un moment pour ajuster ma robe et mes gants. Il attendit que j'aie fini avant d'écarter les rideaux. Les rayons du soleil pénétrèrent brutalement dans l'habitacle, et lorsque ma vue se fut adaptée, je fus éblouie par la vue de son domaine au loin, perché sur une colline entourée d'arbres.

Everely House était encore plus imposante que notre maison de Belclere, et pourtant il était possible de se perdre à Belclere. Everely House s'appelait autrefois Everely Palace. Elle avait été offerte à la famille Eagleman par la reine Anne. Le domaine, l'un des plus grands d'Angleterre, s'étendait sur plus de neuf cents hectares. Il comprenait plusieurs jardins et un lac magnifique. Il était même traversé par les deux grandes rivières du comté, dans lesquelles on pêchait par endroits, même si ce n'était pas facile à cause des rochers. Tout ici était vert, vaste et beau.

Cela semblait bien trop grand pour qu'un seul homme et une seule femme puissent en être les maîtres, et pourtant c'était à nous. Je détestais autrefois les leçons de Maman, mais maintenant que nous étions presque arrivés, je lui étais reconnaissante, car l'immensité de cet endroit pouvait être intimidante.

— Ça te plaît ? demanda Evander.

— Comment pourrait-il en être autrement ?

J'étais ébahie, le regard toujours fixé sur l'édifice majestueux qui approchait.

— C'est de toute splendeur.

Je pris le temps de vérifier ma tenue une fois de plus et j'ajustai mon chapeau. Il était plus difficile que je ne l'imaginais de me préparer sans ma femme de chambre habituelle. Celles qui œuvraient dans les auberges n'étaient jamais très efficaces, mais je m'étais débrouillée. Je craignais à présent de ne pas avoir l'air à ma place. Toute la maison viendrait nous saluer.

— De quoi ai-je l'air ? demandai-je sincèrement.

Evander haussa les sourcils.

— Tu es parfaite, comme toujours. Pourquoi ?

— Je ne peux pas être comme d'habitude, car je ne suis plus celle que j'étais. Je suis la duchesse d'Everely désormais. Je dois être irréprochable.

Il rit.

— Tu n'as pas à t'inquiéter. Je crains que le domaine d'Everely n'ait pas connu la bienséance depuis un certain temps. Tu es plus qu'à la hauteur.

La voiture s'arrêta. Devant la maison, des rangées – oui, des rangées ! – de domestiques nous attendaient. Le double de ce à quoi j'étais habituée. Je pris une grande inspiration pour m'apaiser et il rit de nouveau.

— Ne te moque pas de moi.

— Tu prends tout cela très au sérieux.

— Comme il se doit, lui rappelai-je.

Il sortit avant de se retourner pour me prendre la main. Le personnel faisait la révérence ou inclinait la tête.

— Bienvenue, Vos Grâces, nous dit un grand homme aux cheveux blancs.

J'étais sûre de l'avoir déjà vu chez Evander, à Londres.

— Aphrodite, voici M. Hugh Wallace, mon majordome en chef. Je l'ai envoyé ici avant nous en compagnie de ta femme de chambre afin qu'il prépare notre arrivée, expliqua Evander.

Puis, il dit à Wallace :

— J'espère qu'il n'y a pas eu de problèmes.

— Aucun, Votre Grâce.

— Merci pour vos attentions, monsieur Wallace, dis-je avec un sourire.

Il hocha simplement la tête et se retira. J'aperçus alors Eleanor qui attendait avec les autres domestiques, ce qui me réconforta. Je lui parlerais plus tard. Pour le moment, ma priorité était cette petite fille d'à peine quatre ans, vêtue de blanc, à la peau claire et aux boucles de bronze, accrochée aux jambes d'une vieille nourrice habillée de noir.

Elle était très calme, beaucoup trop pour une fillette de son âge. Abéona, elle, aurait couru vers la voiture sans attendre. Evander me conduisit jusqu'à elle.

— Aphrodite, je voudrais aussi te présenter ma fille, Emeline, dit-il.

— Bonjour, Votre Grâce.

La petite eut du mal à faire la révérence et faillit tomber, mais sa nounou la rattrapa en la soutenant avec précaution.

— Pardonnez-la, Votre Grâce. Nous nous entraînons encore, expliqua rapidement la femme.

— Et voici Mme Watson, la gouvernante et la nourrice d'Emeline, m'apprit Evander. Elle veille sur elle depuis sa naissance.

Comment une gouvernante peut-elle s'acquitter de ses tâches et veiller sur une enfant en même temps ?

Je souris à Mme Watson et je baissai les yeux sur la petite fille, qui semblait vouloir se cacher derrière sa nourrice. Je m'accroupis à sa hauteur, car nous devions avoir l'air de géants pour elle. Quand j'étais enfant, je détestais cette sensation d'être minuscule.

— Bonjour, Emeline, dis-je doucement. Comment vas-tu ?

Elle s'accrocha à la jupe de Mme Watson et répondit :

— Bien, Votre... Votre Grâce.

Je voulais lui dire qu'elle n'était pas obligée de m'appeler Votre Grâce, mais comment pouvait-elle m'appeler ? Maman ? Ce n'était pas très adapté alors qu'elle venait de me rencontrer.

— J'espère que nous serons de très bonnes amies, dis-je en me relevant à la gouvernante. Je ne peux qu'imaginer les efforts que vous avez dû déployer pour l'élever. Je vous remercie.

— Avec plaisir, Votre Grâce, répondit Mme Watson en s'inclinant.

— Nous avons fait un très long voyage. Nous allons nous reposer et nous vous verrons au dîner, déclara Evander à ma grande surprise, en posant une main sur la tête d'Emeline avant de m'entraîner vers la maison.

Lorsque je jetai un dernier regard en arrière, Mme Watson parlait à la fillette et lui caressait les cheveux. J'avais le sentiment qu'il me faudrait un certain temps avant de trouver mes marques auprès de la petite Emeline…

— Evander ! m'exclamai-je quand il me prit dans ses bras.

— À quoi penses-tu ?

— À rien. Repose-moi, vite, dis-je en m'assurant qu'aucun serviteur ne nous avait vus. Evander…

— Il me semble que nous avions conclu un accord sur ce que nous ferions une fois à la maison… et voilà, nous y sommes et j'ai envie de mon épouse, souffla-t-il en m'emportant avec lui.

J'essayai de ne pas rire, mais je ne pus m'en empêcher tandis qu'il m'enlevait.

Qu'allait-il encore m'apprendre ?

***

Je n'eus pas à attendre très longtemps pour obtenir une réponse.

— Evander…

Je gémissais tandis qu'un brasier enflait au creux de mon ventre. Je n'aurais jamais imaginé que l'on pouvait procurer autant de plaisir avec sa bouche. Il me tenait par les cuisses tandis que sa langue décrivait de petits cercles sur mon sexe et que ses lèvres m'aspiraient l'instant d'après. Je mordis ma main pour ne pas crier plus fort. Pour me punir, il arrêta bien trop tôt.

— Que t'ai-je déjà dit si tu te retenais de crier ? me gronda-t-il en remontant le long de mon corps jusqu'à ce que son visage soit au-dessus du mien.

— Que tu me priverais de la délivrance, répondis-je, envoûtée par son regard.

Je pouvais sentir mon goût sur ses lèvres lorsqu'il m'embrassait.

— Non, j'ai dit que tu devrais l'obtenir toi-même.

Il me l'avait déjà dit, mais je ne comprenais pas, jusqu'à ce que, cette fois, il dirige lentement ma main entre mes cuisses. C'était à la fois embarrassant et excitant qu'il me regarde ainsi. Simplement, mes mains n'étaient pas aussi agiles que les siennes et pas aussi efficaces que sa bouche. Je me sentais frustrée au point d'en être réduite à le supplier.

— Je t'en prie…

— Quoi ? me provoqua-t-il en écartant les cheveux de mon visage.

— J'ai… besoin de toi.

— Pour quoi faire ? J'apprécie beaucoup ce spectacle.

Enfiévrée, je me redressai et le poussai sur le lit pour le chevaucher.

— Il y a une autre façon de l'obtenir moi-même, n'est-ce pas ? soufflai-je en lui jetant un regard noir.

— Crois-tu ? fit-il en haussant les sourcils.

— Oui.

Je refermai les doigts sur son sexe chaud, qui tressaillit à mon simple contact. Il inspira profondément et je sentis son torse gonfler sous mon corps. Son regard s'assombrit.

— Et maintenant, que comptes-tu faire ?

Je me mordis la lèvre, espérant que cela fonctionnerait comme je l'avais imaginé. Je soulevai mon bassin et redescendis lentement sur lui. Je pensais que la sensation serait la même, mais c'était différent. Mon corps commença par protester tandis qu'il m'emplissait complètement. C'était tellement fort que je dus prendre appui sur son torse du plat de mes mains. Lorsque nous ne fîmes plus qu'un, je commençai à me balancer sur lui malgré moi.

Il me saisit alors par la taille et s'empala profondément en moi.

— Oh, Evander !

Je fermai les yeux, me laissant emporter par ses mouvements. C'était bien mieux que mes mains.

***

Il faisait nuit quand nous émergeâmes de notre bulle. Il me dit qu'il pouvait demander à ce que le dîner soit apporté dans notre chambre, mais je ne voulais pas que toute la maisonnée imagine… que je faisais exactement ce que je venais de faire pendant des heures. Je ne voulais pas non plus faire attendre la petite Emeline pour le dîner. Cependant, lorsque nous arrivâmes dans la salle à manger, la table beaucoup trop longue ne comptait que deux chaises, à chacune de ses extrémités. La pièce était plongée dans la pénombre, et la décoration était très… rustique.

— Qu'y a-t-il ? s'enquit Evander en me voyant figée sur le seuil alors que le valet de pied se tenait déjà prêt à tirer la chaise pour moi.

— Tu manges souvent ici ? lui demandai-je.

Il marqua une pause.

— Non, maintenant que j'y pense. Je prends la plupart de mes repas dans le bureau. Verity mange dans le salon ou, quand elle le peut, dans le jardin. Pourquoi ?

— Je me posais simplement la question.

Je souris et m'apprêtai à m'asseoir, mais il me prit par le poignet et m'attira dans ses bras.

— Evander…

— Je te connais et je sais ce qui arrive quand tu te poses des questions. Cela va te perturber et tu n'arriveras plus à te concentrer sur autre chose. Alors dis-moi le fond de ta pensée, exigea-t-il, me tenant toujours dans ses bras bien que nous ne soyons plus en privé.

Je me penchai vers lui pour qu'il soit le seul à m'entendre, mais la pièce était si silencieuse que j'étais certaine que les serviteurs n'en perdraient pas une miette malgré mes efforts.

— Je n'ai pas encore passé une journée entière ici. Je voudrais éviter d'émettre des critiques d'emblée.

Peut-être était-ce parce que j'avais toujours évolué dans le sillage de ma mère ou à cause de toutes les leçons que j'avais reçues, mais je percevais que certaines choses n'étaient pas en ordre dans cette maison.

— C'est aussi chez toi à présent. Si quelque chose te dérange, tu n'as qu'à le mettre à ton goût. Je m'en moque.

— Je ne veux pas que les domestiques me prennent pour une snob, soufflai-je doucement, ne tenant pas non plus à avoir cette discussion devant le personnel.

J'étais la nouvelle venue. Je ne voulais pas tout changer dès mon arrivée. Il fallait trouver un juste équilibre. Evander haussa les sourcils et rit doucement.

— Nous allons dîner sur la terrasse, indiqua-t-il au valet avant de prendre ma main pour m'entraîner dehors.

— J'étais d'accord pour dîner ici.

— Non, tu ne l'étais pas. Et les valets seraient restés dans la pièce, ce qui t'aurait mise encore plus mal à l'aise.

— Je serai gênée partout tant que je n'aurai pas trouvé mes habitudes, avouai-je.

— Tu ne le seras pas sur la terrasse, m'assura-t-il avant de me prendre dans ses bras. Et surtout pas dans notre lit.

Je le repoussai gentiment et il rit.

— S'il te plaît, pourrions-nous manger sans que tu…

— Sans que je quoi ?

— Sans que tu cherches à me séduire.

— Ce n'est pas ce que je fais.

— Evander…

— Aphrodite…, dit-il sur le même ton.

Il ouvrit la porte de la terrasse et l'air chaud de cette soirée d'été nous enveloppa. Devant nous était dressée une petite table ronde qui donnait sur le lac. Les branches des arbres bruissaient sous la brise et la lune semblait peinte dans le ciel étoilé.

— C'est magnifique, dis-je en contournant la table et en me dirigeant vers le bord de la terrasse. Je pourrais dîner ici tous les soirs.

— Les pluies printanières et la rigueur de l'hiver pourraient te faire changer d'avis, mais si tu le souhaites, à tout moment, de nuit comme de jour, nous pouvons venir ici.

— Nous aurons besoin d'une autre chaise pour Emeline, observai-je. Où est-elle ?

— Pendant que tu t'habillais, Mme Watson m'a dit qu'Emeline avait mangé plus tôt et qu'elle était allée se coucher. Tu n'as pas à te forcer à...

— C'est ce que tu n'arrêtes pas de dire, mais je ne me force pas. Quand j'étais plus jeune… En fait, c'est un mensonge. Il y a à peine quelques semaines, je ne désirais rien de plus qu'un bon livre, des sucreries, du lait chaud et une belle vue. Je rêvais d'être libre et de pouvoir aller où bon me semblait. Je me sentais comme un oiseau en cage, que l'on sortait chaque fois que quelqu'un exigeait de l'admirer.

— J'en ai conscience. C'est exactement pour cette raison que je veux que tu n'aies à t'inquiéter de rien.

— Justement, Evander. Je ne m'inquiète pas. Et comme par magie, je n'ai plus l'impression d'être enfermée dans cette cage. Je trouvais très frustrant que le mariage soit la seule option pour m'offrir une telle liberté. Maintenant que je suis mariée, j'ai l'impression que la porte s'est ouverte et que j'ai été libérée. Mais au lieu de m'envoler très loin, j'ai choisi de rester et de faire mon nid ici.

— Je ne comprends pas.

Je lui pris la main.

— Je veux que cet endroit soit un havre de paix pour nous deux – pour nous trois, devrais-je dire, car j'aimerais faire partie de sa vie. Un jour, elle m'appellera peut-être Maman.

Il se contenta de m'observer sans rien dire, ce qui tempéra mon enthousiasme.

— Suis-je trop optimiste ? murmurai-je. Pardonne-moi, mais je suis tellement heureuse quand j'envisage mon avenir ici. J'ai de vraies tâches à accomplir à présent, je ne dois plus me contenter de me comporter convenablement à un bal ou de m'exercer à la couture.

— Tu ne cesses de me surprendre.

— Je n'ai encore rien fait, Evander, alors ne sois pas surpris pour si peu.

Il porta ma main à ses lèvres.

— Tu as fait plus que tu ne le penses.

Ses paroles me faisaient plaisir, mais je n'en dis rien, car la porte s'ouvrit et les valets de pied apportèrent notre souper. Evander me conduisit à la table et, à la lueur de la lune, nous mangeâmes et rîmes, parlant de tout et de rien, coupés du monde.

C'était merveilleux.

21

Aphrodite

Nous étions arrivés depuis plusieurs jours et j'avais l'impression de les avoir presque tous passés au lit. Le voyage et Evander m'avaient épuisée. Je ne pouvais pas continuer ainsi.

Je me levai donc de bonne heure. Evander était encore nu et endormi. Une part de moi voulait rester dans ses bras, mais je tenais à être une bonne maîtresse de maison. C'était ironique, car j'avais souvent déploré que les femmes soient condamnées à ce rôle et que mes perspectives d'avenir se limitent à l'entretien d'une maison. Pourquoi ne pouvais-je vivre les aventures que j'avais souvent lues dans les romans ? Ce désir m'habitait toujours, mais en cet instant, mon plus grand souhait était de remporter ce défi.

Ma priorité était Everely, et c'était essentiel pour le bien-être de tous ici.

— Madame… Je veux dire, Votre Grâce.

Eleanor sourit en pénétrant dans mon salon privé. J'étais ravie que ma mère l'ait choisie pour être ma femme de chambre, car elle n'avait que quelques années de plus que moi et elle était à mes côtés depuis ma plus tendre enfance. Sa mère travaillait déjà pour la mienne.

— Avez-vous eu le temps de prendre vos marques ? Je vous prie de m'excuser, je sais que je vous ai fait venir plus tôt que d'habitude, dis-je.

La veille, je lui avais demandé de me retrouver de bonne heure.

— Oui, je me suis bien habituée. Dois-je vous apporter votre petit déjeuner, ou attendrez-vous le duc ?

Je m'approchai et continuai plus bas :

— Avant cela, dites-moi. Comment est-ce ici ? Que racontent-ils ? Je parle du personnel comme des métayers. Plus j'aurai d'informations, mieux ce sera. N'essayez pas de m'épargner.

Elle acquiesça.

— Oui, Votre Grâce. J'avais l'intention de vous en parler lorsque vous seriez bien installée, car il y a beaucoup à dire.

— À ce point ?

Faisant signe à Eleanor de faire de même, je m'assis. J'avais le sentiment que j'en aurais besoin pour entendre ce qu'elle avait à me dire.

— Votre Grâce, je ne veux pas offenser le duc, mais le désordre est maître à Everely. Je n'ai jamais vu ou entendu parler d'un domaine aussi important géré de la sorte.

— Comment cela ?

— La moitié du personnel ne travaille pas à demeure. Apparemment, lorsque votre époux a hérité du titre de duc, il a renvoyé presque tous les employés qui avaient été engagés par la duchesse douairière, mais ne les a pas remplacés pour la plupart, car il n'apprécie pas d'avoir des étrangers sous son toit. Sa défunte épouse ne semblait pas se soucier de ce genre de choses. On pourrait croire qu'elle ne vivait même pas ici, car rien n'a été entretenu depuis des années. Les bougies ne sont pas remplacées, les couverts sont dépareillés et les comptes de la maîtresse sont tous antidatés. De plus, les chambres ne sont pas époussetées quotidiennement.

Elles ne le sont qu'un jour sur deux, car ils font passer en priorité les pièces dans lesquelles vivent le duc et lady Verity. Le nettoyage n'est pas fait comme il devrait l'être, car les bonnes qui restent sont bien trop âgées pour un travail aussi difficile. J'ai découvert que la duchesse douairière avait embauché la plupart d'entre elles à un âge avancé, car elle s'inquiétait…

Elle marqua une pause, fronçant les sourcils.

— Ne vous censurez pas. Il vaut mieux que tout soit dit.

Je savais que cela n'allait pas me plaire, mais son hésitation m'indiquait qu'il y avait de quoi s'inquiéter, car Eleanor n'était pas sujette aux crises d'hystérie.

— La duchesse douairière refusait d'engager de jeunes femmes, car elle craignait qu'elles ne séduisent l'ancien duc. Quand elle a quitté les lieux, M. Wallace a continué à embaucher du personnel plutôt âgé. Maintenant, ils le sont encore plus et je n'aime pas dire de mal de mes aînés, mais ils ne sont plus capables d'entretenir la maison. Ils en ont conscience mais passent le plus clair de leur temps à discuter à l'office plutôt qu'à travailler. Quant à la cuisine… Vous avez goûté les plats du cuisinier, je crois que vous savez à quoi vous en tenir.

Ce n'était pas que la nourriture était mauvaise. Elle n'était simplement pas très bonne. Je soupirai.

— Que me recommandez-vous ?

— Un grand nettoyage. Renvoyer tout le personnel et engager de nouveaux domestiques, jeunes et bien formés.

— Je ne peux pas faire cela. Il serait cruel de ma part de renvoyer toute une maisonnée, en particulier des personnes âgées, dès mon arrivée ici.

Surtout pas après avoir passé la moitié de la semaine au lit.

— Je crois que certains d'entre eux s'y attendent, affirma Eleanor.

— Pour quelle raison ?

— Ils ont entendu parler de vous, Votre Grâce. Ils vous appellent « la favorite ».

— « La favorite » ?

— De la reine. Et du duc lui-même. Je ne sais pas pourquoi, mais ils ont le sentiment que vous pourriez les mépriser.

— Raison de plus pour ne pas les renvoyer.

— Mais si vous les gardez, comment allez-vous gérer la maison ? Votre Grâce, pardonnez-moi, mais je crois qu'il vaut mieux être perçue comme une femme sévère. La réputation d'Everely en ville n'est pas ce qu'elle devrait être.

— Les métayers sont-ils malheureux ?

Leur situation était apparemment pire que celle des domestiques.

— D'après ce que j'ai pu comprendre, il ne s'agit pas d'un problème de récolte ou de gestion. Je crois que les terres et les moulins du duc sont gérés comme il se doit. Habituellement, c'est la première cause de récriminations. Je ne sais pas quels sont leurs véritables griefs.

— Pour résumer, la maison est en désordre, les domestiques ne sont pas compétents et les métayers sont mécontents pour une raison qui nous échappe.

Elle acquiesça.

— Oui, Votre Grâce.

— Eleanor, rien ne va en vérité.

Elle grimaça.

— Oui, Votre Grâce.

Comment était-ce possible ?

« Votre véritable travail ne fait que commencer. Les précédentes détentrices de ce titre prestigieux laissaient à désirer », m'avait dit la reine. À présent, je comprenais mieux. On avait beaucoup parlé d'Everely et d'Evander au cours des dernières années. Je n'avais pas prêté attention aux rumeurs, car je ne supportais pas de les entendre. Les bribes qui m'étaient parvenues malgré mes efforts n'étaient jamais réjouissantes. Dieu seul savait ce que la reine avait appris, mais plus que quiconque elle aimait observer la noblesse comme si elle assistait à une pièce de théâtre. Ses yeux étaient rivés sur Everely, pourtant à des kilomètres de Londres. Et pas seulement les siens, ceux de toute la société.

— Je ne peux pas échouer, Eleanor, déclarai-je en laissant mon regard se perdre sur le domaine qui s'étendait derrière la fenêtre. Je dois tout remettre en ordre. La seule question est de savoir comment.

— Ces problèmes existent depuis très longtemps, Votre Grâce. Ne soyez pas trop exigeante envers vous-même. Je suis certaine qu'avec le temps, vous réussirez…

— Non.

Je secouai la tête, me levai de ma chaise et m'approchai de la fenêtre. Le soleil était déjà haut dans le ciel.

— Je sens les regards sur Everely et sur moi. Si les gens nous scrutent, je dois leur prouver que je n'ai pas été libérée de ma cage pour me retrouver perdue et sans défense.

De plus, je ne voulais pas que la réputation d'Everely, et surtout celle d'Evander, soit davantage ternie. Ce qu'on disait du duc était injuste. Ils ne connaissaient pas la vérité. Alors, la seule chose que je pouvais faire, c'était leur montrer que la situation avait changé. Pour cela, j'avais besoin qu'Everely redevienne le plus grand de tous les domaines.

— Concentrons-nous d'abord sur la maison et les domestiques. Je veux les rencontrer un par un pour me rendre compte par moi-même de leurs compétences. Si l'un d'entre eux n'est pas à la hauteur, je le maintiendrai à son poste, mais j'en engagerai un autre pour faire son travail.

— Vous ne comptez donc pas les renvoyer ?

— Ils n'ont pas l'habitude d'avoir une maîtresse à impressionner ou d'avoir à rivaliser entre eux. Au lieu de les renvoyer, j'embaucherai des travailleurs acharnés. Plus ils travailleront dur, plus les autres se sentiront en danger et ils partiront de leur propre chef ou se mettront à travailler dur eux aussi.

— Et s'ils laissent simplement les nouveaux domestiques faire leurs tâches pendant qu'ils paressent ?

Je souris.

— Alors, je leur demanderai gentiment de prendre congé. D'ici là, de nombreux mois auront passé, et on n'aura pas l'impression que je renvoie la maisonnée sur un caprice. On se dira simplement que le domestique en question était âgé et qu'il a décidé de partir pour passer du temps avec sa famille.

— Très bien, Votre Grâce. Je vais passer une annonce et je resterai à l'écoute, répondit-elle.

— Je vous remercie. Le plan est établi pour la maison. Dans deux jours, nous irons rendre visite aux métayers, car il est d'usage que la nouvelle maîtresse apporte des présents à ses gens à son arrivée, et nous observerons la situation par nous-mêmes. J'apprendrai alors quels sont leurs griefs à notre égard.

— Je comprends. Voulez-vous voir les domestiques maintenant ou après le petit déjeuner ?

— La personne que je souhaite voir en premier ce matin est Emeline. Cependant, je me rends compte que je ne sais pas où se trouve la chambre de la fillette. Le sauriez-vous par hasard ?

— Oui, dit-elle en se dirigeant vers la porte. J'ai dû aller y chercher Mme Watson à plusieurs reprises, puisqu'elle est à la fois sa nourrice et la gouvernante. Elle est rarement avec les autres domestiques.

Le ton de sa voix m'indiquait qu'elle ne trouvait pas cette situation normale, elle non plus. Je la suivis dans les couloirs. Ce qui me donna l'occasion d'apprécier toute la magnificence de cette maison. Des peintures aux sculptures, tout était éblouissant. Pourtant, je remarquai que peu de tableaux représentaient des membres de la famille d'Evander. Il y avait une peinture d'une femme à la peau brune et aux cheveux bouclés, plaqués en arrière. À côté d'elle, le jeune Evander et, dans ses bras, un paquet de soie blanche dont dépassait un bras minuscule tendu vers le visage de la femme.

— Lady Luella ? m'enquis-je, car je n'arrivais pas à me souvenir de son visage.

— Oui, c'est une commande du duc. C'est la seule peinture d'elle ici.

— Étonnant. J'aurais pensé qu'il y en aurait plus.

— Après la mort de lady Luella, l'ancien duc a fait enlever tous les tableaux la représentant et, apparemment, ils ont été perdus. En tout cas, personne ne sait où ils sont.

— Perdus ? Comment peut-on perdre autant d'œuvres d'art ?

Elle secoua la tête.

— Je n'en suis pas sûre. D'après ce que j'ai compris, le duc actuel - votre époux - a voulu commander de nouveaux tableaux, mais tous les artistes, à l'exception de celui-ci, lui ont déplu. Malheureusement, ce peintre est décédé avant d'avoir pu en réaliser d'autres.

— Comment savez-vous tout cela ?

— Par Mlle May-Porter, répondit-elle. C'est la domestique responsable de la réserve et elle a été chargée de me dresser un état des lieux de la situation à mon arrivée, car Mme Watson était occupée avec la fillette. Mlle May-Porter adore parler et n'a pas besoin que son interlocuteur l'encourage.

— Et qu'avez-vous appris d'autre ? m'enquis-je.

— Trop de choses pour les énumérer, Votre Grâce, et je ne suis pas du tout certaine de la véracité de ces informations.

— Telle est la nature des rumeurs. Vérité ou pas, il est bon que je sache ce qui se dit. Eleanor, je vous confie le soin d'être mes yeux et mes oreilles. Je souhaite être informée de tout, du bon comme du mauvais.

Elle me lança un regard curieux.

— Je dois dire, Votre Grâce, que j'ignore si vous avez changé ou si vous pouvez simplement être enfin vous-même.

Je réfléchis à la question, incapable de trancher.

— Je ne sais pas vraiment. Je dois me donner le temps d'y voir clair.

— Bien sûr, Votre Grâce. Nous y voilà, dit-elle en s'arrêtant devant une porte.

Je n'avais pas fait attention à l'endroit où nous nous trouvions dans la maison ni au temps qu'il nous avait fallu pour y parvenir.

« Sois attentive, Aphrodite », me réprimandai-je. Il ne fallait pas que je me perde.

Eleanor frappa à la porte avant d'ouvrir. Mme Watson était en train de coiffer Emeline. Elles se raidirent toutes les deux en me voyant.

— Votre Grâce.

Mme Watson fit une révérence et aida Emeline à descendre de son siège. La petite essaya de me saluer aussi, mais n'y parvint pas.

— Bonjour, je ne vous attendais pas si tôt.

— Il n'y a aucun problème. Je souhaitais simplement voir Emeline et lui demander si elle voulait bien se joindre à moi pour le petit déjeuner.

Emeline, accrochée à la jupe de Mme Watson, leva les yeux vers elle.

— La petite demoiselle a déjà mangé, Votre Grâce.

— Si tôt ?

— Je n'arrive pas à la faire rester assise assez longtemps pour la coiffer si elle ne mange pas. Je viens à peine de renvoyer son plateau.

Je lançai un coup d'œil à Emeline, qui me dévisageait comme si j'étais un monstre, encore plus terrifiée que lors de notre première rencontre. En fait, depuis mon arrivée, chaque fois que je l'avais vue, elle semblait de plus en plus effrayée. Que se passait-il ? La terrorisais-je à ce point ?

— Emeline ? dis-je doucement. J'espère que nous pourrons déjeuner ensemble. Je souhaite que nous soyons amies.

Elle m'observa attentivement. Je souris à nouveau et m'adressai à Mme Watson :

— Je vous laisse terminer, mais veillez à ce que nous puissions déjeuner ensemble.

— Oui, Votre Grâce.

— À tout à l'heure, Emeline.

Elle m'adressa un signe de la main peu enthousiaste. Comme je ne souhaitais pas m'imposer à elle, je quittai la pièce rapidement.

— Habituellement, les enfants m'apprécient. Or elle a l'air d'avoir peur de moi, n'est-ce pas ?

— Laissez-lui du temps, Votre Grâce. Je doute qu'il soit facile de s'adapter à une belle-mère, me rappela Eleanor.

C'était vrai. Les belles-mères des contes n'étaient jamais gentilles.

— Une autre chose à ajouter à ma liste de tâches.

— Les domestiques à présent ?

— Oui. J'aimerais aussi consulter le registre de tout le personnel. Vous devriez le demander à la gouvernante.

Je songeai alors que la gouvernante s'occupait d'Emeline. Je ne voulais pas la déranger de nouveau.

— Il faudra aussi que je parle à l'intendant du domaine.

— Vous devriez attendre dans le salon, Votre Grâce, et je lui dirai de venir vous voir.

J'avais l'intention de descendre directement le trouver, mais le souvenir de la dernière fois où je m'étais immiscée parmi le personnel dans ma propre maison m'était désagréable. Si les domestiques que je connaissais depuis des années se sentaient mal à l'aise lorsque je venais les trouver dans leurs quartiers, ce serait pire ici. D'autant plus que je n'étais plus la fille d'un noble, mais une duchesse.

J'y arriverais. Il fallait simplement procéder un pas après l'autre.

EVANDER

Lorsque je me réveillai et que je constatai que j'étais seul, une légère inquiétude m'envahit. La vue de ses affaires dans la chambre me rassura : je n'avais pas rêvé. Pourquoi s'était-elle levée si tôt ?

La réponse à cette question me fut apportée par mon valet de chambre, qui m'informa que ma femme avait convoqué tout le personnel. Je savais qu'Everely avait connu des jours meilleurs, mais je ne pensais pas que la situation était à ce point dramatique qu'il faille agir avec une telle urgence. J'imaginais qu'elle se donnerait quelques jours pour s'adapter et puis, même si nous avions passé la plupart de notre temps à faire l'amour depuis notre arrivée, je n'étais pas rassasié. Le serais-je un jour ? Telle était la vraie question.

J'entendis sa voix alors que je descendais :

— Depuis combien de temps travaillez-vous ici ?

Ne voulant pas l'interrompre, j'écoutai depuis la pièce attenante. Chaque domestique lui donnait son nom et son poste au sein de la maison ainsi que son ancienneté parmi le personnel.

— Dois-je annoncer votre présence, Votre Grâce ? demanda Wallace, à côté de moi.

Je secouai la tête en jetant un coup d'œil par la porte entrouverte. Elle était assise sur un fauteuil tandis que sa femme de chambre notait les informations.

— Ne disposions-nous pas déjà de ces éléments ? demandai-je à voix basse.

— L'intendant les a cherchés, expliqua Wallace, mais les documents ont été perdus ou mal classés, visiblement. Il a dit qu'il créerait un registre plus tard, mais la duchesse a préféré procéder ainsi.

— Depuis combien de temps cela dure-t-il ?

— Presque deux heures, Votre Grâce.

Deux heures ?

— A-t-elle au moins pris son petit déjeuner ?

— Je crois que oui, Votre Grâce. Cependant, je peux m'en assurer auprès de sa femme de chambre.

— Inutile.

Si Aphrodite avait faim, je ne doutais pas un instant qu'elle trouverait de quoi manger. Je n'avais pas à m'en inquiéter.

— Pourquoi n'avez-vous pas été convoqué ?

Wallace redressa les épaules.

— J'ai toujours gardé mes documents, ainsi que mes recommandations. Je les lui ai présentés en premier. Sa Grâce a dit qu'elle n'en avait pas besoin et m'a demandé de poursuivre mes tâches comme à l'accoutumée.

Wallace était manifestement fier de lui. C'était amusant parce qu'il ne le montrait que rarement. De la dévotion ? De la constance ? Oui. Mais à voir son air rengorgé, c'était comme si elle lui avait donné une petite tape de félicitations sur la tête.

— Très bien, je préfère ne pas la déranger, dis-je en m'éloignant vers mon bureau. Où est l'intendant ? Je voudrais lui parler des moulins. Y a-t-il eu du courrier ?

Connaissant la famille d'Aphrodite, elle lui avait certainement déjà écrit.

— Je l'ai déposé sur votre bureau, Votre Grâce, m'indiqua Wallace en m'ouvrant la porte. Et je vais chercher l'intendant immédiatement.

— Merci.

Bien sûr, il y avait une pile de lettres pour Aphrodite. Une de chacune de ses sœurs, une de sa mère et même une de son jeune frère. Le lien qui unissait les membres de cette famille était étonnant. Verity et moi étions proches, mais il faudrait que je m'absente au moins six mois avant qu'elle pense à m'écrire. Aphrodite était avec moi depuis à peine quelques semaines.

Je mis soigneusement ses lettres de côté et demandai aux valets de pied de les lui apporter directement désormais. Puis je triai le reste. Il y avait quelques lettres de métayers. Ce fut la dernière, sans autre mention que l'adresse, qui m'intrigua. Je m'attendais à ce qu'il s'agisse d'un autre courrier traitant d'un conflit à propos de porcs sur le domaine ou peut-être d'un litige concernant des terres agricoles. Au lieu de quoi les deux premiers mots me mirent en rage. Il me fallut toutes mes forces pour ne pas la déchirer en deux et la jeter au vent.

Petit frère,

J'ai appris que tu t'étais marié une fois de plus. Je te félicite d'avoir enfin obtenu ta bien-aimée Aphrodite. Je n'ai pas encore rencontré la dame, mais ta détermination à la conquérir pendant toutes ces années me laisse penser que la rumeur est exacte et qu'elle est d'une beauté inouïe. Une telle merveille doit être appréciée de ses propres yeux, tu ne crois pas ? Comme Everely me manque...

Je vous prie d'agréer, Votre Grâce, l'expression de mes sentiments distingués,

Ton frère aîné

Je froissai le papier dans mon poing, maudissant une fois de plus mon père pour le fléau qu'il avait fait peser sur cette famille et sur moi. Est-ce qu'il comptait venir ici ? Si c'était le cas, qu'il vienne ! Ainsi, je n'aurais plus à gaspiller mon argent à le chercher à travers tout le pays. Qu'il vienne pour que je puisse me débarrasser de ce salaud une fois pour toutes !

— Votre Grâce...

— Quoi ? explosai-je quand la porte s'ouvrit.

— L'intendant, dit Wallace.

Inspirant par le nez, j'acquiesçai.

— Qu'il entre. Et faites appeler le chef des gardes du domaine.

Je devais m'assurer que cette maison était correctement surveillée, que ma famille était en sécurité. J'avais fait le serment de les protéger toutes, Aphrodite, Verity, Emeline. Le monde était cruel, et je ne souhaitais pas qu'une seule d'entre elles découvre à quel point.

22

Aphrodite

Personne ne disait mot.

Evander mangeait en silence.

Emeline mangeait en silence.

Et moi aussi, je mangeais en silence.

Il en avait été ainsi la veille également. Dans notre chambre, je lui avais demandé si quelque chose n'allait pas, mais il s'était contenté de m'embrasser, de dire que tout allait à merveille et de se coucher. J'avais été tellement occupée tout au long de la journée à chercher des solutions aux problèmes qui se posaient ici que nous n'avions pas pu parler beaucoup et ensuite, il avait disparu toute la soirée. Je m'étais demandé où il était allé, mais il n'en avait rien dit. Tout comme il n'avait pas évoqué ce qu'il avait fait le matin.

— Tu vas bien ? lui demandai-je enfin.

— Oui, bien sûr, répondit-il, semblant ne pas comprendre la question. Pourquoi ?

J'allais lui dire la vérité, mais je me souvins de la présence d'Emeline. Elle mangeait exactement comme elle l'avait fait la veille au déjeuner, lentement et sans parler.

— Pour rien, dis-je en observant la fillette.

On aurait pu croire qu'elle essayait de se faire oublier, mais elle n'était qu'une enfant et ne pouvait être aussi perspicace. Peut-être était-ce simplement sa personnalité. Après tout, Devana était plutôt silencieuse, elle aussi. Mais pas à ce point. Et ma sœur était plus âgée. Quoi qu'il en soit, je ne voulais pas trop insister, mais je voulais aussi qu'elle sache que je ne la délaissais pas. Manger ainsi avec nous l'aiderait à se sentir plus à l'aise. Du moins, je l'espérais.

— Nous devrions commander un tableau, suggérai-je en portant ma cuillère à mes lèvres. Un portrait de famille. Qu'en penses-tu ?

— Pourquoi pas, marmonna-t-il en continuant à manger.

— Il y a un artiste que tu préfères ? J'ai remarqué le portrait de toi avec ta mère et ta sœur. Il est très beau. Ta mère a le teint radieux dessus.

— Oui.

— Donc, tu n'as personne en tête ?

— Choisis qui tu veux, ça m'ira.

Il se montrait froid et distant, et je ne comprenais pas pourquoi. Était-ce parce que je lui avais parlé du tableau ? Ou peut-être n'appréciait-il pas d'aborder le sujet de sa mère ? Soit. Je me concentrerais sur Emeline.

— Demain, j'irai en ville. Emeline, veux-tu te joindre à moi ? lui proposai-je alors qu'elle portait une carotte à sa bouche.

La petite se figea.

— En ville ? intervint Evander en faisant la grimace. Pour quoi faire ?

— La tradition, répondis-je, ne comprenant pas pourquoi il me dévisageait ainsi. On m'a appris qu'une nouvelle maîtresse de maison devait offrir des cadeaux à ses gens et se rendre en ville, afin qu'on puisse la voir et apprendre à la connaître. Tu ne m'écoutais pas hier soir ? Je t'ai demandé s'il était correct de leur apporter du pain.

À en juger par son regard confus, il n'avait aucun souvenir de cette conversation, ce qui m'amena à m'interroger. M'étais-je adressée à un mur toute la soirée sans que je m'en rende compte ?

— Tu veux leur donner du pain ?

— Pas seulement, plutôt des paniers de victuailles avec du pain, des confitures, des fruits... Les domestiques sont en train de les préparer, lui expliquai-je.

— S'ils préparent les paniers, ne peuvent-ils les livrer eux-mêmes ? s'enquit-il en portant son verre à ses lèvres.

— Cela ne va-t-il pas à l'encontre du but recherché si je ne suis pas là ? C'est moi qui souhaite faire connaissance avec eux.

— Je ne vois pas en quoi c'est nécessaire.

Cela m'agaçait de plus en plus.

— Je ne vois pas en quoi c'est un problème.

Il fronça les sourcils et s'adossa à sa chaise.

— Il est simplement dangereux d'errer ainsi, Aphrodite.

— Errer ? N'est-ce pas ta terre ? Comment pourrais-je y errer ?

Il soupira d'impatience, comme si je me montrais capricieuse. Avant que je puisse lui demander la véritable raison de son objection, Wallace entra dans la salle à manger avec une lettre, me rappelant que nous n'étions pas en privé. Je lançai un regard chagriné à Emeline, qui avait cessé de manger.

— Que les domestiques livrent les paniers en ton nom, ordonna-t-il en se levant de sa chaise, les yeux rivés sur la lettre qu'il tenait à la main. Je dois partir. Je te verrai plus tard.

Il n'attendit pas qu'Emeline ou moi répondions pour sortir, abandonnant Wallace dans la salle à manger avec nous.

— Tout est-il à votre goût, Votre Grâce ? me demanda le majordome.

— Oui, tout va très bien.

Ce n'était pas le cas, mais je ne pouvais pas le dire à voix haute et il n'était pas juste de déverser ma colère sur lui ou sur le personnel.

— Votre Grâce ? dit Mme Watson en entrant dans la pièce, les mains jointes devant elle. Si vous avez terminé, je peux emmener Mademoiselle pour ses leçons.

— Non, répondis-je, voyant qu'Emeline était sur le point de sortir de table.

Je posai une main sur la sienne, doucement.

— Et si on oubliait les leçons pour aujourd'hui et qu'on se promenait dans le jardin ?

Emeline me regarda fixement, puis se tourna vers Mme Watson, qui n'avait pas l'air d'approuver.

— Votre Grâce, il est crucial que Mademoiselle suive ses leçons avec assiduité…

— Oui, j'en suis consciente, car j'ai été une jeune fille moi-même.

Je me levai et le valet de pied se précipita pour tirer ma chaise. Je me dirigeai vers Emeline.

— L'éducation est fondamentale, mais le temps passé en famille l'est aussi. Emeline et moi ne prendrons qu'une heure. En attendant, madame Watson, vous pouvez veiller au bon ordre de la maison. J'ai laissé une liste de tâches à faire. Ma femme de chambre ne peut les accomplir seule.

Elle cligna plusieurs fois les yeux puis acquiesça.

— Bien sûr, Votre Grâce. Je vais m'en occuper de ce pas. Je vous retrouverai dans une heure dans le jardin.

— Parfait. Merci.

La gouvernante adressa un petit sourire à Emeline avant de prendre congé. Une fois qu'elle fut partie, je m'agenouillai à côté d'Emeline, qui s'assit le plus correctement possible, les mains jointes sur les genoux, les lèvres pincées.

— Emeline, je veux que tu saches que je souhaite vraiment être une bonne mère pour toi. J'espère que tu seras aussi une bonne amie pour moi. Veux-tu te promener avec moi ?

Je lui tendis la main. Elle hésita d'abord, puis la prit et me laissa l'entraîner hors de la pièce. D'après les informations que j'avais recueillies auprès du personnel la veille, Mme Watson se montrait très protectrice à l'égard d'Emeline, et Emeline dépendait d'elle en tout. J'étais reconnaissante que la fillette ait bénéficié de l'attention et des soins d'une femme pendant toutes ces années, mais à présent, je devais me faire une place, sinon je n'en aurais jamais l'occasion. J'aurais aimé qu'Emeline vienne à moi quand elle en avait besoin, et non qu'elle se réfère en permanence à une gouvernante. Quelle que soit la situation de l'enfant, ou sa véritable filiation, aux yeux du monde, elle était la fille du duc. Par conséquent, elle était une dame dans cette maison et tombait sous ma responsabilité. Je veillerais donc à ce qu'elle reçoive tout ce dont elle avait besoin.

— Emeline, tu es la fille du duc et par conséquent, je te considère comme ma fille. Tu peux même m'appeler Maman si tu le souhaites. Je te soutiendrai toujours.

Elle demeura muette.

Cette enfant n'était guère bavarde.

— Mais d'abord, je crois que je ferais mieux de trouver une carte, plaisantai-je en riant. Je suis un peu perdue. Sais-tu comment aller dans les jardins ?

Je m'attendais à ce qu'elle ne réponde pas, mais lorsque je fis mine de revenir en arrière, elle me tira vers l'avant avec sa petite main, puis m'entraîna à gauche, encore à gauche et à droite avant de traverser un long couloir. Au bout de quelques minutes, nous nous retrouvâmes devant les portes vitrées qui donnaient sur les jardins.

— Tu connais toute la maison ? demandai-je, étonnée.

Elle hocha lentement la tête.

— Tu es remarquable. Quand j'avais ton âge, je me perdais souvent dans ma propre maison et mon frère devait venir me chercher, dis-je en riant à ce souvenir.

J'ouvris la porte, la laissant passer devant moi. Je ne savais pas trop comment me comporter avec elle, mais je me disais que, comme avec Devana, je devais peut-être parler naturellement et la laisser intervenir quand elle le souhaitait.

— Moi aussi, quand j'étais enfant, j'étais silencieuse. Puis mes sœurs sont arrivées, et elles étaient très bruyantes. J'ai appris à développer ma voix. Malgré tout, je ne parlais pas autant qu'Hathor, et personne ne peut battre ma sœur Abéona. Elle n'a que dix ans. Quand elle viendra, j'espère que tu pourras lui faire visiter les environs. En fait, avant qu'elle vienne, peux-tu me faire visiter ? Pour que je n'aie pas l'air trop ridicule devant elle ?

Emeline se contentait de me regarder fixement.

D'accord. Peut-être qu'il fallait moins parler. Je souris et continuai à marcher avec elle, ce qui était mieux que rien. Une dizaine de minutes plus tard, elle me lâcha la main pour essayer d'attraper un papillon. C'était un geste simple, mais cela prouvait qu'elle se sentait un peu plus à l'aise.

— Votre Grâce ?

Je me retournai pour voir Eleanor se précipiter vers moi.

— Eleanor ? Qu'y a-t-il ? Les paniers sont-ils déjà terminés ?

— Non, haleta-t-elle en essayant de reprendre son souffle. Pardonnez-moi, Votre Grâce, mais on a besoin de vous tout de suite !

— Maintenant ? Pourquoi ?

— La duchesse douairière est ici et refuse de partir. Le duc est furieux.

— Oh non !

Je voulus la suivre aussitôt, mais je me souvins d'Emeline. Je me tournai vers la fillette, qui cueillait des fleurs, et je m'approchai d'elle en hâte.

— Emeline ?

Elle m'observa.

— Je suis désolée. J'ai du travail à terminer, mais nous jouerons à nouveau plus tard. Viens, il faut rentrer, dis-je en lui prenant la main.

Je ne voulais pas courir, ce ne serait pas convenable, et ses petits pieds ne me le permettaient pas non plus. Je craignais la scène qui devait être en train de se dérouler entre Evander et sa belle-mère. J'attendis que nous ayons rejoint la maison et que je me sois repérée pour demander à Eleanor de raccompagner Emeline auprès de Mme Watson puis de me rejoindre.

Mais avant, je pris le visage de l'enfant entre mes mains.

— Nous aurons une autre journée rien que pour nous, ma chérie, je te le promets.

Ensuite, j'époussetai le devant de ma robe avant de me diriger vers le hall d'entrée, où je pouvais voir les larges épaules d'Evander qui se découpaient dans l'encadrement de la porte ouverte. Il se tenait tel un garde solitaire dont le corps aurait été taillé dans le marbre.

— J'ignore combien de fois je devrai vous répéter que vous n'êtes pas la bienvenue ici, Datura, dit-il d'une voix froide et inflexible.

— J'ai le droit de...

— Vous n'avez aucun droit ! rugit-il en s'avançant d'un pas.

Heureusement, je les avais déjà rejoints. Dès que je posai ma main sur son épaule, il se figea. De la colère se lisait dans ses yeux.

— Chéri, j'ai entendu que nous avions une visite inattendue.

Il recula.

— Datura est venue voir Emeline, d'après ce qu'elle prétend.

— Elle fait partie de la famille, à ce que je sache, intervint la mégère cernée par les gardes qui l'empêchaient de monter les marches menant à la maison. Depuis mon retour à Everely, j'ai entendu beaucoup de rumeurs disant qu'elle était négligée. La duchesse préfère dormir, visiblement.

J'ignorais comment, mais elle semblait au courant des quelques jours que j'avais pris pour me reposer.

— Vous avez été très mal informée, Datura, répondis-je poliment, bien qu'en colère, en descendant les marches jusqu'à elle. Emeline reçoit toute l'attention dont elle a besoin. En fait, elle et moi étions en train de nous promener dans les jardins quand j'ai appris votre arrivée.

Tenant sa canne, une nouveauté, elle plissa ses yeux bleus et leva le menton. Son talent pour porter son imposante perruque me laissa admirative.

— Oui, bien sûr, ma chère fille, mais je ne peux me contenter de vous croire sur parole. Emeline est très importante à mes yeux, et je veux être certaine qu'on s'occupe bien d'elle.

— Naturellement, madame, mais les enfants ont des emplois du temps stricts à respecter. Si vous m'aviez fait savoir que vous souhaitiez la voir, j'aurais trouvé un moment approprié. Je dois dire que se présenter chez quelqu'un sans s'être annoncé et exiger une audience sur-le-champ est tout à fait déplacé, même si vous êtes un parent de l'enfant. Peut-être n'étiez-vous pas au fait de cette règle de société ?

Tout ce que j'avais vu de la douairière, de ses vêtements à ses cheveux, en passant par sa façon de parler, m'indiquait qu'elle souhaitait être respectée en dépit de sa modeste naissance. Insinuer qu'elle n'avait pas de bonnes manières était un grave affront pour elle.

Elle serra le poing sur la poignée de sa canne et éclata d'un rire amer.

— Vous dites que c'est très déplacé ? Puis-je vous demander en quoi il est inconvenant que je me présente sans prévenir quand votre mère a fait irruption dans cette maison il y a plusieurs années et a été considérée comme une héroïne pour cela ?

— Je vous demande pardon ? fis-je, incrédule. Ma mère n'a jamais agi de façon inconvenante.

— Il est grand temps que vous partiez, Datura, reprit la voix dure d'Evander derrière moi. Et ne revenez plus jamais. Ma fille n'a pas besoin de vos attentions. Aucune petite fille n'en a besoin, je vous l'assure.

Le regard de la douairière se porta sur lui.

— S'il lui arrive quelque chose, je ne le laisserai pas passer…

— Oh, si cela servait vos intérêts, je n'en doute pas un instant. Je vous conseille de ne pas jouer avec moi, Datura, et de transmettre cet avertissement à Fitzwilliam.

Elle poussa un soupir indigné.

— Je n'ai pas parlé à Fitzwilliam depuis que vous nous avez si cruellement renvoyés de notre maison.

— Ce… n'est… pas… votre… maison !

J'attrapai le bras d'Evander pour le calmer.

— Merci d'être venue, madame. J'espère que vous rentrerez sans encombre d'où vous venez, lançai-je avec un sourire de façade.

— Je suis revenue à Everely, et je ne serai pas contrainte de fuir une fois de plus, déclara-t-elle en s'adressant directement à Evander avant de nous tourner le dos dans un geste théâtral.

Nous la regardâmes monter dans la voiture qui l'attendait, puis Evander s'adressa aux gardes :

— Ne laissez plus jamais cette femme pénétrer dans mon domaine. Jetez-vous devant sa voiture pour l'en empêcher s'il le faut. Ai-je été clair ?

— Oui, Votre Grâce.

Sans un mot de plus, Evander remonta les marches. S'il pensait que je ne poserais pas de questions, il se trompait.

— Que se passe-t-il ? demandai-je en le suivant. Est-elle venue parce qu'elle s'inquiétait vraiment pour Emeline ? Pourquoi…

— Elle ment, me répondit-il. Ne fais pas attention à elle.

— C'est assez difficile, observai-je en passant devant lui. Explique-moi ce qu'elle voulait dire à propos de ma mère ? Est-ce qu'il s'est passé quelque chose…

Il prit mon visage en coupe et déposa un baiser sur mon front.

— Ne t'inquiète pas de ces histoires, ma chérie. Tout cela appartient au passé. Ne t'occupe pas d'elle. Elle ne reviendra plus.

— Qu'elle revienne ou non ne change rien au fait qu'elle soit venue aujourd'hui. Je ne comprends pas. Dis-moi ce qu'elle voulait insinuer à propos de ma mère ? Et pourquoi…

— Votre Grâce, m'interrompit Wallace au moment le plus opportun pour son maître.

En fronçant les sourcils, je me retournai pour découvrir trois hommes de taille imposante, l'air bourru, vêtus de vêtements de coton sombre et tenant leur chapeau à la main. Comme ils nous souriaient poliment, je leur rendis la pareille.

— Les métayers à qui vous vouliez parler, monsieur.

— Ah ! répondit Evander en me contournant. Je vous remercie d'être venus. J'ai beaucoup à vous dire sur la prochaine récolte.

Tous trois continuèrent à me dévisager. Evander suivit leurs regards. Wallace s'apprêtait à parler, mais je le devançai en tendant la main.

— Bonjour, messieurs, je suis lady Aphrodite Du… Eagleman.

C'était la première fois que j'avais à me présenter.

— Bienvenue à Everely House.

— Merci, madame... je veux dire, Votre Grâce.

Le premier homme s'essuya sur sa chemise avant de me serrer la main.

— Bienvenue à vous aussi, ajouta le second en imitant son compagnon.

— Je vous remercie. Je ne m'attendais pas à voir des métayers aujourd'hui. J'avais prévu de venir vous rendre visite demain, indiquai-je alors que le troisième me serrait la main à son tour.

— Vous comptiez aller sur les terres des métayers, Votre Grâce ? demanda, l'air choqué, le premier, qui avait la barbe aussi rousse que les cheveux.

— Oui, bien sûr. C'est la tradition, n'est-ce pas ? Pardonnez-moi, quels sont vos noms ?

— Je suis Noah Stevenson, dit l'homme aux cheveux roux, puis il désigna le gaillard au nez crochu à côté de lui. Lui, c'est Seth Rowan.

Il montra ensuite le troisième.

— Enfin, Homère Toule.

Je souris à ce dernier, qui se tenait un peu à l'écart, les cheveux noirs et les yeux clairs.

— Homère ? Comme l'auteur de l'*Iliade* et de l'*Odyssée* ?

Il me jeta un regard confus.

— Une odyssée, comme un voyage, Votre Grâce ? Je ne suis jamais allé plus loin qu'Everely.

Immédiatement, je me sentis très bête. Quand auraient-ils eu le temps de lire des ouvrages de l'Antiquité grecque ?

— Peu importe. Votre nom m'était simplement familier. Je vous en prie, ne me laissez pas vous retarder.

Je lançai un coup d'œil gêné à Evander qui secouait la tête, amusé.

— Je vais faire envoyer des rafraîchissements, ajoutai-je.

Wallace leur dit :

— Par ici, si vous voulez bien.

— Merci, Votre Grâce, soufflèrent-ils avant de s'éloigner.

Evander rit doucement.

— Tu es bien la fille de ton père.

Je le préférais ainsi, détendu, la plaisanterie facile, plutôt qu'en homme furieux, tel qu'il s'était tenu devant sa belle-mère quelques minutes plus tôt. J'avais des questions, mais de toute évidence, ce n'était pas le moment de les poser.

— Nous parlerons plus tard, dis-je.

Sa mâchoire se contracta, mais il ne répondit pas et s'éloigna sans un mot.

Vraiment, rien n'était simple ici... et surtout pas lui.

23

Aphrodite

J'avais une nouvelle fenêtre préférée. Elle se trouvait dans notre chambre et était dotée d'une alcôve qui permettait de s'asseoir confortablement. Je n'avais jamais rien vu de tel, mais je l'aimais énormément. Je m'imaginais lire ici… si je trouvais un jour le temps de lire de nouveau. Maman avait raison. La gestion d'un foyer était une tâche qui occupait l'esprit toute la journée et toute la nuit, et j'étais épuisée. C'était à moi d'arranger chaque pièce, dans les moindres détails, des draperies aux oreillers, en passant par les meubles à retirer ou à ajouter et l'angle selon lequel ils devaient être disposés. Chaque pièce devait être réaménagée et chaque changement devait être approuvé par moi. Il m'appartenait aussi de discuter avec le cuisinier des menus qu'il servirait. Sans parler de ma relation avec Emeline. J'avais la tête qui tournait et je ne me souvenais pas d'avoir jamais parlé autant que ces derniers jours. Je savourais ce moment de silence en contemplant la silhouette des arbres qui se dressaient dans l'obscurité, car je savais que ce répit ne durerait pas. Il me restait encore une discussion à avoir avant que la journée soit terminée.

— Tu ne dors pas, dit-il.

Il entra tranquillement, tirant déjà sur sa cravate. Je traversai la pièce pour le rejoindre.

— C'est bon. Je peux...

— J'en ai envie, l'interrompis-je. Tu préfères que je ne le fasse pas ?

Ses yeux bruns fouillèrent mon visage avant que ses bras retombent le long de son corps.

— Continue.

Une fois qu'il n'eut plus que ses culottes et son caleçon, je fis courir mes doigts sur la cicatrice qui marquait son omoplate. Elle était encore rouge et ressortait sur sa peau d'un brun clair, dorée par le soleil. Il frémit et je m'approchai pour l'embrasser doucement. Son bras s'enroula autour de ma taille.

— Tu n'es pas fâchée contre moi ? demanda-t-il en pressant doucement sa joue contre la mienne. Tu m'as lancé des regards noirs toute la journée.

— Je ne t'ai pas lancé de regards noirs, murmurai-je en m'abandonnant à ses bras. C'est simplement mon regard.

Il s'esclaffa.

— Je connais bien ton regard et le moindre de tes traits. Je les étudie depuis de nombreuses années. Je sais quand tu t'ennuies et quand tu es contrariée. Et tu étais contrariée, mais j'ignore pourquoi.

Je me libérai de son étreinte.

— Tu ne le sais vraiment pas ?

— Tu étais donc bien contrariée. Et non, je ne le sais vraiment pas. J'ai pensé que c'était peut-être le dérangement de cet après-midi, mais tu étais bouleversée avant cela.

Découvrir qu'il n'avait pas la moindre idée de la raison de ma frustration m'énerva encore plus, mais je ne voulais pas passer à côté d'une occasion de lui parler en tête à tête.

— Ce qui s'est passé avec Datura...

— Comme je l'ai dit, m'interrompit-il en me frottant légèrement les bras, ne fais pas attention à elle. Datura a besoin d'attirer les regards. Elle veut se sentir importante. C'est pour cette raison qu'elle débarque à l'improviste dès qu'elle en a l'occasion, et toujours avec un prétexte farfelu. Il vaut mieux ne pas entrer dans son jeu.

— Mais que cherche-t-elle à accomplir ? Elle connaît sûrement les crimes de son fils aîné. Ne devrait-elle pas faire en sorte de rester en dehors de ton chemin pour éviter un nouveau conflit ? Si Fitzwilliam...

— Elle ne vit qu'à travers le conflit. C'est le cas pour eux deux. Tu n'as pas à t'inquiéter d'eux.

— Que voulait-elle dire au sujet de ma mère ?

— Je ne comprends pas cette femme, et je ne souhaite plus en parler.

Je luttai contre l'envie d'insister davantage.

— Alors, l'affaire est réglée ? demanda-t-il.

— Non. Je t'ai aussi dit que je souhaitais apporter des cadeaux aux villageois, et tu m'as pratiquement ordonné de ne pas le faire, repris-je, ajoutant un peu plus de distance entre nous et regrettant de l'avoir dévêtu, car il me troublait plus que je ne voulais l'admettre dans cette tenue.

— Je ne faisais que veiller à ta sécurité.

— Ne s'agit-il pas de tes terres ? De tes métayers ? Tu peux les faire venir à la maison, mais je ne suis pas libre de me promener parmi eux ?

— La maison est pleine de gardes prêts à te protéger. Au village, c'est différent...

— Alors je dois rester enfermée dans la maison ? demandai-je.

— Il y a les jardins, les nombreuses prairies, ainsi que...

— Je croyais que tu ne voulais pas me déplacer d'une cage à une autre ?

Je me mordis la lèvre pour ne pas crier, cherchant plutôt à parler calmement.

— Ou bien les deux semaines qui ont suivi notre mariage étaient-elles une sorte de sursis ? À présent, tu me garderas enfermée à l'intérieur comme avant, en m'affirmant que c'est pour ma sécurité ?

— Je ne cherche pas à te mettre en cage…

— « Quand nous serons mariés, tu seras libre d'être celle que tu voudras. Je le jure. » N'est-ce pas ce que tu m'as promis ?

Il sourit.

— Tu t'en souviens encore ?

— Je me souviens de tout ce que tu m'as dit et j'ai tenu chacune de tes paroles pour vraie.

— Si tu souhaites tant rendre visite aux métayers, très bien, vas-y.

Il fronça les sourcils et se dirigea vers la bassine d'eau.

L'affaire n'était toujours pas réglée, mais je n'avais pas les mots pour la démêler. D'autant plus que le voir se saisir du linge humide pour se frotter le cou me brouillait l'esprit. Je ne savais plus si je devais lui donner un coup de pied ou l'embrasser. Je ne fis ni l'un ni l'autre. J'enlevai ma robe de chambre et me mis au lit, tournée sur le côté.

— Tu es toujours fâchée ?

Je ne répondis pas.

— Je prends cela pour un oui.

Je me redressai et le foudroyai du regard.

— Tu me frustres énormément.

— Quel genre de frustration ? Comme tu le sais maintenant, il en existe deux types.

Il sourit en retirant ses culottes, mais je ne détachai pas mon regard de son visage.

— Pas celui que tu espères !

— Ne t'ai-je pas autorisée à rendre visite aux métayers comme tu le souhaitais ?

— « Autorisée » ?

Calme. Je devais rester calme.

— Si, Votre Grâce, et je vous remercie pour votre geste magnanime.

— Le sarcasme est-il nécessaire ? demanda-t-il, l'air renfrogné, s'appuyant contre le montant du lit, plus nu que jamais.

— Bonne nuit.

Je voulus tirer le drap sur mon visage, mais il l'attrapa et refusa de le lâcher.

— Lâche-le !

— Non ! Je ne me coucherai pas avec toi de cette façon. Tu veux être libre, alors parle franchement !

— Ce n'est pas de la liberté. C'est un ordre, ricanai-je en tirant de toutes mes forces sur le tissu.

Il était bien plus fort que moi et il avait envie de m'énerver.

— Evander, c'est de l'enfantillage ! Lâche ce drap !

— Toi, lâche-le.

— Je suis au lit, j'en ai besoin pour m'endormir.

Il haussa les épaules et tira fort, m'arrachant le drap et le jetant sur le côté. Je pus voir clairement que son sexe était dur et dressé. Cette vision me fit frémir. Il m'attrapa par la cheville et me tira vers lui. Ses yeux brûlaient de désir à présent.

— J'ai envie de toi, souffla-t-il. Comme tu le vois, mon état est très sérieux.

— Oui, je vois, répondis-je tout en gardant mon sérieux. Que se passera-t-il si je refuse ?

Son visage se déforma sous l'effet de la frustration.

— Je serai obligé de prendre les choses en main.

Je plissai les yeux.

— Comment, exactement ?

— Très bien. Si tu veux apprendre, je vais te montrer.

Au lieu de soulever ma chemise de nuit, il referma les doigts sur sa hampe et se mit à aller et venir. Lentement d'abord. Son torse se soulevait et s'abaissait au rythme de ses caresses. Le souffle court, il ne me quittait pas des yeux. Je n'arrivais pas à détourner le regard, mon ventre se nouant de plus en plus devant ce spectacle à mesure qu'une vague de chaleur se diffusait au creux de mes cuisses. Bientôt, il accéléra ses mouvements et sa respiration se fit hachée. Comme hypnotisée, mue par le désir, je tendis la main et le touchai. Il s'arrêta un instant, puis écarta sa propre main pour me laisser le prendre pleinement, savourant sa chaleur dans ma paume. Je repris les gestes que je l'avais vu faire, faisant aller et venir mon poing sur toute sa longueur. Il se léchait les lèvres, les narines dilatées.

— Plus vite, lâcha-t-il.

Je m'exécutai. Mon bras commençait à fatiguer, mais j'étais dévorée par le plaisir qui se lisait sur son visage, par les gémissements qui lui échappaient, et je m'émerveillais d'avoir un tel pouvoir sur lui. Cela me rappelait aussi les choses qu'il m'avait faites… et la façon dont il avait exploré mon intimité avec sa bouche. Je voulus lui rendre la pareille, mais il m'arrêta.

— Que fais-tu ?

— Je ne peux pas ?

— Ce n'est pas convenable pour quelqu'un comme toi.

Je le regardai fixement pendant un moment.

— Comment cela ?

— Une dame.

— Alors celles qui ne sont pas des dames t'ont déjà fait ça ?

Il déglutit et fit rouler ses épaules avant de parler.

— T'avoir de cette façon est plus que suffisant… Je… ne pouvais même pas penser…

Je léchai le bout de son sexe et il frémit.

— Aphrodite !

Il avait un goût salé, étrange. Je passai à nouveau ma langue sur lui et il tressaillit. Je recommençai et bientôt, il ne protesta plus, ne m'offrant que quelques soupirs et des plaintes rauques.

— Prends-moi dans ta bouche, exigea-t-il.

— Ma bouche ?

— Si tu veux me faire plaisir de cette manière, prends-moi dans ta bouche… Suce-moi… À moins que, si tu ne le souhaites pas…

Je ne savais pas exactement comment faire, mais je suivis sa consigne. Sa main écarta mes boucles de mon visage.

— Ce que tu as fait avec la main, fais-le avec la bouche. Prends-moi de haut en bas.

Je l'avalai lentement et il guida ma tête.

— C'est ça, mais aspire plus fort…

Je suçai et le sentis palpiter contre ma langue. Tout comme avec sa main, il fallut quelques va-et-vient avant qu'il accélère le rythme.

— Oh, oui…, l'entendis-je gémir au-dessus de moi.

Il s'éloigna brusquement et je crus lui avoir fait mal. Il s'étendit sur le lit, la main refermée autour de sa virilité.

— Ai-je fait quelque chose de mal ? m'enquis-je.

Il m'observa, ébahi, encore essoufflé.

— Mal ? Non. D'une perfection diabolique ? Oh que oui. Absolument !

— Est-ce bien ou mal ?

— Je te laisse choisir.

Il sourit et me repoussa sur le lit avant de soulever ma chemise de nuit et de glisser une main entre mes jambes.

— Regarde comme tu es mouillée. Je ne vais pas te négliger non plus.

— Evander !

Je frémis quand sa bouche se posa sur mon sexe. Au moment où sa langue prit le relais de ses lèvres, je perdis la raison.

Comment cela avait-il pu arriver ? J'étais furieuse contre lui. Il y avait tant de choses dont j'avais envie de lui parler, que je souhaitais qu'il m'explique, mais maintenant j'avais du mal à respirer, et encore plus à discuter.

Il faisait toujours cela, il s'emparait de mon esprit, de mes sens et de mes sentiments, me laissant frémissante.

— Evander ! suppliai-je en cambrant le dos.

Sa langue redoubla d'ardeur en guise de réponse.

Il était le roi de tous mes rêves, le seigneur de toutes mes passions, le capitaine de tous mes désirs.

J'étais impuissante face à lui.

EVANDER

Je ne rêvai pas cette nuit-là, puisqu'elle avait réalisé tous mes fantasmes. Ce fut peut-être pour cette raison que je me réveillai tôt alors qu'elle essayait d'échapper à mon étreinte. Je l'observai prendre le drap et l'enrouler autour de son corps avant de se lever.

— Tu t'enfuis ? murmurai-je dans son dos.

Surprise, elle me lança un regard penaud.

— Pardonne-moi, t'ai-je réveillé ?

— Ton absence m'a réveillé, répondis-je en caressant son bras. Où vas-tu ?

— Je dois me préparer et vérifier les paniers avant de partir.

Elle était vraiment dévouée à cette tâche.

— Cela ne peut-il attendre que le soleil soit complètement levé ?

— Ce sont des fermiers, me rappela-t-elle. Quand le soleil sera haut, ils ne seront plus chez eux.

Je me demandai ce qu'elle savait de ces choses-là.

— Tu es une maîtresse attentionnée.

— Tu te moques de moi ?

— Non, je le pense vraiment. Les métayers ne savent pas la chance qu'ils ont.

— Je tiens à remplir mes devoirs.

— Tu as rempli tes devoirs conjugaux avec talent en tout cas. Je suis encore ensorcelé par ce que tu m'as fait hier soir. Tu ne cesses de me surprendre.

— Evander, n'en parlons pas, murmura-t-elle en cachant son visage.

— Tu es timide à présent ? la taquinai-je en lui relevant le menton.

Elle me regarda comme si elle était en colère, mais c'était plus de l'embarras.

— Sur le moment, cela m'a semblé...

— Quoi ?

— Naturel.

— Cela te semble-t-il contre-nature maintenant ?

— Non, c'est juste... Je n'aurais jamais imaginé faire une chose pareille. Et maintenant, je dois me comporter comme une dame ? Tout le monde me voit... comme quelqu'un d'irréprochable.

Je ris franchement, embrassant ses joues, puis ses lèvres.

— Personne ne devrait jamais savoir ce qui se passe entre un mari et une femme. Tes péchés sont pour moi et moi seul. Pour toujours.

J'embrassai son cou et descendis jusqu'à sa poitrine.

— Evander, murmura-t-elle en frémissant. Je ne peux pas me laisser distraire. Je dois partir.

— Très bien, soupirai-je.

Je déposai un dernier baiser sur ses lèvres.

— Je t'accompagne.

— Vraiment ?

— Oui. Je n'ai pas été en ville depuis un certain temps.

— Alors je devrais me dépêcher, dit-elle, prenant sa robe de chambre pour se diriger vers ses appartements privés.

Je m'étirai. Je ne voulais pas me lever, mais je ne voulais pas non plus être loin d'elle. Plus important encore, je m'inquiétais pour elle, surtout depuis que j'avais reçu la lettre de Fitzwilliam et que je savais que Datura s'était installée à moins de dix minutes de cette maison. Ils tramaient quelque chose, j'en étais sûr. Mais quand attaqueraient-ils ? Et comment ? Je préférais qu'ils frappent maintenant pour qu'on en finisse plutôt que vivre dans cette incertitude qui me torturait.

— Evander ?

— Oui ?

Elle passa la tête par la porte.

— Emeline vient avec nous.

— Tu veux l'emmener ?

— Ce sera bien pour nous d'y aller tous ensemble. Après tout, nous sommes une famille maintenant, n'est-ce pas ?

Sa gentillesse était édifiante.

— Bien sûr, mais je ne suis pas sûr qu'elle soit réveillée.

— Je vais envoyer quelqu'un… En fait, je vais m'habiller et y aller moi-même.

— Comme tu veux.

Je souris et elle me sourit en retour avant de disparaître à nouveau.

Plus elle se montrait dévouée, plus je ressentais le désir de veiller sur elle, de la garder près de moi. *Oh, mon Dieu, une vie entière de cela ?*

Rien ne me rendrait plus heureux.

APHRODITE

— Vous devriez être informée de certaines rumeurs que j'ai entendues en ville, Votre Grâce, murmura Eleanor alors que nous marchions dans les couloirs déserts jusqu'à la chambre d'Emeline. Je crois que c'est ce qui a amené la douairière ici.

— Dites-moi.

Eleanor fronça les sourcils, le visage grave.

— Apparemment, on dit que vous êtes cruelle... envers la fillette.

Je sursautai.

— Je vous demande pardon ?

— On dit que vous détestez sa présence, car elle est la preuve vivante que le duc a déjà été marié, et que... vous vous défoulez sur elle.

— C'est horrible.

Pourquoi abuserais-je d'une enfant à cause de sa mère ? Même si son histoire n'était pas seulement l'affaire de circonstances tragiques et que certains avaient leur part de responsabilité, Emeline, elle, n'était pas à blâmer.

— C'est très bien qu'elle vienne avec nous. Nous promener tous ensemble aidera à faire taire de telles calomnies. Mais vous devez chercher la source de ces rumeurs. On a dit beaucoup de choses sur la douairière, mais elle n'inventerait pas de telles histoires elle-même, n'est-ce pas ?

— En vérité, je ne sais pas, Votre Grâce. J'entends différents sons de cloche. J'ai pensé vous rapporter ce bruit-là car il vient de la ville.

Je comprenais ce qu'elle voulait dire. Je soupirai et elle m'ouvrit la porte. À l'intérieur, Mme Watson était en train de coiffer Emeline.

— Votre Grâce.

Mme Watson fit une révérence. En entendant sa nounou, Emeline ouvrit les yeux et bondit sur ses pieds. J'espérais qu'elle serait plus détendue, mais elle semblait plus nerveuse encore que d'habitude. Elle s'accrocha à la jupe de Mme Watson comme lorsque je l'avais rencontrée pour la première fois. Avait-elle entendu la rumeur ? Abéona écoutait souvent les bavardages des domestiques lorsqu'elle jouait dans la maison.

— Votre Grâce, elle ne se sentait pas bien hier soir. Il est peut-être préférable de la laisser se reposer ce matin, dit Mme Watson.

Je me retins de froncer les sourcils et me penchai vers la petite.

— Bonjour, Emeline.

— Bonjour, Votre Grâce.

Elle avait à peine prononcé ces mots qu'elle essaya de s'éloigner de moi.

— Emeline, je te promets que je ne te ferai jamais de mal. Tu es sous ma protection, ce qui signifie que je tiens beaucoup à toi. Il n'y a pas lieu d'avoir peur. Si tu veux rester à la maison aujourd'hui, c'est très bien. Si tu veux venir en ville avec nous, c'est très bien aussi.

Je lui tendis les mains.

— Quoi que tu veuilles faire, nous le ferons.

Elle m'étudia encore un peu avant de prendre mes mains.

— Je veux y aller.

— Alors, nous irons.

Je souris et me redressai.

— Merci de l'avoir préparée, madame Watson. Je vais prendre le relais.

— Bien, Votre Grâce.

— Emeline, es-tu déjà allée en ville ?

J'espérais la faire parler davantage, mais elle secoua la tête.

— Moi non plus. Ce sera très amusant. Mais tu dois rester près de moi tout le temps, d'accord ?

Elle acquiesça et s'accrocha à ma main, ce qui me réjouit.

Il ne nous fallut que quelques minutes pour nous retrouver dehors, où on avait déjà entassé les paniers sur une charrette.

— Où est la calèche ? demanda Evander en sortant derrière nous.

— Nous n'en aurons pas besoin, puisque nous marcherons, répondis-je.

— Marcher ? répéta-t-il. Pourquoi diable voudrais-tu marcher ?

— Ce n'est pas loin et c'est une belle journée. J'ai l'habitude de marcher et ce serait excessif de parcourir une si courte distance avec tout un attelage, tu ne penses pas ?

Il paraissait réticent.

— Qu'y a-t-il ?

— Votre Grâce, votre chapeau, fit Eleanor en me tendant mon chapeau mauve.

— Merci, dis-je avant de me tourner vers Evander. Tu ne viens pas ?

Il soupira profondément, mais ne dit rien et descendit les marches pour nous rejoindre. Il posa les yeux sur Emeline, lui tapota la tête et lui décocha un sourire.

— Tu es en forme ? demanda-t-il.

Emeline sourit et acquiesça.

— Oui, Papa.

— Si ces dames n'y voient rien à redire, alors moi non plus. Marchons.

Il s'adressa aux hommes qui aidaient à conduire la charrette.

— Passez devant nous, ainsi vous n'aurez pas à vous soucier de suivre le rythme.

— Oui, Votre Grâce.

Je ne pus m'empêcher de remarquer qu'Emeline regardait son père avec joie. Quand elle leva les yeux vers moi, elle souriait jusqu'aux oreilles pour la première fois depuis que je l'avais rencontrée.

Oui, c'était une belle journée.

24

Evander

Une longue file d'attente s'était formée. Tous attendaient pour la voir, comme si elle était la reine en personne. Aphrodite, qui était réputée pour être silencieuse et distante, bavardait gaiement, s'adressant à chacun, qu'importe l'apparence voire l'odeur de son interlocuteur. Son attitude semblait être contagieuse, même pour la petite Emeline qui, de ce que j'en savais, était une enfant calme et discrète. Elle était assise à côté de la charrette, distribuant joyeusement les paniers qu'Aphrodite offrait aux habitants du domaine.

— Nous ne pensions pas que vous viendriez vraiment, Votre Grâce, lâcha le rouquin qui s'appelait Stevenson.

— Vous ne m'avez pas crue ? demanda Aphrodite en lui passant un panier. Vous m'offensez, monsieur Stevenson, dit-elle en souriant.

Celui-ci écarquilla les yeux et retira son chapeau.

— Pardonnez-moi, Votre Grâce. Je voulais simplement dire que nous n'avions pas vu les seigneurs du domaine dans le village depuis… depuis des années.

— Des années ? répéta Aphrodite, choquée. Cela ne peut pas faire si longtemps ?

— Je vous assure, Votre Grâce. La dernière fois que nous avons vu la duchesse, c'était il y a environ vingt et un ans, confirma une femme plus âgée, qui berçait un petit enfant dans ses bras. Je le sais parce que mon fils, Jimmy, avait à peu près le même âge que la jeune demoiselle Verity. C'est mon petit-fils que je tiens là.

— Oh, dit Aphrodite en posant les yeux sur moi.

J'eus l'impression qu'elle me réprimandait en silence. Je ne dis rien, car je n'avais pas le moindre souvenir de ma dernière visite au village. Cela faisait-il si longtemps ?

— Je ne me rappelle pas non plus d'avoir vu le duc depuis ce jour, ajouta la femme en souriant. Vous souvenez-vous de mon Jimmy, Votre Grâce ? Quand lady Luella vous emmenait en ville avec elle, vous jouiez près des pierres avec lui.

Je ne me souvenais pas d'avoir connu un Jimmy, mais elle semblait si pleine d'espoir que je ne pus me résoudre à dire la vérité.

— Ah oui, Jimmy, comment va-t-il ?

Son sourire s'éteignit et son regard se durcit.

— Il est décédé il y a quatre mois.

Seigneur !

— Je…

— Toutes nos condoléances, intervint Aphrodite en posant une main sur l'épaule de la femme avant de sourire à l'enfant dans ses bras. Une si grande perte et laisser un tel cadeau derrière soi. Lui a-t-on donné le nom de son père ?

— Oui, Votre Grâce.

La femme lui montra l'enfant.

— Le pauvre, son papa est mort en travaillant dans une mine, puis sa mère nous a quittés en le mettant au monde. Il est si jeune… Mais je vais veiller à ce qu'il grandisse bien.

— Je n'en doute pas.

Aphrodite posa une main sur la tête du bébé.

— Si vous avez besoin de quoi que ce soit, écrivez-moi à la maison. S'il s'agit d'une urgence, n'hésitez pas à venir à notre porte.

Je la dévisageai, abasourdi. Avait-elle perdu la tête ? Nous ne pouvions pas faire venir les villageois chez nous comme cela. Mais elle était concentrée sur la foule et ne faisait pas attention à moi.

La vieille femme haletait comme si elle était sur le point de pleurer.

— Merci, Votre Grâce. Vous êtes très aimable. Je pensais que nous n'aurions plus jamais de duchesse comme lady Luella.

En entendant le nom de ma mère, j'eus l'impression que quelqu'un essayait de forcer une porte en moi que j'avais fermée depuis longtemps et que je ne souhaitais plus jamais ouvrir. Je restai silencieux et hochai la tête distraitement à l'intention de ceux qui s'adressaient à moi, laissant Aphrodite poursuivre la distribution comme elle le souhaitait. Plus nous restions là, plus cette porte s'entrouvrait. Et soudain, alors que je regardais Emeline se mêler aux autres enfants, je me souvins que ma mère passait beaucoup de temps à parler avec les habitants du domaine et que, comme ma fille, je m'occupais en jouant avec les enfants des paysans.

***

— Tu t'es bien amusée, Emeline ? demanda Aphrodite en brossant les cheveux de la fillette.

Toutes deux avaient grimpé sur la charrette désormais vide. Le cheval avançant lentement, je marchais à côté sans peine.

Emeline acquiesça.

— Bien, nous viendrons plus souvent et tu pourras t'amuser avec les autres enfants. Tu as travaillé très dur aujourd'hui, je suis fière de toi.

Emeline ne répondit pas, mais Aphrodite ne sembla pas s'en offusquer. Au lieu de quoi elle reporta son regard sur moi, les yeux plissés.

— Oui ? demandai-je.

— Vingt et un ans, Evander ?

Je savais qu'elle en parlerait.

— Je n'avais pas pris conscience que tant de temps s'était écoulé.

Elle soupira et secoua la tête.

— Quand Eleanor m'a dit que les habitants du domaine étaient mécontents, je me suis interrogée sur les raisons de leur insatisfaction et sur les solutions pour y remédier. Je ne m'attendais pas à ce qu'il s'agisse de négligence.

— De négligence ? Tous leurs besoins sont satisfaits, toutes les questions relatives à la terre, à l'agriculture ou au logement sont traitées. Ils sont payés équitablement et...

— Tu ne parles que de choses pragmatiques, Evander.

— Qu'y a-t-il d'autre à prendre en considération ?

— L'esprit de communauté, répondit-elle en ajustant la robe d'Emeline. C'est très bien d'avoir un domaine stable et un seigneur qui se préoccupe sérieusement des questions pratiques, mais il est tout aussi essentiel de maintenir le sens de la communauté. Nous sommes le duc et la duchesse de ce domaine, leur maître et leur maîtresse. Nous devons nous montrer parmi eux, afin d'entretenir le lien qui nous unit. Sinon, nous pourrions paraître inaccessibles, ou pire, indifférents.

Je n'y comprenais goutte.

— On m'a toujours appris que tant qu'ils étaient traités correctement et qu'ils avaient de quoi vivre, tout irait bien.

— Qui t'a appris ça ? rétorqua-t-elle en riant. C'est une façon très austère de voir la vie.

— Mon père, murmurai-je.

Elle se tut et je me concentrai sur la route. Nous avions presque atteint la maison lorsqu'elle reprit la parole.

— Pardonne-moi, je ne voulais pas rire. Je dois me rappeler que tous les domaines sont différents.

— Tu n'as pas tout à fait tort. Les leçons de mon père ont toujours été assez austères, observai-je en aidant Emeline à descendre avant de tendre la main à Aphrodite.

Je n'aimais vraiment pas qu'elle me regarde comme cela. J'avais l'impression qu'elle avait trouvé cette porte en moi et qu'elle s'apprêtait à l'ouvrir d'un coup sec.

— Tu ne parles jamais de ton père. Qu'est-ce que...

— Emeline !

Nous sursautâmes tous les deux à la vue de Mme Watson qui descendait les escaliers à toute allure pour rejoindre Emeline. La gouvernante s'agenouilla et épousseta la robe de l'enfant.

— Pourquoi es-tu couverte de poussière ?

— Oh, madame Watson, c'est à cause de la marche, expliqua Aphrodite en riant et en soulevant l'ourlet de sa propre robe qui était également couverte de saleté. Rien qu'un bon lavage ne puisse résoudre. À part cela, tout va bien.

— Oui, Votre Grâce, répondit la femme en se redressant, le dos raide. Je vais l'emmener déjeuner à l'intérieur.

Emeline lui tenait déjà la main.

— Merci, madame Watson.

Aphrodite salua Emeline, qui la salua à son tour avant de suivre sa nourrice.

— Emeline est de plus en plus chaleureuse avec moi, commenta Aphrodite. J'espère qu'elle sera plus attachée à moi qu'à Mme Watson à l'avenir. Comme si j'étais sa propre maman. J'ai toujours eu une nourrice, mais ma mère était très investie dans notre éducation.

— Oui, je m'en souviens, répondis-je en lui donnant le bras tandis que nous montions les escaliers. Chaque chose en son temps. Emeline a plus souri aujourd'hui que je ne l'avais jamais vue le faire. Surtout depuis…

— Depuis ?

— Depuis la mort de sa mère.

— Oh, comment l'a-t-elle vécue ?

— Elle était… J'étais…

Je l'ignorais, car je ne m'y étais pas intéressé. Je baissai la tête.

— Cela a été une épreuve difficile pour elle, j'en suis sûr.

— Lui en as-tu parlé ?

— Non, Mme Watson…

— Evander, s'il te plaît, dis-moi que tu as parlé à la petite quand elle a perdu sa mère.

— Bien sûr, je l'ai fait, lui assurai-je en hâte. Je lui ai dit ce qui s'était passé, et elle a dit « D'accord ». C'est tout.

— Le fait qu'elle n'ait pas pleuré ne t'a pas paru étrange ?

— C'est une enfant réservée, comme tu as pu le voir. Tout le monde ne pleure pas à la perte d'un parent. Je ne l'ai pas fait, moi, marmonnai-je.

Un nouveau faux pas dont elle s'empara aussitôt.

— Comment as-tu réagi alors ?

— Je ne me souviens pas.

Je déposai un baiser sur son front.

— J'ai du travail. Je te verrai plus tard.

Je n'attendis pas qu'elle réponde, car je craignais qu'une autre confidence ne m'échappe. Je m'étais toujours efforcé de ne pas parler du passé. C'était inutile, puisqu'on ne pouvait pas le changer. Au lieu de quoi je m'étais concentré sur mon futur, cherchant à y créer mon refuge. Et j'étais plus proche de mon objectif que je ne l'aurais jamais cru possible. Je ne souhaitais pas tout gâcher. Pourtant, ces derniers jours, les souvenirs m'envahissaient sans prévenir. Je me mettais à penser davantage au passé. Et voilà qu'Aphrodite me faisait penser à Emeline. Je ne me rappelais pas vraiment sa réaction après le décès de sa mère et je ne m'étais pas beaucoup intéressé à elle à l'époque. Au contraire, je l'avais laissée aux bons soins de Mme Watson.

Je songeai alors à l'attitude de mon père lorsque ma mère était décédée. Il n'avait pas dit un mot non plus. Bon sang ! Je me frottai le crâne en soupirant.

Je ne suis pas mon père. Je ne suis pas mon père. Je me répétai ce mantra en boucle tandis que j'approchais de la chambre d'Emeline.

— J'ai vu des moutons, puis les autres filles m'ont montré leurs poupées. Elles ont dit que c'était leurs mamans qui les avaient faites ! Les poupées étaient vraiment sales, mais elles disent que c'est parce qu'elles les ont beaucoup serrées dans leurs bras.

Cette petite voix enjouée qui me parvenait était une mélodie que je n'avais encore jamais entendue auparavant. En fait, je dus passer la tête à l'intérieur de la pièce pour être certain qu'elle n'appartenait pas à une autre fillette. Bien sûr, c'était Emeline qui courait en tous sens pendant que Mme Watson cherchait une nouvelle robe.

— Je peux avoir une poupée ? demanda l'enfant. Je veux une poupée qui me ressemble aussi, avec des cheveux bouclés et une jolie robe. Oh, et un chapeau !

— Bien sûr, ma chérie. Je vais t'en faire une, lui promit Mme Watson en riant.

Qui aurait cru qu'Emeline pouvait en dire autant et aussi vite ? À part Mme Watson, bien sûr. Je m'apprêtais à les laisser tranquilles quand Emeline reprit la parole :

— Est-ce qu'Odite pourrait la fabriquer ?

— Odite ? répéta Mme Watson.

— La duchesse. Les autres filles ont dit que c'était à ma maman de s'en occuper. La duchesse est ma maman maintenant, n'est-ce pas ?

— Non.

Comment ? Je m'approchai et je vis Mme Watson agenouillée devant Emeline.

— La duchesse est la duchesse. Elle n'est pas ta maman. Ne te l'ai-je pas déjà expliqué ? Il vaut mieux pour toi que tu restes silencieuse et que tu sois respectueuse. Surtout, ne la mets pas en colère. Et ne l'appelle plus jamais Odite. Pour toi, c'est Votre Grâce.

— Mais elle a dit que je pouvais, chuchota Emeline. Elle n'est pas méchante.

— Certes, mais c'est parce qu'elle joue la comédie. Elle veut que tout le monde l'aime et ensuite, elle commencera à s'en prendre à toi, mais personne ne te croira. Quand cela arrivera, tu seras en grand danger, ma chérie. Elle cherchera à se débarrasser de toi. Les gens comme elle ne sont pas dignes de confiance...

— Madame Watson ! tonnai-je, tremblant d'horreur et de rage.

En me voyant, elle fit un bond en arrière. Je ne pouvais croire ce que je venais d'entendre.

— Votre Grâce...

— Préparez vos affaires. Vous êtes renvoyée sur-le-champ !

— Monsieur...

— Comment osez-vous parler ainsi de mon épouse !

Si elle n'avait pas été une femme, et d'un certain âge, je l'aurais giflée.

— Comment osez-vous empoisonner ma fille avec vos mensonges !

— Votre Grâce, s'il vous plaît, j'étais...

— Je ne le dirai pas deux fois ! Et que je ne vous revoie pas sur ces terres !

Dans ma fureur, je pris Emeline dans mes bras pour l'éloigner de cette vipère.

— Dieu seul sait ce que vous avez fait à cette enfant pendant toutes ces années. Hors de ma vue ! Maintenant !

La harpie détala sans demander son reste.

— Non !

Emeline essaya de la retenir, mais je la maintenais fermement.

— Papa, non ! Madame Watson !

— Chut.

Je la serrai très fort contre moi alors qu'elle se mettait à pleurer, se débattant pour se libérer.

— Ce n'est pas une bonne personne, Emeline.

— Non ! Madame Watson ! cria-t-elle encore en sanglotant.

Je ne savais pas quoi faire, alors je me contentai de l'étreindre sans dire un mot.

Aphrodite

— Votre Grâce !

Je sursautai, manquant renverser mon thé sur moi.

— Qu'y a-t-il, Eleanor ?

— Vous devez venir immédiatement !

Elle se précipita dans mon salon, tenant toujours les lettres que je lui avais demandé d'envoyer quelques minutes plus tôt.

— Le duc a congédié Mme Watson et a ordonné qu'on l'expulse du domaine.

— Quoi ?

Je me levai d'un bond.

— Quand ? Pourquoi ?

— Personne ne le sait, Votre Grâce. Les servantes ont entendu des cris et ont vu Mme Watson sortir de la chambre de la fillette en pleurant. Puis le duc a donné des ordres. Tout cela s'est passé il y a quelques instants !

— Dix minutes se sont à peine écoulées depuis que j'ai quitté le duc. Qu'a-t-il bien pu arriver dans cet intervalle ? demandai-je en la suivant dans le couloir.

— Je l'ignore, Votre Grâce. Cependant, la petite demoiselle était furieuse et réclamait le retour de Mme Watson en sanglotant.

Alors que je pensais que la journée s'était parfaitement déroulée, je me trouvais confrontée à ce chaos inexpliqué. Il ne nous fallut pas longtemps pour atteindre la chambre. Ma mère m'avait pourtant toujours dit de ne pas courir. Je pouvais entendre sa voix dans mon esprit, qui me réprimandait pour mon comportement. C'était amusant de voir à quel point les mères vous accompagnent partout en pensée, même lorsqu'elles sont très loin de vous.

Quand je pénétrai dans la pièce, Emeline était recroquevillée sur son lit. Mon cœur se serra. Mme Watson l'avait élevée et était comme une mère pour elle, que cela soit convenable ou pas. La perdre ainsi la perturberait beaucoup. Et pourtant, le responsable restait à regarder par la fenêtre, les bras croisés.

Avec précaution, je m'approchai d'Emeline et posai une main sur son dos, mais elle ne réagit pas et se contenta d'inspirer profondément.

— Que s'est-il passé ? murmurai-je en levant les yeux vers Evander.

— Mme Watson est renvoyée, dit-il sans me regarder. Elle n'est pas celle que je pensais. Et je ne lui permettrai pas de nuire davantage à cette famille.

— Nuire ? répétai-je. Comment cela ? D'après ce qu'on m'a dit, elle est très dévouée.

— Mensonges !

Il se retourna vers moi avec colère.

— Cette femme est une…

Il se retint de parler lorsqu'il vit Emeline tressaillir à son ton.

— Parlons à l'extérieur…, dis-je.

— Inutile. Tu resteras avec elle jusqu'à ce que nous trouvions une nouvelle nourrice. Je m'en vais.

Il était déjà à la porte.

— Evander, tu ne m'as pas expliqué !

Je me précipitai après lui.

— Eleanor, restez avec la petite un moment, s'il vous plaît. Evander !

Il continuait à marcher.

— Evander ! criai-je dans son dos.

Comme il ne s'arrêtait toujours pas, je me mis à courir jusqu'à le dépasser pour lui faire face.

— Tu ne m'entends pas t'appeler ?

— Aphrodite, je n'ai pas envie de parler.

— Tu n'as jamais envie de parler ! m'emportai-je, plus que lasse de cette situation. C'est bien là le problème. Tu dis ce qui te chante, mais tu ne t'expliques pas. Tu ne partages pas tes pensées. Tu te contentes d'exposer ton souhait, puis tu m'embrasses et tu t'en vas !

— Aphrodite…

— Non ! le coupai-je. J'ai fait de mon mieux pour ne pas te pousser à bout, pour ne pas me disputer avec toi. Pour ne pas insister sur les sujets que tu préfères manifestement éviter. Et cela n'a servi à rien ! Pourquoi avoir engagé tous ces gardes pour protéger le domaine ? Est-ce à cause de Fitzwilliam ? Je l'ignore et tu ne me dis rien. Que voulait dire la douairière au sujet de ma mère ? Je n'en sais rien et je ne peux poser la question ni à toi ni à cette femme. À présent, tu décides de renvoyer un membre essentiel du personnel et tu refuses de m'expliquer pourquoi !

— Aphrodite, je ne peux pas te dire tout ce que tu veux savoir simplement parce que tu veux le savoir ! s'écria-t-il.

— Alors, dis-moi au moins cela !

Il inspira par le nez.

— J'ai déjà expliqué ce que…

— Pourquoi es-tu ainsi ? Pourquoi continues-tu à me repousser ?

— Je ne te repousse pas. J'essaie de rester sain d'esprit ! Ne t'est-il jamais venu à l'idée que les réponses que tu cherches sont trop douloureuses ? Que nous n'avons pas tous eu la chance de vivre dans un foyer aimant, où Papa et Maman se taquinent et s'assoient au coin du feu pour lire ensemble ? N'as-tu jamais pensé que parler de ce genre de choses pouvait me faire du mal ?

Je tressaillis, car jamais il ne m'avait parlé sur ce ton.

— Je...

— Tu as de la chance, Aphrodite. Tu es comme l'air frais ou l'eau pure. J'aimerais devenir comme toi, et non que tu me rejoignes où je suis. Alors, laisse-moi me taire et avancer.

Sur ces mots, il me contourna et je fis ce qu'il souhaitait : je le laissai partir. Seul.

Ravalant la boule qui s'était formée dans ma gorge, je me retins de le suivre et retournai auprès de la personne qui avait le plus besoin de moi en cet instant. Je trouvai Eleanor en train d'essayer de convaincre Emeline de retirer le drap dont elle se couvrait la tête.

— Votre Grâce...

— Vous pouvez y aller. Et plus tard, faites apporter quelques affaires à moi ici. Je vais rester avec Emeline pour le moment, déclarai-je en enlevant mes chaussures et en m'allongeant sur le lit.

— Oui, Votre Grâce, répondit-elle avant de sortir et de fermer la porte derrière elle.

Je caressai doucement le dos d'Emeline, ne sachant que dire.

25

Aphrodite

Il me fallut trois jours pour reconstituer les événements tels qu'ils s'étaient déroulés, car le seul témoin de l'incident était la petite Emeline. Le lendemain, elle était encore très perturbée et je ne savais pas comment m'occuper d'elle. J'avais l'impression d'avoir échoué sur tous les aspects de sa routine matinale, ce qui ne fit que l'attrister davantage, mais au lieu de pleurer de frustration, elle se renferma et mangea à peine. Le deuxième jour, je lui demandai de s'occuper de moi comme Mme Watson le faisait pour elle, une manière de la tenir occupée et de vérifier que la nourrice ne lui avait pas fait de mal, d'une manière ou d'une autre. Mais Emeline prit son rôle très au sérieux et se montra très attentionnée, m'interrogeant sur ma tenue, puis s'assurant que le petit déjeuner me convenait. Je me rendis alors compte que la petite parlait aussi bien qu'Abéona. Elle chercha même à me coiffer, mais se lassa vite face à ma quantité de cheveux.

Tout ce qu'elle faisait me prouvait à quel point Mme Watson s'était bien occupée d'elle. Une seule fois, lorsqu'Emeline fit accidentellement tomber l'un de mes colliers et qu'il se brisa, je vis la peur dans ses yeux.

Elle me demanda si j'allais cesser d'être gentille. Une fois rassurée, elle parvint à m'expliquer.

— Mme Watson a dit qu'un jour je serais méchante avec toi ? demandai-je, sincèrement bouleversée.

J'étais en train de terminer la poupée que je fabriquais pour elle.

— Oui, elle a dit que vous faisiez semblant d'être gentille pour que Papa vous aime, m'indiqua-t-elle, les yeux rivés sur la poupée.

— Est-ce qu'elle te le disait souvent ? insistai-je, faisant de mon mieux pour garder mon calme.

Elle acquiesça, sans se douter du mal qui se cachait derrière les paroles de la gouvernante.

— Mme Watson me le répétait tous les jours. Je dois me tenir tranquille et faire attention à mes manières pour que vous ne me renvoyiez pas.

Je me mordis la lèvre de rage, mais je me contins.

— Ce sont des bêtises. Tu fais partie de la famille. Pourquoi te renverrais-je ?

— Mme Watson dit que la douairière faisait partie de la famille, mais qu'elle n'a pas fait attention à ses manières et qu'on l'a renvoyée. Elle m'a montré de la fenêtre comment Papa et vous l'avez chassée. Et Papa n'est pas revenu avec Tante Ver, parce que vous l'avez renvoyée, elle aussi.

« L'audace de cette menteuse », pensai-je en tirant sur le fil.

— La douairière et ton papa ne sont pas très bons amis, et il a été surpris qu'elle soit venue sans prévenir, alors il lui a demandé de rentrer chez elle. Mais ta tante Verity souhaitait passer du temps à Londres pour la saison.

— La saison ? demanda-t-elle en levant les yeux vers moi.

J'acquiesçai.

— C'est l'époque où toutes les dames de la ville qui sont en âge de se marier assistent à des bals et à des déjeuners au parc, pour danser, chanter et faire de nombreuses et belles rencontres. C'est très amusant.

— Puis-je y aller ? demanda-t-elle.

— Bien sûr, quand tu seras plus grande, expliquai-je en terminant la dernière boucle de la robe de la poupée. Je t'emmènerai et tu auras les plus belles robes. Tu es la fille d'un duc. Tu devras être la plus jolie.

Elle sourit d'une oreille à l'autre.

— Alors, Tante Ver va revenir ?

— Oui, ma chérie, lui assurai-je en lui donnant sa poupée, bien qu'elle ne soit pas très réussie.

Jeune fille, j'aurais dû me concentrer davantage sur mes travaux de couture, mais Emeline ne semblait pas s'en soucier. Elle serra très fort la poupée dans ses bras.

— Merci, Votre Grâce.

— À ton service.

Je pris son visage dans mes mains.

— Tu es très importante à mes yeux. Très, très importante. Personne ne pourra jamais te renvoyer ou être méchant avec toi. Pas même moi. Et tu n'as pas besoin de m'appeler Votre Grâce. Odite ou Maman, c'est bien. Mme Watson se trompait. Je ne me mettrai pas en colère.

— Mais pourquoi Papa s'est-il fâché ? murmura-t-elle en baissant la tête tout en tripotant la poupée.

— A-t-il entendu ce que Mme Watson t'a dit ?

Elle acquiesça.

— Je crois.

Il l'avait renvoyée parce qu'elle empoisonnait l'esprit d'Emeline en lui mentant à mon sujet. J'ignore pourquoi cette femme agissait ainsi, mais je comprenais le geste d'Evander. J'aurais fait de même. Cependant, le problème était tout autre. Le problème était son manque de communication et son refus de m'expliquer ce qui s'était passé. Nous ne nous étions pas vus ni parlé depuis trois jours. Avais-je eu tort de le provoquer ? Il était prêt à discuter de tous les sujets à l'exception de son passé. C'était déjà beaucoup.

On frappa à la porte et Verity apparut sur le seuil de la pièce, vêtue de blanc. Emeline bondit et courut vers elle.

— Tante Ver !

— Petit écureuil ! s'exclama Verity en soulevant la fillette dans ses bras et en tournant sur elle-même. Comme tu m'as manqué ! Regarde comme tu as grandi !

Emeline gloussa et Verity la chatouilla.

— Tu es revenue de la saison ?

— La saison ? Qui t'a parlé de ça ?

— C'est moi, intervins-je en riant. Bienvenue à la maison, dis-je en m'approchant de Verity. Pardonne-moi de ne pas t'avoir accueillie à la porte. J'ignorais que tu devais rentrer aujourd'hui.

— Est-ce qu'un mois n'est pas suffisant ? me demanda-t-elle avec un regard entendu.

— Cela fait déjà un mois ?

— Oui, tu n'as pas vu le temps passer ?

— En effet.

— Pardonne-moi de ne pas t'avoir prévenue, mais je suis venue avec la plus prestigieuse des escortes.

— Qui donc ?

— Le comte et la comtesse de Montagu !

— Mon frère est ici ?

Mon cœur s'emballa. J'avais tellement envie de le voir.

— Il est ici. Allons-y !

J'acquiesçai avec joie, tendant la main à Emeline qui la prit sans hésiter. J'étais très excitée à l'idée de recevoir mon frère. Ma famille me manquait.

Dans le hall, ma belle-sœur patientait au bas de l'escalier, observant les œuvres d'art accrochées au mur avec une expression béate.

— Silva ! m'exclamai-je.

— Aphrodite !

Quand j'atteignis la dernière marche, je l'étreignis avec force, mais elle eut un mouvement de recul.

— Attention, je ne suis pas seule.

Je ne compris ce qu'elle voulait dire que lorsque je m'écartai et la vis poser une main sur son ventre. Je l'interrogeai du regard et elle sourit en hochant la tête.

— Bienvenue et félicitations !

Je la serrai dans mes bras une fois de plus.

— Je suis à la fois surprise et heureuse que vous soyez là. Où est Damon ?

— Nous sommes arrivés alors que le duc ramenait son cheval à l'écurie. Damon a été ravi de se joindre à lui.

Puis elle posa les yeux sur la fillette qui était accrochée à ma robe.

— Bonjour, mademoiselle.

— Emeline, je te présente la comtesse de Montagu. Tu peux l'appeler « lady Montagu » ou « tante Silva », dis-je en posant doucement ma main sur la tête de l'enfant.

— Bonjour, lady Montagu, la salua celle-ci avec prudence en faisant une révérence.

— Eh bien, n'es-tu pas ravissante ? répondit Silva. J'aime beaucoup ta poupée.

Emeline acquiesça et serra le jouet dans ses bras.

— Sa Grâce l'a fabriquée pour moi.

— Comme tu peux le voir, j'ai besoin d'entraînement, commentai-je. Je t'en prie, viens t'asseoir, en particulier dans ton état. Comment s'est passé votre voyage ? Je ne m'attendais pas à votre visite.

— Pardonne-nous. Verity souhaitait revenir, et Damon avait hâte de quitter l'agitation de la ville, alors nous sommes partis. Nous n'avons pas eu le temps d'envoyer un message pour vous prévenir.

— Il s'est passé quelque chose ? m'enquis-je en pénétrant dans le salon.

— Non, mais comme tu le sais, Damon n'apprécie pas les exigences de la bonne société. Lorsqu'il a su que j'étais enceinte, il a pensé que c'était le moment idéal pour rentrer.

Elle posa de nouveau une main sur son ventre en s'asseyant.

Comme le voulait la tradition dans notre famille, le bébé devait naître dans la propriété familiale. La naissance n'aurait cependant pas lieu avant plusieurs mois.

— Je suis très heureuse de cette nouvelle. Je vais devenir tante.

— Et un jour mère... puisque j'imagine que tu as désormais éclairci certains points.

Elle haussa les sourcils et je m'efforçai de ne pas rire, en vain.

— En effet, de nombreux points ont été clarifiés.

— Nombreux, tu dis ? plaisanta-t-elle.

— Pourquoi rions-nous ? demanda Verity en entrant dans la pièce.

— Pour rien, ma chère, répondit Silva.

Cela me rappela toutes ces fois où j'avais surpris ma mère en train de rire avec ses amies. La conversation s'arrêtait toujours brusquement quand elles me voyaient. À l'époque, je le prenais pour moi, mais je me rendais compte à présent que je me trompais lourdement.

— Tu as changé la décoration, observa Verity en jetant un coup d'œil sur le salon.

— Oh, oui, mais je n'ai pas terminé. Cela te plaît-il ? Si ce n'est pas le cas, je peux procéder à des ajustements, ajoutai-je tandis qu'une domestique nous apportait des gâteaux et du thé.

— Non, c'est magnifique, très lumineux.

Elle gloussa.

— C'est comme si une nouvelle vie commençait ici.

Emeline s'installa à côté d'elle.

— Alors, comment te débrouilles-tu en tant que maîtresse de... ce grand domaine ? s'enquit Silva. C'est encore plus impressionnant que ce que j'avais imaginé. Je m'inquiète à l'idée de devoir un jour m'occuper du château de Belclere, mais Everely House est bien plus grande.

— Paradoxalement, je me sens encore plus chez moi à Everely. Ma mère m'a demandé de me concentrer sur cette maison pendant des années. En arrivant ici, je ne me suis pas sentie accablée, mais déterminée à prouver que ses enseignements avaient servi à quelque chose.

— Ta mère pense à tout.

C'était son talent. Un jour, j'espérais faire au moins le quart de ce qu'elle avait fait pour nous.

Avant que nous puissions continuer, la porte s'ouvrit.

— Je recherche une duchesse portant le prénom d'une déesse.

Je levai les yeux au ciel.

— Je suis là.

— Tu aurais pu prétendre ne pas savoir que je parlais de toi.

Il me sourit et entra dans la pièce, suivi d'Evander. Je me levai et ouvris mes bras à Damon.

— C'est assez difficile quand je suis la seule duchesse dans la pièce, soulignai-je en riant. Bonjour, mon frère. Tu m'as manqué.

— Toi aussi, même si ça ne fait pas si longtemps. Néanmoins, je devais m'assurer que cet oiseau-là te traite comme il a juré de le faire.

Mon regard se porta un instant sur Evander, mais je le détournai rapidement.

— Je vais parfaitement bien, merci, même si je me demande si tu es venu pour une inspection ou pour ramener ton épouse à Belclere, le taquinai-je.

Il gloussa et déposa un baiser sur ma joue.

— Les deux. Je devais aussi ramener la jeune lady Verity à la maison avant qu'elle et Hathor en viennent aux mains.

— Quoi ? demandai-je en regardant Verity.

— Je ne sais pas de quoi il parle. Hathor et moi sommes très bonnes amies maintenant. Je l'apprécie beaucoup. Nous avons simplement des points de vue différents, assura Verity sur un ton innocent.

— Que s'est-il passé ? demandai-je à Damon.

Il secoua la tête d'un air las.

— Tant de choses, ma sœur, tant de choses. Par où commencer ? Par les rumeurs sur le désir d'Hathor d'épouser un duc alors qu'il n'y en a pas assez de disponibles, ce qui annihile ses projets pour la saison ?

— Elle n'en démord pas ?

Nous étions à la moitié de la saison. La plupart des mariages se dérouleraient dans les semaines suivantes et il aurait donc fallu qu'elle ait au moins créé un lien avec un prétendant.

— Elle est totalement dévouée à cette cause, plaisanta Silva. Abéona s'amuse à la taquiner en décomptant le nombre de jours restants avant la fin de la saison.

Je soupirai. Il était bon de savoir qu'au moins, rien n'avait changé chez moi.

— Papa, regarde ! Tu la trouves belle ? demanda Emeline, attirant l'attention sur l'horrible poupée que j'avais fabriquée. Sa Grâce l'a faite pour moi.

Evander s'agenouilla devant elle pour l'examiner.

— Elle est très belle.

— Menteur, marmonna Damon, ce qui lui attira un petit coup de la part de Silva.

Il se contenta de hausser les épaules.

— Ma sœur est connue pour ses nombreux talents, mais la couture n'en fait pas partie.

— C'est bien mieux que ce que j'aurais fait. Tu devras bien en prendre soin, recommanda Evander.

La petite hocha la tête.

— Papa, es-tu encore fâché ?

Le silence envahit la pièce et j'aurais voulu creuser un trou pour disparaître à l'intérieur. Immédiatement, je sentis les yeux de Verity, de Silva et de mon frère sur moi, mais je fis de mon mieux pour rester concentrée sur Emeline.

— Je ne suis pas fâché, assura-t-il en lui caressant la joue. Je n'ai pas beaucoup dormi, c'est tout.

— Parce que tu dors seul ?

Achevez-moi !

Seigneur ! Elle était pire qu'Abéona !

Evander

Ils étaient arrivés au plus mauvais moment.

— Que se passe-t-il entre toi et ma sœur ? demanda Damon alors que nous nous étions isolés dans mon bureau.

J'étais sûr qu'après la question embarrassante d'Emeline et un dîner particulièrement gênant, la situation entre Aphrodite et moi serait suffisamment claire à ses yeux pour qu'il aborde le sujet. Je m'y attendais, et pourtant je refusais d'avoir cette conversation.

— Rien de grave, marmonnai-je en me servant du brandy.

— Tu bois et elle n'a pas dormi dans votre chambre depuis trois jours.

— N'as-tu pas l'impression de franchir les limites de l'intimité ?

— Le château de Belclere n'est qu'à une journée de cheval, alors si tu ne veux pas de ma sœur, je peux l'emmener…

— Il faudra me passer sur le corps, lançai-je en le foudroyant du regard. Elle est peut-être ta sœur, mais elle est ma femme à présent. Les rôles ont changé. Tu n'as pas à…

— Détends-toi.

Damon rit, m'arrachant le verre des mains.

— Je voulais simplement m'assurer que tu brûlais toujours de la même passion maintenant qu'elle est à toi.

— Je me consumerai éternellement pour elle.

Je remplis un autre verre.

— Alors, quel est le problème ?

— Votre famille doit-elle toujours tout partager ?

— Ta famille doit-elle toujours être si renfermée ? rétorqua-t-il en s'installant confortablement dans un fauteuil face à moi. Même quand les gens essaient de vous aider, toi et ta sœur restez repliés sur vous-mêmes, même si je dois avouer que Verity est plutôt douée pour cacher son jeu. Nous formons une famille désormais. Pourquoi tout garder pour vous ?

— Qu'est-ce que ça veut dire ?

Je m'étais redressé quand il avait parlé de ma sœur.

— Il s'est passé quelque chose avec Verity ?

— Je te dirai ce qui s'est passé avec ta sœur si tu me dis ce qui s'est passé avec la mienne.

— Damon, je ne suis pas d'humeur.

— Très bien, dans ce cas.

Il vida son verre.

— Le voyage m'a épuisé. Je vais donc prendre mes aises chez toi pour la nuit, beau-frère, avant que ma femme et moi rentrions chez nous. Si tu as des questions au sujet de Verity, tu n'auras qu'à les lui poser en personne. Mais je doute qu'elle en parle, tout comme ma sœur restera silencieuse sur ce qui se passe entre vous. Bonne nuit.

Bon sang !

— N'est-il pas possible d'aller de l'avant ? dis-je alors qu'il atteignait la porte. Pourquoi tout le monde doit-il continuer à poser des questions sur le passé ? Je le vois dans les yeux de ta sœur. Elle veut tout savoir sur l'histoire sordide de ma famille. Tout le monde sait que ce n'est pas la période la plus glorieuse pour les Eagleman, et pourtant elle persiste.

— Ne t'est-il jamais venu à l'esprit que c'était peut-être toi qui refusais d'avancer ?

Je ne comprenais pas.

— Bien sûr que j'avance. Ne vois-tu pas que je…

— Nous le voyons tous, m'interrompit-il en secouant la tête. C'est bien là le problème, et c'est très probablement la raison pour laquelle ma sœur cherche des réponses. Tu continues à porter ce fardeau. Cela te perturbe et prive ton visage de la joie que l'on devrait y lire. Alors, bien sûr, elle souhaite comprendre. J'ai remarqué que les femmes sont des créatures curieuses, qu'il s'agisse de la boîte de Pandore ou d'Ève dans le jardin d'Éden. Elles cherchent toujours à savoir.

— Dans ces deux exemples, cela n'a-t-il pas conduit à de terribles conséquences pour l'humanité entière ?

— Et pourtant, nous sommes encore là, affrontant ces terribles conséquences à leurs côtés, nous devons donc être aussi fous qu'elles.

Il rit, tout comme moi. Je préférais répondre aux questions d'Aphrodite plutôt que souffrir de son absence.

— Verity, reprit Damon avec sérieux, a souffert de cauchemars presque toutes les nuits. Lorsque nous nous en sommes rendu compte, nous avons cherché à la soigner de toutes les manières possibles, allant même jusqu'à faire appel au Dr Darrington pour qu'il lui parle. Mais cela n'a pas été d'une grande aide. Je crois que Verity a fini par se lasser de faire semblant d'aller bien et qu'elle a souhaité revenir ici.

Je le savais. Elle s'était forcée à rester à Londres tout ce temps pour mon bien.

— Merci de l'avoir raccompagnée.

— Je t'en prie. Comme je l'ai dit, nous sommes une famille. J'espère que tu apprendras à t'appuyer sur nous de temps en temps, répondit-il.

Je ne pus qu'acquiescer, car il était exactement comme sa sœur. Il me demandait de faire quelque chose de très simple, mais à l'opposé de ce qu'on m'avait toujours enseigné.

26

Aphrodite

— Vous avez besoin d'autre chose ? demandai-je depuis la porte de la chambre préparée pour mon frère.

— Non. Tu es une hôtesse parfaite, répondit Silva.

— Une fois de plus, tu te fais une trop haute idée de moi, mais je suis heureuse que tu te sentes à l'aise ici. J'aimerais beaucoup que vous prolongiez votre séjour d'un jour ou deux.

— C'est impossible. Tu es encore une jeune mariée.

Elle se pencha pour me chuchoter la suite :

— Bien que l'on puisse m'opposer que je ne suis pas mariée depuis si longtemps moi non plus.

— Quand la nouveauté s'estompe-t-elle ?

Elle posa la main sur son ventre.

— Je n'en suis pas sûre, mais je pense que ceci en est un excellent signe.

Je gloussai.

— D'accord, mais si toi ou mon frère souhaitez rester, ce n'est pas un souci.

Elle m'étudia attentivement.

— Espères-tu te servir de nous comme bouclier ?

— Pour quelle raison ferais-je cela ?

— Pardonne-moi si j'outrepasse les limites, mais…

Elle me prit la main.

— Est-ce que tout va bien entre toi et le duc ?

Après qu'Emeline avait vendu la mèche dans le salon, Silva, mon frère et Verity avaient dévisagé Evander. J'avais prétendu que j'avais décidé de dormir avec Emeline pour créer des liens avec la fillette, qui venait de perdre sa nourrice, mais il était difficile de se cacher derrière ce prétexte alors qu'Evander et moi avions à peine échangé quelques mots de toute la journée.

— Ce n'est rien… Non, c'est un mensonge.

Je soupirai en serrant fermement la main de Silva.

— Ce n'est pas grand-chose, repris-je. Nous avons eu un désaccord, mais notre dispute allait bien au-delà du sujet en question. Je trouve cela frustrant qu'il ne partage pas ses pensées. J'entends tellement de choses sur Everely, de tout le monde sauf de lui. Il ne parle pas librement, même quand je vois bien que quelque chose le perturbe. Maintenant, je me demande si je n'ai pas eu tort de le provoquer.

— D'après mon expérience, Aphrodite, les hommes ne sont pas toujours doués pour exprimer leurs sentiments à voix haute. Même ton frère ne partage pas tout avec moi.

— Vraiment ? Damon n'a pourtant jamais pu s'empêcher d'exprimer ses frustrations, du moins auprès de nous.

— Oui, c'est vrai. Il est incapable de les garder pour lui, mais tu serais surprise de voir à quel point il peut être secret et silencieux par moments. Lorsqu'il en a l'occasion, il s'assoit dans la nature avec une pomme et contemple le ciel. Je n'ai aucune idée de ce qu'il regarde. Lorsque je lui pose la question, il me répond simplement qu'il réfléchit. À quoi ? Il ne le dit pas. Du moins, pas tout de suite. Alors, je le rejoins et je m'assois avec lui. Parfois, je lis. Au bout d'un certain temps, il me fait part d'une pensée ou d'un souvenir. On ne peut pas tout dire en un jour, mais est-ce une mauvaise chose, puisque le mariage est pour la vie ?

Étais-je trop impatiente ? J'avais tellement envie de tout savoir à son sujet. L'une des choses que j'aimais le plus dans les livres, c'était qu'on avait une histoire complète, avec le début, le milieu et la fin. Jusqu'à présent, la vie avec Evander m'avait donné l'impression d'avoir eu la majeure partie du début, quelques miettes du milieu et une partie de la fin. J'en voulais plus, mais il n'était pas très réaliste d'exiger cela d'une personne, n'est-ce pas ?

— Merci, dis-je.

Avant que Silva puisse répondre, Damon passa la tête dans l'embrasure et nous observa tour à tour.

— Oh… Qu'est-ce que vous complotez ?

— Votre sœur demande simplement que nous restions un jour de plus.

— Cela ne me dérangerait pas, mais en même temps, je n'en ai pas vraiment envie. Je pense que je vais opter pour la deuxième option.

— Comment puis-je te convaincre ? demandai-je.

— Tu ne peux pas. Comme tu as ta maison, ma sœur, nous avons la nôtre, et j'aimerais rentrer chez moi. En outre, je ne permettrai pas que l'on se serve de nous pour fuir des petites disputes conjugales.

Il me poussa gentiment hors de la pièce.

— Réglez-les sans nous. Bonne nuit !

Et sans attendre, il referma la porte sur moi.

— Damon ! s'exclama Silva de l'autre côté.

— Quoi ?

Secouant la tête, je me dirigeai vers le hall, fière d'avoir réussi à escorter Silva seule jusqu'à sa chambre, sans l'aide d'Eleanor ni d'Emeline. Lentement, jour après jour, je trouvais mes repères. Il en serait de même avec Evander. J'étais d'ordinaire patiente – enfin, non, c'était faux. Je n'étais pas très patiente. En tant que deuxième enfant et première fille de la famille Du Bell, je n'avais pas l'habitude d'attendre. L'écart d'âge entre mes sœurs et moi me donnait la priorité pour la plupart des choses dans notre maison. Lorsque j'exprimais une demande auprès de mes sœurs, elles y répondaient. Même mes frères le faisaient, jusqu'à un certain point. Je n'étais donc pas familière de l'hésitation d'Evander. Quand il s'agissait de lui, je voulais tout savoir sur tout. Je souhaitais une chronique détaillée de sa vie, de ce qu'il ressentait, ce qu'il avait vu, ce qu'il pensait à chaque instant. Pour une raison qui m'échappait, j'étais convaincue qu'en l'épousant, mon vœu serait exaucé instantanément.

C'était stupide de ma part.

— Pitié… non…

En passant devant la chambre de Verity, je m'arrêtai, interpellée par des sanglots. Je m'apprêtais à frapper quand une main se referma sur mon poignet. Evander me dévisageait, l'air grave et tendu.

— La réveiller ne fera qu'empirer son état, murmura-t-il. Il vaut mieux faire comme si tu n'entendais rien. Si difficile que ce soit.

— Mais est-ce qu'elle va bien ?

Ses pleurs déchirants indiquaient clairement que non.

— C'est un cauchemar. Elle se sentira mieux quand il fera jour.

— Quand il fera jour ? Qu'est-ce que tu…

Je m'interrompis avant de formuler ma question.

— D'accord.

Il plongea son regard dans le mien, mais ne dit rien.

— Evander, mon poignet.

— Pardonne-moi, marmonna-t-il en me libérant.

Nous restâmes là tous les deux jusqu'à ce que les gémissements de Verity soient trop forts pour lui et qu'il se tourne vers la porte.

— En y réfléchissant bien, je vais m'asseoir avec elle un moment.

— Très bien, bonne nuit.

— Aphrodite, appela-t-il avant que je m'éloigne. Vas-tu dormir dans la chambre d'Emeline ?

— Oui. Juste pour une nuit de plus, ajoutai-je.

— Si tu n'es pas trop fatiguée, peux-tu m'attendre ? Il ne faudra que quelques minutes pour que Verity exige que je la laisse tranquille.

Les coins de ses lèvres se retroussèrent, mais le sourire n'atteignit pas ses yeux.

— J'attendrai dans mon alcôve près de la fenêtre.

— Seras-tu capable de la trouver ?

Il souriait à présent.

— Ne me sous-estime pas.

— Jamais ! promit-il. Je te rejoins vite.

— Tu ferais mieux.

Il me tendit sa lampe. J'étais tellement fascinée par ses yeux que je n'avais pas remarqué qu'il en avait une dans les mains. Je la pris et attendis qu'il entre dans la chambre avant de m'engager dans le couloir. Je n'étais pas certaine de ce qu'il souhaitait me dire, et j'étais encore plus inquiète pour Verity.

— Non, murmurai-je pour moi-même. Plus de questions. S'il ne me le dit pas, alors je ne le demanderai pas.

En serais-je seulement capable ? Me connaissant, la réponse était un non catégorique, mais j'essaierais au moins.

Lorsque je pénétrai dans notre chambre à coucher, il me vint à l'esprit que je ne m'y étais pas rendue depuis un certain temps. Trois jours déjà. C'était relativement peu, mais retrouver mon espace m'était… agréable. Je posai la lampe sur la table d'appoint et m'installai à la fenêtre, où reposait une couverture. Je jetai un coup d'œil au lit : il était fait. Cependant, l'oreiller de son côté avait disparu et se trouvait dans mon alcôve. Il était impossible qu'il ait dormi dans cet espace…

Cette question, ainsi que d'autres, tourna dans mon esprit jusqu'à ce que j'entende la porte s'ouvrir.

— Tu n'as pas à te lever.

— La force de l'habitude, dis-je en m'asseyant à nouveau.

Il contourna la table pour s'asseoir à côté de moi, le dos contre le mur, et laissa son regard errer sur la forêt obscure qui s'étendait devant nous.

— Je...

— Le...

Nous avions parlé tous les deux en même temps, ce qui déclencha un rire gêné.

— C'est embarrassant.

— Je ne souhaite pas que nous soyons mal à l'aise l'un avec l'autre, souffla-t-il.

— Moi non plus.

Je voulais que nous soyons naturels, spontanés.

— Je ne poserai plus de questions.

Il prit ma main et y déposa un baiser, s'attardant bien plus que nécessaire, ce qui ne me déplut pas.

— Peut-être que je devrais ouvrir la boîte de Pandore et régler ça avec toi, dit-il d'une voix rauque.

— Régler quoi ?

Bon sang ! C'était une question.

— Quoi qu'il en soit, tu n'es pas obligé de le faire.

— Merci, mais ce n'est pas ce que tu penses vraiment, n'est-ce pas ? demanda-t-il en mêlant ses doigts aux miens. Je me suis toujours dit que je te donnerais le monde si tu me le demandais, si cela signifiait que tu serais à mes côtés. Et maintenant que tu l'es, tu m'interroges sur des sujets dont je ne veux pas parler pour tellement de raisons différentes.

— Alors, ne le fais pas.

— Ce n'est pas ce que tu veux, répéta-t-il.

— Je ne suis pas seule dans ce mariage.

— Moi non plus.

Je ris.

— Avons-nous échangé les rôles ? Je cherche maintenant à t'empêcher de parler alors que tu essaies de le faire.

— J'en ai l'impression.

Il sourit.

— Je ne sais pas par où commencer parce que... parce qu'il y a tant à dire. Alors, pose-moi des questions. Que souhaites-tu savoir, mon amour ?

Je pensai qu'il était préférable de commencer par un sujet qui ne soit pas trop personnel.

— Verity, va-t-elle bien ?

— Oui et non. Elle fait des cauchemars depuis des années, mais le matin, elle fait comme si de rien n'était et m'assure qu'elle va très bien.

— N'a-t-elle pas vu un médecin ?

— C'est mental, confessa-t-il. Ils lui ont donné des cachets pour la détendre, mais au bout d'un certain temps, ils perdent leur effet. Son traumatisme revient.

— Son traumatisme ?

Il inspira profondément.

— Quand mon père m'a envoyé à l'école, elle était un peu plus âgée qu'Emeline et a été laissée sous la responsabilité de Datura, car mon père n'aurait pas pu se désintéresser davantage de sa fille. Datura était cruelle.

— Elle lui a fait du mal ?

— Elle appelait cela les « temps de réflexion », dit-il avec un ricanement cynique. Chaque fois qu'elle considérait que Verity s'était mal comportée, elle l'enfermait dans une armoire ou un cabinet. Elle l'y laissait pendant des heures dans le noir absolu. Pas d'eau. Pas de nourriture. Cet enfer étroit et sombre était sa punition si elle osait ne serait-ce que rire un peu fort. Et si Verity appelait à l'aide, Datura l'y laissait plus longtemps encore. Mon père, ce salaud, n'a jamais rien fait pour aider sa fille. Datura lui a infligé cette torture encore et encore. Verity a cessé de manger et de parler. Je crois qu'elle n'osait même pas grandir. Et comme si cela ne suffisait pas, Datura la provoquait sans cesse pour mieux la punir ensuite.

— Mon Dieu, murmurai-je en m'asseyant plus près de lui. Combien de temps cela a-t-il duré ?

— Des années. Et cela aurait continué sans que personne s'en aperçoive s'il n'y avait pas eu ta mère.

— Ma mère ?

— J'ignore comment elle l'a su. Je n'ai pas le cœur de le demander. Mais un jour, elle est arrivée, non seulement avec ton père, mais aussi avec un vieil ami de la famille qui était le magistrat local. Ils ont fait comme s'ils étaient invités à déjeuner. Mon père, ne voulant pas passer pour un imbécile et croyant que Datura ne s'en souvenait pas, a accepté de les recevoir. Ta mère a demandé à voir Verity, car elle avait des cadeaux pour elle. Datura avait oublié qu'elle avait enfermé Verity, alors elle a menti en disant que Verity dormait. Ta mère a dit qu'elle irait dans sa chambre. Datura a demandé à une domestique d'aller chercher ma sœur, mais ta mère a refusé et est allée elle-même jusqu'à la chambre de Verity. Où elle ne l'a pas trouvée. Comme la petite n'était nulle part, ta mère s'est mise à crier et à pleurer en affirmant qu'ils l'avaient tuée.

— Crier et pleurer ? répétai-je, étonnée. Ma mère peut crier. Pleurer, par contre, ce n'est pas son fort.

— Ce jour-là, c'est ce qu'elle a fait. Tout le monde a raconté la même chose. Elle s'est même effondrée de chagrin.

Un léger sourire se dessina sur son visage alors que ses yeux se remplissaient de larmes qu'il ne laissa pas couler.

— Dieu merci, elle l'a fait, car cela a alarmé toute la maison. On a mené des recherches pour retrouver Verity et prouver à ta mère qu'elle n'était pas morte. Au bout d'une heure, on l'a trouvée dans l'armoire. Mon père a menti au magistrat en disant qu'elle avait dû s'enfermer à l'intérieur en jouant. Cela arrangeait tout le monde, sauf ta mère, qui a commencé à se demander pourquoi Verity était si mince. Puis elle a remarqué les traces de griffures à l'intérieur de l'armoire. Plus elle attirait l'attention sur l'affaire, plus les autres s'interrogeaient, en particulier le magistrat. Il a demandé à parler à Verity en l'absence de mon père ou de Datura.

— Verity lui a-t-elle raconté ce qui lui était arrivé ?

— Elle était jeune et traumatisée, elle ne pouvait parler distinctement. Le magistrat n'a rien pu faire, il ne disposait pas de suffisamment de preuves. On a beaucoup parlé de la colère de mon père suite à cette scène. Pour prouver que la rumeur était fausse, il a engagé plusieurs nourrices et une gouvernante pour s'occuper de Verity et a interdit à Datura de s'en mêler. Elle n'avait même plus le droit de se trouver dans la même aile de la maison que Verity. Et ta mère s'est présentée à l'improviste plusieurs fois par la suite, au cas où. Verity n'a plus jamais été forcée de se soumettre à Datura, et elle a retrouvé un peu de joie et la santé. Malheureusement, cette épreuve l'a marquée mentalement et elle en garde des séquelles, surtout lorsqu'il fait nuit et qu'elle est seule.

Les supplications de Verity résonnèrent dans mon esprit.

— Cette Datura est une créature infâme.

— Plus que tu ne l'imagines, confirma-t-il en secouant la tête. Il n'y a aucun portrait de ma mère ici car Datura les a tous brûlés. Par accident, prétend-elle. Comment tous ces tableaux ont-ils pu se retrouver dans la même pièce et prendre feu ? Cela dépasse l'entendement. Tout ce qui me restait d'elle, c'était un croquis. Avec cette esquisse, j'ai demandé à de nombreux artistes de tenter de créer un nouveau portrait, mais aucun ne parvenait à capturer ses traits, à l'exception de sir Cowles. Malheureusement, il est décédé avant d'avoir pu en peindre davantage. J'ai vécu cela comme une sorte de malédiction, mais je suis reconnaissant d'avoir, au moins, quelque chose. Pour le bien de Verity aussi.

— Votre père a permis que tout cela se produise ?

C'était l'élément le plus étonnant dans cette histoire. N'était-ce pas sa famille ? Ses enfants ? N'était-ce pas son devoir de leur apporter un minimum de protection ?

— Mon père s'en moquait, répondit-il amèrement. La seule chose qui comptait dans sa vie, c'était lui-même. Il voulait la fille du boucher, il l'a eue. Il souhaitait épouser la plus noble des dames de la société, il l'a fait. Il ne s'est jamais soumis à la modération ou même à la décence, n'hésitant pas à mentir à ma mère sans le moindre remords pour la convaincre de l'épouser. Il ne lui a révélé la vérité sur sa liaison et son bâtard qu'après avoir obtenu ce qu'il voulait : un héritier légitime. Après ma naissance, il ne se souciait plus de savoir où elle était, ce qu'elle faisait, ni même si elle était vivante. Certains jours, j'ai pensé qu'il était heureux qu'elle soit morte, car il n'avait plus à jouer la comédie qu'était devenue leur vie commune. Veux-tu savoir ce qu'il a dit le jour où nous sommes revenus d'un voyage à Londres, alors que ma mère venait de mourir ? Verity n'avait pas encore une semaine et on la lui présentait pour la première fois.

Je ne pensais pas vouloir le savoir, car j'étais sûre que mon cœur souffrirait encore plus pour Evander après cela.

— Quoi ? demandai-je malgré tout.

— « Tant d'efforts… pour une fille. » Ce sont les premiers mots qu'il a adressés à Verity, et ensuite il n'a plus jamais fait attention à elle. Il ne s'occupait que de moi, de la gestion du domaine, du maintien de notre réputation, de notre nom qu'il avait pourtant traîné dans la boue avant de me le balancer à la figure pour que j'assure sa pérennité. Il ne se préoccupait de personne, Aphrodite. Il n'y avait pas d'amour dans cette maison. C'était froid, cruel et dur, jusqu'au jour où il est mort. Parfois, encore aujourd'hui, je frissonne en parcourant ces couloirs. Je ne peux pas l'expliquer et cela me mortifie d'en parler.

Je déposai un baiser sur sa main et me blottis contre lui.

— Je n'ai pas l'intention de te forcer à revivre des souvenirs aussi douloureux. Je cherchais simplement à mieux te comprendre, et maintenant c'est fait. Tu n'as pas besoin d'en dire plus. Pardonne-moi de t'avoir poussé à bout. Tu as raison. Je n'ai jamais eu à surmonter de telles épreuves.

— Ne t'excuse pas de ne pas avoir connu cet enfer. C'est l'un des traits que je préfère chez toi.

Il rit en pressant son front contre le mien.

— Je suis tombé amoureux de toi, mais j'aime aussi ta famille, reprit-il. Je souhaite la même chose pour moi, pour nous.

— Alors, six enfants ?

— Je préférerais huit, répondit-il.

— C'est beaucoup trop !

— Plus on est de fous, plus on rit. Je souhaite qu'Everely House soit plus bruyante que le château de Belclere, avec des frères et sœurs qui jouent, se taquinent, se battent, mais qui, au fond, s'aiment vraiment.

— Je te promets que ce n'est pas si simple. À voir ma mère, on pourrait croire que c'est facile, mais je ne suis pas elle. Un tel chaos me rendrait folle.

— Tu as pourtant mis de l'ordre dans la maison, et je crois que tu t'en sortiras très bien avec nos enfants. Toutefois, si tu insistes, nous pouvons nous arranger… et nous contenter de six.

— Avec Emeline, cela fait sept. Ce n'est pas vraiment une concession de taille !

Il rit.

— Oui, mais une petite concession vaut mieux que rien du tout. Alors, commençons.

Il m'embrassa et j'eus l'impression que des siècles s'étaient écoulés depuis la dernière fois que nous nous étions enlacés. J'enroulai mes bras autour de son cou et bientôt, je fus sur ses genoux.

— Attends, dis-je en le sentant soulever ma jupe. Je ne peux pas dormir ici.

— Pourquoi cela ? Ne sommes-nous pas réconciliés ?

— Si, mais j'ai promis à Emeline de lui lire une histoire.

— Il est tard. Elle s'est peut-être endormie, susurra-t-il en m'embrassant dans le cou.

— Elle sera encore éveillée. J'ai remarqué qu'elle ne dormait pas bien tant qu'elle n'avait pas entendu une histoire. Mme Watson avait l'habitude de le faire pour elle.

Il marqua une pause à la mention de Mme Watson, puis leva la tête.

— Je l'ai renvoyée parce que…

— Je sais, le coupai-je en prenant son visage entre mes mains. Emeline me l'a dit.

— Elle… elle n'a pas fait de mal à Emeline d'une autre manière, n'est-ce pas ?

Ses traits se tendirent visiblement.

— Dis-moi que je n'ai pas moi aussi vécu dans l'ignorance d'insultes ou d'abus à son égard.

Avec ce qui était arrivé à Verity, je compris ce qu'il voulait dire. Il ne souhaitait pas être comme son père et s'enfermer dans un égoïsme indifférent.

— Non, pas que je sache, affirmai-je en effleurant sa joue. Mme Watson s'est bien occupée d'elle, tout bien considéré.

Il poussa un soupir de soulagement et posa sa tête contre moi. Il n'ajouta rien de plus et je ne voulus pas insister. Le tenir dans mes bras, être près de lui, c'était parfait.

— Je t'aime, Evander, chuchotai-je.

— Et moi, je t'aime, toi.

— Il y a maintenant un véritable amour à Everely.

— Je crois bien.

Il sourit et mon cœur se serra.

27

Aphrodite

— Tu sais, dit soudain Verity alors que nous arrivions en ville avec Emeline et Eleanor.

— Je sais quoi ? demandai-je.

— À propos de mes cauchemars, reprit-elle en me tenant le bras. Je suis sûre que ton frère t'a dit quelque chose avant de partir, ou que tu m'as entendue ces deux derniers jours.

— Je t'ai entendue, en effet. Mon frère ne m'a rien dit, pas plus que Silva.

Son visage prit une expression amère.

— Ta famille est gentille. C'est pour cela que je ne pouvais pas rester chez vous plus longtemps. Je les voyais s'inquiéter pour moi et se donner du mal à cause de moi. Ça a fini par être… trop.

Elle était peinée. Je le voyais dans ses yeux. Elle semblait lutter pour retenir ses larmes.

— Je ne te poserai pas de questions sur les sujets dont tu ne souhaites pas parler, précisai-je en saluant des villageois d'un signe de tête.

Sa prise sur mon bras se resserra.

— Merci.

— Je t'en prie.

J'avais retenu la leçon. J'aurais dû le faire avant, quand Evander m'avait dit la vérité sur les méfaits de son frère. Je ne forcerais ni l'un ni l'autre. J'attendrais qu'ils soient prêts à se confier.

— Bonjour, Votre Grâce, dit Mme Stoneshire, la tenancière de l'auberge *Les Trois Sangliers*, quand nous passâmes devant sa porte.

— Bonjour, Rosemary, la saluai-je. Vous êtes complets ?

— Pas tout à fait, juste quelques buveurs matinaux.

— J'espère que vous aurez plus de monde tout à l'heure.

— Ça va se remplir. J'en suis sûre.

— Bonjour, Votre Grâce. Puis-je vous offrir des friandises aujourd'hui ? proposa M. Lupton, le plus vieux boulanger de la ville.

— Je vous en prie, ne me tentez pas, monsieur Lupton. J'en ai trop mangé la dernière fois !

— C'est justement pour cela que je vous le redemande !

Il se mit à rire et je souris en secouant la tête.

— Je m'abstiendrai jusqu'à avoir dépensé les précédentes en marchant.

— C'est absurde, Votre Grâce. Vous êtes belle, comme toujours. Le duc est un homme très chanceux.

— Je lui ferai savoir que vous l'avez dit !

Je souris et lui fis un signe de la main.

— Comment se fait-il que tu connaisses autant de gens ? s'enquit Verity. J'ai toujours vécu ici et je n'ai jamais parlé au boulanger ou à l'aubergiste.

— C'est peut-être pour cela que tu ne les connais pas, plaisantai-je. Après tout, pour connaître quelqu'un, il faut déjà se présenter à lui.

— Je n'ai pas besoin de logement, puisque ma maison est ici, ni de friandises, puisque nous avons un boulanger à demeure. Or tu vis à Everely toi aussi, comment se fait-il que tu les connaisses ?

— Quand j'étais enfant, mon papa se faisait un devoir d'emmener mon frère en ville, parce que celui-ci sera un jour le seigneur des environs et qu'il souhaitait que les gens le connaissent et aient une bonne opinion de lui. Je n'avais pas compris pourquoi avant que ma mère m'emmène et que je voie comment tout le monde nous traitait.

— Ce n'est pas très conventionnel, surtout pour la marquise. J'ai toujours cru qu'elle était très à cheval sur l'étiquette.

— Elle l'est, confirmai-je en riant. Je peux en témoigner personnellement. Quelques années auparavant, elle aurait certainement pensé comme toi, mais tout a changé avec les Français.

— Les Français ?

Je me rapprochai de Verity pour lui murmurer à l'oreille :

— Leur soulèvement.

Elle écarquilla les yeux.

— La Révolution ?

Je hochai la tête, m'assurant que personne ne pouvait nous entendre.

— Ma gouvernante m'a raconté que tous les nobles avaient très peur à cette époque. Ils craignaient que cette vague de protestations n'atteigne l'Angleterre. Il n'en a rien été, mais cette peur a influencé mes parents. Mon père était déjà connu dans tout le comté. Il a donc commencé à faire plus d'efforts, à écouter davantage, à parler aux villageois comme s'ils avaient tous la plus grande importance. Et pendant des années, cela a porté ses fruits. Mes sœurs et moi avions plus de liberté au château de Belclere. Nous pouvions marcher dans les rues et parler avec nos voisins. Et ils se sentaient très attachés à nous. Bien sûr, ma mère s'assurait de nous rappeler notre position et notre nom, mais nous appréciions ces promenades, même si nous n'étions jamais sans chaperon.

— Il s'agit donc en partie d'une mesure de sécurité, mais aussi d'un moyen de nous laisser, à nous autres femmes, une plus grande liberté ?

— Oui, mais…

— Attention, petite demoiselle !

Je levai la tête vers Eleanor, qui se tenait à côté d'Emeline. Cette dernière était tombée. Je me précipitai vers elle.

— Emeline, ma chérie, tu vas bien ? demandai-je en la relevant.

Sa lèvre inférieure tremblait.

— Tu es blessée ?

Elle secoua la tête, mais son visage rougissait à vue d'œil tandis qu'elle essayait de se frotter les mains. Je me penchai et nettoyai sa robe.

— Ce n'est pas grave, ma chérie, tant que tu ne t'es pas fait mal, assurai-je.

— Quelle belle famille ! lança une voix derrière moi.

Je n'avais jamais vu cet homme aux cheveux châtain clair et aux épaules imposantes. Il était plutôt séduisant et grand. Il tenait dans sa main le chapeau d'Emeline, qu'il me tendit.

— Pardonnez-moi, Votre Grâce. Elle l'a fait tomber.

— Merci.

J'acquiesçai et Eleanor lui prit le chapeau.

— Monsieur…

— Topwells.

Ce n'était pas lui qui avait répondu, mais Verity. Celle-ci lui jetait un regard meurtrier qui n'avait rien à envier à celui d'Evander.

« Topwells » ? Où avais-je entendu ce nom de famille ?

— Verity. Vous êtes ravissante, comme toujours. Comment va Evander ? Il n'a répondu à aucune de mes nombreuses lettres. Je suis blessé.

J'écarquillai les yeux lorsque je vis le carrosse de la douairière plus loin derrière lui et que j'entendis Datura l'appeler. Mon cœur se mit à battre la chamade.

Il sourit.

— Votre Grâce, c'est une honte que nous nous rencontrions dans ces circonstances. Ma mère m'a beaucoup parlé de vous. Vous êtes aussi belle qu'on le dit. C'est assez surprenant, car les rumeurs ne sont jamais tout à fait fidèles à la réalité.

— Fitzwilliam ? dis-je.

— Ah, alors Evander vous a parlé de moi ? C'est formidable. Je ne pensais pas qu'il le ferait, car il est connu pour être assez taciturne.

— Je vous demande pardon, monsieur Topwells. Mon mari est le plus gentil des hommes.

Je posai une main sur l'épaule d'Emeline et la ramenai vers moi. Je n'aurais pas dû, car cela attira son attention sur la fillette.

— Je vois. Eh bien, pardonnez-moi, et soyez prudente, mademoiselle. Vous êtes très précieuse.

Il lui sourit, mais elle s'accrocha à ma robe. Puis il s'éloigna nonchalamment, en toute impunité, comme si Evander ne le pourchassait pas depuis des années.

— Fitzwilliam ?

La voix douce et mélodieuse qui venait de s'élever appartenait à une belle jeune femme vêtue d'une soierie bleue des plus fines. Sous son chapeau qui coiffait ses cheveux bruns tressés, elle avait le teint blanc et des lèvres d'un rose éclatant. Elle portait un collier de perles autour du cou et tenait dans ses bras un petit carlin.

— Ma chère, avez-vous terminé ? lui demanda Fitzwilliam avec un sourire.

La jeune femme soupira bruyamment.

— Oui, je n'ai pas trouvé grand-chose, mais je suis agréablement surprise par la qualité des échoppes de la ville. C'est mieux que ce que je pensais.

Du coin de l'œil, je remarquai que ses achats étaient apportés à la voiture de la douairière.

— Ne vous ai-je pas dit qu'Everely n'avait pas son pareil, ma chère ? Regardez, on peut même y croiser la duchesse.

Fitzwilliam ricana et la fit s'avancer.

— Votre Grâce, permettez-moi de vous présenter ma femme, Mlle Marcella Wildingham… Pardonnez-moi, je ne suis pas encore habitué. Mme Marcella Topwells.

— Votre Grâce ? souffla la jeune fille avant de faire une révérence devant moi. Pardonnez-moi, je ne m'attendais pas à vous rencontrer, et je n'ai pas vu de voiture.

Elle était un peu jeune pour être une épouse, plus jeune qu'Hathor et peut-être même plus proche de l'âge de Devana.

— J'ai pensé qu'il valait mieux marcher, réussis-je enfin à articuler.

— Une promenade ? Vous plaisantez ! Et vos vêtements ?

Elle rit à la vue de mon ourlet, mais se contint finalement.

— Quelle importance après tout, je suis sûre que vous avez des robes à ne plus savoir qu'en faire. C'est vraiment un honneur de vous rencontrer. Nous ne nous sommes jamais croisées lorsque vous étiez à Londres pour la saison.

J'essayai de dissimuler ma surprise.

— Vous étiez présente lors de cette saison ?

— Je…

— Verity, tu es terriblement silencieuse, intervint Fitzwilliam, reportant son attention sur Verity, qui se tenait immobile.

— Marcella, voici lady Verity, la jeune sœur du duc.

— Bonjour, madame.

Marcella fit à nouveau une révérence pleine d'entrain.

— Bonjour, madame Topwells. Nous ne devrions pas vous retenir, car je vois que la douairière vous attend,

Fitzwilliam, observa Verity. Or on ne peut pas faire attendre la douairière.

— Tu as raison. Je vous reverrai, lady Everely, lady Verity.

Il inclina la tête avant d'entraîner sa femme à sa suite.

— Comment est-ce possible ? chuchota Verity en le regardant partir. La famille Wildingham est l'une des plus riches du pays. M. Wildingham n'a qu'une fille, Marcella, et elle n'a pas encore seize ans.

Immédiatement, les mots du grand philosophe stoïcien Sénèque le Jeune me vinrent à l'esprit : « La tempête menace avant d'éclater ; les maisons craquent avant de s'écrouler. »

EVANDER

— J'aurais dû m'en douter !

Les signes étaient là. Qu'est-ce qui avait pu pousser Fitzwilliam à se rendre à Londres en même temps que moi alors qu'il savait que je le cherchais ? Comment sa mère avait-elle pu se parer de bijoux et de soieries ? L'argent que je lui donnais suffisait seulement à la nourrir et ne permettait certainement pas d'acheter des cannes incrustées de diamants ou de somptueux colliers de perles. L'acquisition d'une maison aurait dû être hors de sa portée, mais elle était parvenue à s'en offrir une. J'avais supposé que c'était grâce aux fonds qu'elle avait réussi à dérober à mon père au cours de leurs années de vie commune. Le signe le plus flagrant de tous était sa certitude de revenir bientôt à Everely. Je n'y avais pas accordé grande importance parce que Datura était une femme effrontée.

Maintenant, j'étais déchiré entre l'envie de crier et celle de me taire. Comment pouvait-il être si difficile de traduire cet homme et sa mère en justice ?

— Je ne connais pas la famille Wildingham. Je ne veux pas me montrer insistante, mais est-ce si grave ? Au-delà de l'âge de la pauvre fille bien sûr, même si ce n'est pas si rare, demanda Aphrodite à voix basse alors que je faisais les cent pas dans le salon.

Verity et Emeline étaient allées se changer pendant qu'Aphrodite m'expliquait ce qui s'était passé en ville. Je voyais bien qu'elle essayait d'être patiente, car elle restait terriblement immobile, comme lorsque ses parents discutaient de quelque chose et qu'elle devait se comporter en jeune fille bien élevée.

Je n'étais ni son père ni sa mère.

— M. Unwin Wildingham est un puissant et richissime propriétaire terrien du comté. Il fait partie de la bourgeoisie. Il était autrefois considéré comme le meilleur tireur de tout le comté. Il a eu deux enfants, mais son fils est mort jeune en même temps que sa femme, le laissant seul avec sa fille, Marcella. Elle va hériter de sa maison et obtiendra une dot substantielle. Ce n'est pas le pire. Le reste de la succession et de la fortune ira au cousin de M. Wildingham, qui se trouve être sir Zachary Dennison-Whit.

— N'est-ce pas...

— ... le député du comté, qui est aussi, selon la rumeur, le bras droit du Premier ministre ? Oui, mon amour, c'est cela. Fitzwilliam a disparu pour mieux ressurgir avec un soutien très puissant. Je doute de pouvoir le capturer et le jeter en prison aussi facilement à présent, malgré les preuves que j'ai réunies. Le magistrat local est également ami avec les Wildingham.

— Mais tu es le duc. Tu as sûrement plus d'influence ?

— Oui, certainement. Mais il me faudra des preuves bien plus solides que celles que j'ai pour le faire tomber, car son destin est désormais lié à celui des Wildingham, et ils se battront pour éviter que leur nom ne soit sali.

— Peut-être, mais cela ne doit pas t'empêcher de parler. Mon père dit qu'un malfaiteur qui ne se repent pas continuera à commettre encore plus de méfaits. Tu dois montrer au magistrat tout ce que tu as, ton témoin aussi.

Je fronçai les sourcils, incertain.

— J'ai fourni tant d'efforts pour écraser Fitzwilliam une fois pour toutes, surtout après sa lettre. J'apprends à présent que je courais après une ombre pendant qu'il prenait tranquillement le thé avec les Wildingham dans leur propriété. C'est exaspérant.

— Une lettre ?

— Il m'a écrit pour me dire qu'il revenait, et je l'ai pris comme une menace. J'ai donc renforcé la sécurité et le nombre de gardes autour du domaine. C'est aussi pour cela que je ne voulais pas que tu ailles en ville. Je le croyais brutal et déterminé à frapper comme une bête dans la nuit. La situation, cependant, est bien différente, puisqu'il semble décidé à se faire passer pour un gentleman. Quelle honte !

— Que vas-tu faire à présent ? demanda Aphrodite doucement.

— Toutes mes tentatives pour le capturer se sont soldées par un fiasco. Je suis complètement perdu. Alors, je crois que je vais suivre les conseils de mon épouse, dis-je en m'approchant d'elle et en l'embrassant sur la joue. Je vais aller voir le magistrat, mais je ne sais pas si cela servira à quelque chose.

— Ayons foi en la justice, dit-elle.

Fitzwilliam était de retour à Everely. J'étais sûr que cela n'augurait rien de bon.

On frappa.

— Entrez.

La porte s'ouvrit sur la femme de chambre d'Aphrodite.

— Votre Grâce, vous avez reçu une lettre.

— De qui ? s'enquit Aphrodite.

— De Mme Marcella Topwells, répondit la domestique avant de se retirer.

Je fronçai les sourcils. Everely n'était pas assez grand pour eux et pour nous.

— Que dit-elle ? demandai-je en essayant de maîtriser ma colère.

Aphrodite me tendit la lettre pour que je la lise moi-même.

À Sa Grâce, la duchesse d'Everely,

Je vous demande pardon pour notre rencontre de ce matin. J'ai été assez surprise de vous voir en ville. J'avais espéré vous rencontrer, mais je pensais le faire autour d'une tasse de thé, pas au bord de la route. Mes paroles n'ont été que le fruit de ma nervosité.

J'écris cette lettre pour vous demander une autre audience, si vous jugez cette requête recevable.

J'attends votre réponse avec impatience et je prie pour que cette lettre vous trouve en aussi bonne santé que moi.

Je vous prie d'agréer, madame, l'expression de mes sentiments distingués,

Mme Marcella Topwells

— Je l'inviterai demain, dit Aphrodite.

— Je ne veux pas d'eux ici.

— Alors, elle viendra seule.

— Aphrodite…

— Je sais que tu voudrais que je reste en dehors de tout cela, mais Evander, si tu me voyais empêtrée dans une telle situation, me laisserais-tu m'en sortir seule ? Nous devons compter l'un sur l'autre, n'est-ce pas ? Laisse-moi inviter cette jeune femme et voir ce que je peux apprendre d'elle. Au moins, nous saurons si elle connaît la vérité sur son mari et nous découvrirons comment elle a épousé Fitzwilliam. Tu as dit avoir échoué à maintes reprises en utilisant la force brute pour les éloigner. Essayons une autre stratégie. Laisse-moi t'aider.

Dépendre d'autrui n'était pas mon fort. Pendant si longtemps, j'avais mené ce combat seul. Toute ma vie, en fait. Toute mon existence, je m'étais battu contre eux et j'en avais assez.

— Evander, insista Aphrodite en prenant mon visage entre ses mains. Ce n'est plus seulement toi. C'est nous. Ta gloire est ma gloire. Ta souffrance est ma souffrance. Si tu te bats, je me bats. Il n'y a aucun moyen de m'épargner.

Je le savais. C'était pourquoi son père avait souhaité que je règle mes problèmes avant qu'elle m'épouse, mais j'étais si heureux qu'elle ait lutté contre cette décision.

— Je ne te mérite pas, dis-je en posant mes mains sur sa taille. Tu es un miracle pour moi.

— Alors, c'est oui pour le thé avec Mme Topwells ?

Je soupirai.

— Très bien. Invite-la.

Seigneur, faites que ce ne soit pas une erreur.

28

Aphrodite

Je m'étais crue suffisamment sage, ou du moins assez mature, pour être mariée à seize ans. J'étais furieuse quand ma mère avait refusé de m'autoriser à épouser Evander à cet âge-là. Selon elle, aucune femme ne devrait se marier aussi jeune. La différence entre seize ans et dix-huit ans me paraissait alors insignifiante. Si j'avais déjà un prétendant, pourquoi attendre ? Elle avait refusé de répondre à mes questions et m'avait assuré que je comprendrais plus tard. J'avais donc été forcée de patienter en silence.

Désormais, je comprenais. Assise en face de la jeune Marcella Topwells, j'étais stupéfaite de constater à quel point elle était puérile. Je ne voulais pas croire que j'avais été aussi immature au même âge, mais sa façon de glousser, d'agiter les jambes et de manger son gâteau en faisant tourner la cuillère dans sa bouche me prouvait que ma mère avait raison. Cette jeune femme était encore une enfant.

— Toutes mes cousines seront jalouses de savoir que j'ai obtenu une audience avec vous, Votre Grâce.

Elle pouffa.

— Nous avons tous entendu dire que les dames Du Bell sont les plus belles et les plus aimables. Il paraît que même la reine vous tient en haute estime. Gwendolyn et Minerva ont désespérément cherché à se faire inviter au bal de votre mère cette saison, mais il était très difficile d'obtenir une invitation. Elles ont même supplié M. Winchester.

— Le Premier ministre Winchester ? demandai-je en remuant mon thé.

Elle hocha la tête avec empressement.

— Oui. Mon oncle et lui discutaient beaucoup ensemble à ce moment-là, alors toutes mes cousines ont essayé, pas seulement Gwendolyn et Minerva.

— Combien de cousines avez-vous ?

— Sept. Six filles et un garçon. Mon oncle cherche évidemment à avoir un autre garçon pour faire bonne mesure, mais ma tante est bien avancée en âge et lui dit toujours qu'il doit apprendre à accepter ce que le Seigneur lui a offert.

Elle rit une fois de plus. Elle parlait de sa famille et de ses affaires personnelles si ouvertement que j'en étais choquée.

— Vous passez donc beaucoup de temps avec votre oncle, sir Zachary Dennison-Whit, si j'ai bien compris ?

Elle se redressa sur son siège.

— Oui, Votre Grâce. Comme je suis fille unique, et que mon père est plus âgé, il a pensé qu'il valait mieux que je sois en compagnie de femmes. Il y avait beaucoup plus de femmes que ce à quoi je m'attendais à mon arrivée, car la maison est bien remplie. Je suis très heureuse d'être mariée et d'être la maîtresse de ma propre demeure à présent.

Nous en étions arrivées à la conversation qui m'intéressait.

— Et comment cette union est-elle née ? demandai-je en portant doucement ma tasse de thé à mes lèvres.

— C'était le destin.

Elle rayonnait, souriant d'une oreille à l'autre.

— J'étais en chemin pour Londres après avoir rendu visite à mon père quand ma voiture s'est prise dans une ornière. Il n'y avait que ma femme de chambre, moi et, bien sûr, le cocher. La lumière du soleil déclinait et il commençait à pleuvoir. Je craignais que nous ne devions envoyer le cocher chercher de l'aide ou, pire, que nous ne soyons obligées de marcher. C'est alors que la voiture de la douairière est arrivée et que Fitzwilliam est apparu. Il s'est précipité à mon secours, a retiré son manteau pour me protéger de la pluie et m'a invitée à me mettre à l'abri dans leur voiture. Pendant le trajet, j'ai pu discuter avec lui.

Maudites soient les routes et la mauvaise météo de cette saison.

— Le lendemain, il est arrivé avec ma voiture et s'est enquis de ma santé. Toutes mes cousines étaient jalouses, car il est très beau, n'est-ce pas ?

Je souris et acquiesçai.

— Ma tante a essayé de lui faire aimer Gwendolyn, mais il ne s'intéressait pas à elle. Je me suis aperçue qu'il me souriait. Mon cœur a presque sauté de ma poitrine.

Il y avait quelque chose de louche dans ce récit, même si je ne remettais pas en cause la parole de la jeune femme. Je ne comprenais simplement pas pourquoi la douairière était sur la route alors qu'elle vivait à Londres. D'après ce que j'avais entendu dire d'elle, elle ne quittait jamais la ville, jamais, car elle n'avait pas d'autre endroit où aller.

— Il m'a écrit une lettre pour me demander pardon, car il s'était senti envoûté par ma beauté et pensait qu'il n'avait aucune chance à mes yeux, étant donné qu'il est plus âgé. C'était la plus adorable des lettres.

— Qu'a dit votre tante ?

— Elle était mécontente, car mes cousines n'avaient pas reçu de prétendants.

Elle gloussa et reprit une bouchée.

— Elle craint que cela n'arrive jamais.

— Toutes les mères s'inquiètent de cela, mais qu'a-t-elle dit en recevant une telle lettre ? Ne l'a-t-elle pas lue ?

— Lue ? Cette lettre m'était adressée. Pourquoi l'aurait-elle lue ?

— Vos lettres n'étaient-elles pas lues par un chaperon et n'étiez-vous pas accompagnée en permanence par celui-ci ?

— Non. Mais j'ai ma femme de chambre.

Elle marqua une pause avant d'ajouter :

— Et Fitzwilliam est un vrai gentleman, qui cherche toujours à prendre soin de moi.

— Tant mieux. Et maintenant, vous êtes mariée à lui.

— Au début, mon père n'a pas accepté, il me trouvait trop jeune. Cela a bien failli me briser le cœur, et Fitzwilliam ne souhaitait pas bouleverser notre famille. Il a même dit que nous devrions nous séparer pour la paix de tous. Mais je crois qu'il faut se battre pour l'amour, alors j'ai écrit à mon père et à mon oncle et je suis partie avec lui.

Je toussai, manquant m'étouffer avec mon thé.

— Vous êtes partie avec lui ? Vous voulez dire que vous vous êtes enfuie ?

Elle pouffa encore.

— Presque, mais mon oncle nous a interceptés. Entre-temps, je m'étais déjà donnée à lui, alors mon oncle a souhaité que notre union soit prononcée. Cela ressemble à un rêve. C'est arrivé si vite et je suis maintenant la première mariée de ma famille. Mes cousines sont toutes très jalouses...

— Et vous êtes heureuse ?

Elle acquiesça.

— Tout à fait.

— Que savez-vous de Fitzwilliam ? m'enquis-je.

Son attitude changea aussitôt. Elle parcourut la pièce du regard, puis se tourna vers moi. Se penchant en avant, elle chuchota :

— Je connais la vérité.

— La vérité ? répétai-je.

— Beaucoup croient qu'il est le premier fils de la douairière issu d'un précédent mariage, mais la vérité, c'est qu'il est le fils de l'ancien duc. Et sa mère était le véritable amour de l'ancien duc, mais ils ne pouvaient pas être ensemble. C'est pourquoi lui et sa mère ont été bannis par le nouveau duc.

Elle soupira lourdement et baissa les yeux sur son gâteau.

— Vous croyez mon mari si mesquin et cruel ? demandai-je avec colère.

Elle écarquilla les yeux.

— Pardonnez-moi, je sais qu'il s'agit maintenant de votre famille aussi, et je ne veux pas contrarier l'actuel duc avec de telles informations. Je souhaite simplement mettre un terme à la querelle entre les deux frères afin que nous puissions de nouveau former une famille soudée.

Quelle naïveté !

C'était le mot le plus gentil que je pouvais trouver pour la qualifier. Plus je la regardais, plus j'étais en colère. Cette fille semblait complètement perdue, sans personne pour la guider. Nourrie de mensonges en guise de vérité et de ruses en guise d'amour. Tout cela était horrible, et elle ne s'en rendait pas compte. Au contraire, elle se croyait très intelligente.

Devais-je lui dire la vérité et briser son fantasme ? Ou bien faire semblant et sourire, sans lui révéler que le pire des scélérats avait fait dérailler sa vie ? Je m'imaginais lui dire : « Il ne vous aime pas, il se sert de vous. » J'en aurais mis ma main à couper même si je n'avais rien su de l'histoire d'Evander ou de celle de la mère d'Emeline. Fitzwilliam était un ignoble vaurien !

— Votre Grâce ? demanda-t-elle alors que je n'avais pas parlé depuis un certain temps. Qu'en pensez-vous ?

— Ce que je pense de quoi ?

— De réunir nos époux de nouveau.

Je pensais que c'était impossible.

— Concentrons-nous d'abord sur notre lien. Ma mère dit que là où les femmes vont, les hommes suivent.

— Une amitié avec vous, Votre Grâce ? Gwendolyn et Minerva ne le croiront jamais. Je dois leur écrire. C'est un tel honneur. Puis-je vous demander si vous avez pensé à organiser un bal ? J'ai cherché à en organiser un moi-même, mais je ne connais pas grand monde. Et évidemment, Everely est bien plus grandiose. J'ai entendu dire que vous n'aviez pas encore fait connaissance avec la noblesse locale et que vous n'étiez allée en ville que pour rencontrer les gens du peuple.

— Oui, comme c'est la coutume, j'ai pensé attendre que la saison londonienne soit terminée, indiquai-je.

— Votre Grâce, c'est très injuste pour les habitants d'ici qui ne peuvent se rendre à Londres. Les bals du comté ne sont jamais aussi magnifiques. On ne cesse de nous dire à quel point la saison est merveilleuse à Londres sans jamais avoir la chance d'y assister. Vous pourriez très bien faire d'Everely le nouveau lieu mondain à la mode.

— Je vais y réfléchir.

Je lui offris d'autres friandises, qu'elle accepta avec joie. J'espérais qu'Evander avait davantage de succès de son côté dans sa tentative d'exposer le vrai visage de Fitzwilliam.

Evander

Je savais qu'une visite au bureau du magistrat ne servirait pas à grand-chose, mais je ne pensais pas qu'elle serait si décourageante et enrageante. Dès mon arrivée, je ne fus pas accueilli par le magistrat, mais par ce salaud en personne, assis sur une chaise, une tasse de thé à la main, comme s'il n'était pas un criminel parmi les plus infâmes de la société.

— Regardez qui va là : le duc dans toute sa gloire, dit ce démon en souriant d'une oreille à l'autre.

Sous le coup de la colère, je restai immobile, incapable de bouger ou de parler de peur de le frapper. Je jetai un coup d'œil dans le bureau et constatai qu'il était la seule personne présente.

— Si tu cherches le magistrat, il va revenir dans un instant. Nous étions en grande conversation avant qu'il sorte. Entre nous, je crois qu'il a de plus grandes aspirations dans la vie.

Je serrai le poing et me détournai de lui.

— Eh bien, petit frère...

— Je ne suis pas ton frère, tonnai-je, manquant cracher à ses pieds. Tu penses sans doute avoir trouvé le parfait filet de sécurité, mais crois-moi, je ne me reposerai pas tant que tu n'auras pas répondu de tes méfaits.

— Mes « méfaits » ? osa-t-il répéter sur un ton moqueur. Je ne vois pas de quoi tu parles !

Devant son air sarcastique, je ne pus m'empêcher d'attraper les revers de son manteau avec la volonté de le jeter à terre.

— Cette fille... Emma... même si tu l'as trompée et abandonnée, alors qu'elle était mourante, ses dernières pensées et ses derniers désirs étaient pour toi. Elle a pleuré pour toi. Tu avais prouvé que tu n'étais rien d'autre qu'un monstre, et pourtant cette pauvre femme souhaitait s'accrocher aux mensonges que tu lui as servis jusqu'à la fin.

— Des mensonges ? Je lui ai dit qu'elle deviendrait duchesse et qu'elle vivrait dans un grand domaine, n'est-ce pas ? Ses malheurs ne sont dus qu'à sa propre sottise...

Mon poing heurta son visage une première fois, puis une seconde, l'envoyant au sol.

— Toi et ta mère êtes exactement les mêmes ! De vils porcs cupides, utilisant les autres pour vous enrichir.

Il essuya le sang qui coulait de son nez.

— Nous, cupides ? Comme si tu méconnaissais ta répugnante avidité ! Tu as tout pris et tu nous as jetés aux loups. Maintenant, tu te plains de la façon dont nous survivons ?

— J'ai pris ce qui me revenait de droit !

— Je suis le premier...

— Tu es un bâtard ! Le fils de la fille d'un boucher ! Tu n'as aucun droit sur Everely. Tu n'as pas le sang noble. Nous ne t'accepterons pas parmi nous. Le sort qui t'a été réservé était meilleur que ce que tu méritais !

— Sois maudit ! brailla-t-il en lançant son poing dans ma direction.

Je l'interceptai.

— Je ne suis plus un garçon jeune et faible à présent, Fitzwilliam.

Il répliqua en attrapant la théière et en me la brisant sur la tête. Quand sa main se porta à mon cou, je pris un tesson et lui en balafrai la joue pour l'éloigner de moi.

La porte s'ouvrit alors et le magistrat s'écria :

— Grand Dieu ! Mais que se passe-t-il ?

Il vit nos poings levés et nos vêtements ensanglantés.

— Lord Everely ?

— Pardonnez-moi, monsieur, de vous déranger. Je suis venu divulguer une information de la plus haute importance, mais j'ai été très déconcerté par votre invité. Je dois partir. N'hésitez pas à m'envoyer la facture pour tous les dégâts, grommelai-je en me dirigeant vers la porte.

— Tout ce que tu m'as pris, je le reprendrai ! hurla Fitzwilliam.

— Alors, tu n'auras rien. Je te rappelle une fois de plus qu'on ne t'a rien donné, lâchai-je avant de tourner les talons.

Je remontai au pas de charge le couloir où se tenaient trois hommes : mes deux témoins et un autre individu dont la présence était inattendue. Le docteur Darrington.

— Vous aurez besoin de panser cette main, Votre Grâce, dit-il en regardant mes articulations écarlates.

Je cachai ma main dans mon dos et m'adressai aux deux autres : M. Danvers, le témoin de mon duel avec le père d'Emma, et M. Lyndon, un avocat qui pouvait attester avoir vu Fitzwilliam se faire passer pour moi.

— Je crois qu'il vaut mieux que nous revenions une autre fois. Je vous remercie de votre patience, messieurs.

— Il est préférable d'en finir une fois pour toutes, Votre Grâce, dit M. Danvers en me posant une main sur l'épaule.

— Si vous avez encore besoin de nous, nous serons là. Vous n'avez pas à vous inquiéter. Nous sommes à vos côtés, Votre Grâce, affirma M. Lyndon.

— Je vous remercie. Bonne journée à tous.

Ils suivirent un majordome vers la sortie, me laissant avec le médecin, qui attendait.

— Oui ?

— Vous avez besoin d'être soigné. Où avez-vous été frappé ?

— Je vais très bien, merci.

— Docteur ! appela une domestique à la porte. M. Topwells aura besoin de votre aide une fois que vous aurez soigné le duc.

— Je vais bien, répétai-je. Bonne journée.

Je n'osai regarder personne en montant dans ma voiture. Heureusement que je n'étais pas venu à cheval.

— À la maison, crachai-je.

Je passai la main sous mon manteau pour tâter ma côte. Il fallait que je tâche de me calmer. Je savais que Fitzwilliam était incapable de remords, mais maintenant que je l'avais vu, il était clair qu'il n'était pas revenu uniquement pour me provoquer. Il se croyait toujours le propriétaire légitime d'Everely et de mon titre. Ce scélérat s'était dégotté une femme riche, et pourtant… il désirait plus. Il désirait ce qui m'appartenait.

Qu'il aille au diable !

29

Aphrodite

J'attendais son retour et je ne pus contenir mon choc lorsqu'il arriva couvert de bleus. Était-il allé à un combat de boxe ou à un rendez-vous avec un magistrat ? Il me lança un regard abattu et ne prononça pas un mot en montant les escaliers.

— Eleanor, demandez à une domestique d'apporter de l'eau, un linge et du brandy pendant que vous appellerez le médecin, ordonnai-je en soulevant mes jupes pour monter derrière lui.

Je ne le bousculai pas. Je le suivis simplement jusqu'à ce que nous ayons atteint l'intimité de notre chambre. Il resta silencieux et se dirigea vers le fauteuil près de la cheminée où il s'assit, les yeux fermés. Je posai doucement une main sur son visage et il grimaça.

— Que t'est-il arrivé ?

— Fitzwilliam était là et... et nous avons communiqué comme nous le faisons souvent lorsque nous sommes dans la même pièce... Par la violence. Il n'y a pas d'autre issue avec lui. Il est mon ennemi, et je suis le sien.

On frappa.

— Entrez, dis-je.

La servante avait apporté ce que j'avais demandé.

— Posez cela près de moi.

J'attendis qu'elle parte pour tendre un verre de brandy à Evander.

— Comment savais-tu que je voulais du brandy ?

— Damon et toi vous ressemblez sur ce point, répondis-je.

— Si seulement il était mon frère au lieu de Fitzwilliam.

— Si c'était le cas, tu serais mon frère et non mon mari, et ce serait une grande perte pour moi, observai-je en nettoyant son visage délicatement.

Il rit, mais s'arrêta vite, un rictus de douleur sur le visage et une main plaquée sur les côtes.

— Qu'y a-t-il ?

— Rien, mentit-il.

— Bien, si tu choisis de ne rien me dire, tu devras au moins être honnête avec le médecin.

— Tu as fait appeler un médecin ?

— Tu es blessé !

— À peine.

— Evander, il y a du sang sur tes vêtements. Ta main est gonflée et tu grimaces au moindre mouvement. Ce n'est pas rien. C'est grave.

— Mon amour, c'est…

— Non.

Je levai la main pour l'interrompre.

— Quand j'avais quinze ans, j'ai vu un homme se faire battre sur le bord de la route. Plus tard, j'ai appris qu'il avait refusé de se faire soigner en affirmant qu'il était solide et qu'il allait bien. Le lendemain, il était mort.

Il rit à nouveau.

— Je ne crois vraiment pas que ce soit si grave, mon amour.

— Tu n'es pas médecin, et je ne me fie qu'à l'avis des professionnels dans ce domaine. Le docteur t'examinera et tu te laisseras faire. D'ailleurs, je te rappelle que c'est ton refus de te faire soigner qui était à l'origine de ta fièvre la dernière fois. Pourquoi s'obstiner à ne pas apprendre de ses erreurs ?

— D'accord, je me rends ! grogna-t-il avec un geste de reddition.

— Parfait.

— Pendant un moment, j'ai cru entendre ta mère.

Je le foudroyai du regard, horrifiée, et il se moqua de moi.

— Arrête de me taquiner !

— Je ne te taquine pas, je le pense vraiment.

Je tendis la main pour lui prendre le verre, et il me le rendit en riant malgré sa douleur.

— Tu as manifestement eu ta dose.

Il déposa un baiser sur ma joue.

— Pas du tout.

Nous nous regardâmes dans les yeux.

— Parlons-nous toujours du brandy ?

Il secoua la tête et se pencha en avant pour m'embrasser quand on frappa de nouveau à la porte.

— Maudits soient-ils ! marmonna-t-il.

— Entrez, dis-je en me redressant alors qu'Eleanor pénétrait dans la pièce.

— Le docteur est là.

— Déjà ?

— Oui, Votre Grâce, il était en route. M. Wallace dit qu'il a déjà soigné Sa Grâce.

— Qui ? demanda Evander. Le Dr Cunningham ?

— Non, Votre Grâce, un certain Dr Darrington.

Evander fit une grimace, mais acquiesça.

— Faites-le entrer.

Je fus très surprise par la jeunesse de l'homme qui entra quelques minutes plus tard.

— Votre Grâce, fit-il en s'inclinant.

— Vous l'avez déjà soigné ? demandai-je.

— Je vous ai dit que j'allais bien, intervint Evander. Pourtant, vous m'avez suivi jusqu'ici !

— Vous aviez dit la même chose à Londres, et je me doutais que quelqu'un m'appellerait ce soir, ou demain matin.

— J'ai un autre médecin...

— Examinez-le attentivement, docteur Darrington, dis-je en souriant avant de quitter la chambre.

Une fois dans le couloir, j'aperçus Verity à l'angle, qui semblait nous espionner.

— Verity ? Qu'est-ce que tu fais ?

— Mes yeux me trompent-ils ou le Dr Darrington est-il ici ?

— Il est bien là.

— Vraiment, il est là ?

— Oui, répétai-je, ne sachant trop pourquoi elle semblait si intéressée.

Elle soupira avant de tourner les talons et de s'éloigner en grommelant.

Étrange.

— Votre Grâce ?

— Oui, Eleanor ?

— Nourrice Phillipa sera là à la tombée de la nuit.

— Oh, enfin.

Phillipa avait été la nounou de ma sœur. J'avais écrit à ma mère, lui demandant son aide pour m'assurer ses services, car je ne pouvais me résoudre à confier Emeline à une inconnue, et je ne voulais pas non plus d'une femme qui risquait de déconstruire le lien qui commençait à se tisser entre nous.

— Emeline fait la sieste ? demandai-je.

— Oui, Votre Grâce, j'ai pris de ses nouvelles tout à l'heure.

— Merci. Je vais aller m'asseoir avec elle et lui expliquer qui est Nourrice Phillipa.

Je ne voulais pas qu'elle pense que je l'abandonnais.

— Comment sont les nouveaux domestiques que j'ai engagés ?

— Jusqu'à présent, tout va bien, mais il faudra encore du temps, Votre Grâce.

— Bien sûr.

Je me dirigeai vers la chambre d'Emeline, heureuse de voir que je commençais enfin à me familiariser avec les lieux.

— Que dit-on sur notre compte, ces derniers temps ?

— Les rumeurs sont beaucoup plus favorables, Votre Grâce.

— Eh bien, nous devrions nous préparer à ce que notre nom soit sur toutes les lèvres.

Je ne connaissais pas les détails des actions d'Evander, mais j'étais certaine que la ville serait en ébullition lorsque tout le monde apprendrait que le duc s'était battu avec un homme du coin comme un voyou. Une part de moi aurait voulu le sermonner pour son comportement – je travaillais si dur pour redorer son nom – mais en voyant son air abattu, je n'avais pu m'y résoudre.

— C'est tout pour le moment, dis-je à Eleanor avant d'entrer dans la chambre d'Emeline.

Une fois à l'intérieur, je m'appuyai contre la porte. Il y avait toujours quelque chose à régler. Rien n'était simple, malgré tous mes efforts. Même si je ne sombrais pas, le fardeau de la maison d'Evander et de cette famille était lourd à porter. Cette pensée me ramena à Marcella et à ce qu'il serait advenu de moi si ce rôle m'avait été confié à l'âge de seize ans. Il est certain que cela m'aurait brisée. Je m'inquiétais pour elle.

— Votre Grâce ?

J'ouvris les yeux. Emeline était assise dans son lit, se frottant les yeux. Je m'approchai d'elle et posai une main sur son visage.

— Je t'ai réveillée ?

Elle secoua la tête.

— Je suis contente que tu le sois. Je voulais te parler de ta nouvelle nounou.

Elle se figea aussitôt.

— Ne t'inquiète pas, elle est très gentille. Enfin, elle est gentille et un peu stricte. Ma sœur Abéona l'aimait beaucoup. Et elle n'est là que pour m'aider quand je suis occupée ailleurs, mais je continuerai à passer autant de temps que possible avec toi.

— Et Mme Watson ? demanda-t-elle.

— Ton papa n'est pas content d'elle, et tu ne veux pas qu'il soit mécontent, n'est-ce pas ?

Elle fit la moue, mais secoua la tête.

— Si tu n'aimes pas ta nouvelle nounou, j'en trouverai une autre.

— Oui, Votre Grâce.

— Bien, alors préparons-nous pour elle et allons passer un moment dans le jardin. Nous mangerons ce que tu voudras pour le dîner.

Elle acquiesça et je la soulevai du lit, la serrant fort dans mes bras. Mon cœur fondit lorsqu'elle me rendit mon étreinte.

À ma grande surprise, je m'étais déjà beaucoup attachée à elle.

EVANDER

La journée avait été cauchemardesque et je souhaitais simplement qu'elle se termine. Je pensais qu'Aphrodite était dans le même état d'esprit, mais quand je rouvris les yeux, quelque temps après notre coucher, elle n'était plus à mes côtés. J'attendis un moment dans le lit, mais comme elle n'était toujours pas revenue après dix minutes, je me levai pour partir à sa recherche. Elle n'était ni dans la chambre d'Emeline, ni dans le salon, ni dans la cuisine. La panique commença à me gagner jusqu'à ce que j'aperçoive de la lumière dans le patio.

Attiré tel un papillon de nuit, je suivis la lueur et la trouvai assise à la table avec une bouteille de porto et un morceau de gâteau. Ses cheveux bouclés cascadaient sur ses épaules et elle portait sa robe de chambre.

— Dans ces moments-là, tu me fais regretter de ne pas être peintre.

Elle tourna la tête vers moi, prise sur le fait, la cuillère encore dans la bouche, et je ne pus m'empêcher de rire.

— Tu es réveillé ? demanda-t-elle.

— Tout comme toi, dis-je en m'asseyant à ses côtés. Qu'est-ce qui te retient hors de mon lit ce soir ? Du porto et du gâteau ?

— Pardonne-moi. C'est très bon.

— Je dois en juger par moi-même, répondis-je en ouvrant la bouche pour qu'elle me nourrisse.

Elle me lança un regard consterné, mais je restai dans la même position et elle finit par céder. Elle prit une petite portion de gâteau et me mit la cuillère dans la bouche.

Je mâchai lentement, admirant sa beauté. Comment une femme aussi belle pouvait-elle exister et surtout être mienne ?

— Tes parents ont vraiment bien choisi ton prénom.

— Oh, je t'en prie, arrête, supplia-t-elle en prenant une autre bouchée.

— Je n'ai jamais compris pourquoi ton prénom te déplaisait tant ? La déesse de la beauté. N'est-ce pas ce que toutes les femmes désirent être ?

— Si, et cela ne me déplaît pas. C'est plus...

Elle s'arrêta pour réfléchir.

— Cela me fait peur.

— D'être belle ?

— Que je ne sois que cela, expliqua-t-elle. Si ma seule gloire est ma beauté, que deviendrai-je lorsqu'elle se fanera ? Je ne suis pas une déesse, je ne resterai pas toujours jeune.

— Je suis certain que tu seras divine à tout âge, et que je suis le plus chanceux de tous les hommes.

Elle gloussa et m'observa en haussant les sourcils.

— Ton avis n'est-il pas un peu partial ?

— En effet, mais comme je suis ton époux, c'est aussi le plus précieux, n'est-ce pas ?

Elle se tut et reprit une bouchée de gâteau. Elle me provoquait et je m'approchai donc d'elle, mon nez touchant presque sa joue.

— Je me trompe ?

Elle fit de son mieux pour ne pas rire et haussa les épaules. Alors, je lui volai sa part de gâteau.

— Hé !

— Quel est l'intérêt de remplir ta bouche de douceur si tu refuses de me dire des mots doux ?

Elle planta son regard dans le mien et je le soutins.

— Si tu le souhaites, nous pouvons rester ainsi jusqu'au lever du soleil.

Elle rit.

— Soit. En tant qu'époux, ton avis est le plus important.

— Je ne suis pas convaincu, car je pense que tu ne l'as dit que pour le gâteau.

Elle leva les yeux au ciel et se pencha pour poser ses lèvres sur les miennes. Un aperçu du paradis.

— Vraiment, c'est ton avis qui compte le plus, mon amour. Bien plus que celui de tous les autres, chuchota-t-elle.

Aucune autre femme sur terre n'avait le pouvoir de faire battre mon cœur comme elle le faisait. Si elle n'existait pas, je commettrais un blasphème et j'érigerais des statues à son image pour l'aduler.

— Explique-moi pourquoi nous sommes dans le patio au lieu d'être dans notre chambre pour que je puisse te prendre ? demandai-je, mon front posé contre le sien.

— J'avais besoin de réfléchir, alors j'ai préféré descendre, car tu as tendance à me distraire.

— Je prends cela comme un compliment et je te le rappellerai plus tard. Pour l'instant, partage tes pensées avec moi.

Elle reposa son gâteau.
— Il y a tant de choses à assimiler. Chaque jour, il y a une nouvelle tâche à accomplir, ce qui est assez étrange, car je n'aurais jamais pensé que cette vie, qui consiste à s'occuper d'une maison et de sa famille, serait si exigeante.
— Si c'est trop, nous pouvons…
— Ce n'est pas le cas, répondit-elle rapidement en me prenant la main. Ce n'est pas trop pour moi. Néanmoins, ce soir, j'ai ressenti le besoin de m'aérer et de réfléchir. Ne crois pas que je suis malheureuse, car je suis très contente d'être à Everely et avec toi, même si tu mets mes nerfs à l'épreuve. Surtout quand tu n'arrives pas à maîtriser ta colère et que tu te bats dans le bureau du magistrat, semant derrière toi suffisamment de graines pour alimenter les rumeurs pendant des jours, voire des semaines.
Je lui offris un sourire penaud. J'étais un duc. J'aurais dû me comporter différemment. Mon sourire s'estompa à mesure que j'y pensais.
— Pardonne-moi. Je perds mon sang-froid dès que je vois Datura ou Fitzwilliam. En revanche, j'apprécie beaucoup mon frère cadet.
— Gabrien, c'est ça ?
J'acquiesçai.
— Il évite les conflits comme la peste et ne vient ici que lorsqu'il n'a pas d'autre choix. D'ailleurs, il cherche à partir en voyage après qu'il aura terminé ses études à Eton.
— Je suis heureuse que tu aies au moins un frère que tu apprécies, dit-elle en levant les yeux vers les étoiles. J'essaie de trouver un moyen de mettre fin à cette situation avec Fitzwilliam, mais je ne vois aucune solution, seulement plus de conflits. Et plus il y aura de conflits, plus ton nom sera entaché.
— Et plus mon nom sera entaché, plus le tien le sera aussi.

— C'est *notre* nom.

— C'est vrai.

— J'ai peut-être trouvé une solution, déclara-t-elle en me tendant son porto.

Si elle me donnait à boire, c'était que j'allais probablement en avoir besoin.

— Qu'est-ce que c'est ?

— Un bal.

Je m'esclaffai.

— Un bal ?

— Oui. À l'heure qu'il est, tout le monde raconte sans doute que tu as attaqué un membre de la société comme un forcené...

— Il m'a attaqué aussi.

— Lui n'est pas duc. Tes actions sont forcément jugées plus sévèrement, parce que tu es censé être exemplaire.

— J'ai l'impression que tu me fais la morale.

— C'est vrai, mais tu l'as cherché en venant me retrouver ici.

— Donc, si je n'étais pas venu te rejoindre, tu n'aurais rien dit ?

— Je t'aurais dit que nous organisions un bal, mais je n'aurais pas précisé pourquoi.

Elle prit la bouteille de porto et but directement au goulot. Un spectacle qui valait le détour.

— Je suis un peu ivre maintenant, alors autant l'admettre, ajouta-t-elle.

— Très bien. À ton bal, alors !

— M. et Mme Topwells devront être invités.

— Aphrodite ! Je ne veux pas qu'il vienne ici.

— Les festivités se dérouleront en extérieur et nous placerons des hommes dans toute la maison pour monter la garde.

— Ce n'est pas la question. Everely...

— ... est ton domaine, me coupa-t-elle, l'air sévère. Et ton frère a beaucoup à se reprocher, mais il a été accueilli parmi la noblesse. Si tu le tiens à l'écart, cela nuira à ton image. Sa femme croit que tu es le méchant dans cette histoire. La moitié de la ville pense que tu cherches à venger ta mère et que c'est la seule raison pour laquelle tu tiens Datura à distance… Nous devons être perçus comme meilleurs, et non pires qu'eux.

Comment avait-elle pu rassembler autant d'informations aussi rapidement ? Son sens de l'intrigue semblait plus affûté encore que sa beauté, qu'elle en ait conscience ou pas. Toutefois, je refusais de laisser cet homme ou sa mère entrer chez moi.

— Evander, je sais à quel point c'est dur pour toi, mais je cherche à redorer la réputation d'Everely parce que je ne supporte pas d'entendre que tu es cruel. Tu as tant souffert, et pourtant c'est toi que l'on blâme. C'est injuste. Alors, je t'en prie, permets-moi de t'aider comme je le peux.

Elle me suppliait presque et j'étais incapable de lui dire non.

Il n'était pas juste d'obliger un mortel à se battre contre une déesse.

30

Aphrodite

— Jamais Everely n'a connu une telle effervescence, constata Evander, stupéfait.

Nous étions tous deux à cheval tandis qu'il observait la maison.

— Il semble que tout le monde s'intéresse à ton bal et cherche à s'y faire inviter. Même mon banquier a demandé si lui et sa famille étaient sur la liste. Et il n'a pas eu l'air de me croire quand je lui ai dit que je l'ignorais.

Je souris et acquiesçai.

— L'invitation de M. Marworth lui parviendra cet après-midi. Au moins, il verra ce qui justifie une telle dépense dans les comptes ce mois-ci.

— Tu as donc conscience de l'agitation que tu as provoquée ? s'enquit-il tandis que nos chevaux passaient devant les jardiniers occupés à planter des décorations.

— C'est mon premier bal. Il est normal qu'il soit quelque peu excessif.

Puis, comme pour appuyer mon commentaire, ou le sien, un palefrenier passa à côté de nous en nous saluant d'un signe de tête, un paon sous chaque bras. Je souhaitais que ces oiseaux se promènent dans le parc en liberté à cette occasion.

— « Quelque peu excessif » ? se moqua Evander. Aphrodite, je n'ai jamais vu de telles décorations, même au palais !

— Tu exagères ! C'est loin d'être aussi fantaisiste que le palais… Enfin, nous n'en sommes peut-être pas si loin.

— Bonjour, Vos Grâces, dirent d'autres décorateurs, les bras chargés de rubans de soie.

Je les saluai.

— Veuillez m'excuser, messieurs, mais que diable transportez-vous ? demanda Evander.

Si nous n'avions pas été à cheval, j'aurais été tentée de lui donner un coup de pied !

— De la soie, Votre Grâce, pour les arbres, répondit l'un d'eux.

— Pour les arbres ? s'étonna-t-il.

— Continuez. Je lui expliquerai !

J'attendis qu'ils s'éloignent avant de lancer un regard noir à Evander, qui souriait toujours.

— Laisse mes décorations.

— Très bien, ma chère femme, mais que feras-tu s'il pleut ? s'enquit-il, exprimant à voix haute ma plus grande peur, car je n'avais aucun pouvoir sur la nature.

— Ne nous porte pas malheur !

— Je prédis au moins une légère bruine.

— Evander !

Il rit avant de me dépasser et je le suivis.

— S'il pleut, je te le reprocherai.

— Tu ne vas quand même pas me blâmer pour le mauvais temps.

— Si, je le ferai, car il fait très beau depuis un petit moment.

J'avais annoncé le bal quelques jours auparavant et je n'avais pas ménagé mes efforts pour que tout soit prêt à temps. J'étais reconnaissante que Nourrice Phillipa soit là pour s'occuper d'Emeline pendant que je travaillais. Emeline se méfiait d'elle, mais n'était pas hostile.

— J'ai entendu dire que Mme Topwells avait essayé de nous rendre visite hier, dit Evander alors que nous entrions dans la forêt.

— En effet, mais j'ai refusé de la recevoir, car j'étais bien trop occupée. Et, bien sûr, je lui ai envoyé une invitation.

— Vous vous êtes beaucoup écrit. Pourquoi cette fille t'intéresse-t-elle tant ?

— Je sens que quelque chose ne va pas chez elle, répondis-je sincèrement en essayant de trouver la meilleure façon de l'expliquer. Peut-être que je me reconnais en elle.

— Je ne lui ai jamais parlé, mais je suis certain qu'il n'y a pas de comparaison possible. Tu es la fille de…

— Oui, je sais que nous n'avons pas le même statut social, malgré sa richesse, mais ce n'est pas cela. Je sais ce que c'est d'être envoûtée par un homme. Et parfois, quand je la regarde rire et sourire, elle me rappelle comment j'étais à cet âge-là avec toi. Si jeune, si amoureuse, si… aveugle.

— « Aveugle » ? Crois-tu que je t'ai manipulée pour te séduire ?

— Non, aveugle vis-à-vis de moi-même. Je n'étais probablement pas prête à devenir une épouse à ce moment-là, précisai-je. Je t'aimais tellement que je souhaitais t'épouser le plus vite possible, sans me soucier de savoir si j'étais en mesure de gérer un domaine. Il y a tant de choses que je n'avais pas envisagées parce que j'étais bien trop obnubilée par toi. Sans ma mère, je ne serais pas aussi préparée que je le suis aujourd'hui. Elle m'a protégée de moi-même. Marcella n'a pas cette chance. Une part de moi croit qu'elle s'est mariée uniquement pour rendre ses cousines jalouses.

— Ou peut-être qu'elle a vu tout ce qu'il y avait à voir et qu'elle accepte que cela fasse partie du marché, objecta-t-il, inflexible et froid.

— Tu ne fais vraiment pas confiance à l'espèce humaine.

— Je ne te l'ai jamais caché, fit-il en haussant les épaules. Je ne vois pas comment on peut tomber amoureuse d'un homme comme Fitzwilliam. N'est-il pas évident que ses paroles sont un poison visant à tromper et à séduire ?

— C'est peut-être évident pour toi, mais pour une jeune fille qui n'a jamais rien vu du monde au-delà du salon de ses parents, avec une exposition limitée au sexe opposé, tout cela semble très sincère.

Quelle injustice ! Comment les femmes étaient-elles censées faire la différence entre un gentleman et un voyou alors qu'on leur bandait les yeux dès la naissance et qu'on les jetait dans la jungle quelques années plus tard ?

— Ce monde nous voit, nous les femmes, comme des agneaux, et notre survie dépend de nos bergers.

— Et pourtant, vous vous en prenez toutes aux bergers, dit-il en plaisantant. Tu détestais tes chaperons autant que Verity.

— Non, nous détestons être des moutons, rétorquai-je.

Il éclata de rire.

— Quoi ?

Il se contenta de secouer la tête sans répondre.

— Tu ne peux pas te moquer de moi sans m'expliquer pourquoi, insistai-je en fronçant les sourcils.

— L'image d'un troupeau de moutons se révoltant m'a traversé l'esprit et j'ai trouvé ça drôle !

— Tu nous crois incapables de nous révolter ?

— Ce serait très mignon de votre part.

Je lui lançai un regard noir, puis je passai une jambe par-dessus la selle pour chevaucher comme un homme.

— Vive les moutons ! criai-je avant d'enfoncer mon talon dans le flanc de l'animal et de partir au galop.

— Aphrodite ! m'appela Evander en se lançant à ma poursuite.

Je fonçais à travers la forêt avec aisance, l'ayant fait maintes fois avec mon père quand nous n'étions que tous les deux. C'était agréable de voir les arbres défiler à toute vitesse et de sentir les battements de mon cœur dans ma poitrine. Je ne m'étais pas rendu compte que cela faisait si longtemps. Je continuai à galoper jusqu'à ce que j'aperçoive une silhouette dans les bois. Je tirai sur les rênes, mais quand mon cheval s'arrêta, je ne vis personne.

— Où diable as-tu appris à monter comme ça ? demanda Evander, de nouveau à mes côtés. J'ose dire que tu es peut-être meilleure cavalière que ton frère.

— Oh, je t'en prie, ne lui dis pas. Tu sais à quel point Damon a l'esprit de compétition, dis-je en examinant les alentours. As-tu vu quelqu'un ?

— Tu crois que j'ai vu quelque chose à part toi ? Tu m'as pratiquement causé une crise cardiaque.

J'essayai de ne pas rire.

— Tu en rajoutes.

— C'est vrai, mais je suis stupéfait de découvrir qu'il y a quelque chose que j'ignorais encore de toi.

Il sourit en positionnant son cheval à côté du mien.

— Je suis tenté d'encourager ce talent, car j'aimerais voir à quelle vitesse tu peux aller sur un terrain dégagé.

— Vous me mettez au défi en me proposant une course, Votre Grâce ? C'est tout à fait déplacé.

— J'essaie simplement de rattraper un mouton fugueur ! répliqua-t-il en riant. Ou serait-ce un oiseau en cage ? Il faut que je fasse une liste de toutes tes analogies, mais je me demande pourquoi ce sont toujours des animaux.

Parce que les animaux, comme les femmes, peuvent être possédés par les hommes.

C'est alors que j'entendis un bruissement dans les buissons. Evander l'entendit aussi.

— Qui va là ? cria-t-il.

Pas de réponse. Un instant plus tard, elle se montra.

— Marcella ?

Je sursautai, les yeux rivés sur la jeune femme couverte de terre, terrifiée et frémissante, qui se relevait péniblement.

— Vous allez bien ?

Evander descendit de cheval pour l'aider, mais elle tendit les mains pour l'en empêcher.

— Je vais bien ! assura-t-elle en s'époussetant rapidement, mais en gardant les yeux baissés. J'ai simplement été surprise et j'ai perdu l'équilibre, voilà tout.

— Que faisiez-vous ?

— Marcella !

La voix résonna à travers les arbres avec une telle force et une telle rage que les oiseaux se dispersèrent.

Fitzwilliam.

Immédiatement, le poing d'Evander se serra tandis que Fitzwilliam s'avançait vers Marcella, le regard fou.

— Vous allez bien, ma chère ? demanda-t-il en brossant doucement les feuilles de ses cheveux.

Elle tremblait légèrement.

— Que faites-vous sur mes terres ? s'emporta Evander.

— Vous vous trompez, duc. Vous et votre femme venez juste de passer sur ma propriété. Ponsonby m'appartient désormais, rétorqua Fitzwilliam, le menton fièrement levé.

Sans carte, il était difficile de savoir où se terminait le domaine d'Everely House et où commençait celui de Ponsonby. Cela n'avait jamais été un problème auparavant. Du moins, pas à ma connaissance. Les propriétaires – enfin, les anciens propriétaires – étaient un couple relativement âgé et sans histoires.

— Vous avez acheté Ponsonby à la famille Allen ? grinça Evander, les dents serrées.

— Oui. Suis-je censé vous demander la permission avant d'acheter un terrain ? répliqua Fitzwilliam avec sarcasme.

Je regardai à nouveau Marcella, qui restait silencieuse.

— Marcella ?

Je me penchai en avant sur mon cheval.

— Êtes-vous sûre que vous allez bien ?

Elle semblait perdue dans ses pensées, mais la poigne avec laquelle Fitzwilliam la tenait était inquiétante. La jeune fille grimaça un court instant avant de lever les yeux vers moi avec un sourire hésitant.

— Je vais bien.

Je n'y croyais pas un instant. Elle souriait, mais ses yeux donnaient l'impression qu'elle me suppliait de faire quelque chose.

— Oui, elle va très bien, même si elle est parfois maladroite. Je lui dis sans cesse qu'elle doit se montrer prudente dans ces forêts. Il y a une rivière assez profonde plus loin, près des rochers. C'est très dangereux, ma chère, la réprimanda Fitzwilliam en lui effleurant la joue.

Je posai les yeux sur lui et il me sourit.

— J'espère que vous assisterez à mon bal ce soir, monsieur Topwells.

— Bien sûr, Votre Grâce, c'est un honneur, même si je dois admettre que j'ai été surpris de recevoir une invitation après ma dernière rencontre avec le duc.

Il reporta son attention sur Evander, qui était déjà remonté à cheval.

— Bien sûr que vous êtes invité, monsieur Topwells, car votre femme et moi sommes très attachées l'une à l'autre. Marcella, si vous avez besoin de moi, n'hésitez pas à me demander.

— Bien sûr, Votre Grâce, dit-elle doucement.

Ce n'était pas non plus son enthousiasme habituel. Je voulais comprendre ce qui n'allait pas, mais elle ne semblait pas en position de m'expliquer, à voir l'emprise de Fitzwilliam sur son bras.

Quelque chose clochait. Je cherchai à m'approcher, mais le cheval d'Evander me barra la route.

— Nous devons repartir, car il y a encore beaucoup à faire.

L'humour et la joie avaient disparu de sa voix. Que pouvais-je dire ?

— D'accord.

Je regardai à nouveau Marcella.

— À ce soir, tous les deux.

— À ce soir, répondit Fitzwilliam.

Ils restèrent immobiles tandis qu'Evander faisait faire demi-tour à son cheval. Je le suivis, non sans jeter un dernier regard au couple. Fitzwilliam continuait d'arborer son sourire glacial.

— Aphrodite, appela Evander, m'arrachant à mes réflexions.

Il attendit que nous soyons à bonne distance pour se tourner vers moi avec colère.

— Laisse-moi te redire à quel point je ne souhaite pas le voir chez nous.

— Cela irait à l'encontre du but recherché, lui rappelai-je. Je pensais t'avoir expliqué.

— Tu l'as fait, mais ensuite je l'ai vu et je me suis souvenu du peu de confiance que j'ai en lui.

— Nous devrions tenir le temps d'une soirée. As-tu remarqué quelque chose d'anormal chez Marcella ?

— Marcella ?

Il avait prononcé son nom comme s'il ne se souvenait pas de sa présence.

— Peu importe, dis-je.

Je décidai de parler à la jeune femme plus tard dans la soirée, car j'étais certaine que quelque chose n'allait pas.

EVANDER

Elle m'avait banni.

Pas très loin, mais cela restait un bannissement, car elle ne supportait pas de me voir soi-disant « ruminer » pendant qu'ils finissaient les préparatifs pour la soirée. J'avais placé des hommes dans toute la maison et j'avais prévenu le personnel de faire preuve de la plus grande vigilance. Ma dernière étape était la chambre d'Emeline, où la petite était restée cloîtrée.

Lorsque j'entrai, sa nounou était assise à côté d'elle, à même le sol, et lui faisait la lecture. Pourquoi ne s'était-elle pas installée sur le lit ou sur le canapé ? En vérité, cette nourrice était plutôt bizarre, avec son long cou et son visage rond. J'étais surpris que ma marraine ait engagé une telle femme, mais je ne savais pas grand-chose de ce qui faisait une bonne nourrice, comme le prouvait ma récente déconvenue avec Mme Watson.

— Papa ! s'exclama Emeline.

Je posai une main sur sa tête.

— Comment vas-tu ?

— Bien. Puis-je aller au bal ? S'il te plaît ?

Je souris et m'agenouillai devant elle.

— Que sais-tu des bals ?

— On y danse, on y mange et on y danse encore.

— Sais-tu danser ?

— Nourrice Phillipa m'a appris à danser.

Pour le prouver, Emeline se leva et commença lentement à faire les pas… comme une vraie petite dame. Je l'applaudis.

— Bravo !

— Alors je peux y aller ?

— Malheureusement non, répondis-je, ce qui me valut une moue déçue.

Depuis l'arrivée d'Aphrodite, Emeline semblait devenir plus audacieuse et plus expressive. Était-ce simplement l'effet de la présence d'une femme, d'une vraie figure maternelle, en particulier d'une figure comme Aphrodite ? Ou était-ce parce qu'elle grandissait ?

Verity avait également changé au fil du temps, même si ce n'était pas la même chose. Quoi qu'il en soit, j'étais heureux.

— S'il te plaît, Papa.

— Que dirais-tu d'un compromis ? Toi et moi, nous pouvons danser à notre propre bal, dans ta chambre.

— Tu danseras avec moi ? s'enthousiasma-t-elle.

— Oui, bien sûr.

Elle se tourna rapidement vers sa nounou.

— Mademoiselle Phillipa, il nous faut de la musique !

— Emeline, le piano est en bas. Nous pouvons danser sans musique.

— Mlle Phillipa a une boîte ! dit-elle.

— Une boîte ? répétai-je en lançant un regard interloqué à la nourrice, qui me montra une boîte à musique. J'ignorais d'où venait cet objet. Emeline m'entraîna plus loin dans la pièce.

— Emeline, calme-toi, je suis là.

— Papa, nous n'avons encore jamais dansé ! s'écria-t-elle, annihilant ma joie quand le sens de ses paroles me frappa.

Je n'avais jamais cherché à la délaisser, mais je ne pouvais pas dire que j'avais été un père très attentif non plus. C'était difficile pour moi, mais quelle excuse pouvais-je avoir quand Aphrodite l'aimait tant ? Malgré tout ce qui s'était passé, malgré ce qu'avait fait la mère de la fillette, Aphrodite s'occupait beaucoup de l'enfant.

— Es-tu prête ? demanda la nounou.

Emeline hocha la tête avec excitation. Lorsque la musique commença, je me plaçai à côté d'elle et souris. Je devrais faire en sorte que cela se produise plus souvent.

31

Aphrodite

Tout se déroulait bien, mais je n'arrivais pas à m'en réjouir. Les soieries accrochées aux arbres étaient du meilleur effet, les paons dans le parc étaient sublimes, la piste de danse était bondée et les divertissements presque aussi éblouissants que ceux de Londres. J'avais bien travaillé et les sourires de nos convives me le confirmaient. Pourtant, je me sentais anxieuse, car il y avait une personne que je n'avais pas encore vue.

— Serai-je récompensé puisqu'il ne pleut pas ? me taquina Evander en surgissant à mes côtés.

Je levai les yeux vers lui, confuse.

— Que veux-tu dire ?

— N'as-tu pas menacé de me tenir pour responsable s'il pleuvait sur ton dur labeur ?

— Oh, c'est vrai.

J'acquiesçai et portai mon regard vers le ciel dégagé. La nuit n'était pas encore tombée, mais elle ne tarderait plus à présent. Où donc était la jeune femme ?

— Il y a un problème ? demanda-t-il.

— Non, je…

Ma voix s'éteignit lorsque le valet annonça enfin Marcella. Elle était vêtue de blanc et ses cheveux étaient ornés d'une plume immaculée.

— Qu'il soit maudit d'être venu, marmonna Evander alors que non seulement Fitzwilliam mais aussi Datura s'avançaient à leur tour et entouraient Marcella.

— N'oublie pas de dissimuler ta colère, murmurai-je.

— Il serait plus facile pour moi de ne pas respirer, grommela-t-il.

Je passai mon bras sous le sien, avec l'intention de marcher vers eux, mais il resta immobile.

— Que fais-tu ? souffla-t-il.

— Je vais les accueillir.

— Tu es l'hôtesse de ce bal, sans compter que tu es la duchesse. Ce n'est pas à toi d'aller vers eux, me rappela-t-il.

Il n'avait pas tort, car il était d'usage pour une duchesse de ne saluer l'ensemble de ses invités qu'une seule fois, au début d'une réception, et je l'avais déjà fait. La prochaine occasion que j'aurais de m'adresser à eux se présenterait à la fin de la soirée. Cependant, je souhaitais vraiment me débarrasser de ce sentiment qui persistait à me harceler. J'observai attentivement leur entrée. Fitzwilliam tenait l'un des bras de Marcella et Datura l'autre. On aurait presque dit qu'ils la forçaient à marcher. Pourtant elle arborait un grand sourire et ne cessait de glousser nerveusement.

— Votre Grâce, comme Everely House est devenue magnifique depuis votre arrivée ! me félicita une notable de la région.

— Merci, répondis-je tandis qu'Evander s'éloignait de moi aussi vite que possible.

— Et votre robe. C'est la plus belle que j'aie jamais vue. Vient-elle de Londres ? demanda une autre.

— En effet. Je suis ravie qu'elle vous plaise, car je n'étais pas sûre de la couleur.

Je ris avec elles, mais mes yeux ne quittaient pas Marcella.

— C'est merveilleux de pouvoir parler avec vous, Votre Grâce. Beaucoup d'entre nous s'inquiétaient que vous ne préfériez la compagnie des villageois, glissa la plus petite d'entre elles en laissant échapper un ricanement.

— Ma compagnie est très variée, et j'espère faire la connaissance de toutes ces dames, ainsi que la vôtre, mesdames.

— Oh oui, nous devons passer plus de temps ensemble. J'aimerais beaucoup vous inviter, vous et le duc, à dîner chez moi la semaine prochaine.

— Je...

— Si vous dînez chez elle, il faudra que vous veniez chez nous aussi.

— Je vérifierai mon emploi du temps, dis-je, les laissant bavarder entre elles joyeusement, insouciantes, voire un peu éméchées.

Je souriais, j'acquiesçais et je riais avec elles. J'étais tellement occupée par la conversation que j'entendis à peine un petit cri suivi d'un bris de verre. Lorsque je me tournai vers la droite, je vis Marcella, l'air gênée, sa robe tachée par le champagne qu'elle avait renversé. Profitant de l'occasion, je me précipitai à ses côtés.

— Ne vous inquiétez pas, la rassurai-je en lui tendant la main. Nous nettoierons cela en un rien de temps.

— Merci. Je ne sais pas ce qui m'arrive, gloussa-t-elle en frottant sa robe.

Avant que je puisse bouger, une autre main se refermait sur elle.

— Ma chère, ce n'est pas si grave que vous deviez déranger la duchesse, intervint Fitzwilliam en la maintenant par le bras.

Une fois de plus, elle se raidit.

— Vous, les hommes, ne savez jamais l'importance d'une robe. Si elle n'est pas nettoyée, la tache s'incrustera certainement, observai-je en essayant de l'entraîner avec moi. Ne vous inquiétez pas, je la ramènerai en un seul morceau.

— Je vous accompagne, lança Datura en s'approchant de moi.

Marcella était-elle la femme de Fitzwilliam ou sa prisonnière ? Ne voulant pas créer un esclandre, je souris et acquiesçai. Ce ne fut qu'à ce moment que l'homme jugea bon de lâcher le bras de son épouse. Je ne savais trop quoi faire, mais je regardai autour de moi et surpris Verity, qui nous observait curieusement. J'espérais qu'elle lirait le désespoir sur mon visage et qu'elle me viendrait en aide. Nous avions pratiquement atteint les escaliers menant à la maison et je perdais espoir de me débarrasser de Datura quand la voix de ma belle-sœur s'éleva avec force derrière nous.

— Douairière, cela fait longtemps que nous ne nous sommes pas parlé, dit-elle. J'ai l'impression que vous m'ignorez, j'espère que je me trompe ?

— Je vous demande pardon ?

Datura la dévisagea comme si elle était folle.

— Je vous ai écrit plusieurs fois, et vous ne m'avez jamais répondu, continua Verity assez fort pour que quelques convives se retournent.

— Je n'ai reçu aucune lettre de votre part.

— Comment cela se fait-il ?

Verity fronçait les sourcils à présent.

— Nous allons vous laisser parler toutes les deux, dis-je rapidement en entraînant Marcella à l'intérieur.

Datura protesta, mais je fis semblant de ne pas l'entendre. Les valets de pied avaient à peine refermé les portes derrière nous que la jeune femme s'effondra dans mes bras.

— Marcella !

Elle se mit à sangloter en me serrant contre elle.

— Je vous en prie ! Je vous en prie, aidez-moi !

— Respirez, conseillai-je en essayant de la redresser, mais elle tremblait trop pour tenir debout seule. Marcella, vous devez me suivre. Nous ne pouvons pas rester ici alors que vous êtes dans cet état.

— Je ne peux pas.

— Comment cela, vous ne pouvez pas ?

Elle ne fit que sangloter davantage.

— Marcella !

— Mes... jambes.

Comme je ne comprenais pas, je soulevai légèrement l'ourlet de sa robe et vis que ses jambes étaient violettes et couvertes d'ecchymoses.

— Qu'est-ce que... Que diable vous ont-ils fait ?

— Je n'aurais pas dû fuir, sanglota-t-elle.

— Vous fuyiez, chuchotai-je.

Je le savais, je l'avais senti, mais je n'avais pas voulu le croire.

Elle se remit à pleurer, toujours accrochée à moi.

— C'est lui qui vous a fait ça ? demandai-je en regardant ses jambes.

— Il... C'est ma... c'est ma faute. J'étais en colère contre lui... C'est ma faute...

— Chut, dis-je en la serrant dans mes bras et en lui tapotant le dos tout en m'efforçant de contenir ma rage.

Oh... oh... cette brute infâme ! Ce vaurien ! Ce misérable ! Cette vile créature !

— Nous devons vous éloigner de lui...

— C'est mon époux...

— C'est un monstre ! lâchai-je, les larmes aux yeux.

— Il n'était pas comme ça au début. C'est moi... Je l'ai mis en colère...

Je pris son visage entre mes mains.

— Écoutez-moi. Ce n'est pas votre faute. Jamais. Venez. Je suis là. Je vais arranger cela. Je vais vous aider.

— Non, vous ne pouvez pas. Veuillez m'excuser, je dois rentrer, murmura-t-elle en faisant mine de se lever.

— Vous tenez à peine debout et vous voulez retourner auprès de lui ? Marcella, non, vous ne pouvez pas. Il vous bat.

— Que voulez-vous que je fasse ? s'écria-t-elle. C'est mon mari. Ma famille me renierait. Ils m'en veulent trop pour ce que j'ai fait. Je n'ai personne d'autre que lui ! Je dois rentrer.

C'était de la folie. Elle tremblait de peur. Je n'avais aucune idée de la façon dont je pouvais la sauver, mais tout mon être me disait de le faire. Je pensai à l'enfermer dans la maison, mais je ne pouvais pas. Cela aurait été considéré comme un enlèvement. Que faire ? Comment la protéger ? Il était son époux et avait tous les droits sur elle.

Comment pouvait-on arrêter un monstre ?

Comment une femme pouvait-elle lutter contre un tel démon ?

Je l'ignorais, mais je savais que je ne ferais plus jamais la morale à Evander pour s'être battu avec lui.

Evander

Elles étaient parties depuis bien trop longtemps pour simplement nettoyer une robe, et la façon dont Fitzwilliam observait la maison éveillait ma méfiance. Datura avait cherché à s'introduire à l'intérieur, mais les hommes postés à la porte l'avaient empêchée d'entrer.

— Que se passe-t-il, bon sang ? me chuchota Verity.

— Je l'ignore, lui répondis-je. Comment as-tu su qu'Aphrodite voulait éloigner Datura ?

— Elle m'a lancé un regard si éloquent que j'ai compris. Tu te doutes bien que je n'aurais jamais parlé à Datura de mon plein gré autrement, expliqua-t-elle. Dois-je entrer ? Je crains que Datura n'essaie de me suivre.

La voix de Fitzwilliam résonna alors comme les cris de l'enfer :

— Votre Grâce ! Quand mon épouse me sera-t-elle rendue ?

Tous les regards étaient maintenant tournés vers nous. Verity posa une main sur mon bras.

— Quand je retrouverai ma femme, vous retrouverez la vôtre.

— Et quand cela arrivera-t-il ?

— Quand elles l'auront décidé.

Je me mordis l'intérieur de la joue.

— Êtes-vous toujours collé à votre femme, Fitzwilliam ?

— Seulement lorsque je suis en terrain hostile.

Un murmure s'éleva parmi l'assemblée et plusieurs convives se rapprochèrent pour suivre la scène dans ses moindres détails. Avant que je puisse répondre, les portes s'ouvrirent et nos femmes émergèrent de la maison. Nous nous précipitâmes vers elles.

Le regard d'Aphrodite était plus sombre que jamais. Je l'avais déjà vue en colère. Je l'avais vue épuisée ou encore indifférente, mais cette fois-ci, il y avait autre chose. Cela ressemblait à ce que je ressentais moi-même : une haine à l'état brut.

— Mon épouse n'a pas l'air de se sentir bien, Votre Grâce. Je pense qu'il est préférable que nous nous retirions pour la soirée, déclara Fitzwilliam.

Il avait clairement remarqué l'expression meurtrière sur le visage de ma femme.

— Marcella, allons-y.

Lorsque la jeune fille lui prit la main, Aphrodite tendit le bras pour l'en empêcher.

— Je viendrai vous voir pour m'assurer que vous allez bien et que vos jambes guérissent correctement, dit-elle à Marcella sans quitter Fitzwilliam des yeux.

Celui-ci serra les dents, furieux.

— Merci, Votre Grâce, souffla la jeune femme avant que Fitzwilliam l'emmène.

On aurait pu espérer que Datura aurait le bon sens de partir avec eux, mais elle continuait de se comporter comme la maîtresse des lieux et déambulait dans les jardins, buvant et riant avec les invités.

— Comment peut-on être aussi vil ? murmura Aphrodite.

Son regard était à présent posé sur Datura qui papillonnait d'un groupe de personnes à un autre.

— Que s'est-il passé ? demandai-je.

Elle n'eut pas l'occasion de répondre, car elle fut happée par des femmes qui la cherchaient. Ne voulant pas participer à leur conversation, j'essayai de partir, mais elle me retint par la main. Elle tremblait de colère.

***

L'aube commençait à percer lorsque je vis partir la dernière voiture, qui n'était autre que celle de Datura. Malgré mon épuisement, la première chose que je fis fut de déverrouiller la porte de mon bureau et de vérifier que personne n'y était entré. Puis j'allai voir Emeline dans sa chambre. Je les imaginais peut-être plus démoniaques qu'ils ne l'étaient en réalité, mais je préférais être prudent. En entrant enfin dans notre chambre, je m'attendais à trouver Aphrodite endormie dans notre lit, vu la quantité de travail qu'elle avait abattue ces derniers jours. Au lieu de quoi elle était debout devant la fenêtre, se tordant les mains.

— Tu ne dors pas...

— Comment l'arrêter ? demanda-t-elle. Es-tu retourné voir le magistrat pour lui raconter ses méfaits ?

— Je t'ai dit que c'était inutile. Il a balayé mes accusations d'un revers de main.

— Malgré tes témoins ?

Je le lui avais pourtant dit.

— C'était il y a longtemps. Cela aurait pu fonctionner quand Fitzwilliam n'était qu'un bâtard, mais maintenant, c'est différent. Le magistrat m'a clairement fait comprendre qu'il valait mieux ne pas remuer le passé et aller de l'avant pour le bien de tous.

— Pour le bien de qui ?

— Aphrodite, qu'est-ce qui ne va pas ?

Je posai les mains sur ses épaules.

— Que s'est-il passé entre toi et Mme Topwells lorsque…

— Ne l'appelle pas ainsi, s'emporta-t-elle, les bras croisés. Elle mérite mieux que ce nom… le nom de celui qui la bat.

Cet homme avait-il hérité de tous les pires traits de caractère de notre père ? Je soupirai doucement.

— Tu en as vu la preuve ?

— Il la frappe à des endroits que personne ne peut voir, Evander ! Sa famille l'a pratiquement abandonnée. Elle n'a aucun contrôle sur sa propre maison ou sa dot. Elle est une prisonnière que l'on sort pour parader et qu'on enferme de nouveau. Dieu seul sait ce qu'ils lui font subir. Nous devons l'aider. Nous devons traduire ce démon en justice !

— Une tâche à laquelle j'ai travaillé toute ma vie, en vain. Si je pouvais jeter cet homme dans une cage et l'y laisser pourrir, je le ferais, mais je ne peux pas.

— Alors que devons-nous faire ?

Elle était au bord des larmes.

— Nous sommes le duc et la duchesse. Nous pouvons sûrement faire quelque chose, insista-t-elle.

Nous ne pouvions pas. Marcella était sa femme, et ce n'étaient pas nos affaires ni celles de la justice. Tout ce que je pouvais faire, c'était serrer Aphrodite dans mes bras, car je comprenais sa frustration. Malgré notre richesse, notre titre et nos terres, nous étions impuissants face à cet homme.

— Je retournerai parler au magistrat demain.

Cela ne servirait pas à grand-chose, mais j'essaierais.

En vérité, je n'avais aucun moyen de le faire tomber et je craignais les retombées que ma démarche aurait sur notre famille. Je pris Aphrodite dans mes bras et l'emmenai jusqu'au lit où je la déposai.

— Je sais que tu es une femme de caractère, dis-je en lui caressant la joue, mais tu dois accepter, comme j'ai appris à le faire, que le monde n'est pas toujours juste et que parfois, les voyous ne sont pas punis pour leurs actes. Nous devons simplement nous protéger d'eux.

— Nous allons donc rester les bras croisés ?

— Soyons reconnaissants que nos vies soient différentes de la leur.

Mais j'eus beau l'embrasser, mon baiser ne suffit pas à dissiper sa fureur.

APHRODITE

Je l'observais dormir profondément, son bras en travers de mon corps. Blottie contre lui, je me sentais un peu mieux, mais seulement un peu. Je ne pouvais m'empêcher de m'interroger au sujet de Marcella. J'avais essayé de toutes mes forces de la convaincre de rester ici, mais elle avait trop peur. Je comprenais maintenant ce qu'Evander m'avait expliqué. Il n'y avait rien à faire.

C'était horrible.

Les victimes de Fitzwilliam étaient contraintes au silence. Marcella, Evander… La mère d'Emeline. Je ne pouvais pas supporter cette injustice.

Après m'être levée discrètement du lit, j'enfilai ma robe de chambre et me rendis dans mon salon. Sur la commode m'attendaient des lettres de ma mère et de mes sœurs, ainsi qu'un stylo et du papier pour rédiger les réponses que je n'avais pas encore écrites.

Je m'assis et pris une feuille, la contemplant un long moment avant de saisir la plume et de la tremper dans l'encre. Dès que j'eus commencé à écrire, je ne pus m'arrêter.

32

Evander

— « Je vous écris pour vous raconter une histoire des plus horribles, dépourvue de toute moralité et qui révolterait le cœur et l'esprit de tous les honnêtes gens. La vérité qui se cache derrière la brute qui rôde parmi nous sous le nom de Fitzwilliam Topwells, fils de l'ancien duc d'Everely. »

J'avais lu le journal à voix haute, horrifié.

Lorsque je m'étais réveillé ce matin-là, j'avais découvert mon histoire personnelle ainsi que celle de mon père et de Fitzwilliam étalées dans le journal local. On y expliquait tous les crimes que ce scélérat avait commis à mon encontre, à l'exception de la vérité concernant la naissance d'Emeline, bien qu'il ne soit pas difficile de la deviner en recoupant les dates. Les malheurs d'Emma étaient relatés dans leurs moindres détails et ces détails n'étaient connus que d'une personne en dehors de moi. Voilà pourquoi je me tenais à présent devant Aphrodite, attendant une réaction surprise ou choquée de sa part. Au lieu de quoi elle était tranquillement assise sur sa chaise, les mains croisées sur les genoux.

— C'est toi qui as fait ça, lui reprochai-je.

Après le bal, j'avais pensé qu'elle avait passé la nuit à écrire à sa famille, encore abattue par sa découverte du sort de Marcella. En fait, elle était occupée à exposer les secrets les plus honteux de ma famille au monde entier.

— Aphrodite, qu'as-tu fait ?

— Je n'ai fait que dire la vérité.

— Oui, et tu l'as racontée au monde entier, alors que personne ne l'avait demandée.

— Parce qu'ils ignoraient qu'il fallait demander !

— Non, parce que c'est scandaleux ! Non seulement tu as révélé mon intimité sans ma permission, mais tu accuses aussi le magistrat de couvrir les méfaits de Fitzwilliam…

— Ne l'a-t-il pas fait ? Tu es allé le voir deux fois ! Tu lui as parlé de Marcella, et pourtant il n'a pas agi.

— Tu ne lui en as pas laissé le temps ! Je lui ai parlé de Marcella hier seulement, pendant que tu publiais ceci !

— S'il avait fait quelque chose la première fois que tu y es allé, nous n'en serions pas là !

Elle était devenue folle. En vérité, il n'y avait pas d'autre explication, et je ne savais pas quoi dire.

— Avec cet article, tu nous exposes tous au ridicule et au danger. Tu penses avoir porté un coup à Fitzwilliam pour l'exclure de la société, mais, Aphrodite, il a toujours vécu ainsi. Il s'en moque. Tu viens de t'attaquer à l'animal le plus sournois qui soit. Que penses-tu qu'il va faire à présent ? Il niera tout et se vengera !

— N'est-ce pas ce que tu crains déjà qu'il fasse ? Tu as posté des gardes dans tout le domaine, jour et nuit, par peur que cet animal sournois ne s'en prenne à nous, et beaucoup de gens s'interrogent. Maintenant, au moins, tous les regards seront rivés sur lui. Qu'ils se méfient. Qu'ils le surveillent comme tu le fais. S'il ne peut pas être emprisonné, alors faisons en sorte que sa vie ressemble à une prison. Je me moque des conséquences ! Il fallait que quelqu'un parle, car il n'est pas juste que des innocents souffrent en silence.

— Et qu'est-ce que cela nous apportera ? demandai-je, cherchant à la raisonner. Marcella est toujours dans cette maison avec lui. Le passé reste le passé. Rien n'a changé, si ce n'est que nous sommes devenus l'objet de nouvelles rumeurs. À présent, le monde entier sait que mon père était un démon qui a engendré un voyou. Crois-tu que cela ne déteindra pas sur moi ? Sur Verity et Gabrien ? Ne sommes-nous pas ta famille et donc plus importants à tes yeux que la justice que tu cherches à obtenir pour cette fille ? Tu t'es servie de notre histoire et tu nous as déshonorés aux yeux du monde.

— J'ai simplement...

— S'il s'agissait des actes de ton père, de ton sang, aurais-tu agi de manière aussi irréfléchie ? repris-je en secouant la tête. C'était égoïste et cruel de ta part. Tu nous as humiliés sans préavis.

— Evander...

Je levai la main, la suppliant de garder ses distances.

— Je n'ai plus rien à te dire, soufflai-je avant de tourner les talons et de sortir en claquant la porte derrière moi.

Je détestais mon père, mais il restait mon père. Et s'il n'avait pas su montrer de l'amour à sa famille, il m'avait inculqué au moins une chose : l'importance d'honorer son nom. Il était ironique que je veuille à ce point redorer le blason des Everely alors que je considérais les actes de mon père comme des plus honteux. Je savais que cela prendrait du temps, mais avec Aphrodite à mes côtés, j'étais certain d'y parvenir. Aujourd'hui, une fois de plus, je me retrouvais englouti par mon passé nauséabond.

— Evander !

Le cri sembla résonner dans toute la maison. Je regardai par la fenêtre. Fitzwilliam était là, hurlant tandis que mes hommes s'efforçaient de le contenir.

— Evander ! s'époumona-t-il une fois de plus.

Oh, Seigneur !

Je savais qu'il viendrait. Ce n'était qu'une question de temps et il ne lui en avait visiblement pas fallu beaucoup pour réagir... comme une bête sauvage acculée. Jusque-là, son désir d'être respecté par la société le poussait à offrir faux sourires et belles paroles. À présent que le voile était levé sur sa vraie nature, plus rien ne le retiendrait. J'en avais la conviction.

— Evander..., grondait-il.

— Combien de fois dois-je vous rappeler, à toi et à ta mère, que vous n'êtes pas les bienvenus ici ? demandai-je en franchissant la porte d'entrée.

— Espèce de salaud ! m'insulta-t-il, maintenu par les gardes. Tu n'as même pas le courage de m'affronter comme un homme ?

— Laissez-le passer.

— Votre Grâce...

— Laissez-le passer, répétai-je.

Quand ils le firent, Fitzwilliam bondit sur moi.

— Il ne suffit pas que tu aies tout ! cracha-t-il en m'empoignant. Qu'on t'ait laissé tout ce qui aurait dû m'appartenir ! Même ma fille est entre tes mains infâmes !

— C'est ta faute, pas la mienne. Le problème, c'est que tu croies encore que quelque chose te revient. Lâche-moi immédiatement.

— Pourquoi n'ai-je rien ? Parce que ma mère n'était pas mariée à notre père. Pour ce seul détail, j'ai été mis de côté au profit d'un homme arrogant et condescendant tel que toi. Pour une futilité, toute ma vie, j'ai été oublié. Rien ne m'a été accordé. Tout ce que j'avais, c'était mon nom et même cela, tu cherches à le détruire ! me postillonna-t-il au visage.

— Pourquoi faut-il toujours que tu te fasses passer pour la victime ?

— Parce que je suis une victime ! hurla-t-il. Je suis la victime et tu es le persécuteur dans cette histoire ! Pas l'inverse !

Il était complètement fou.

— Tu ne vois rien à te reprocher ? Crois-tu sincèrement que le monde entier s'est ligué contre toi ? Fitzwilliam, ne vois-tu pas le malheur que tu as laissé dans ton sillage ? Et maintenant, tu oses me dire que je te persécute. Moi ?

— Tu es…

— Evander !

Aphrodite accourait derrière moi.

— Retourne à l'intérieur.

— Mais…

— Va ! ordonnai-je brusquement.

Elle obéit.

— Tu n'as eu à subir qu'un seul revers dans ta vie, reprit Fitzwilliam avec un rire amer, tremblant de rage. Un seul, Evander, et cela a suffi pour que tu t'apitoies sur ton sort et que tu me poursuives au bout du monde. À présent, regarde-toi. En fin de compte, n'as-tu pas obtenu ce que tu désirais ? En fin de compte, le monde entier n'est-il pas à tes pieds ? Pourquoi chercher à m'empoisonner la vie ?

— C'est toi qui t'empoisonnes toi-même ! m'écriai-je. C'est ta cupidité ! Ce sont tes péchés, ta méchanceté et ta cruauté qui nous ont conduits à cette situation ! D'autres chemins s'offraient à toi, mais tu as choisi de ne pas les emprunter. Toi et ta maudite mère. Si elle avait su rester à sa place, ta vie aurait été différente. Si tu dois blâmer quelqu'un, c'est elle !

— Toi… Maudit sois-tu !

Il me cracha au visage.

— Je te traduirai en justice et nierai tout ! Je suis certain que le magistrat m'écoutera ! Tu m'as calomnié, et tu paieras pour ça !

— Je ne vois pas de quoi tu parles, mentis-je en nettoyant mes vêtements. Une fois de plus, je te demande de quitter ma propriété, Fitzwilliam. Tu as visiblement perdu l'esprit et je ne tolérerai pas ta présence une seconde de plus !

— Et tu es encore plus fou que moi, petit frère. Le plus fou et le plus cruel de nous deux !

Il jura avant de redescendre les marches et de monter sur son cheval.

— Allez me chercher ma monture, ordonnai-je.

J'avais besoin d'un plan.

— Où vas-tu ? demanda Aphrodite, qui était de nouveau sortie de la maison.

Je n'avais pas de réponse à lui donner. Lorsque mon cheval arriva, je l'enfourchai et pris la direction de la forêt. Je cherchais un moyen d'éviter que la situation ne devienne encore plus incontrôlable. Car si Fitzwilliam remontait jusqu'à Aphrodite, il pourrait très bien porter plainte pour diffamation et le magistrat refuserait sûrement de fermer les yeux.

Je pouvais prouver la véracité de ses propos, mais j'avais besoin d'un autre témoin. Une preuve irréfutable de ce que j'avançais. Et j'avais peut-être une chance de l'obtenir, puisque Fitzwilliam avait pris le chemin de la ville plutôt que celui de sa propriété.

J'étais sur le point d'arriver à Ponsonby quand je la vis du coin de l'œil, debout sur un rocher qui surplombait la rivière impétueuse en contrebas.

Non ! Non ! Non !

— Marcella ! criai-je en galopant jusqu'à elle.

Elle se tourna vers moi, les yeux rouges et gonflés, des larmes coulant sur ses joues. Je sautai de mon cheval et essayai de m'approcher.

— Marcella, tout va bien. Revenez par ici.

— Non, ça ne va pas, s'écria-t-elle en prenant sa tête entre ses mains. Je ne sais pas comment cela a pu si mal tourner. Que s'est-il passé ?

— Vous ne le découvrirez pas de cette manière, la raisonnai-je. Venez. Parlons…

— Il est tellement en colère. Je ne peux pas retourner là-bas, sanglota-t-elle en tremblant et en reculant d'un pas.

— Vous n'aurez pas y retourner. Venez. Écoutez-moi. C'est dangereux. Prenez ma main.

Elle secoua la tête.

— C'est mon mari. Je dois y retourner… Je ne veux pas…

— Marcella ! Je vous en prie, ne le laissez pas vous faire ça. Il doit y avoir un autre moyen, nous…

— Il n'y a pas d'autre moyen.

Elle s'essuya le visage et prit une profonde inspiration.

— Marcella !

— Dites à la duchesse que je la remercie d'avoir été si gentille avec moi, reprit-elle.

Dans une dernière tentative, je courus jusqu'à elle.

— Non !

APHRODITE

Lorsque j'avais décidé d'envoyer cette lettre, cela m'avait semblé la seule chose logique à faire, mais à présent, je n'étais plus si sûre de moi.

— C'est vraiment toi qui as écrit ça ? demanda Verity derrière moi.

— Verity, je…

— Tu sais à quel point il est gênant d'avoir un tel père, une telle famille ? poursuivit-elle, les larmes aux yeux. Tu ne comprends pas. Comment le pourrais-tu ? Ta famille est si gentille. Alors, je vais te le dire. C'est une blessure très profonde. Nous faisons de notre mieux pour la cacher, même si le monde entier en rit. As-tu conscience de l'humiliation qu'a été mon introduction auprès de la reine ? Je m'étais entraînée encore et encore. Je m'étais préparée et j'avais supplié

Datura de ne pas venir, mais je savais qu'elle viendrait de toute façon. Comment pouvait-elle rater une telle occasion ? Je devais me préparer à cela aussi. Me préparer à subir les moqueries de la société lors de ce moment qui aurait dû être mon moment de gloire. Et c'est ce qui s'est passé. Parce que c'est ce que cette famille m'a toujours apporté : des moqueries.

— Je voulais aider et révéler la vérité, répondis-je.

— Je doute vraiment que la vérité aide qui que ce soit. As-tu seulement pensé à moi ? Ou à Emeline ? Moi aussi, je me pose des questions. Je ne savais pas grand-chose d'Emma. Je ne comprenais pas non plus comment il était possible que mon frère s'éloigne de toi alors qu'il t'aimait tant. Tu m'as fait douter de l'origine d'Emeline et si moi, qui l'adore, j'ai des doutes, d'autres en auront aussi. Qu'adviendra-t-il d'elle lorsque de vilaines rumeurs lui parviendront aux oreilles ? Comment lui expliquerez-vous cela ?

Les mots me manquaient, car je n'avais pas pensé à cela.

Elle secoua la tête.

— Excuse-moi.

Je l'observai monter les escaliers en courant. Quand elle disparut, je passai la main sur mon visage, ne sachant que faire. Je n'avais pas voulu leur faire de mal, mais je l'avais fait et maintenant, je redoutais les conséquences de mes actes. Je m'assis, honteuse, pour réfléchir en attendant le retour d'Evander. Plus le temps passait, plus l'angoisse s'emparait de moi, au point que je finis par me sentir mal.

Les minutes se transformèrent en heures et il n'était toujours pas rentré. Je n'avais eu aucune nouvelle de lui. La maison semblait vide en son absence. Je m'inquiétais, consciente qu'il était furieux contre moi. En fait, j'étais tellement inquiète que je renonçai à le guetter à la fenêtre et pris mes aiguilles pour fabriquer une nouvelle poupée pour Emeline.

On frappa à la porte.

— Entrez, marmonnai-je en faisant un nœud.

Eleanor pénétra dans la pièce avec un plateau.

— Je n'ai pas faim.

— Votre Grâce, vous n'avez rien avalé.

— Je n'ai pas faim, répétai-je en plantant mon aiguille dans le dos de la poupée. Avez-vous des nouvelles du duc ?

Elle ne répondait pas. Tête baissée, elle restait concentrée sur le plateau qu'elle tenait fermement dans ses mains.

— Eleanor, que se passe-t-il ?

— Rien. Je vais rapporter cela à la cuisine, balbutia-t-elle comme elle avait l'habitude de le faire lorsqu'elle mentait, ce qu'elle s'efforçait d'éviter.

— Ne me dites pas qu'il n'y a rien, repris-je en me levant rapidement. Il est arrivé quelque chose au duc ?

— Non, bien sûr que non ! Je veux dire, je n'ai pas eu de ses nouvelles.

— Alors pourquoi prendre cet air ? Vous allez bien ?

— Oui. Pardonnez-moi.

Elle fit la révérence et pivota pour partir, mais elle se ravisa et me fit face de nouveau.

— Dites-moi la vérité, insistai-je. Que se passe-t-il ?

— Il y a une rumeur qui court, murmura-t-elle.

— Au sujet du journal ? soupirai-je. Bien sûr, je m'y attendais.

— Non, Votre Grâce, au sujet de Mme Topwells.

Je me figeai, soudain crispée de la tête aux pieds.

— Qu'a-t-elle ?

— On dit qu'elle s'est jetée dans la rivière.

Oh non !

— Votre Grâce !

Eleanor se précipita vers moi alors que je m'effondrais au sol, la gorge serrée et la poitrine en feu. Je tremblais. C'était… ma faute. J'avais eu tort. J'avais commis une grave erreur.

Et cela n'avait aidé personne.

Je me sentais faible, à tel point qu'Eleanor et un valet de pied durent me soulever et me porter jusqu'à une chaise. Je restai assise là, cherchant à comprendre, souhaitant remonter le temps pour ne pas envoyer cette lettre au journal. Le visage enfoui dans les mains, j'inspirai profondément pour me calmer, mais à chaque minute qui passait, mon cœur se serrait un peu plus. J'aurais voulu que tout cela ne soit qu'un mauvais rêve, mais quand Eleanor revint dans la pièce, l'air désespérée, je sus que c'était vraiment arrivé.

— C'est un incendie que je vois là-bas ?

Je me levai précipitamment et me dirigeai vers la fenêtre. Au loin, une lueur orangée était apparue derrière la forêt et un nuage de fumée s'élevait dans le ciel.

— Les villageois ont mis le feu à la maison des Topwells, Votre Grâce, m'apprit Eleanor en venant me rejoindre. Vous ne devriez pas rester ici.

— Ils ont mis le feu ? À la maison ?

— Ils sont furieux et veulent chasser M. Topwells, dit-elle.

— Une révolte populaire, murmurai-je.

Ils étaient furieux après avoir lu les mots que j'avais écrits et découvert le sort de Marcella. Ils avaient donc décidé de passer à l'action.

— Où est Evander ? Est-il rentré ?

— Non, Votre Grâce. Je crois que beaucoup sont encore à la rivière et recherchent son corps avant qu'il fasse nuit. On dit que le duc est parmi eux.

Tout Everely avait perdu la tête et les regrets me dévoraient comme l'incendie dévorait cette maison. Le brasier infernal teintait le ciel d'une couleur rougeâtre.

***

À l'aube, je n'avais toujours pas fermé l'œil. L'incendie avait été éteint, mais la fumée continuait de monter en nuages épais à la lueur du petit matin.

— Votre Grâce, s'il vous plaît, vous devez vous reposer, dit Eleanor, cherchant une fois de plus à m'éloigner de la fenêtre.

Je refusais de bouger. Si telles étaient les conséquences de mes actes, je devais les regarder en face. Moi, plus que quiconque, je devais être le témoin des événements qui se déroulaient.

— Le duc est-il rentré ? demandai-je en serrant plus fort le châle autour de moi.

— Non, Votre Grâce, répondit-elle.

Il avait fait savoir la veille au soir que la maison était gardée et qu'il était allé voir M. Wildingham. Je ne pouvais qu'imaginer que c'était pour rendre le corps de Marcella à son pauvre père. Evander m'avait confié que ce dernier avait été anéanti par la mort de sa femme et de son fils. Maintenant, il allait devoir pleurer la perte tragique de sa fille. Que pourrait-on lui dire ? Qui pourrait consoler un tel chagrin ? Evander y était-il allé seul ?

— Que l'on prépare ma voiture.

— Où voulez-vous aller, Votre Grâce ?

— Chez M. Wildingham, dis-je, enlevant le châle de mes épaules et prenant mes gants et mon chapeau avant de m'engager dans le couloir.

— Votre Grâce, est-ce bien sage ? Ne devriez-vous pas attendre le duc ici ?

— Je ne sais plus ce qui est sage, si je l'ai jamais su. Tout ce dont je suis sûre, c'est que je dois le voir de mes propres yeux.

Et demander pardon.

33

Aphrodite

Je pensais à tout ce que j'allais dire, à l'état dans lequel je risquais de trouver le père de la jeune femme en arrivant, ou encore à la réaction d'Evander lorsqu'il me verrait. Ma plus grande crainte était de voir le corps brisé de Marcella. Je ne pourrais pas le supporter.

J'arrivai bientôt devant un petit manoir couvert de vignes. L'air était vicié et lourd. Mon cœur se mit à battre plus vite alors que j'attendais qu'on m'ouvre la porte.

— Je ne peux pas imaginer qu'une maison comme celle-ci n'ait pas de majordome, murmura Eleanor après avoir frappé.

Je savais qu'Evander était là, car je voyais son cheval. Alors que je m'apprêtais à actionner moi-même la poignée, les portes s'ouvrirent, non pas sur un majordome, mais sur un médecin.

— Docteur Darrington ?

J'allais lui demander ce qu'il faisait là, mais la tache de sang sur ses vêtements m'empêcha de poser d'autres questions.

— Entrez vite, Votre Grâce.

Il s'écarta pour nous laisser passer avant de refermer derrière nous.

— Mon époux ? demandai-je.

— Il dort. Il s'est encore blessé.

— Blessé ?

Je paniquai, dévisageant Eleanor, qui ne savait rien non plus.

— Qu'est-ce qui s'est passé ? Pourquoi n'ai-je pas été informée ? Pourquoi n'a-t-il pas été ramené à la maison ? Où est-il ? Conduisez-moi à lui !

— Votre Grâce, pardonnez-moi. Il a tenu à garder ces événements secrets. Je ne pensais pas que c'était sage, mais...

Le médecin soupira lourdement en se frottant les mains.

— Quels événements ?

— Ceux qui me concernent, dit une voix familière derrière moi.

Je me retournai si brusquement que je manquai tomber à la renverse. Je devais m'assurer que mes oreilles ne me jouaient pas des tours. Mes yeux le confirmèrent. Marcella n'était pas morte, elle se tenait devant moi, bien que bandée et meurtrie. Je la regardai fixement, craignant qu'elle ne soit une sorte d'apparition ou d'hallucination. Lorsqu'elle trébucha, le médecin se précipita à ses côtés et je sus que je ne rêvais pas.

— Comment ? demandai-je, confuse. Toute la ville... Ne vous êtes-vous pas jetée dans la rivière ?

Elle baissa la tête.

— J'ai essayé, Votre Grâce, mais le duc m'a sauvée. Il s'est coupé le bras sur un rocher, mais il refusait de me lâcher. Sans lui, je serais morte. C'est lui qui m'a ramenée à la maison.

Une multitude d'émotions m'envahirent, la plus grande étant le soulagement, suivi par l'épuisement et la colère.

— Si c'est le cas, pourquoi tout le monde croit que vous êtes morte, Marcella ? La ville est à feu et à sang.

J'avais entendu le grondement de la foule sur la route en venant jusqu'ici.

— Le duc a dit que si j'étais portée disparue, je ne pouvais pas être retrouvée et rendue à mon propriétaire, expliqua-t-elle.

Je ne trouvai rien d'autre à faire que marcher jusqu'à elle et la prendre dans mes bras.

— Nous en reparlerons plus tard.

Je me tournai vers le médecin.

— Mon époux ?

— Par ici, dit-il avant de s'adresser à Marcella : Ne vous ai-je pas demandé de rester au lit ? Vous ne devez pas marcher.

— Pardonnez-moi, je...

Son estomac rugit et je souris, car c'était une preuve de son innocence. Une fois de plus, elle me rappelait moi au même âge. Elle posa les mains sur son ventre.

— Il n'y a pas de domestiques en cuisine ? m'enquis-je.

Il n'y avait que nous dans le couloir.

— Mon père a quelques domestiques, mais elles ont été renvoyées, expliqua Marcella.

— Je vais m'en occuper, Votre Grâce, intervint Eleanor.

Soudain, on frappa. Marcella se cacha en hâte et le médecin me fit signe de me taire avant de s'approcher de la porte.

— Puis-je vous aider ? dit-il en l'entrebâillant.

— Je suis au service de M. Wildingham. Je cherche à prendre de ses nouvelles, déclara la servante à l'extérieur.

— Il ne veut recevoir personne pour le moment. Si vos services sont requis, il vous appellera, affirma le médecin.

Je les écoutai parler, ne sachant trop pourquoi nous nous cachions tous. Une fois la porte refermée, le médecin me fit signe de le suivre dans l'escalier.

Je ne m'attendais à rien de tout cela. Je m'étais préparée à voir le corps sans vie de Marcella étendu sur un lit ou dans un cercueil à mon arrivée, et non à apprendre qu'Evander était blessé et que c'était lui qui avait manqué mourir.

— Evander, m'écriai-je en me précipitant à ses côtés. Pourquoi a-t-il l'air si mal en point ? demandai-je au médecin.

— L'effet des médicaments que je lui ai donnés hier soir doit être en train de s'estomper. Il s'est déboîté l'épaule, m'indiqua-t-il en se dirigeant vers son sac posé dans un coin de la pièce. Il a aussi réussi à se faire quelques lacérations sur le bras. À part cela, il devrait s'en sortir. Mais vu sa tendance à se mettre en danger…

Il avait marmonné la dernière partie, de sorte que je ne pus comprendre ce qu'il disait, mais j'étais certaine que ce n'était pas un compliment.

— Merci. Quel que soit votre prix, nous vous paierons.

— Je n'en doute pas. Je vais aller voir M. Wildingham pour vous laisser un moment, souffla-t-il en prenant son sac et en quittant la pièce tranquillement.

Lorsqu'il fut parti, je posai ma tête sur la poitrine d'Evander pour écouter les battements de son cœur, car c'était le seul moyen d'apaiser mes craintes et mon esprit en cet instant.

— Comment est-il possible qu'un homme me rende aussi folle ? murmurai-je.

— Je crois que c'est la même raison pour laquelle tu me contraries à ce point.

Je levai la tête. Il souriait, l'air épuisé.

— Bonjour, mon épouse.

Aussitôt, mes yeux se remplirent de larmes. Tendant son bras valide, Evander me caressa la joue.

— Pourquoi pleures-tu comme si mes jours étaient comptés ? Ce n'est qu'une égratignure, plaisanta-t-il.

S'il n'avait pas été blessé, je l'aurais frappé avec l'oreiller.

— Je ne pleure pas. Je suis simplement fatiguée, mentis-je en clignant les yeux pour chasser mes larmes.

Il m'attrapa par le bras et m'attira à lui.

— Evander !

— Si tu es fatiguée, repose-toi.

— Je ne peux pas me reposer dans la maison d'un autre. Je dois...

— Tu dois quoi ?

Il me retira mon chapeau, le jetant sur le côté sans se soucier d'où il atterrissait.

— Il est encore tôt. Nous sommes invités, il ne nous reste plus qu'à nous reposer. Viens t'allonger à côté de moi.

— Mais...

— Écoute-moi pour une fois.

Je fronçai les sourcils.

— Je t'ai écouté plus d'une fois.

— Ah oui, quand cela ? Depuis que nous nous connaissons, tu es redoutable, dit-il en riant.

— Ne m'as-tu pas demandé de te pardonner et de t'offrir une seconde chance ? Et je suis bien là, non ?

— Il me semble que je te l'ai demandé un grand nombre de fois avant que tu y consentes, mon amour. N'est-ce pas une preuve que tu es redoutable ?

Je fis une grimace, mais me blottis dans ses bras.

— Pardonne-moi d'avoir été un peu pénible, alors. Pardonne-moi de...

— Si tu devais brûler tout Everely, je te pardonnerais sans hésiter, murmura-t-il en me frottant doucement le dos. Mais promets-moi, Aphrodite, que tu ne feras plus jamais une telle chose. Quelle que soit l'importance que tu y accordes.

Je baissai la tête un instant, puis j'acquiesçai.

— Je le promets. Je n'ai pas réfléchi et j'ai provoqué un chaos encore plus grand.

— Ne nous attardons pas plus longtemps sur ce sujet, dit-il doucement. Même si je dois admettre que je suis furieux de ne pas réussir à rester fâché contre toi plus d'une heure.

— J'en suis ravie.

Je souris et le serrai fort dans mes bras. Enfin, je fermai les yeux pour me reposer, tout en notant de m'excuser auprès de Verity dès que je le pourrais.

EVANDER

Lorsque je me réveillai, elle dormait encore profondément. Je savais qu'elle serait peinée d'entendre le mensonge que j'avais répandu concernant la mort de Marcella, mais je ne pensais pas qu'elle en viendrait à se priver de sommeil et de nourriture. Toute cette épreuve m'avait appris quelque chose à son sujet. Ma femme, la duchesse d'Everely, était une guerrière prête à se jeter dans la bataille pour défendre les faibles et les opprimés. Elle était alors tellement concentrée sur son objectif qu'elle n'avait plus de limites, quitte à exposer notre famille au danger.

Mais j'aurais dû m'en douter. Comment aurait-elle pu être différente avec une mère qui l'avait élevée pour qu'elle soit la meilleure et un père qui l'avait nourrie de philosophie grecque et de mythologie ?

Son sens moral et son dévouement inébranlable à la justice me rendaient quelque peu indigne, je devais l'admettre. Si Marcella n'avait pas été l'épouse de Fitzwilliam, et donc un témoin utile, je ne me serais certainement pas mis en danger pour la sauver.

— Cela suffira-t-il ? demanda Marcella en me donnant ses lettres.

La pauvre fille était encore meurtrie et fatiguée.

— Oui, confirmai-je après les avoir lues. Elles feront l'affaire.

— Alors, que va-t-il advenir de moi maintenant ?

— J'ai parlé à votre père et nous ferons comme si vous vous étiez vraiment noyée dans la rivière. Il y aura des funérailles et à ce moment-là, vous serez emmenée discrètement chez l'un de vos parents éloignés, en France. Là-bas, vous repartirez de zéro, expliquai-je.

Cette idée m'était venue après que j'avais réussi à l'empêcher de sauter. Rien ne pouvait lui éviter de retourner auprès de Fitzwilliam, si ce n'était la mort. Alors, j'avais décidé de me servir de la mort pour la libérer. En retour, Fitzwilliam perdrait la protection que lui conférait son nom et, tout le comté étant désormais informé de ses méfaits, j'utiliserais une fois de plus tout ce que j'avais contre lui pour le faire jeter en prison jusqu'à la fin de ses jours. J'étais certain que ce gredin se cachait, mais avec tout le village à ses trousses, il ne tarderait pas à être débusqué.

— De tous les patients que j'ai eus, Votre Grâce, vous êtes le plus épuisant. Et maintenant, vous cherchez à avoir une mauvaise influence sur elle.

Dans l'embrasure de la porte du salon se tenait le médecin, les traits las.

— Ne vous ai-je pas prescrit du repos à tous les deux ?

— C'est vrai, confirmai-je, mais je crois que vous en avez plus besoin que nous. Avez-vous dormi ?

— Comment peut-on se reposer au milieu d'un tel chaos ? marmonna-t-il en ajoutant quelque chose que je n'entendis pas.

Il s'assit sur un fauteuil.

— Quand vous m'avez fait venir, je pensais que c'était uniquement pour M. Wildingham, et non pour trois patients.

— Comment va mon père ? s'enquit Marcella en se levant. Je crois que toute cette histoire a grandement affecté son cœur.

— Il est malade. Tout ce que je peux lui prescrire, c'est du repos, répondit le Dr Darrington en observant la jeune femme.

— N'est-il pas possible d'attendre ? demanda-t-elle en se tournant vers moi. Je ne crois pas qu'il reste beaucoup de temps à mon père. Je ne voudrais pas qu'il...

— Plus on attendra, plus vous risquez d'être découverte. Et si cela arrivait, je ne pourrais plus vous aider et les gens pourraient douter de vos dires. Allez à son chevet tant que vous le pouvez.

Elle acquiesça et se retira, me laissant seul avec le médecin qui me regardait d'un air désapprobateur.

— Si vous avez quelque chose à dire, dites-le, lançai-je en m'asseyant à mon tour, tout en veillant à préserver mon bras blessé.

— N'êtes-vous pas en train de l'utiliser, vous aussi ? demanda le médecin. Vous l'aidez pour atteindre son époux.

— Vous pensez qu'elle serait mieux à ses côtés ?

Il se renfrogna davantage.

— Non, mais votre mensonge a déjà coûté cher. Les villageois ont brûlé leur maison la nuit dernière. On n'apaise pas facilement les cœurs enragés.

— La justice les apaisera. Et quand Fitzwilliam sera arrêté, justice sera rendue, affirmai-je.

Je n'avais pas prévu que les villageois se déchaîneraient, mais je n'avais pas eu le choix. Encore meurtri, je me levai pour me préparer.

— Elle devra partir ce soir.

La porte s'ouvrit à la volée et la servante d'Aphrodite se précipita dans la pièce.

— Votre Grâce !

— Qu'y a-t-il ?

— M. Topwells... Il arrive avec le magistrat.

Diable !

Je regardai par la fenêtre. La voiture du magistrat venait de se garer et l'homme qui descendait de son cheval à côté n'était autre que Fitzwilliam. Je n'avais pas eu le temps de me préparer. Qu'il soit maudit ! Comment avait-il pu savoir que j'étais là ? Il ne serait pas venu s'il ne pensait pas me trouver, même pas pour récupérer le corps de Marcella et encore moins pour se racheter auprès du père de la jeune femme. Il cherchait à sauver sa peau par tous les moyens.

— Quelle raison a-t-il d'être ici ? Quelqu'un d'autre est-il venu ?

— Une servante est arrivée tôt ce matin après votre femme. Je l'ai renvoyée, mais elle avait l'air de se méfier de moi, indiqua le Dr Darrington. J'ai pensé qu'elle s'inquiétait pour son maître. Sur le coup, je n'ai rien trouvé d'étrange à cela.

Quoi de plus étrange qu'un duc, une duchesse et un médecin dans la maison d'un gentleman aux petites heures du matin ?

J'avais renvoyé la voiture d'Aphrodite, ainsi que mon cheval, dans l'espoir de ne pas attirer davantage l'attention sur la maison, mais je ne l'avais fait que quelques heures plus tôt. La domestique avait dû parler et éveiller les soupçons de ce vaurien.

— Eleanor, allez chercher Marcella et cachez-la.

Je n'avais pas d'autre choix. Je lançai un regard grave au médecin.

— Vous savez qu'il vaut mieux qu'elle parte plutôt que de subir de plus grands maux entre ses mains.

— Bien sûr que je le sais.

— Alors, je vais mentir, et vous allez me couvrir.

Je ne lui laissai pas l'occasion d'émettre la moindre objection et me dirigeai vers la porte. Prenant une grande inspiration, j'ouvris au moment où les deux hommes pénétraient dans le jardin.

— Lord Everely ? s'étonna le magistrat, confus. Que faites-vous ici ?

— M. Wildingham était bouleversé en apprenant la nouvelle de la mort de sa fille et je suis venu le soutenir. Et vous, qu'est-ce qui vous amène, monsieur ?

— Si bouleversé que vous êtes resté ici toute la nuit ? Et maintenant, votre femme est là aussi ?

interrogea Fitzwilliam. J'ignorais que vous teniez tant à M. Wildingham.

— Ma femme et sa fille étaient amies et je me suis blessé en essayant de sauver votre épouse, expliquai-je. Si seulement on avait essayé de lui venir en aide plus tôt… Mon médecin a été appelé pour soigner mes blessures.

— Le corps a-t-il été repêché dans la rivière ? demanda solennellement le magistrat.

— Non, monsieur. Tous nos efforts n'ont pas servi à grand-chose, puis la nuit est tombée et la foule s'en est mêlée.

Je jetai un nouveau coup d'œil à Fitzwilliam.

— On m'a dit que les villageois vous cherchaient, monsieur Topwells. Je suis surpris de vous voir dehors.

— Je ne suis pas coupable et je vous crois menteur, railla-t-il. Pour quelle raison renvoyer votre voiture sans vous ni votre femme à l'intérieur ?

Il avait surveillé la maison.

— Je n'ai pas à me justifier devant vous. En réalité, c'est plutôt l'inverse. N'ayez crainte, car le moment est venu. Je vous remercie d'avoir fait le trajet jusqu'ici, déclarai-je en confiant un paquet de lettres au magistrat. Avant de se suicider, Mme Topwells a écrit ces lettres et les a fait envoyer à son père pour qu'il connaisse la vérité. Avec mes témoins attestant des offenses de Fitzwilliam à mon égard, elles devraient suffire à nous débarrasser de ce sournois personnage.

— Il ment ! s'écria Fitzwilliam avant de lever les yeux vers la maison. C'est une supercherie. Marcella ! Il vous a raconté des mensonges. Marcella !

— Si vous ne le croyez pas de ma bouche, vous le croirez de celle d'un autre !

Je me dirigeai vers le Dr Darrington, qui sortait de la maison d'une démarche raide, le visage sévère.

— Monsieur, pour la santé de M. Wildingham, je vous prie de ne pas crier, dit-il fermement.

— J'exige qu'on me rende mon épouse !

— C'est impossible !

Fitzwilliam nous observa tour à tour, puis secoua la tête. C'est alors que le magistrat s'éclaircit la voix.

— Monsieur, dit-il à Fitzwilliam, présentez-vous au tribunal avant la nuit tombée. Si vous ne le faites pas, j'enverrai des soldats vous chercher, misérable !

— C'est un mensonge !

Fitzwilliam s'agrippait à lui tandis que le magistrat retournait à sa voiture.

— Ne voyez-vous pas qu'ils ont tout manigancé ? Ne voyez-vous pas les failles de cette histoire ? Si sir Dennison-Whit a vent de ces sornettes à propos de sa nièce, il vous tiendra aussi pour responsable de…

— Lâchez-moi, espèce de fou ! s'emporta le magistrat en se libérant et en donnant presque un coup de pied à Fitzwilliam pour l'empêcher de monter dans sa voiture. Vous serez jugé pour vos crimes. Cocher !

Fitzwilliam poussa un hurlement de frustration comparable à la plainte d'un loup blessé. Il pivota vers moi, les dents serrées et les yeux flamboyants. Il ne dit pas un mot, monta sur son cheval et partit.

— Ne devriez-vous pas le poursuivre ? me demanda le Dr Darrington.

Je secouai la tête.

— Notre priorité est de sortir Marcella d'ici rapidement.

Dès que la nuit serait tombée, elle devrait partir.

Aphrodite

Elle devait porter mes vêtements et cacher ses cheveux sous une capuche. Evander nous avait expliqué son plan, et nous étions tous impatients que le soleil se couche. Je n'avais jamais été impliquée dans un tel complot. Mon cœur battait la chamade alors que nous attendions qu'elle dise au revoir à son père à l'étage. Evander vérifiait nerveusement les fenêtres de temps en temps. Contrairement à la veille, tout était très calme à l'extérieur.

— C'est l'heure, dit-il.

Je m'apprêtais à quitter la pièce quand le Dr Darrington entra.

— Elle est dans le jardin.

— N'ai-je pas dit de rester dans la maison ? s'emporta Evander.

— Elle est avec son père. Ils se recueillent devant une stèle à la mémoire de sa mère et de son frère.

Heureusement, le vieil homme voûté aux cheveux blancs, presque à bout de souffle, ne tarda pas à rentrer dans la maison avec Marcella. Je me précipitai pour l'aider.

— Ne vous ai-je pas dit de rester à l'intérieur ? fit Evander à Marcella. Nous devons partir maintenant.

— Mais mon père…

— Va…

Le vieil homme toussa tandis que je le soutenais.

— Ma… chère… fille. Va.

Elle l'étreignit une fois de plus avant qu'Evander lui donne son bras pour partir. Dans l'obscurité de la nuit, elle devait se faire passer pour moi. On ne voyait ni la couleur de sa peau ni ses cheveux et elle portait mes vêtements. Les gens y croiraient, car qui d'autre pourrait être au bras d'Evander ? Une fois chez nous, elle changerait de voiture pour partir vers la France.

— Reste ici, me chuchota-t-il. Je reviendrai te chercher dès que ce sera fait.

— Allez-y.

J'aidai M. Wildingham à marcher tandis qu'Evander et Marcella se dirigeaient vers l'extérieur. Je n'avais jamais été aussi nerveuse. Tout à coup, j'entendis un bruit semblable à un coup de tonnerre. Les chevaux se cabrèrent sous l'effet de la peur et Evander s'écroula au sol.

— Evander ! criai-je en bondissant jusqu'à lui.

En face, un pistolet à la main, se trouvait Fitzwilliam.

— Je le savais, dit le misérable en se précipitant sur Evander.

— Evander ? appelai-je encore en le faisant rouler sur le côté.

Du sang coulait au coin de sa bouche.

— Evander !

Il sifflait de douleur.

— Que s'est-il passé ? gémit-il.

La réponse à sa question nous parvint lorsque nous entendîmes un cri perçant.

— Lâchez-moi !

Fitzwilliam tirait Marcella par les cheveux. Il la secoua violemment.

— Tais-toi ! Sais-tu les ennuis que tu m'as causés ?

— Arrêtez...

Je m'interrompis lorsqu'il braqua son pistolet sur nous une fois de plus.

— Tu es encore en vie, Evander ? Combien de vies as-tu exactement ? hurla-t-il alors qu'Evander tentait de se redresser. Je devrais en finir avec toi pour de bon.

— Personne ne te laissera t'en sortir si tu commets un meurtre, maugréa Evander.

— Alors notre guerre va continuer, petit frère. Mais quand j'exposerai celle-ci devant tous les villageois et que je révélerai ton mensonge, qui te croira ?

Il tira plus fort sur les cheveux de Marcella.

— Je leur dirai que tu cherchais à l'enlever. Que tout cela n'était qu'un complot pour me ruiner, et ils le croiront !

— Lâchez-moi ! hurla Marcella de nouveau.

— Toi, je t'ai dit de te taire !

Il la traîna presque au sol jusqu'à son cheval.

— Ou souhaites-tu porter la responsabilité de la mort de tes bienfaiteurs ? Tu oses mentir à mon sujet ? Moi, ton époux ?

Une fois de plus, un fracas terrible, semblable au claquement d'un fouet ou au tonnerre dans le ciel, résonna dans la nuit.

Evander me plaqua au sol pour me protéger.

— Tu vas bien ? demanda-t-il en m'examinant alors que c'était lui qui était couvert de sang. Aphrodite, tu vas bien ?

— Oui, répondis-je. Et toi ?

Il acquiesça, confus. Sur qui Fitzwilliam avait-il tiré ? Je me redressai, craignant qu'il n'ait cédé à sa colère et tué Marcella. Mais elle était assise sur le sol dans un silence stupéfié et Fitzwilliam était étendu à côté d'elle.

Le Dr Darrington, abasourdi, avait le regard rivé sur l'une des fenêtres de la maison. Là se tenait le faible M. Wildingham, une arme à feu pointée directement sur l'endroit où gisait désormais Fitzwilliam.

— Qu'avez-vous fait ?

Le Dr Darrington courait maintenant vers l'homme étendu.

— Fitzwilliam ? souffla Evander, les yeux écarquillés, s'avançant lentement.

Je voulus le retenir. Il y avait du sang partout. Le Dr Darrington s'agenouilla au-dessus du blessé pour, chercher à le sauver, mais même moi, je savais qu'il n'en réchapperait pas.

Fitzwilliam et Evander échangèrent un regard.

— Petit... frère... pourquoi ? balbutia Fitzwilliam en crachant du sang avant de rendre son dernier souffle.

Je couvris ma bouche d'une main tremblante.

34

Aphrodite

Il y avait six personnes à l'enterrement de M. Fitzwilliam Topwells : le prêtre, Datura, Evander et moi, ainsi que deux cochers, un pour chacune de nos voitures. Personne d'autre n'avait voulu venir. Les villageois étaient ravis que le scélérat que j'avais dénoncé soit mort, et encore plus de savoir que c'était le père de la jeune héroïne qu'ils croyaient disparue qui l'avait tué. Marcella atteindrait bientôt la France et la liberté. Verity avait refusé de venir. Evander avait envoyé un message à son plus jeune frère, mais il n'arriverait pas à temps. La guerre entre Evander et Fitzwilliam s'était terminée comme toutes les guerres, dans le sang et la mort. Et Evander n'avait pas le cœur à la fête. Il ne souriait pas. Il avait longtemps cherché à traduire Fitzwilliam en justice, mais il n'était pas satisfait, et je pouvais enfin comprendre pourquoi. Malgré toute la haine qu'il éprouvait à l'égard de cet homme et le tort que celui-ci lui avait fait, il était son frère, un être lui aussi maudit par les actes de leur père.

— Quel prix dois-je encore payer ? murmura Datura, tête baissée.

C'était la première fois que je la voyais sans bijoux ni soie. Son visage n'était pas non plus couvert de poudres, ni ses cheveux ornés de boucles ou d'une perruque. Ainsi, elle avait l'air ordinaire et maigre. Elle nous lança un regard fatigué.

— Chercher à améliorer mon sort, était-ce si mal ? Du début à la fin, vous avez fait tout ce qui était en votre pouvoir pour me rappeler ma place dans ce monde, et quand j'ai regimbé, vous avez pris mon fils... Qui est le méchant dans cette histoire ? C'est vous. Vous tous.

Evander inspira profondément, puis posa les yeux sur elle. Je pensais qu'il s'emporterait, au lieu de quoi il inclina la tête.

— Que Dieu soit avec vous pour traverser cette épreuve difficile.

Sur ces mots, il me prit la main et me conduisit à la voiture. Il ne lui accorda pas un regard de plus, et moi non plus. Ses sanglots s'élevaient derrière nous et ce spectacle aurait été trop déchirant.

— Allez-y, lança Evander au cocher en me serrant la main.

Je portai la sienne à mes lèvres et l'embrassai.

— Ce n'est pas ainsi que je voulais que cela se termine.

— Je sais.

— Ton père avait raison. J'aurais dû régler cette histoire avant de t'épouser, car je ne t'ai montré que les horreurs de ce monde, ajouta-t-il amèrement.

— C'est faux. Je te le promets.

— Désormais, il n'y aura plus que toi et moi, dit-il en posant doucement son autre main sur la mienne. Evander et Aphrodite.

— Aphrodite et Evander, rectifiai-je en souriant pour le distraire de ses sombres pensées.

— Pourquoi ton prénom serait-il le premier ? Ce n'est pas ainsi dans les contes.

— Tu préfères « Aphrodite et le duc » ?

Il rit doucement et me serra contre lui.

— Je vois. Tout comme ton père aime taquiner ta mère, tu cherches à me provoquer.

J'avais hâte de vivre des jours plus tranquilles à ses côtés. Je fermai les yeux avec l'impression de ne pas m'être reposée depuis des jours. Il déposa un baiser sur ma tête.

— Mon amour, nous sommes arrivés, dit-il.

Lorsque j'ouvris les paupières, nous étions déjà à la maison.

— C'était rapide.

— Ce n'était pas si loin. Est-ce que tu comptes les laisser te voir blottie contre moi ainsi ?

Je lui lançai un regard noir et me redressai en rajustant ma tenue. Il se pencha vers moi et m'embrassa la joue, me murmurant à l'oreille :

— Je suis heureux que nous n'ayons pas écouté ton père et que nous n'ayons pas attendu pour nous marier, car t'avoir à mes côtés a été le plus grand réconfort.

Je souris, mais je ne dis rien tandis qu'on ouvrait la portière de la voiture. Il descendit et m'aida à sortir. Quand je me tournai vers Everely, je pensai que même si nos journées seraient moins animées désormais, j'avais encore beaucoup à faire ici. Ce n'était que la fin d'un chapitre.

— Bienvenue, Vos Grâces, dit M. Wallace à notre entrée.

— Je vous remercie. Où est Emeline ? Je devrais aller la voir.

— Avec sa nourrice, Votre Grâce.

Je me tournai vers Evander, qui se contenta de hocher la tête.

EVANDER

« Petit frère, pourquoi ? » Ce furent les derniers mots de Fitzwilliam et ce jour-là, des jours après sa mort, je regardais la réponse à cette question.

Le portrait de mon père, peint comme un homme sage et farouche, entouré de livres et vêtu de ses plus beaux atours. Il était arrogant et fier, d'une sévérité brutale, mais sage, non. Quelle aurait été notre vie s'il avait été un homme d'honneur ? Je me demandais si Fitzwilliam et moi aurions été des rivaux à ce point s'il avait été le premier-né de ma mère, et non celui de Datura. L'avais-je jamais considéré comme un frère ? Chaque fois qu'il m'avait appelé « petit frère », j'avais pensé qu'il cherchait à se moquer de moi, à me rappeler qu'il était celui qui aurait dû hériter de ce maudit titre. Mais au moment de rendre l'âme, alors qu'il me regardait dans les yeux, il n'avait pas semblé ironique. Il avait l'air aussi triste que moi, comme s'il s'était toujours posé les mêmes questions.

Pourquoi ?

J'avais souhaité qu'il parte loin d'ici, qu'il soit puni, mais jamais je n'avais souhaité sa mort. Je n'avais pas imaginé que cette histoire se terminerait ainsi et j'avais la sensation d'être déchiré. Je n'étais pas soulagé. La douleur n'avait pas disparu, et je ne pouvais pas supporter de regarder ce portrait plus longtemps.

— Retirez-le, ordonnai-je en portant mon verre de brandy à mes lèvres.

— Votre Grâce ?

Wallace avait l'air confus.

— Le portrait de mon père, retirez-le. Puis faites-le brûler, ajoutai-je.

— Votre Grâce…

— Faites-le !

— Oui, Votre Grâce. J'y veillerai, dit-il avant de s'excuser.

Je ferais brûler toutes ses peintures. Tout son héritage, je le ferais oublier, car il ne méritait pas qu'on se souvienne de lui. Le malheur qu'il avait causé ne devait pas être transmis à une autre génération. Que la malédiction s'arrête ici, avec la mort de Fitzwilliam et mon chagrin.

— Evander ?

Verity se tenait dans l'embrasure de la porte, la mine épuisée. J'étais sûr que les événements des derniers jours allaient provoquer d'autres cauchemars.

— Tu n'es pas allée te coucher ? demandai-je.

— J'y vais, mais je voudrais te dire... Je regrette de ne pas avoir pu aller à l'enterrement avec toi. Une part de moi le voulait. Une plus grande part ne le voulait pas.

— J'ai ressenti la même chose. Si Aphrodite ne m'avait pas parlé ce matin, je n'y serais pas allé non plus, avouai-je.

— Sommes-nous... cruels, mon frère ? demanda-t-elle en fronçant les sourcils. Malgré ses actes, il était de notre famille. Et sa vie, du moins la première moitié, a été injuste. Il n'a pas choisi les circonstances de sa naissance. Il n'a pas choisi de naître illégitime.

Je ne savais pas quoi lui répondre, car je pensais la même chose.

— La société doit respecter certaines règles, même si elles ne nous plaisent pas ou qu'elles sont lourdes à porter. Nous devons les appliquer et faire de notre mieux pour vivre dans l'honneur. C'est en cela que Fitzwilliam a échoué. Sa naissance n'a rien à voir avec tout cela.

Après tout, le monde était rempli de bâtards, mais ils ne semaient pas tous le même chaos et le même malheur que Fitzwilliam avait provoqués.

— Je comprends, dit-elle, même si elle ne semblait guère satisfaite de ma réponse.

Que pouvais-je dire d'autre ? Que nous n'étions pas cruels et que c'était la société qui l'était ?

— Ça va aller ou tu vas rester ici à boire toute la nuit ?

— Si ma femme ne s'en plaint pas, je ne vois pas pourquoi tu le ferais. Tu n'as pas à t'inquiéter pour moi,

Verity. Je vais bien. Je t'assure. Tu peux te concentrer sur ton propre bonheur à présent. Vois-tu toujours le mariage d'un mauvais œil ?

— Non, répondit-elle, mais je ne tiens pas à entendre ton discours sur le sujet. Bonne nuit.

Elle quitta précipitamment la pièce, comme si elle craignait d'avoir cette discussion. N'avait-elle pas l'intention de se marier ? Cela dit, je préférerais qu'elle ne se précipite pas non plus. Je jetai un ultime coup d'œil au portrait avant de quitter la pièce. Je ne m'en voudrais pas. Si tragique que soit cette histoire, j'étais enfin libéré du poids que représentaient mon frère et mon père. Il ne servait à rien de se lamenter maintenant.

Je ne savais pas trop où aller, mais je me mis à errer dans la maison et ce faisant, je tombai sur Aphrodite et Emeline dans le patio. Ma femme berçait la petite fille endormie dans ses bras.

— Il semble que personne n'arrive à trouver le sommeil à part elle, chuchotai-je en les rejoignant.

Aphrodite me lança un regard surpris et esquissa un léger sourire.

— On peut se réjouir qu'elle dorme.

En effet, car cela signifiait que rien de tout cela ne l'avait affectée, qu'elle ignorait encore la vérité.

— J'espère qu'elle ne saura jamais rien.

— Je crains d'avoir compromis ce scénario avec ma tribune. Les rumeurs en ville ont enflé et certains se posent des questions.

— Tant que je la traiterai comme ma fille, elle sera ma fille. Et je la traiterai comme telle toute ma vie. Quoi qu'on en dise, elle m'a, moi, et maintenant, elle t'a, toi. Je doute que tu tolères de telles attaques contre sa personne quand je vois le mal que tu t'es donné pour une jeune femme que tu connaissais à peine. Je crains que tu ne sois pire que ta mère.

— Je ne serai pas pire !

Elle souffla mais ne dit pas pour autant qu'elle serait meilleure. C'était amusant. Je me penchai sur elle et posai ma tête contre la sienne.

— Tu as bu.

— Oui.

— Tu vas bien ?

— Je me remettrai, murmurai-je en respirant son odeur. Tant que tu seras là, j'irai bien.

— Alors je serai là, assura-t-elle. Un mot peut nous libérer de tout le poids et de toute la douleur de la vie. Ce mot, c'est « amour ».

Je levai la tête.

— Es-tu devenu poète, ou as-tu encore volé les mots d'un philosophe ?

— Je ne vole pas, j'emprunte.

— Et à qui as-tu emprunté cela ?

— Sophocle.

Je secouai la tête.

— Dire que tu sais tout cela et que tu ignorais la signification du mot « excité ».

Je pouvais lire sur son visage la lutte qui se jouait entre son désir de me sermonner et celui de masquer son embarras. Je ne pus m'empêcher de rire.

— Ce n'est pas ma faute ! Mon père censurait les définitions des mots qu'il jugeait inappropriés pour une dame.

— Et maintenant, tu en sais bien plus qu'il ne l'aurait souhaité, je le parie.

J'adorais la taquiner. Elle me donna une tape sur l'épaule, ce qui m'arracha une grimace.

— Désolée !

— Ce n'est rien.

Elle s'en assura malgré tout, ce qui me permit d'admirer son visage et d'apprécier ce moment d'intimité.

— Cette saison a été pleine de surprises, déclara-t-elle.

J'avais l'impression que des années s'étaient écoulées depuis nos retrouvailles. Ma vie avait changé si radicalement que j'avais du mal à y croire.

— Cette saison... Non, ce moment, ici avec toi, est ce dont j'ai toujours rêvé, répondis-je.

Je me penchai et déposai un baiser sur son front.

— Ma duchesse, ma femme, mon Aphrodite.

— Mon duc, mon époux, mon Evander.

Épilogue

Aphrodite

Mes très chers père et mère,

Pardonnez-moi de ne pas vous avoir écrit plus tôt, comme j'avais l'intention de le faire après avoir reçu toutes vos lettres en même temps. Cependant, comme vous l'avez souvent dit, Maman, je n'ai pas trouvé le temps, malgré de nombreuses tentatives. Je ne sais pas par où commencer pour raconter les événements qui se sont déroulés depuis mon arrivée à Everely, mais je suis certaine que je n'ai pas besoin de tout expliquer, car les rumeurs ont déjà dû vous parvenir à tous les deux. Quoi que vous ayez entendu, ne vous inquiétez pas, car Evander et moi avons traversé la tempête. Notre amour en est ressorti plus fort encore.

— Evander ! m'écriai-je en riant alors qu'il m'embrassait sur les joues. Tu vas me faire faire une rature !

— Oublie ta lettre, murmura-t-il à mon oreille.

— Je dois finir de les écrire et les envoyer. J'ai beaucoup négligé ma famille. Je suis pratiquement certaine que la seule raison pour laquelle ils n'ont pas trouvé un prétexte pour me rendre visite est le désir d'Hathor de rester à Londres.

Je relus ce que je venais d'écrire, mais j'étais encore très distraite par les bras d'Evander qui m'entouraient.

— Très bien.

Il soupira exagérément et me libéra. La chaleur de son étreinte me manqua aussitôt.

— Ne serait-ce que pour éviter que ton père ne me jette ses livres à la figure quand nous les verrons.

— Mon père vénère beaucoup trop les livres pour te les jeter au visage. Il te lancerait plutôt des pierres.

— Et cela te fait rire ?

Il prit mon visage en coupe.

— Ma chère et tendre épouse, si des pierres devaient voler, ce serait à toi de me défendre.

Je soufflai.

— D'où vient une telle règle ?

— De la nature.

Il embrassa mon front.

— Le mari l'emporte sur le père. Je suis donc ta plus grande priorité.

Alors que je luttais contre l'envie de lever les yeux au ciel et de lui lancer une réplique cinglante, on frappa à la porte.

— Entrez, dis-je.

Je m'attendais à voir Eleanor, mais ce fut la tête d'Emeline qui apparut.

— Maintenant ? demanda-t-elle en regardant son père.

Je ne pus déchiffrer l'expression d'Evander, car il se dirigea aussitôt vers elle.

— N'a-t-on pas dit pendant le déjeuner ?

— Maintenant, répondit-elle.

— De quoi parlez-vous ? m'enquis-je, n'appréciant pas d'être laissée ainsi de côté.

Ils tournèrent tous deux la tête vers moi.

— Nous pouvons attendre que tu aies fini ta lettre, dit Evander.

— Plus tard. Que se passe-t-il ? insistai-je. Vous complotez quelque chose sans moi ?

Emeline acquiesça tandis qu'Evander secouait la tête.

— Je vois. Eh bien, aucun complot digne de ce nom ne se fait sans moi, dis-je en me levant de ma chaise.

Evander haussa les sourcils.

— Depuis quand ?

— Maintenant. Emeline, tu veux bien me dire de quoi vous parlez ?

Je lui tendis la main et elle me rejoignit aussitôt. Je remarquai alors la boîte qu'elle tenait.

— Qu'est-ce que c'est ?

— Papa et moi l'avons achetée pour toi.

Elle la souleva pour que je la voie.

— Pour moi ?

Je regardai Evander, qui me sourit et me fit signe de l'ouvrir. Je découvris une paire de gants de soie brodés de roses.

— Ils sont magnifiques, merci.

— Papa m'a donné les mêmes.

Emeline me considéra un moment avant d'ajouter :

— Maintenant, nous serons pareilles quand nous irons en ville, Maman.

Mon cœur s'emballa alors que ce mot résonnait dans mon esprit. Lentement, je levai les yeux vers Evander, mais ma vision était brouillée par les larmes. Je remarquai cependant qu'il hochait la tête. Ravalant la boule dans ma gorge, je me penchai vers la fillette, effleurant ses boucles avec douceur.

— C'est merveilleux, ma chérie, dis-je en essayant de ne pas pleurer. Je les aime beaucoup. Nous devrions les mettre tout de suite pour que tout le monde puisse les voir.

— Tout de suite ? répéta-t-elle avec un sourire.

— Bien sûr. Ma fille m'a donné des gants, tout le monde doit les voir !

— Laisse-moi aller chercher les miens, Maman ! dit-elle avant de se précipiter vers la porte.

Je lui apprendrais à ne pas courir plus tard ; en attendant, elle pouvait faire ce qui lui plaisait.

— Elle voulait le dire depuis un moment déjà, mais elle était un peu nerveuse, m'expliqua Evander. Nous nous étions mis d'accord pour qu'elle le fasse autour d'un pique-nique, mais comme tu le vois, elle ne pouvait pas attendre une seconde de plus.

C'était un mot si simple…

— Es-tu heureuse ? s'enquit-il alors qu'une larme coulait sur ma joue.

C'était un tout petit mot, mais il signifiait plus à mes yeux que toutes les citations des grands philosophes et écrivains du monde entier.

— Éperdument.

Remerciements

C'est ici que je remercie les personnes extraordinaires qui ont contribué à l'écriture de ce livre.

À mon éditrice, Shauna Summers, ainsi qu'à Mae Martinez et à toute la merveilleuse équipe de Random House, à mon agent, Natanya Wheeler, et à mes parents, merci.

Aux équipes qui ont réalisé la magnifique couverture de mon livre, et à ceux qui ont aidé à faire circuler cette histoire, merci.

Je n'aurais vraiment pas pu l'écrire sans vous.

Je pense néanmoins que ma plus grande gratitude va à la romance, car sans elle, je suis certaine que je serais malheureuse et solitaire.

Alors, chère romance, merci de m'avoir fait sourire les jours où je pensais pleurer. Merci de m'avoir donné de l'espoir quand tout semblait désespéré. Merci de m'avoir permis de rêver tout en restant éveillée. Merci pour les héros que tu m'as offerts et que je rêverais de voir devenir réels. Merci d'exister et de permettre ainsi aux personnages de mon âme d'exister aussi. Je te serai éternellement reconnaissante.

Ta plus grande fan,

J.J.

13933

Composition
FACOMPO

Achevé d'imprimer en Italie
par GRAFICA VENETA
le 4 septembre 2023

Dépôt légal : octobre 2023
EAN 9782290393239
OTP L21EPSN002568-600856

ÉDITIONS J'AI LU
82, rue Saint-Lazare, 75009 Paris

Diffusion France et étranger : Flammarion